晚清之变

物换星移

吕峥 著

中华书局

图书在版编目(CIP)数据

晚清之变:物换星移/吕峥著. —北京:中华书局,2021.8
ISBN 978-7-101-15289-0

Ⅰ.晚… Ⅱ.吕… Ⅲ.长篇历史小说–中国–当代
Ⅳ.I247.5

中国版本图书馆 CIP 数据核字(2021)第 147814 号

书　　名　晚清之变——物换星移
著　　者　吕　峥
责任编辑　傅　可
出版发行　中华书局
　　　　　(北京市丰台区太平桥西里 38 号　100073)
　　　　　http://www.zhbc.com.cn
　　　　　E-mail:zhbc@zhbc.com.cn
印　　刷　北京瑞古冠中印刷厂
版　　次　2021 年 8 月北京第 1 版
　　　　　2021 年 8 月北京第 1 次印刷
规　　格　开本/710×1000 毫米　1/16
　　　　　印张 24　插页 2　字数 250 千字
印　　数　1-10000 册
国际书号　ISBN 978-7-101-15289-0
定　　价　52.00 元

目　录

第一章：正义必胜，因为胜利者永远正义

废帝不废

冬天到了，太液池开始结冻。

内务府向管理皇家园林的下属机构奉宸苑传达了一条懿旨：

> 瀛台周边河面，现已冻冰。著奉宸苑即刻派人打开一丈余尺，
> 务见亮水，不准冻上。

即使是溜冰高手，也无法再向光绪传递消息。

从此，光绪成为慈禧身边一个孤独落寞的影子。在外国使节眼中，三十出头的皇帝比实际年龄显老，嘴角流露出悲伤、疲惫和略带孩子气的笑容，给人的印象是"克制、冷漠、无趣、缺乏精力、疲惫不堪，一副半死不活的样子……就好像生活对他来说已成为一种负担，这样的人必定在走下坡路"。

然而，在德龄公主的回忆里，当年的光绪却经常向她请教英文单词，两眼奕奕有神，甚至会开玩笑。只是一见到慈禧就变得严肃、忧郁乃至有些呆气。光绪跟德龄说："我没有机会宣布我的主义或有所作为，所以外间都不知道。我知道我现在所处的地位与傀儡无异。要是

再有外国人问起，你就告诉他们我现在所处的地位。我有许多关于复兴中国的计划，但是不能实行，因为我做不了主。我不信太后有什么力量能改变中国的现状，就是有，她也不愿意，我害怕现在离真正革新的时候还远得很哩。"

光绪韬光养晦，想和慈禧比命长，而对方早就开始采取行动。

一道奇怪的上谕明发中外，要求内外臣工保荐精通医理之人，为光绪看病。

皇帝春秋鼎盛，却病得要悬赏良医，政治信号再明显不过。

舆论迅速发酵，以至于日本首相大隈重信特意发电问驻华公使林权助："上海传言，清国皇帝已被谋杀。立即查明并电告此事是否确实。"

总理衙门向外界澄清谣言，奈何政府的公信力已经破产，坊间传言反倒愈演愈烈，说脉案和药方都伪造好了，驾崩的消息就在这两天。上海电报局总办经元善甚至联合一千多人，公开通电西太后，要求皇上"力疾临御"，结果遭到跨省追捕。

倒霉的还有御医。

有给光绪看了病，建议"舒肝顺气"的。结果慈禧沉着脸道："谁叫皇帝的肝不舒了？气儿又怎么不顺了？"御医吓得连连叩首认罪。

慈禧又道："皇帝日理万机，宵宿勤劳，哪能动不动就得'舒肝顺气'？那样小心眼儿怎么办国事？"

后来御医们开的处方总是"和肝调气""理肺益元"，想方设法把肝的事情挪到肺上。

为了把"圣躬不豫"的戏做足，慈禧公开征求名医，谁知节外生枝——法国大使馆推荐的医生诊断下来发现，光绪不过是慢性肾炎。

谎言不攻自破。

慈禧毫不气馁，继续埋头铺路。先放出风声，说光绪之所以病成这样，盖因服用了康有为进献的"红丸"（春药）。再派荣禄私下去找李鸿章，让他试探洋人的口风。

光绪的年号已经叫了二十多年，岂能说废就废？李鸿章明确反对，警告荣禄说："这是何等大事，试问你有几颗头颅，敢于尝试？若果行之，危险万状。各国驻京使臣，首先抗议；各省疆臣，更有仗义声讨者。无端动天下之兵，为害不可胜言！"

荣禄不死心，还是想听听洋人的意见，李鸿章便找了个机会委婉地试探英国公使。对方的回应斩钉截铁："他国固然没有干预（中国内政）之权，然遇有交涉事宜，英国认定光绪二字，其他一概不知。"

慈禧之所以后来押上棺材本也要跟十一国同时宣战，梁子就是这么结下的。

按理说西太后最恨的是康有为，但她连康南海的面都没见过，这种恨很抽象，也很无力。对光绪则不同。看着长大，翅膀硬了，想谋害自己——此等卧榻之侧的危险，必欲除之而后快。

于是，慈禧开始频繁召见宗室近支中"溥"字辈的幼童，并五天一次向各省督抚通报光绪的病情，搞得皇帝就快宾天了似的。

这等于是逼封疆大吏站队了。

迟迟不表态，必然得罪慈禧；积极表态，又违背人臣之道，会引起舆论的抨击，有损政声。僵持不下间，两江总督刘坤一（1830—1902）挺身而出，高声道"君臣之义至重，中外之口难防"，公开反对废君。

谏疏原本是和张之洞联衔上奏的，结果信使刚走，张大人就怂了，命人追回奏折，删去自己的名字。

刘坤一得知后笑道："香涛（张之洞）小事勇，大事怯，姑留其身，以待后图。吾老朽，何惧？"

面对内外交口反对的局面，复仇女神慈禧却步了。

荣禄出了个主意：既然"破"的难度这么大，可以想办法先"立"嘛。

然而，"建储"不符合清朝"不立太子"的祖训。荣禄这一损招不仅引狼入室，把自己置于边缘化的境地，更为即将到来的暴乱埋下了伏笔。

慈禧挑中的皇储人选是自己弟弟桂祥的外孙溥儁。溥儁年幼，具体负责张罗的是其父端亲王载漪（1856—1922）。

在为数不多的几场戏里，载漪都是以守旧的面目出现的。时而同奕劻恭请慈禧出山训政，时而跟刚毅、徐桐聚在一起咒骂新政。眼看就要从"慈禧侄女的老公"变成"皇上他亲爹"，载漪行动起来。

问题是再行动胳膊也拧不过大腿。立储的上谕发布后，西方公使不仅不入宫庆贺，还纷纷照会总理衙门，警告说如果光绪被废，后果将非常严重。

但对徐桐、刚毅等人而言，不扳倒光绪后果更严重。毕竟皇帝春秋鼎盛，等熬死了慈禧重操权柄，这帮守旧派一个都跑不掉。

偏偏时局给了"四人帮"（载漪、徐桐、刚毅和庄亲王载勋）一个不要脸的机会——民间排外运动发展壮大，山东闹起了义和拳。

暴戾的黄河横穿而过，使得山东全境都饱受洪涝之苦。自然灾害连同列强在这一地区的扩张，让山东盗匪横行。

曹州教案表面上看，不过是两个大刀会的成员跑到教堂里砍死神父偷走钱的随机事件，而隐藏其后的深层矛盾却是延绵几十年的教民冲突。

把义和拳出现之前民众的反教史扣上"盲目排外"的帽子是不客观的。

农民的选择始终符合其利益逻辑，最初入教的那拨人显然不是因为梦到了耶和华，而是为了寻求特权。曹州教案爆发后，特权因为清政府的一纸脑残文件进一步得到强化。

为了把教案消弭于地方，不再上升为外交事件，朝廷规定：西方来华的传教士中，总主教和主教相当于督抚级，大神父相当于知府之级，神父相当于知县级。

有了体制内的身份，传教士随时可以面见同级的地方官，遇有教案，还能干预司法。而鸡犬升天的教民只要拿着主教的名片，也能毫无压力地求见县官甚至知府，愈发猖狂。

据时人口述：

> 我有三亩地跟奉教的挨着，他不让从地里过，除非给点什么东西。逼得没办法，不卖不行，我就把地卖给了他。那年这里的地价是一亩 120 吊，可咱只得算 80 吊一亩……
>
> 咱县英庄的穷人刮地碱、烧盐土。当时官家禁止私自烤盐，县上发现了便捉了几个关进县衙。后来神甫把他们救了出来，从此英庄便可以合法烧盐了，只要奉教就准。所以英庄的人几乎都入了教。

极端者的崛起

教会对传统乡村社会秩序的冲击，还体现在迎神赛会上。

迎神赛会在当时的乡下是社会生活里的头等大事，具有祈福、娱乐、商贸和集会等多种功能，举办一场需要大笔开支，通常由村民凑份子。

洋教传入后，教民们以"教义不合"为由，拒绝缴纳此费，并得到了教会的支持。

若仅限于此，乡民也认了，权当尊重信仰自由。问题是个把猥琐的教民不但不缴份钱，还照看迎神赛会不误，这就人神共愤了。

再加上诉讼等各方面的特权，教民与平民的仇怨日积月累，最后发展到你要是一开水果店的教民，都没人去买你的水果。

由此可见，当乡民们手持农具和火把冲向教堂之时，所针对的既不是基督教本身，也不是传教士，而是那些传统社会的"逆子"，那些借教民的身份在原本自洽的乡村规则中制造不公的投机分子。

当越来越多的乡民受教民之害寻求官府庇佑未果，最终也选择入教后，矛盾开始升级，谣言逐渐四起。

最经典的传言莫过于，"教堂迷拐华童，割眼剖心制药"，让曾国藩晚节不保的天津教案即发轫于此。

明摆着无稽之谈，却大有人信，只能说明情绪已经掩盖了事实。

其实，所谓文化冲突云云，背后的实质都是利益纠葛。有极端者视而不见，无限上纲上线，传"剜眼挖心"之谣，结果生生逼出一个奇葩——周汉。

作为山西的候补道，周汉蹭蹬到四十岁也没捞到什么实职，于1884年返回老家长沙。

洋人来湘传教者日益增多，周汉颇有儒学岌岌可危之感，遂夜以继日地撰写反教文章。截至1898年，已刊布以《鬼教该死》为代表的30余种自费出版物，名震寰宇。

虽说这批反教书籍里充斥着"教士窃取婴儿脑髓"的陈词滥调，但由于天朝人口基数大，这种极端者的绝对数量不容忽视，周汉还是一跃成为年度话题人物。

对时局来说，周汉的谩骂不仅于事无补，反而挑起事端，使长江流域的教案数激增。一时间，在华传教士人心惶惶，各国驻汉口的领事联名向湖广总督张之洞抗议。

张之洞也很为难。周汉不事生产，专心反教，坚信自己搞的是万世不朽的事业，信誓旦旦地说："誓以七尺之躯，报尧舜禹汤文武周公孔孟及我大清列祖列宗皇太后皇上之德。"早就做好了杀身成仁的思想准备。

这种颇有群众基础（主要在士绅阶层）的人你还杀不得，弄不好就会酿出民变。

总理衙门遭受了空前的外交压力，强令张之洞处理周汉一案，不得拖延。

李鸿章给他支了个招：调查周汉的劣迹，比如经济问题。如此则既不触碰民意，又能给洋人一个交待。

然而，道高一尺，魔高一丈，周汉似乎是特殊材料构成的，竟然半毛钱问题都查不出来！

不过没关系，在一个荒诞的时局下，一切皆有可能。

周汉被精神病了。

湖广方面请旨革去其候补道的官职，交地方官严加看管。

洋人勉强表示同意，殊不知周汉并没有受到严格管束，在曹州教案爆发时又跳了出来，四处张贴文告，号召湖南人一起驱逐洋人，烧毁"耶稣猪精"，严防"妖灰复燃，妖根再发"。

张之洞深感"办无从办，放不能放"的周汉，是块无比烫手的山芋，因为其理论基础异常牢固。

周汉认为，大清没有定鼎中国前，明朝臣子不得叛明而向清廷称臣。现在大清虽受各国欺辱，但毕竟未灭，而有的人却等不及要叛变，要投靠他国了，这是放到任何时代任何国家都罪不容诛的。

然后他祭出官方意识形态"忠孝"，说忠臣孝子是万世万国都尊崇的。此法不定，纵使国力再强，又何以自守自立？

由是观之，统治阶级已无法自圆其说，周汉只能被精神病。

然而，人心是最微妙的东西，当你察觉到它的力量时，转变已经悄然发生。仅1899年，山东就发生了600多起教案，400多教民丧生。混乱中，民间帮派大刀会声名鹊起，威震武林。

大刀会以一套铁布衫法为看家招式，江湖上端的是谁人不知、谁人不晓。习此功者，诵咒焚符，冲入水中跪饮，三日即能抵御刀砍，久之便是火器亦无所惧。

以除暴安良为己任的大刀会，不知疲倦地捉拿盗贼，在乡民间树立了崇高的威望，很快便在曹州一带发展到10多万人。

义和拳的前世今生

作为民间神秘文化的大合集，义和拳后来居上，在德州府平原县一带打游击，掌门叫朱红灯。

朱红灯原名李文成，之所以冒充明朝皇室后裔，显然别有所图，而非后来宣称的"扶清灭洋"。

他身穿红裤，头戴大红风帽，以二郎神杨戬为偶像，称其"太老师"。

拳师有和尚、有道士，三教九流无所不包，平日互相以"师兄"称呼，喊朱红灯"大师兄"。

一天，大师兄神秘地告诉列位师兄："明年是'劫年'，玉皇大帝将命诸神下凡。"

至于下来做什么，大师兄没说，估计是还没想好造反纲领。

义和拳的吃饭家伙是同铁布衫齐名的金钟罩，俗称"刀枪不入"，颇有跟大刀会分庭抗礼之势。

客观来讲，个别早期首领如二师兄心诚和尚等，确实有些硬气功。常年浸泡药水、运气吐纳，虽没有少林寺的扫地僧那么悬乎，但胸口碎个大石还是易如反掌的。

后来会员日众，连女人都成了拳师（红灯照），各种怪力乱神便纷至沓来。

有吞符念咒号称孙悟空附体的，有神智迷乱口吐白沫的，还有搞魔术表演的。

最轰动的一次演出在山海关举办，当时路人纷传"此系真正神团"，看来之前没少遭遇假的。

表演开始时，拳民袒腹站成一排。百步之外，洋枪装药填子，对准射击。

于是，见证奇迹的时刻到来了。

子弹及身，不仅安然无恙，还被拳民接在手里示众。

原来，开枪者先将白面搓成一小团，滚以铁沙。射击时，面丸化为青烟，表演者则将手中预先藏好的真子弹快速亮出，迷惑观众。

如此拙劣的骗术之所以能流行村野，皆因其走了一条顺应民心的道路——反教。

山东教民，横行乡里，鱼肉良民，乃至挟制地方官，已成社会公害。

遇有教民生事，官员每每息事宁人，平民往往饮恨吞声，只有义和拳的大侠时不时拔刀相助一把。

曹州教案发生时，山东巡抚李秉衡已接到调令，升任四川总督。结果还没来得及走就出事了，不由让人感慨天道循环，因果不昧——李抚台在甲午战争中的表现实在令人齿冷。

李秉衡迅速缉拿凶手，向德使请罪。可德国已经决定借机蚕食山东，德商都开始酿造青岛啤酒了，赔罪有何用？

清廷被迫将李秉衡革职。德国勒索了一笔赔款，并取得在山东开矿、修路的特权。

继任者毓贤是当时蜚声海外的酷吏。

谴责小说《老残游记》塑造了一类清廉至极，却自以为是、草菅人命的昏官，毓贤即为个中翘楚。

毓贤当曹州知府时以捕盗为名，不分良莠，三个月内杀了1500人，染红了自己的顶戴，累迁至山东按察使。

以毓臬台宁可错杀一千的魄力，办案效率自是一日千里。更难能可贵的是，在繁忙的政务之余，毓贤还积极致力于发明创造，在清朝十大酷刑的基础上研发出"站木笼"这一惨绝人寰的刑具。

木笼内壁布满铁钉，将人吊于其中，在脚下垫几块砖，似踏非踏。笼内之人，稍有动弹，身体就会被刺得千疮百孔；而当你踩到砖时，对不起，衙役马上会抽去一块。一直将其人折磨到油尽灯枯、遍体鳞伤，方才惨死。

对大刀会与义和拳的不法行径，毓贤一直卖力弹压，还处死了滥杀教民的朱红灯。但当他接任山东巡抚后，情况起了变化。

首先，义和拳的发展势头非常迅猛，远远超出了毓贤的砍人速度；其次，在处理层出不穷的教案时，毓贤发现教民目无王法、仗势欺官，再不打压估计都敢冲到巡抚衙门秒杀自己；最后，也是他最受不了的——作为一个打小仇洋排外的愤青，不得不忍受德国的步步紧逼。

一怒之下，毓贤告诉底下的府县官员，从此把教民的控告当成废纸，置之不理。

回过头来再看拳民，发现这帮仗义的山东大汉才是最可爱的人。

猛然醒悟的毓贤决定改剿为抚，将义和拳改组为义和团，并颁发"毓"字大旗，以示招安。

拳民深受鼓舞，杀起"二毛子"（教民）来倍加抖擞，个别手滑的顺带就把传教士给砍了，教堂也烧了。

当然，除了引起洋人的恐慌和抗议之外，毫无意义。

总理衙门不敢怠慢，奏请慈禧将毓贤"开缺"。

事实上，对毓贤在山东施行的"民可用，团应抚，匪必剿"的政策，慈禧极为嘉许。如今毓贤受洋人胁迫去职，进京觐见，她亲书"福"字赏赐，并将之调任山西巡抚。

慈禧排洋，很好理解。洋人庇护康、梁，收留孙中山，还反对她废君立储。载漪为了当皇上他爸又来火上浇油，收集了一些《字林西报》（上海最具影响力的英文报纸）上鼓吹太后退休、还政光绪的言论，彻底激怒了慈禧。

如果说怕洋人是一种理性，恨洋人是一种感性，则视权力为生命的慈禧，旧恨新仇一齐涌上心头，登时丧失了理智。

铁腕治鲁

闹剧在李鸿章被慈禧派去广州当两广总督后拉开序幕。

辞行时，君臣有一段令人回味的对话。

慈禧："李鸿章，有人弹劾你，说你是康党。"

李鸿章："臣确实是康党。废立之事，臣不知道（先站对队），但六部的确当废。如果坚持旧的制度能够富强，中国早就强大了，何必等到今天？因此，如果主张变法即被指为康党，那臣实无可逃。"

慈禧默然不语。

被顽固派"绑架"的她，日思夜想的是如何解除洋人的威胁。具体到眼前，就是那帮经常对她指手画脚的列强驻华公使。

在仇洋排洋上，顶层的慈禧同底层的义和团奇妙地结合到了一起。在毓贤的鼎力推荐下，觉得民气可用的她开始酝酿一场人民战争。

赴任山西后，毓贤再接再厉，三天两头唆使义和团屠杀传教士，还扭曲地认为：你不是喜欢借教案找碴吗？我索性玩把大的——制造一起震惊中外的惨案。

对山西全境的传教士，毓贤谎称兵力不足，无法下到各县，故决定集中到省城，统一保护。

教士们信以为真，赶集似地来到太原，却在巡抚衙门的辕门前悉数被杀，毓大人还手刃了一个质问他的白胡子老主教。

在毓贤的部署下，山西全省杀害传教士近 200 人、中国教民及其家属 1 万多人，成为当之无愧的绞肉机。

替毓贤收拾烂摊子的是袁世凯。之前，他带着武卫右军移防德州，监视刚刚占领了胶州湾的德军。

这真是一纸及时的调令。如果继续在天津窝着，等庚子事变时，估计就跟聂士成一样为国捐躯了。

离津前，由徐世昌、王士珍等近 50 人组成的写作班子刚刚完成了两本合计 40 万字的巨著：《新建陆军兵略录存》和《训练操法详细图说》。

由于是上达天听的"奉旨著书"，袁世凯格外重视，同幕僚字斟句酌，反复推敲，终于完成了这两部西法练兵的扛鼎之作。既总结了几年来的练兵经验，也奠定了近代中国陆军的军事理论基础。

慈禧览后，慈颜大悦。念及袁世凯在戊戌政变时的效忠，颇为感动，便决定给他压压担子。

于是，袁世凯顺理成章地荣膺封疆，担任山东巡抚。

这一年，他四十岁。

尽管接手的是一块荆棘丛生的是非之地，但有危才有机，才有放手一搏的舞台。

在袁世凯看来，毓贤纯属二到不可理喻。

不是所有的大鼻子都一个鼻孔出气，洋人间的利益冲突其实远大于同清廷的矛盾。

结果毓贤逮住蓝眼睛就砍，为了提高效率还诱骗到一处聚歼，直接把洋人从各怀鬼胎逼成了同仇敌忾。

招抚、利用义和团更是笑话。集体无意识一旦从潘多拉魔盒中放出，神也控制不住狂欢的走向。

袁世凯透过乱象看本质，上任伊始就抛出一个直指根源的问题：积怨从何而生？公愤因何而起？

可能你会说："这还用问？教民欺负良民呗！"

袁抚台说："错！这只是表象！真正的原因是，摊上这么庸懦的父母官，再善良的教民也暴走了。"

精确的结论得益于科学的调研。

当袁世凯要密查某事或某官时，总是先派一人下去，再派另一人去同一地点查同一目标。两个人都对他直接负责，彼此不知有对方的存在。

若所查结果互不相同，就再派两人分头去查，以资对照。对查报属实的给予奖励，隐瞒谎报的施以严惩。

后来，袁世凯经常将此心得同下属分享：

> 做长官最要紧的是洞悉下情，只有这样，才能举措适当。如果受着下边的蒙蔽，那就成了瞎子，哪有不做错事的？

在精密的情报系统的协助下，袁世凯发现，山东的官员不是视洋如仇就是畏洋如虎，而这两种情绪都不利于明镜高悬地办理教案。更有甚者，因为顾惜自己的乌纱帽，且耐不得烦琐，一遇教案，不分青红皂白，责罚良民，苟且偷安。长此以往，教民的气焰愈发嚣张，良民则日益怒不可遏，愤懑迟早会决堤。

找准了病根，袁世凯对症下药，要求地方官必须学习掌握国际公法，遇事同洋人据理力争。以法律为准绳，在讲求是非曲直的基础上断案，使各方心服口服。

袁世凯以身作则，在处理肥城县英国传教士被杀一案时，展示了什么叫不卑不亢，有理有据。

主犯斩立决，同犯绞监候，肥城知县因纵容包庇被革职。

前来交涉的英使并不满足，提出了苛刻的要求：凶犯从重治罪；泰安知府免职，永不叙用；清政府出资在肥城修建教堂。

袁世凯坚持己见，以事先颁布的约章针锋相对。英使什么便宜也没占到，悻悻而归。

秉公执法是治本之策，而当务之急却是遍地拳乱。

在徐桐等人"你有你的格林炮，我有我的红灯照"的叫嚣下，朝廷对义和团的政策是明剿暗抚——表面上做个样子给洋人看，暗地里却要求各地督抚姑息纵容，助其坐大。

但在以打击民间伪科学为己任的袁世凯看来，对付义和团不能心慈手软。要么就地解散，要么引颈就戮。

然朝命不可违，如之奈何？

门户洞开

绝大多数人都会迷失方向，否则通往真理的路上将人满为患。

巡抚衙门一个叫徐抚辰的文案替袁世凯拨开迷雾，使其下定决心，全面镇压义和团：

> 今以中国无兵、无械、无饷，徒恃奸民邪教，手持大刀，杀洋人，焚教堂，口念邪咒，不用枪弹，大刀一挥，洋人倒地，有此理乎？洋人又岂肯坐视其同类任团匪残杀而不问，能不联合军队，以陷中国？
>
> 我公不可遵行乱命，而当逐团匪于山东之外。将来外兵涌至，北京沦陷，皇太后、皇上出走，或有不幸，公以反对义和团之故，犹可尽再造乾坤之忠心。若随波逐流，则非但一身功名消灭，且恐不能保其身家。

武卫右军四面出击，部将张勋一日之内杀了500拳民，受到袁世凯重奖。

当然，袁世凯之所以敢跟当权者对着干，也因为他不是一个人在战斗。李鸿章、张之洞和刘坤一等南方督抚，全部旗帜鲜明地反对义和团。相比之下，袁世凯已圆滑许多，玩的是明抚暗剿的把戏，一直杀到上面质问下来，方才解释说剿的都是盗贼冒充的"假义和团"，而非真正爱国反教的拳民。

虽说老外把义和团叫"boxers"（拳师），但面对装备精良的武卫右军，"拳师"们不堪一击，纷纷流窜到了直隶省。

于是轮到直隶总督裕禄崩溃了。

裕禄接的是荣禄的班，头脑还算正常，跟袁世凯约好南北夹击义和团。

结果朝廷风向骤变，裕禄眼睁睁看着调任军机大臣的荣禄因反对招用义和团而被慈禧冷落，信奉"飓风过岗，伏草唯存"的他只好跟着装糊涂。

拳民们欣喜地发现，离开山东后，广阔天地大有作为，分分钟便砍死了武卫中军一个从二品的副将，一路拆电线、毁铁路，意气风发地进京串联。途中，只遭到聂士成的武卫前军的猛烈反击，其余时段基本一路顺风，有说有笑，还顺便散布诸如"光绪爷奉教""袁世凯造反"之类的谣言，简直就是行走的灾难。

与此同时，另一支万余人的义和团入侵保定，把在此督建卢汉铁路（卢沟桥至汉口）的外国工程师及其家属杀了个尸横遍野。

终于，京师门户涿州也失守。知府龚荫培守城无力，弃城不敢、殉城不甘，只好向前辈叶名琛学习，绝食抗议。

和、战必须决定，剿、抚不可再拖。

裕禄可以装瞎子阿炳，刚毅可以天天咒骂洋人，即将出掌总理衙门的载漪可以将外交政策浓缩成一个字"滚"，甚至军机处都可以改组为"反帝联盟"，慈禧却必须对全盘负责。

心里没底的她派出了军机大臣赵舒翘。

赵舒翘进士出身，从知府、道台、巡抚一路干到刑部尚书，头脑非常清醒。慈禧让他去涿州，名为宣抚，实为考察，看看义和团的实力到底如何。

赵大人见到癫狂的拳民后，劝其首领自行解散。对方不同意，还要求撤聂士成的职。

正在胶着间，刚毅到了。

刚毅担心赵舒翘不开窍，违背自己的意愿，故尾随而来。见到拳民的刚大人就像见到失散多年的亲人一般，好言宽慰，并承诺参劾聂士成。

回禀时，刚毅力言拳民忠贞，神术可用。

赵舒翘原本就是刚毅一手提拔起来的，只好不再多嘴。

不久，载勋被任命为九门提督（负责京城守卫），顽固派开始对义和团高唱"北京欢迎你"。

情势危急，英国海军上将西摩尔率领两千联军从天津出发，前往北京保卫使馆。

裕禄闻讯，赶紧派武卫前军围堵。

这支由聂士成指挥的精锐部队配有重机枪，急行军至天津西郊，恰好遭遇败退的联军。

正激烈交火，义和团追杀而来。

聂士成看到拳民从来都是杀无赦，此番两害相权取其轻，把这帮狂热而不知天高地厚的大刀队调上前线冲锋。

肉盾消耗了联军所剩无几的弹药，加之西摩尔长于海战，怯于陆战，一时间死伤无计，苦守待援。

我的团长我的团

1900 年 6 月 10 日，老北京们一起床便发现大街上、胡同里，一夜之间冒出许多手持大刀长矛、头裹大红粗布的童子。

此后每天都有蝗虫般的拳民蜂拥而入，到处设立神坛，供奉唐僧、猪八戒、姜太公、梨山老母、九天玄女乃至年羹尧——要想发动群众，必须深入了解人民群众喜闻乐见的事物。

终于见到传说中的义和团了，市民们口耳相传，揭开其神秘面纱。

男性拳民分坎字拳、乾字拳、坤字拳和震字拳四派，后两派因人数少、影响小，逐渐淡出历史的舞台。

坎字拳和乾字拳的主要区别在于发源地不同，修习法门则别无二致。

传习时，伏地焚符诵咒，牙齿紧紧咬合，以鼻子呼吸。须臾，口吐白沫，呼喊说"神降了"。于是一跃而起，拧眉瞪眼，操刀狂舞，一副很愤怒的样子，力竭方休。

每天表演发疯，还是很难坚持的，因此便有了简易法门——临阵时背诵咒语：

> 左青龙，右白虎，云凉佛前心，玄火神后心，先请天王降，后请黑煞神。

据说只要背了就能枪弹不入，实际情况则是纷纷倒毙，咽气前犹诵咒不已。

女性团民分为由少女组成的红灯照和由寡妇组成的黑灯照以及妓女兵团花灯照。

其中战斗力最强的，当属右手提红灯、左手持红扇的红灯照。据传，其中法力高强者可表演水上漂，甚至腾空而飞。届时，手中扇子一挥，敌方大炮立马失效；红灯投掷到哪，哪里就是一片烈焰火海，堪比长弓阿帕奇。

义和团入京后开始给北京人民分类别，分为大毛、二毛、三毛、四毛、五毛。

大毛是洋人，格杀勿论；二毛是教民，遇见就砍；三毛、四毛都是用洋货、藏洋书的"假洋鬼子"；五毛是崇洋媚外的"贱骨头"。

判断是不是教民也有依据。义和团认为在教之人，头皮里暗藏十字，一看便知——遇到这种鉴别方法，被拿住后你只能祈祷上天保佑。

兽性大发的拳民逢洋必烧，正阳门城楼也未能幸免。所有钱庄被迫歇业，市场交易全部瘫痪。

同时，因电线被推倒，通讯中断，帝都又回到了八百里加急的时代。

而海晏河清的山东，正好成为北京同南方各省上传下达的信息枢纽。袁世凯每天汇奏四方电报，忙得宵衣旰食。其重要价值，再次得到凸显。

教民基本被屠杀殆尽，幸存的都逃到西什库大教堂，筑垒自保。

拳民杀红了眼，岂肯罢手？他们乱诬市民为"白莲教"，展开了新一轮屠戮。

载勋作为九门提督，要对京城治安负责。眼看局势失控，他接过慈禧"办理团务"的令旗，准备把义和团纳入正轨。

载勋在自己家设立"总坛"，并招安了坎字拳的大师兄。再有拳民入城，第一件事便是到庄亲王府报到挂号，听候调遣。

问题是并非所有的拳民都稀罕进体制内，毕竟当大侠当惯了。于是，正二品的神机营统领庆恒，一家十三口因私人恩怨被拳民灭门。而作为其好友，载漪屁都不敢放一个，唯以"凶手系伪义和团"的说辞销案。

俗话说，没有政治诉求的群众运动不是好运动。义和团的目标是光绪，认定皇帝勾结洋人的拳民，必欲抓之祭天而后快。

有歌为证：

> 还我江山还我权，刀山火海爷敢钻。哪怕皇上服了外，不杀洋人誓不完。

结果头号叛徒没抓着，洋人也没死多少，倒在滥杀无辜上取得了卓越的成效。

为了回应市民日益强烈的质疑，载勋亲率义和团和虎神营攻打洋教的大本营西什库大教堂。

北京城幸存的大毛和二毛都躲在这里，守军却只有40名法国和意大利的士兵。

拳民携带煤油、柴草包围了教堂，日夜诵咒以焚其屋，却怎么也点不燃这栋坚固的哥特式建筑，只好散布谣言说"教士把女人的经血涂在屋顶，因此咒语不灵"。

而虎神营作为庸碌无能的八旗京军中的一支，除了名字讨巧外（虎吃羊，神克鬼。谐音"洋鬼子"），百无一用。

眼见久攻不下，徐桐保荐的军机大臣启秀突发奇想，献策道："看来义和团道术尚浅，五台山有个法力无边的大和尚，不如飞檄请他前来助战。"

十天后，和尚被专骑请到。

启秀在军机处得意道："高僧到了。届时教堂一毁，天下安定。"

众人无不掩嘴偷笑。

和尚在庄亲王府住下，选了几十个红灯照日夜操练。

这些娘子军扎着红抹头，长袖翩跹，念念有词，跟唱昆曲似的。载勋心里打鼓，问和尚什么时候攻打教堂，回答说"今日三点，最为吉利"。

吉时一到，和尚骑马挥刀，率一众拳民直扑教堂。

没跑到一半，但闻枪响，和尚中弹，坠马而亡。后面的队伍溃散四逃，红灯照的幼女多死于践踏，玉殒香消。

载漪闻讯，暴跳如雷，命工匠做了四个移动炮台，把"大将军"巨炮架上去轰，谁知炮弹打到屋瓦上竟无法穿透。

又命人挖地道，点燃装满火药的棺材，终于炸毁教堂一间房屋，死了几十个教民，却仍攻不下来。

义和团每日换班围攻，教堂纹丝不动，附近的民宅倒被烧毁了一大片，群众强烈抗议。

团民解释说："这座教堂与别处不同，内壁粘满人皮。我等请神上体，行至楼前，即被秽物所冲，难以施法，且不能前。"

群众反问道："不是说黑团（黑灯照）不惧邪秽吗，为何也不能制胜？"

团民被问住了，掩饰道："时日未到，难以成功。等老团一到，自然扫荡无遗。"

御前会议

满大街都是扛着大刀走来走去的义和团，每天还有海量新加入的，以至于"上自王公卿相，下至倡优隶卒"，全成了团民。

这就骇人听闻了。

慈禧心里七上八下：事实证明，能打的只剩下五支武卫军了。然而，荣禄貌合神离，不是装病就是哭丧着脸；聂士成因痛剿义和团被刚毅奏请革职留任；袁世凯远在山东；宋庆年事已高。

算来算去，只有董福祥的武卫后军可堪一用。

慈禧再三召见董福祥，勉慰有加。董福祥也慷慨保证，他既能杀洋人，也能灭义和团，总之太后指哪他打哪。

于是，武卫后军成了慈禧的王牌。

问题是，王牌的前身是甘肃一带反清的匪军甘军，纪律极差，被左宗棠收编后稍有收敛，但野性十足。如今拱卫京师，独承天眷，董福祥以下，愈发肆无忌惮。

于是，入城第一天便出事了。

军队开入永定门，正巧碰上日本大使馆的书记官衫山彬乘车外出。

一营官喝问其何人，衫山彬据实以报。

后果是被干净利落地捅死。

士兵一拥而上，将衫山彬的尸体大卸八块，弃之道旁。

慈禧尚在权衡利弊，眼前就曝出了国际新闻，不禁恼羞成怒，把载漪和董福祥叫来痛斥了一番。

谁料董福祥毫无惧色道："臣一人受罚，是罪有应得。但如果因此把甘军激成兵变，则京城的治安就大有可虑了！"

形势比人强，慈禧只好大事化小、小事化了。

退出来时，载漪拍了拍董福祥的后背，连夸他是英雄好汉，完全一副唯恐天下不乱的架势。

6月16日，列强海军向天津总兵罗荣光下最后通牒，命其交出大沽炮台。

是战是和，必须决断了。

于是，由六部九卿、王公大臣70多人参加的御前会议在东暖阁召开。

许久不见的光绪和荣禄也出现在众人的视野中，足见事态之严重。

其实，对义和团的实力和顽固派对其的掌控力，慈禧已经深表怀疑。

入京以来，团民最威加海内的创举不是杀洋人，而是在焚烧老德记大药房时，火势蔓延，把前门大街一千八百多家商铺烧了个精光，无数饭庄旅店、烟馆戏院、古玩玉器、绫罗绸缎顷刻毁于一旦。

因此，开会前一天，慈禧留了个心眼，让军机处拟旨，速调李鸿章和袁世凯进京。一个跟洋人谈判，一个诛灭义和团。

问题是电报废了，速调不了，只能靠驿马传旨。而时事瞬息万变，很快便不以一二人的意志为转移。

东暖阁。

光绪非常愤怒——自己才撂挑子两年，大清朝就快寿终正寝了。他痛责诸臣不能弹压乱民，声色俱厉。

军机大臣王文韶叩头道："外衅断不可开，使馆尤应力保。"

载漪当即喝阻，跋扈至极，王文韶低首不语。

光绪扫了一眼群臣，目光落到跪在御案旁的许景澄身上。

总理衙门大臣许景澄曾历任清廷驻六国公使，熟悉外情。

果然，他的回答与王文韶大同小异："无论是非得失，万无以一国敌诸国之理。"

光绪颔首道："甲午一战，创巨痛深。而诸国之强，十倍于日本，合而谋我，何以御之？"

顽固派早已目无圣上，载漪和载勋甚至一度想带拳民去瀛台弑君，被慈禧拦下。此刻见鸽派一唱一和，立马嚷嚷起来。

眼看场面混乱，慈禧不得要领，只好宣布散会。

第二天的会议仍是黑压压跪了一片，靠近门口的中下级官员几乎听不清前面的君臣对奏，便自顾自地交头接耳起来。

翰林院侍读学士刘永亨道："刚才我在董福祥那，他自信可将拳匪赶出城外。"

翰林院下属机构国史馆的总纂恽毓鼎道："那你还不赶快告诉上边？"

刘永亨膝行至前，奏称："臣刚才见到董福祥，他想请皇上的旨意驱逐乱民。"

话音刚落，载漪便翘出大拇指，阴阳怪气道："好啊，这就是失人心的第一个法子。"

刘永亨害怕，不再往下说。空气顿时凝滞，跪在门外的太常寺卿袁昶高呼道："臣有话上奏！"

光绪让他进来。

袁昶吐槽道："拳民实为乱民，万万不可倚仗。就算他们有邪术，从古至今，也没有凭此而成事的。"

慈禧终于发话："法术不足恃，人心也不足恃吗？中国积弱已极，若连人心也失却，何以立国？"

关键时刻，还是要稳住顽固派。毕竟八旗京营里，一半的人都入了义和团，稍有不慎，便会酿成巨变。

慈禧续道："今日京城扰乱，纷传洋人已经调兵。你们有何看法，从速奏来。"

群臣七嘴八舌，讨论出一套折中的方案：一面派总署大臣许景澄、那桐出境劝阻洋兵，一面安抚拳民，设法解散。

问题是怎么劝阻？如何解散？

显然大多数官员并不关心。他们见慈禧挥了挥手，便默默地退下了。

人潮散去，留下四个较真的官员：光禄寺卿曾广汉（曾国荃之孙）、大理寺少卿张亨嘉、翰林院侍读学士朱祖谋以及恽毓鼎。

朱祖谋大声道："臣等还有话要说。"

两宫和荣禄都止步，等他四人进言。

张亨嘉力主剿灭拳匪，说只要诛杀几个头目，大事可定。

张是福建人，一口港台腔，听着很费劲。朱祖谋接过话头，大胆问道："太后相信乱民可以御敌，不知想仰仗何人办此大事？"

慈禧不悦道："我靠董福祥。"

岂料朱祖谋道："董福祥是第一个不可靠的！"

慈禧脸色骤变："你叫什么名字？"

"朱祖谋。"

"你说董福祥不足恃，你保举个人来！"

朱祖谋一时语塞。

恽毓鼎道："山东巡抚袁世凯，忠勇有谋，可以调京镇压乱民。"

曾广汉补充道："两江总督刘坤一亦可。"

荣禄缓缓道："刘坤一太远，袁世凯已前往调用了。"

如坐针毡的慈禧只道这场尴尬的会议终于可以结束了，谁知恽毓鼎又抛出一个令人难堪的问题："风闻銮舆有西幸之说，京师乃根本重地，一走，天下就动摇了。"

慈禧力辩并无此事，剩下的臣工于是起立退下。

朱祖谋退到门外时，慈禧仍怒目而视。

当天，总署收到张之洞和刘坤一的联名上奏，要求速剿拳民。

刘坤一的原话是"一意痛剿"，张之洞给改成了缓和的"定计主剿，先剿后抚"，还在文末喊了一句铿锵有力、扫除迷信的口号：从来邪术不能御敌，乱民不能保国。

眼看慈禧就要迷途知返，意外发生了。

人之病，在国体；国之病，在人心

入夜后的北京黑烟弥漫，笼罩在一片阴惨惨的鬼气之中。

由于义和团认为神灵都是晚上下凡，故每当傍晚便啸聚到一起，挨家挨户砸门，命居民全部出来烧香。

荣禄早已睡下，却被一阵急促的敲门声惊醒。

来者是荣禄的心腹小罗，他带来一份惊天动地的绝密情报——各国公使联合署名的四条照会：

一、指明一地，令光绪居住；

二、各国代收各省钱粮；

三、代掌天下兵权；

四、慈禧交权归政。

荣禄五雷轰顶，急忙追问。原来是小罗的父亲、江苏粮道罗嘉杰从《字林西报》的中国员工处得知的。

照会本拟作为报纸头条独家发布，结果尚未刊印便被泄露。

主和派荣禄一时间进退维谷。

理智告诉他开战必败。但不战，自己的下场会更惨。一旦慈禧如照会所言，把大权还给光绪，荣禄在戊戌年干的那些事肯定会被清算。左右为难的他绕室彷徨，不知东方之既白。最后的结论是：保命要紧。

次日黎明，接到荣禄密报的慈禧悲痛莫名，态度发生了180度急转弯。

很好理解。对她而言，有中国而无大清，中国便无意义；有大清而她不掌权，大清便无意义。

为了一己之权，把中国乃至大清都押在一场胜算无几的赌局上，亦在所不惜。

然而，所谓的照会，不过是报馆工作人员夸张或误译的假情报。罗嘉杰为了邀功，玩笑开大了。

其实，若非总理衙门被载漪把持（总署警卫都换成了团民），外交渠道不畅，公使们又躲在东交民巷不敢出来，和战大计岂会建立在一则谎言之上？

第三次御前会议，慈禧彻底破罐子破摔。

她先公布了照会一事，却只宣谕了前三条。既而声泪俱下地控诉帝国主义连寡妇都要欺负的流氓行径："今天的争端是他们挑起来的，亡国就在眼前。若拱手相让，我死也没有脸面见列祖列宗。既然都是个亡，一战而亡，不是更强点儿吗？"

言毕，全场惊愕，不知所措，二十几个皇亲贵胄竟相拥哭成一片。

载漪全力主战，语调激昂。慈禧也高声道："今日之事，众位都听到了。我为江山社稷，不得已而宣战，后事固未可知。开战之后，若社稷仍不能保全，诸公今天全在这里，当知我苦心，不要归咎于我一人，说皇太后断送了祖宗三百年江山。"

前途未卜，不把百官绑在同一架战车上，慈禧也不敢贸然宣战。而群臣听到太后不喊"列位爱卿"，竟改称"诸公"，无不震撼，一齐道："臣等同心报国。"

决议是遣三个主和派大臣徐用仪、联元和立山前往使馆区晓以利害，最后通牒。一定要挑起战端的，可令下旗归国。

立山不想去，怕半道上被团民打死。

这不是危言耸听。孙家鼐不问世事，天天躲在深宅大院里，尚且被义和团拖出来公审，著作悉数被烧，立山一意主和，其能幸免乎？

于是，他以自己是户部尚书，并非总署大臣为由推辞。

慈禧当即反驳道："你敢去也得去，不敢去也得去！"

立山只好随徐用仪和联元退下。

慈禧又命荣禄部署武卫中军的作战和防守，谕令说："徐用仪等深入险境，可派兵在远处保护。"

散会后，群臣聚集在瀛秀门外，以照会之事询问几个总署大臣，皆面面相觑，不知所以。

下来后，光绪摒弃旧怨，好言叮嘱荣禄："我兵全不可恃，事宜审慎。好在兵权在你手上。"

6月19日，大沽炮台沦陷，罗荣光战死。"归政"的凄凉命运若有似无地浮现在慈禧眼前，促使她召开了最后一次破釜沉舟的御前会议。主题只有一个：宣战。

慈禧命许景澄去给各国使馆送照会，限所有工作人员24小时内离开北京，由中方派兵护送至天津。

主和派官员磕头哭劝，力陈不可。光绪面如死灰，竟不顾君臣之礼，离席抓住许景澄的手，小声道："再好好商量。"

慈禧呵斥道："皇帝放手，不要误事！"

许景澄神情恍惚，牵着光绪的衣袖抽泣不止。慈禧被哭哭啼啼的气氛搞得心烦意乱，厉声喝道："许景澄无礼！"

接到照会的列强使节迅速碰头，商讨对策，最后决定派信使去总署，要求延缓离京日期。

结果石沉大海，毫无回音。

德国公使克林德坐不住了。每天都在人民战争的汪洋大海中遨游，精疲力竭、半死不活，还不如铤而走险赌一把。他召集各国公使，提议一起到总理衙门抗议。

无人响应。

很好理解。京城烽火连天，即使侥幸闯关成功，到了已成极端者乐园的总署，结局八成也是被砍头祭旗。

克林德不愿坐困愁城，带着翻译官，乘着绿呢大轿，径往东堂子胡同而去。

单干的下场就是在东单附近被神机营的营官一枪毙命。

之前死的衫山彬只是日本使馆里的小领导，而克林德却是驻华公使，代表整个德国。因此，消息一出，所有人立马明白了一件事——没有任何回旋余地了。

渔翁得利的是袁世凯。他正愁怎么应对朝廷要他入京剿匪这以身犯险、消耗实力的调令，不想却峰回路转。

袁世凯深表同情地发电给荣禄，请求他保护各国使馆，救一人便减祸一分，即使战败还有转圜的余地。

荣禄毕竟是明白人，私告李鸿章说："对北京的谕旨，不必再予以重视。"

东南互保

6 月 21 日，清政府同时向英、美、法、德、意、日、俄、荷兰、西班牙、比利时和奥匈帝国 11 个国家宣战，堪称人类历史上空前绝后的"壮举"。

战书也写得气吞山河，义正词严：

与其苟且图存，贻羞万古。孰若大张挞伐，一决雌雄！

八十岁的徐桐像打了肾上腺素一样兴奋，奏请慈禧下诏"无论何时何地，见有洋人在境，径听百姓歼除"。

载勋则在北京街头遍贴告示，悬赏洋人：杀一洋人奖五十两，洋妇四十两，洋孩三十两。

慈禧更是把压箱底的几十万两私房钱拿出来重赏义和团，鼓励其把在华洋人赶尽杀绝，以泄心头之恨。并且，在给各省督抚寄发的上谕里，要求将各地拳民组织起来，同洋人打一场全面战争。

对此，袁世凯又笑了。他正愁怎么处置山东境内残留和外省流窜回来的团民，现在正好有了合法的驱逐借口。

袁世凯晓谕各府县，命团民"北上助战"。布告中说，真正的义和团都已经到京津一带去杀洋人了，有志于报效国家的拳民应立即行动，不可再在山东滞留。凡逗留者，必是打着团民旗号的乱民，一律严惩不贷。

半轰半送之下，山东的拳乱消弭于无形。

位于上海的中国电报总局已经一宿没熄灯了。作为这个官督商办的企业的一把手，盛宣怀的眼中布满了血丝。

经过一整夜的思想斗争，他终于决定扣留朝廷的宣战电报。

盛宣怀嘱咐各地方电报局的负责人，对上谕只准密呈督抚，不许宣扬。随后，他急电李鸿章，分析当前形势："国家即将瓦解，须设法保全东南富庶地区。各省封疆应采取措施，联络一气。"

相同的电报也发给了张之洞和刘坤一，并提出方案："上海租界由各国保护，长江内地归督抚保护。两不相扰，保全中外商民。"

李鸿章接电后带头抗旨，称朝廷的宣战诏书是乱命，"粤不奉诏"，为"东南互保"的实施一锤定音。

张之洞和刘坤一多次同列强驻汉口与上海的领事磋商，承诺不会卷入战争，坚决保护外人的生命财产安全。

刘坤一甚至私下对英国驻南京领事说："慈禧的政府完了，她已经无法继续维持帝国的秩序。"

6月26日，在盛宣怀的奔走联络下，南方诸省均派出代表，于上海同各国驻沪领事签订了保证南中国和平的《东南互保章程》。

明目张胆同慈禧对着干，显然属于高危行为。因此，张之洞再次上奏，不厌其烦地解释说："论兵力，一国焉能敌各国，不败不止；论大势，各国焉肯输一国，不胜不止。"接着笔锋一转，说北方既已决裂至此，南方切不可再遭涂炭。否则饷源立绝，全局瓦解，则愈发不可收拾。

袁世凯没有参加互保，只是单独致电外国领事，表明和南方督抚采取同样的立场。

派兵将最后一批洋人护送到青岛后，袁世凯长吁了一口气，一边在院子里踱步，一边冥想。

1900年，西历新世纪的第一年。

天厌大清。

从慈禧前无古人地同11国宣战的那一刻起，亡国，就进入了倒计时。

可惜，南方督抚的集体忤逆再一次救大厦于将圮。

广州，雨后清新的空气里夹杂着声嘶力竭的蝉鸣。

离开北京的时日已久，李鸿章一时也很难判断帝国这艘大船的航向到底发生了多么严重的偏离。催他北上的电报雪片般飞来，荣禄的语气已近乎哀求。

然而，当了一辈子消防员的李鸿章，这次的反应却异常迟钝。因为，香港总督卜力向他转达了兴中会的意思：推李鸿章当总统，以两广为基地，在南方建立一个新政府。

当幕僚刘学询带着兴中会的使者向李鸿章汇报联络孙中山、策划两广独立之事时，这个为维持帝国稳定操劳了大半生的裱糊匠躺在深深的藤椅里，双目微合，做出一个意味深长的动作——颔之。

兴中会未能得到肯定的答复，却收到李鸿章赞助的三万元经费。

与此同时，董福祥带着甘军和几万团民日夜攻打东交民巷。

使馆守军是列强海军从天津紧急调来的 400 名水兵，人手一把步枪，外加四挺重机枪，打得清军满地找牙。

甘军没有炮，荣禄又暗中资敌，每逢休战，便命人推着蔬菜瓜果和军火弹药，整车整车往使馆里送。对比那些前赴后继往前冲、最后全倒在血泊里、尸体枕藉的义和团，不禁让人感慨：古往今来，爱朝廷从未爱得如此艰难。

眼见死伤惨重却毫无战果，载漪打起了荣禄的嫡系部队武卫中军的算盘。他请了一道上谕，强命武卫中军的炮兵营统带张怀芝把德制大炮开过去轰。

张怀芝以为立功的机会到了，喜出望外地和弟兄们在城墙上架好了炮，瞄准使馆区。这一炮打下去，就没有后来的安徽巡抚、民国军阀张怀芝了。

在他下令开炮的前一秒，忽然灵机一动，改令缓发，跑去荣府请示自己的顶头上司。

荣禄既不敢发令，也不敢抗命，东拉西扯，不置可否。

张怀芝愈发着了慌，非要他手书一道发炮的命令以为凭据，否则便赖着不走。

荣禄被缠得烦了，闪烁其词道："横竖炮声一响，宫里边是听得见的。"

张怀芝闻言会意，匆匆赶回城上，谎称炮位不准，需要重测，遂把目标定向使馆旁边的一片空地。

于是，众炮齐发，响了一天一夜。洋使固饱受虚惊，怀芝却涉险过关。

八国联军

得知东南互保的噩耗时，慈禧的脑海中也曾掠过一丝后悔，随即被倚为干城的重臣们居然在危难时刻背弃自己的震惊和悲凉所取代。

而当她看到袁世凯不在其中，还奏报正组织山东团民源源不断地北上勤王时，那种欣慰与感激之情实在难以言表。

走到这一步，慈禧已然骑虎难下。

停战只会激起叛乱，而一条道走到黑，军事上即便难以取胜，打出个相持的局面，以东交民巷的人质作为谈判砝码，还是可以讨价还价的。

既然长江以南想保境安民，留得青山当柴烧，就随他们去吧。

心念及此，慈禧让军机处下了一道言不由衷的懿旨，诉苦之余夸南方督抚们"老成谋国"……

大沽口失陷后，天津门户洞开，各国援兵乘军舰从四面八方赶来。他们之中有印度英军、有越南法军，解了西摩尔之围后，总数一万多人，开始猛攻天津。

"留职察看"的聂士成率武卫前军5000人驻守南门外的八里台，遭遇了前所未有的恶战。

聂士成两腿均受枪伤，仍持刀督战，不许官兵稍退，一直战至两腮被敌弹洞穿，颈部、脑门皆受重伤。

联军派人传话："聂士成将军，投降吧！"

聂士成沉默片刻，只吐出一个字："滚！"

最后脐下被炮弹炸开，肠出数寸，壮烈殉国。

画面闪回到甲午年。

战争进入尾声，袁世凯在关外协助周馥办理粮草转运，聂士成则刚从朝鲜回来，准备赴任直隶提督。

两个年龄相差二十三岁的男人在山海关外的兵站不期而遇。

作为晚辈，袁世凯被聂士成身上那股"宁移白首之心"的豪气所折服，对他道不尽的丧师之痛深感同情。

在家书中，袁世凯发自肺腑地写道："前线战事简直就是儿戏，糟不可言。能见贼一斗者，惟功亭（聂士成）耳。"

对这样一个不太懂政治，但无论放在任何朝代，都会以性命去捍卫一方百姓的硬汉，袁世凯由衷地写下一副挽联：

> 勇烈贯长虹，想当年马革裹尸，一片丹心化作怒涛飞海上；
> 精忠留碧血，看此地虫沙历劫，三军白骨悲歌乐府战城南！

卫青常有，而汉武帝不常有。袁世凯断不会为昏君殉葬，因此当朝廷三番五次地催他率军驰援天津时，袁世凯均以"守土有责，兵力难分"为由搪塞过去。直到军机处严词警告"毋再推诿"，才派总兵夏辛酉带了六营约 6000 人赴援。

十一天过去了，天津守军连援兵的影子都没看到。

朝廷再次严催，又过了三天，夏部终于艰难地走出山东，而此时天津业已失守，裕禄愤恨自杀……

截止战争结束，夏辛酉损失不到 1000 人，出色地完成了袁世凯交给他的使命。

联军成立了"天津临时政府"，英文缩写 TPG。

其实，所谓的联军，不过是同床异梦罢了。

德皇认为，横尸街头的是德国公使，因此联军司令的人选必须是德国人，否则宁可按兵不动；法国意在西南，把水趟浑了好打云贵的主意；美国对侵略中国不感兴趣，且刚跟西班牙打完仗，正在恢复元气。只是见自己的驻华大使狂喊救命，才勉强加入；英国正在南非跟荷兰人抢金矿，打"波尔战争"，分身乏术，便派了些红头阿三来充数；意大利和奥匈帝国纯属打酱油，各派几十个小卒，扛着大旗，追随于诸强之后，以示自己的存在。

真正野心大、胃口好的是日本与俄国。一个出兵8000，一个出兵5000，加一起占了联军总数的三分之二还多。

由于德国一直没有争取到带头大哥的位置，拒不发兵，攻打北京的实际上是七国联军。

在天津召开的军事会议上，联军将领一致认为，若无18万之众，攻城没有必胜的把握。

当然你会问：何以如此谦虚？

因为人民战争的可怕。

敌进我退，敌疲我打；逢山筑寨，遇水烧船。就像电影《赛德克·巴莱》中在森林里神出鬼没，杀日寇于无形的原住民。

况且，联军所谓的胜，不是架起一排大炮把北京从地图上抹掉，而是要想尽办法保证人质的安全。这样一来，难度就从普通级变成专家级了。

问题是这边议论未定，那边俄国正争分夺秒地往中国运兵，泉水般汩汩涌来。

英国急了——路途遥远，不可能像日、俄那样连绵不绝地用兵。英军司令不再犹豫，冒险开拔。其余六国也争先恐后地发兵，怕去晚了什么也捞不到。

一打才发现"古之人不余欺也"——天下事有难易乎？为之，则难者亦易矣；不为，则易者亦难矣。

联军长驱直入，通州失守，赶来勤王的李秉衡在阵前自杀，总算保住了一点晚节。

8月13日，联军攻打北京。次日，日军用地雷炸开东直门，占领了北城。

短兵一相接，神拳不神了。

事实上，只要找来目击者对义和团作战情形的记录一读，便知团民靠不住：

> 团与洋人战，伤毙者以童子为最多，年壮者次之。而所谓老师兄者，受伤甚少。盖因临阵以童子为前队，年壮者居中，老师兄在后督战，见前队倒毙，即溃逃。

上苍造物，宁有厚薄

8月15日，10万京军加20万团民不敌一万多联军，北京陷落。

翌日，慈禧带着光绪和部分亲贵重臣化装成平民，出德胜门，逃往昌平。走之前还不忘把私仇给报了。

珍妃被太监推到井里摔死；主和派的徐用仪、许景澄、袁昶、立山和联元，在刑部侍郎徐承煜（徐桐之子）的监斩下含冤而死，史称"庚子五大臣"。

最恶劣的是载勋，走前下令将九门紧闭，以至于平民无法疏散，惨遭联军蹂躏。

徐桐老迈，没跟慈禧一起"西幸"。目睹山河破碎的他本着"君辱臣死"之义，带着徐家女眷十八口集体自杀。其子徐承煜贪生怕死，哄他爹说"儿子陪您上路"。然后帮徐桐上了吊，抽了垫脚的凳子，成全了老父的大节后，自己脱下二品官服，悄然遁走。结果没跑多远便让日军抓住，移交给清廷，后同启秀一道被斩于菜市口。

徐承煜被王文韶骂为枭獍（生而食母的恶鸟）。生前，他曾叼一根雪茄从徐桐面前走过，遭其父训斥："我还活着，你就这样。等我死了，一定禀明阎王，让你胡服骑射作鬼奴！"

一语成谶。

入城后，联军大开杀戒，人头滚滚。俄国毛子一马当先，奸淫掳掠，坏事做绝。放眼望去，灰烬、垃圾和饱餐了死尸的狗群混杂在一起。天空中满是白色与黑色的碎片，随风乱舞。活下来的人目光呆滞地望着印有国际红十字会标志的救护车来来往往。

北京被分成八块占领区（鉴于瓦德西正率德军风尘仆仆地赶来，也给德国留了一块），北城由日本分管，各家各户都自觉地插好了白旗，上书"顺民"二字——想当年李自成打进来时，这就是最有效的保命技巧。

估计日军觉得不严肃，有碍观瞻，传谕擦去"顺民"二字，代之以红日。

西什库大教堂里的教士和教民像憋坏了的野兽，一哄而出，狼奔豕突。一个长老会（基督教的衍生教派）的美国牧师，趁乱在王府井大街占了一座有50栋建筑的王府。虽说之前已屡遭洗劫，但该牧师还是在王府中搜出3000多两白银。他将房里的家具陈设、名瓷苏绣全部搬到门口，摆起了跳蚤市场，并戏称是"上帝的恩赐"。

太平洋彼岸的马克·吐温听说后，在报纸上对教会大加鞭挞，呼吁政府约束在华美人的行为。

在京大员里，还有不少没逃走的。肃亲王善耆（川岛芳子之父）被赶去挑大粪、搬石头；礼部尚书怀塔布被叫来拉洋车，挨洋人抽。他一边小跑拉车，一边回头笑道："老爷别打了，这条路小人一天跑好几趟，不会拉错地方。"

由于慈禧跑得急，没做布置，留守京官全都茫然不知所措，更不敢同洋人接洽。

联军抢累了，想谈判，找到总理衙门保管大印的司员舒龄，示以议和之意。舒龄把七八个高级官员召集到自己家，商量着一块去见洋人。平日里他们道貌岸然，现下因为被抢，全部衣冠不整。舒龄不得不拿出自己的长衫给他们穿上，一同步行前往。

洋人开门见山，指明让奕劻和李鸿章来京议和。

武汉。

张之洞连夜致电各国驻上海领事，替慈禧开脱，说东南互保其实是各督抚按慈禧的旨意办的。

这么讲有两层深意。一来，慈禧最怕被洋人列为"祸首"严惩，绝不敢否认张之洞的说法，只会抱着他扔过来的救生圈感激涕零；二来，既然慈禧默认了东南互保是奉旨办理，也就断绝了秋后算账的可能，给"抗旨"披上了合法的外衣。

西贯市村。

这是昌平最大的回族聚集区，也是慈禧亡命天涯的第一站。村里有一座建于明朝弘治年间的清真寺，慈禧即以此为行宫。

太监找来两三个管事的到慈禧跟前回话，谁知几人只跪不拜。旁人催他们磕头，慈禧道："回回的教规我是知道的，除了真主，谁都不叩拜，你们不要强人所难。"

到了饭点，御膳是小米粥加炒白菜，饥不择食的慈禧觉得比宫里的满汉全席还美味。用完膳，又传见寺里年纪最大的李某问话。

慈禧："东光裕和西光裕这两家字号（商店招牌）还在吗？"

李某："在。"

慈禧："我十三岁那年跟先父去北边赴任，途经此地，坐的就是光裕的轿子。"

正抚今追昔，院子里的伙夫大喊道："娘娘们要是喝水呀，锅子里有开水，千万别喝凉水啊！"

李某的脸吓得刷白，赶紧出去喝阻。慈禧却像变了个人似的，劝止道："他本是粗人，哪懂得这些个礼数？不必怪他。"

待了一天，传召昌平知州三次，始终未见其来，估计听到京城失守，已携带家眷潜逃。慈禧感叹道："食俸禄的官员反不如老百姓有良心。"

一番唏嘘后，叫李某预备些大车和驮轿，准备第二天便走。

当晚，慈禧对李某道："我们出宫时分文未带，今日已派人往京西取盘缠了，但不知取不取得来。你们要是有银子，可先借用几百两。"

李某爽快应允。

次日清晨，两宫起驾。清真寺凑了白银900两，大车20辆，骡马30匹。慈禧又要了100枚熟鸡蛋，以备路上食用。

此去西安，长路漫漫，尚不知有多少磨难。临行前，西太后哭着对恭送她的回民道："甲午之战，只有左宝贵效死疆场。想不到你们回教中倒出了个好人（左宝贵是回民）。"又命太监取纸笔来，将接驾寺众的姓名一一登记，动情道："我们若是到了西安，不论旨意不旨意的，非写个信来叫你们。你们可千万去啊！"

众人谢恩。

缓步走到大殿阶下时，慈禧又四顾道："以后但有大清的天下，必发内帑（皇室小金库）给你们重建此寺。"

暮霭沉沉，慈禧洒泪上轿，一路西去。

宿命的棋子，摇晃着悲凉

乱局逐渐发酵。

汪康年在报纸上发表了一篇反动文章，称"八国之兵，毁一国之都，已造成'国亡而政权倒'的既定事实。国民不能无主，七省督抚当成立公共政府，颁定宪法。"

不久，中国议会在上海成立，以不记名投票推举容闳为议长，严复为副议长，汪康年、唐才常等十人为干事。

议会还有一大堆秘密宗旨，归纳起来无非十个字：反对现政权，建立新政府。

可惜，决定未来中国政治走向的是列强。各国虽因在华利益的冲突明争暗斗久矣，但此番针对拳乱却达成了难得的共识：惩办祸首，归政光绪。

显然，洋人对推翻清廷不感兴趣。后任八国联军统帅的瓦德西就指出："无论欧美还是日本，皆无此脑力与兵力，能统治占世界人口四分之一的这片土地。"

因此，把慈禧和一干极端排外者法办了，推没有民族偏见、思想较为开明的光绪上台，维持一个和平稳定的中国，符合列强持续渔利的诉求。

至于这样的中国是否腐败丛生、贫富悬殊，就不是西方政客关心的事儿了。

对袁世凯来说，光绪上台等于判他死刑。

戊戌政变才过去两年，在皇帝眼中，袁世凯就是个告密求荣的小人。

据瀛台附近的太监反映，百无聊赖的光绪平日里最热爱的娱乐活动便是将"袁世凯"三个字写在纸上打靶。

袁世凯听到这个消息时，想必心情是复杂的。

于是，当他从自己的儿女亲家、陕西巡抚端方的电报中得知，两宫逃难团已抵达山西时，立刻有了主意。

即便晋商名扬海内，山西在那个时代还是个穷省。逃难团扈从又多，需用浩繁，颠沛流离的慈禧，难处显而易见。

袁世凯大手一挥，着人押运30万两白银、200匹绸缎、40桶水果以及恩县的龙须面等特产，火速赶往太原。

两周后，逃难团收到贡物。慈禧久旱逢甘霖，感动之情自不待言。

随扈的王文韶死里逃生，对押运官感慨道："各省饷银未到，山东首先送来，算是解了燃眉之急。"

真正的燃眉之急来自北方。

每当中国陷入危殆，总能看到俄国垂涎欲滴的身影。

20万俄军从海兰泡开进中国，把在此地做边贸的6000多中国人押解到黑龙江，强行驱赶入水。跑得慢的全部用斧头砍杀，跑得快的多被淹死，游过江者仅80余人。同时，在江北的华人聚集区制造"江东六十四屯"惨案，杀害7000多中国平民，残忍至极。

东三省相继沦陷，黑龙江将军寿山自杀，盛京（沈阳）将军曾祺被迫同俄国签订《增阿暂章》。

袁世凯和张之洞当即反对，慈禧也不予承认。

贪婪的沙皇对这个由地方总督阿莱谢耶夫签下的《暂章》亦觉不满。他同意废约，并酝酿更苛刻的索求。

俄军已打到山海关，大清分崩在即。

惶恐的慈禧急命李鸿章为直隶总督兼北洋大臣，赴京议和。

守旧派基本上都在浪迹天涯，视李鸿章为汉奸的义和团也偃旗息鼓。北上，已无性命之忧。

李鸿章闭目养神，想起前几日秘密拍给驻美公使伍廷芳的电报。他指示伍廷芳伪造了一封由光绪具名的国书，令其亲递美国总统，内称："时局失控，举世交责，至属不幸。望贵总统作一臂之援，号召各国恢复旧好。"

有亡国者，有亡天下者。对朝廷，他已不抱希望；但对生于斯长于斯且正在沉沦的这片大陆，他又岂能坐视不理？

登船离粤前，李鸿章屏退了所有送行官员，只召安徽同乡、南海知县裴景福入见。

炎天酷暑，李鸿章身穿蓝布短衫，靠着一架小藤躺椅歇息。

裴景福恭贺道："公调补北洋，各国驻广州领事今早已得知电报，全都额手相庆。"

李鸿章颇为得意，捋须道："当今之世，舍我其谁？"停了片刻，又道："百足之虫，死而不僵。京师遭难，根本虽已动摇，但慰庭支撑着山东，香涛、岘庄（刘坤一）全都有定见，必会联络保全，不至于一蹶不振。"

然一谈到俄国，又无语了。

裴景福告辞欲出，李鸿章道："船还没来，先不用忙。"

他喝着牛奶，并以荷兰汽水待客。

裴景福又问："公进京后打算怎么办？"

李鸿章："洋人必会以'剿拳匪'和'惩罪魁'要挟我，而后注重兵费赔偿。至于数目多少，尚不能预料，唯有极力研磨，不知做不做得到？我已垂垂老矣，还能活几年？总之，当一天和尚撞一天钟。钟不响，和尚也就死了。"

言讫，泪比司马青衫多。裴景福亦怆然涕下，辞别而出……

途经上海，李鸿章特意下船去了盛家花园，同盛宣怀彻夜长谈。

灯火明灭，月光黯淡。此情此景，竟比30年前曾国藩和赵烈文的那场夜谈更显凄切。

临别之际，李鸿章给盛宣怀留下六个字：

和议成，我必死。

一国且不好谈，况八国乎？且此番俄国铁了心要吞并东北，瓜分之祸，迫在眉睫。

辛丑条约

在此背景下，美国力推的"门户开放"政策出炉，主旨有三条：

1. 各国彼此承认在中国取得的既得利益（如租界和通商口岸）；

2. 中国关税自主，对运至各通商口岸的各国货物征收统一关税；

3. 对自己势力范围内的他国船只，各国不得收取高于本国的港口税。

门户开放在当时的绝境下使中国得以保全领土，免于分裂。比如俄国想独吞东北，势必侵犯日本在这一地区的既得权益，遵循政策的列国便会起而反对，使之作罢。

当然，列强不是善男信女，维护中国的主权独立不是美国的义务，而是手段，其目标非常纯粹：商业利益。

在美国看来，觊觎中国的领土完全是不成熟的表现——占了又不好管，还成为众矢之的。而只要大清臣民每人多穿一条洋布裤子，就能保证本国的纺织工人不失业。

这和英国的对华政策大体一致。

英国是典型的大社会、小政府，商人通过议会对英国的外交政策产生着重要的影响。19 世纪末以前，除了印度，英国在海外扩张中都尽可能地避免占领土地，而只占一些重要的贸易和交通据点，比如香港、新加坡和好望角。因为征服殖民地很多时候是一笔赔本买卖，统治成本极高。

所以，落后国家只要愿意向英国开放本国的市场，让它享受到贸易的好处，英国甚至乐于协助其政府维护风雨飘摇的统治。

当然，进入到 20 世纪后，英国也开始染指一些地区，但那是因为列强都在争抢殖民地，英国担心它们用政治手段关闭市场。由此可见，大清如果能够成为一个稳定、统一而又适度繁荣的帝国，并在远东牵制俄国，无疑是最符合英国利益的。

美国也一样。它不仅担心大清被列强肢解（市场崩溃），也不愿看到中国积贫积弱（没有消费能力）。为此，它甚至可以出钱出力，协助天朝改革。

可惜，美国到晚了。面对这块快被分得差不多的蛋糕，山姆大叔焉能坐怀不乱？因此，门户开放就是帮迟到的美国享受利益均沾的政策。不管先来的人开了多少埠、占了多少租界，只要在这些区域能保证我自由贸易、公平交易即可。

归结到底，战争的背后是政治，政治的实质是利益分配。

第一个表态支持门户开放的是英国。

作为老牌帝国主义，英国的在华利益最多，最担心后到的土鳖因为没谈拢，在英商遍布的神州大地上火拼。

对日本来说，百年大计，防俄第一。只要能绑住俄国到处乱摸的咸猪手，自己哪怕少得点也认了。

当然，再明白无误的事也需要人去推动。李鸿章指示驻外使节四处活动：对俄秘密交涉，对美请求调解，对德国道歉，对日本动之以种族感情，对英国许诺保护长江流域的商业利益……

离间的结果是：除了俄国，列强均对门户开放政策表示同意。

孤立的俄国把希望寄托到李鸿章身上，毕竟签过《中俄密约》，时论都以为李鸿章是亲俄派。

打定主意后，俄国开始演戏，向各国递交了一份照会，宣称解救使馆的任务已经完成，俄军及其公使将撤退到天津，恭候清廷派出的谈判代表。

摆明了拆列强的台。

同时，俄国向慈禧抛去橄榄枝，抢先承认其统治的合法性。

然而，放弃东北，意味着放弃清廷列祖列宗的陵寝之所在。慈禧再自私，也不敢行此不忠不孝之举。

李鸿章一到天津，就被俄兵保护起来，关着门不知搞什么暗箱交易。等重新亮相时，列强都很紧张，以为他同俄国达成了什么协定。

要的就是这种效果，谁让大清国实力不济，只能玩以夷制夷的把戏？

李鸿章的腹案是：把中国从交战国打造为受害国。

故事梗概如下：拳匪是叛贼，两宫被劫持，宣战诏书是矫诏，八国联军来助剿。

按此逻辑，联军将领全成了李中堂的戈登将军（李鸿章早年打太平军时雇佣的洋枪队队长），而中国对国际维和部队固然有赔偿军费的义务，却不再承担其他责任。

跟洋人打了几十年交道的李鸿章一在谈判桌上坐下，便拿出一本《摩西十诫》，讽刺洋使道："我建议，应该把第八条戒律修改为'不可偷窃，但可以抢劫'……"

纵横捭阖下，议和条件还算温和，无非谢罪惩凶、改革总理衙门等，既无割地之虞，慈禧也无归政之忧。

然而赔款却是天价，四亿五千万对应当时中国的人口，一人一两白银。

张之洞强烈反对，搞得李鸿章非常被动。在给朝廷的电报中，他讽刺道："香涛做官数十年，犹是书生之见耳。"张之洞反唇相讥："少荃议和三两次，遂以前辈自居乎？"

浑然一副绝对。

李鸿章正色道：电报昂贵，四钱一字，不要动辄发表空洞的长篇大论了。

英美怕中国破产，曾主张把赔款问题移交海牙国际法庭仲裁核算，因各国激烈反对而作罢。

至于惩办祸首，洋人开列的黑名单，第一位原本是慈禧，在李鸿章的力争下总算一笔勾销。

余下诸公，也就没兴趣保了，甚至巴不得列强多杀几个这等颟顸愚蠢的始作俑者，以警示后人。

载漪及其子溥儁充军，载勋、赵舒翘赐自尽，毓贤处斩，刚毅在西逃途中忧惧而死，顽固派团伙的其他成员或削爵或圈禁。

西太后的保守派班子凋零殆尽。

虽如此，当全权议和大臣李鸿章与奕劻将条约内容电奏西安时，慈禧还是凤颜大悦——竟然不用归政，竟然寸土未失。

逢凶化吉，盖因两端：英美为了自身利益帮清廷看家护院；东南互保替中国解除了交战国的身份。

因此，国际上并没有"辛丑条约"这么一说，正式名称翻译成中文是：中国就1900年的动乱事件与11国最后的议定书。

庚子国变，全因慈禧构衅，而李鸿章早就提醒过了："每有一次构衅，必多一次吃亏。"

因此，《辛丑条约》签字时，李鸿章在于式枚的建议下画了一个从未有过的签押——"李鸿章"三个字看上去就像一个"肃"字。他不愿用自己的名字去承担这个历史骂名，因为清廷赐他"肃毅伯"，便写成"肃"字，下面盖有国玺。

家贫思贤妻，国乱思良相

庚子之变给每个大清臣民的心头都打上了难以磨灭的烙印。

北京街头的"义和昌""义和泰"等店面招牌一夜之间杳无踪影，取而代之的是德占区的"德兴""德长胜"等字号。

平民冒充教民、日本人的奇闻怪事数见不鲜。俄国占领东北后，一些文人士子对"全归俄制"高兴至极，甚至公然宣称"有钱就好，无论俄华"。

1903年，齐白石初游北京，记下了触目惊心的一幕：

洋人往来，各持鞭坐于车上。买卖小商让他车路，稍慢即以鞭乱施之。官员车马见洋人来，亦早早避让，庶不受打。几个国人侧立于大清门侧，手执马棒，保护洋人……

1905 年，周作人游北京。浓重的阴霾仍然笼罩在京城上空，不肯散去：

初来乍到，我们好奇，向客栈的伙计打听拳匪的事。他急忙分辨说自己不是拳匪，不知其事。我们不过是问他当时的情形罢了，岂料他却如惊弓之鸟，讳莫如深……

民国初年，钱玄同在北京做教员，雇了一个包车。车夫承认自己以前当过拳民，但其时已是一个热心的天主教徒，家里供奉着圣母玛利亚像，早晚祷告很是虔诚。

钱玄同问他何以改信宗教，车夫的回答穿透了历史的尘埃：

因为他们的菩萨灵，我们的菩萨不灵。

我们的菩萨不关心信众的死活，倒是热衷于将他们绑架到权力斗争的战车上，乐此不疲。

拜毓贤所赐，山西曾是义和团的天堂，传教士的地狱。而庚子之后，则走向了另一个极端。

地方官将办理教案当作第一要务，以教民之意为圣旨，随意捉拿"拳民"。更恶劣的是，辛丑年山西闹灾荒，地方政府只赈济教民，而无视平民，坐看其自生自灭。

结果，连曾经的反洋急先锋义和团的团头们也纷纷入了教，理由非常讽刺：不受辱，不受气。

晚清最后十年，中国的天主教徒激增了一倍，达到 130 万人。

不知上帝在云端做何感想？

列强陆续撤军，俄国赖在东北既不合情理，也面临各国施加的外交压力。

1901 年 10 月，俄使向李鸿章提出以道胜银行的名义办约，掩人耳目，遭到拒绝。俄人不断催逼，七十八岁的李鸿章内外交煎，连月发烧吐血，卧床不起，西医诊断为"胃血管破裂"。

直隶布政使周馥在病榻前悉心照料。一日，一探访的来客劝李鸿章保荐直隶总督的人选。李鸿章默然半晌，道："继任有人在，我不想保举罢了。"

周馥清楚地记得，老头说话时，愣愣地望着窗外。

那分明是山东的方向。

1901 年 11 月 7 日，"内悦昏君，外御列强"了大半辈子的李鸿章撒手人寰。

身高一米八三的他，与伊藤博文、俾斯麦一道，被西方人并称为"当世三杰"。一生书写了 2600 万字堪称劳模的他，却在中国这个动辄得咎的老大帝国，刷新了被人弹劾的纪录（800 多次）。

他是第一个拍 X 光片的中国人，也是第一个撰文介绍蒸汽机的科普作家。临死前，俄使仍伫立床前，逼他画押，遭到拒绝。

毛子丧气而去，看样子不会善罢甘休。

李鸿章一边哀叹"毓贤误国"，一边让于式枚代拟遗疏，提出"外须和戎，内须变法"的治国理念，鼓励慈禧振作发奋：

　　　多难兴邦，殷忧启圣。举行新政，力图自强。

恍惚中，他忆起二十多岁上京应试时的情景。

彼时的大清，刚在鸦片战争中败给英国。但在文人士子看来，这不过是一段小小的插曲，天朝仍然具备万国来朝的实力。

李鸿章亦作此想，连写了十首《入都》，其中一首"丈夫只手把吴钩，意气高于百尺楼。一万年来谁著史，三千里外欲封侯"广为传颂。

谁知，灾难一开始便收不住脚，插曲竟是序曲，悲歌一放六十载，直至曲终人散。

一个甲子宛若一道轮回，在生命的尽头，李鸿章带着无尽的遗憾，口占一诗：

> 劳劳车马未离鞍，临事方知一死难。
> 三百年来伤国步，八千里外吊民残。
> 秋风宝剑孤臣泪，落日旌旗大将坛。
> 海外尘氛犹未息，请君莫作等闲看。

贤良寺，落叶秋风，寒鸦聒噪，周馥亲眼目睹李鸿章带着无尽的悲怆和遗憾离开人世：

> 相国已著殓衣，呼之犹应，不能语。延至次日午刻，目犹瞠视不瞑。我抚之哭曰，"老夫子，有何心思放不下，不忍去耶？公所经手未了事，我辈可以办了，请放心去罢。"忽目张口动，欲语泪流。余以手抹其目，且抹且呼，遂瞑，须臾气绝。余哭之久，不能具疏稿。

慈禧在行宫收到周馥的电报，震惊痛悼得失去了常态。少了这样一个"安危系之，存亡系之"的重臣，她甚至不敢想象自己的统治还能维持多久。

黄花晚节，重见芬芳，李鸿章身后哀荣无限：谥文忠、追赠太傅、晋一等肃毅侯，并在京师建专祠，开启"汉大臣向无此旷典"的先例。

许多年后，一个曾在总理衙门目睹了一场外事会谈的人回忆起当时的情景，依然对李鸿章举足轻重的地位和举重若轻的魅力叹服不已。先是李鸿章不在场时：

> 座中有三洋人，华官六七辈，尚有司官翻译，皆翎顶辉煌，气象肃穆，正议一重大交涉。首座一洋人，方滔滔汩汩，大放厥词，似向我方诘难者，忽起忽坐，矫首顿足。余两人轩眉努目以助其势，态度极为凌厉。说毕由翻译传述，华官危坐祗听，面面相觑。支吾许久，始由首座者答一语，声细如蝇，殆不可闻。翻译未毕，末座洋人复蹶然起立，词语稍简，而神气尤悍戾，频频以手攫拿，如欲推翻几案者。迨翻译述过，华官又彼此愕顾多时，才发一言。首座者即截断指驳，其势益汹汹。首末两座，更端往复，似不容华官有置喙余地。惟中座一洋人，意态稍为沉静，然偶发一言，则上下座皆注目凝视，若具有发纵能力。而华官之复答，始终乃只有一二语，面赪颜汗，局促殆不可为地。

清政府的外交官在颐指气使的洋人面前毫无招架之力。这时，外面传报"王爷到"，"旋闻足音杂沓，王爷服团龙褂，随从官弁十数，皆行装冠带，一拥而入，气势殊恒赫……既至廊下，则从者悉分列两旁，昂然而入。华官皆肃立致敬"。

本以为这位气派十足的王爷能够力挽狂澜，孰料其对洋人之卑躬屈膝更甚于他人，"先趋至三客座前一一握手，俯首几至膝上。而洋人傲慢如故，王爷尚未就座，即已厉色向之噪聒。王爷含笑以听，意态殊极恭顺"。

直到救星登场，才给天朝上国挽回了一点脸面。与那位外强中干的王爷不同，李鸿章只带了两名随从，踱进客厅便止步不前：

> 此时三洋人之态度，不知何故，立时收敛，一一趋就身畔，鞠躬握手，甚谨饬。中堂若为不经意者，举手一挥，似请其还座。随即放言高论，手讲指画。两从人为其卸珠松扣，逐件解脱，似从里面换一袭衣，又从容逐件穿上。公一面更衣，一面数说，时复以手作势，若为比喻状。从人引袖良久，公犹不即伸臂，神态殊严重。而三洋人仰面注视，如聆训示，竟尔不赞一词。喧主夺宾，顿时两方声势为之一变。公又长身玉立，宛然成鹤立鸡群之象。再观列坐诸公，则皆开颜喜笑，重负都释。

1908 年，在李鸿章逝世七周年祭日的当天，《纽约时报》出专刊纪念道："李鸿章和他同时代其他清国高官的不同之处在于，他拥有更宽阔的视野，远远走在时代的前面，并且预见到他的国家在即将到来的数年里会需要那些具有前瞻眼光和进步思想的人。"

俱往矣，对李鸿章的评价，可能还是他的老对手伊藤博文最掷地有声：

> 大清帝国中唯一有能耐和世界列强一争长短之人。

第二章：一线曙光

善用威者不轻怒，善用恩者不妄施

人事有代谢，往来成古今。继任直督的人选被提上了议事日程。

抛开私人恩怨，李鸿章属意的接班人是袁世凯，甚至传言其曾亲口告诉于式枚："环顾宇内，人才无出袁世凯之右者。"

洋人也青睐既懂外交，又很开明，关键时刻还能保护他们不被乱民砍杀的袁世凯。

慈禧更无异议。一来对袁世凯的好感与日俱增；二来列强能饶她一命殊为不易，自然要尊重洋人的意见；三来武卫军四支部队皆被打残，只剩武卫右军兵强马壮，正需袁世凯带上来拱卫京师，安定人心。

当然，竞争对手不是没有，比如刘坤一和张之洞，资历都比袁世凯老。

问题是前者再过一年就要挂了，后者压根不想离开湖北老巢。

众望所归之下，盛宣怀致电袁世凯：

> 旋转乾坤，中外推公。

袁世凯当然觉得"非我莫属"，连推辞的场面话都霸气外露，说我一走，"齐鲁必乱"。

这肯定是耸人听闻，不过袁世凯一走，有人必定难逃一死。

山东按察使胡景桂。

胡大人是老相识了，以前当御史时参过袁世凯一本，说他滥杀小站附近的百姓。其实不是百姓，而是一帮投机倒把的商人，披星戴月地跟军营里的兵油子做生意、搞腐败，结果被袁世凯逮住一个为首的砍头示众。

虽然荣禄的暗访还了袁世凯一个清白，但因此受到的精神打击还是让他久久不能平复。

戏剧性的一幕发生在袁世凯接掌山东后——胡景桂恰巧是其属官。

胡大人用脚趾头想也知道自己完蛋了，只好小心谨慎，低调做人，尽量不让袁抚台抓住把柄。

岂料袁世凯竟主动与他冰释前嫌，还让胡景桂在武右卫军里兼了个差，以示竭诚重用。

当然，胡臬台也不是废柴，在自己分管的司法领域坚持秉公执法，依律办案，赢得了袁世凯的钦佩。年终密报给朝廷的考核里，袁世凯对胡景桂的评语是"诚朴亮直，任劳任怨"。

如果仅此而已，袁世凯不过是大公无私罢了。可当洋人要求惩办祸首的"极左黑名单"出炉后，胡景桂不幸位列其中。袁世凯又一次施以援手，同德使交涉，将其摘除，可谓高风亮节。

然袁世凯一向痛恨左愤误国，却偏偏保了胡景桂。有人不解地问他何故，回答只一句：

值此时局，尚闹意见，成何体统？

不是收买人心，也不单单是以大局为重，而是真切地认识到人才难得，惺惺相惜。

在他看来，关系的深浅远近并不重要。任何人，只要有真才实学，与之声气相通，则奖掖提拔不遗余力，官位金钱在所不惜。

看一个上司是否有所作为，值不值得追随，只要观察他是否吝钱惜官，任人唯亲即可。凡器度狭小、爱搞小圈子的领导，绝无把事业做大的可能。

胡景桂成为袁世凯的得力助手，直至病逝，始终追随其左右。

离鲁前，袁世凯又去山东大学堂（山东大学前身）看了看。这是继京师大学堂（北京大学前身，戊戌变法的唯一遗产）之后，中国第二所国立大学，由袁世凯一手创办，教学内容涵盖中西、文理兼备，首任校长周学熙。

残雪犹存的官道上，一队从济南开出的人马正急匆匆地向北行进。众星拱月般护卫着的，正是刚被任命为直隶总督兼北洋大臣并加太子少保衔的袁宫保。

身旁并行的是即将赴任津海关道（天津海关关长）的唐绍仪。两人一路谈笑风生，来到河北境内。

周馥早已携带官印在高阳县恭候。

香案前，袁世凯率领随官遥望两宫行在，叩首行礼，谢主隆恩。权力交接就在这庄重肃穆的仪式中完成了。

晚清的直隶总督署，保定与天津各设一处，直督隔段时间便往返一次。然而，作为通商口岸，天津经济繁荣；作为北京的门户，又承担着防御从海上登陆之敌的重任。因此，随着时间的推移，天津取代保定成为直隶总督的常驻治所。

此刻，《辛丑条约》虽已签订，TPG（天津临时政府）却仍未解散。

袁世凯愤怒了，待在保定，郑重宣布：TPG 一日不撤，联军军官一日不走，我就一日不到天津办公。

唐绍仪前往交涉，一面以强硬的姿态告知各国，"此事不办，条约里的善后事宜将无从谈起",一面通过英美居中斡旋，总算搞定了这帮赖皮。

谨如君诲

1902年8月15日，天津利顺德饭店。

欢送宴会上，一个德军少将举着浅褐色的威士忌，劝慰那些垂头丧气地盯着精神抖擞的袁世凯的同伴道：

别忘了，他的脖子上还有一个套子。没有军队保障的政府会是什么样？到时，他还得来找我们。先生们，天津永远是我们的！Cheers！

原来，条约规定，天津及周边10公里内不准驻扎中国军队。

但以为如此便能难住袁世凯，就大谬不然了。

3000名武卫右军的士兵换上崭新的警察制服，开进天津市区和秦皇岛、塘沽等地，担负起维护治安的重任。

此乃"警察"在中国历史上的首次亮相，因不属于军队编制，故不在条约限制之内。

这项被洋大人逼出来的"发明"，意义远不止于此。三年后，在袁世凯的建议下，清廷设立巡警部。从尚书侍郎到1000多名基层警员，几乎全部都是袁世凯的人。有了这支情报网，京城的一举一动尽在袁世凯的掌握之中。

列国均已收兵，俄国越来越被动。见占不到什么便宜，只好极不情愿地同清廷订约，承诺分批从东北撤军。

西安行宫。

调整后的军机处只剩下四人：荣禄、王文韶、鹿传霖和瞿鸿禨。

鹿传霖是同治元年的进士，常年抚陕，政绩斐然。

瞿鸿禨少年天才，二十一岁便高中进士。加之帅哥一枚，长得很像同治帝，故深受慈禧喜爱，仕途畅通无阻。

当然，也得益于他变态的自律。

如果说晚清还找得出一个官员竟然真的一分钱都不贪，那非瞿鸿禨莫属。

为官多年，瞿鸿禨回乡服丧。返京时，居然连路费都不够，不得不变卖旧宅，凑足盘缠，方才上路……

大难不死的慈禧不敢再拖，国变促使她开始思考如何顺应时代潮流，融入人类文明这一严肃的课题。思来想去，萌生了亲自挂帅，充当改革急先锋的冲动。于是，她连颁三道懿旨，宣示变法的决心，并真刀真枪地干起来：

1. 消灭蛀虫，裁汰各部书吏；
2. 开经济特科，录用西学人才；
3. 命各省选派公费留学生；
4. 改总理衙门为外务部，位居六部之首。
5. 责成地方督抚，上奏变法方案。

百日维新殷鉴不远，张之洞接旨后不放心，向京中眼线打探慈禧唱的这出，到底"何人陈请？何人赞成？"。

一个军机章京透露说确实出自圣意，但奏复变法时，最好"勿偏重西"。

张之洞空喜一场，不爽道："变法不重西，所变何事？"为保险起见，他致电鹿传霖，试探道："若不言西法，仍是旧日那些套话，有何益处？"

鹿传霖鼓励他放下思想包袱，畅所欲言，但还是不敢把话说死，劝他道："不必拘泥于西学的名目嘛，免得授人以柄。"

一个个如履薄冰的并非多虑，毕竟天威难测，谁敢担保不是引蛇出洞？

张之洞不再出头，而是跟刘坤一等封疆互相通气，决定就变法拿出一个共同方案后再联衔上奏。

袁世凯觉得很搞笑，给张、刘各去了一封电报，劝他们不要怀疑朝廷改革的决心。对上谕里"世有万古不易之常经，无一成不变之治法"等漂亮的废话，袁世凯不屑一顾。他是从心理学的角度来分析这件事的，一语道破了天机——不举行新政，慈禧不敢回銮。

首先，各国对清政府的守旧排外惧恨交加，慈禧的脑袋和位子之所以能保住，端赖李鸿章。现在消防队长已死，回京后，谁知道洋人会不会出尔反尔；其次，各国都希望中国变法，你不变，回头他以此为借口，罗列条款，要挟照行，反而被动。

因此，不塑造出锐意改革的开明形象，西太后是不敢回京的。

摸准了慈禧软肋的袁世凯不像南方督抚那样扭扭捏捏大半年才搞出一个《江楚会奏》，而是抓准时机，上了"变法十条"，内容包括教育、实业、吏治、军事等各个方面，以雷霆之势开启了举世瞩目的"北洋新政"，在废墟之上再造了一个全新的直隶省。

办新政，热情和智慧当然得有，但最重要的还是钱。

袁世凯已继承李鸿章的政治遗产，将其幕僚杨士骧、杨士琦兄弟以及于式枚、赵秉钧、孙宝琦等招至麾下，此时又将其多年"截旷""扣建"积存的八百万两淮饷收入囊中。

截旷和扣建是当时侵吞军饷的普遍手法。由于军饷的预算是全年的，一次性下发。而一年中常有兵员出缺，替补往往在很多天之后，中间省下来的兵饷便谓之截旷。

朝廷拨饷，按农历每月三十日计算。但实际一年中有很多小月（29

天），称为"小建"，军官发饷时要扣除一天，按 29 天实发，名曰扣建。

　　按理说这两笔款子均应上缴国库，但在天朝，除了私人腰包，它哪也去不了。因此，有多年户部工作经历的王文韶听说其竟被李鸿章充作公款，分文未动时感慨道："如果我王某人带兵，此款是否交出，尚且要费一番斟酌，而文忠却漠然置之。"

　　只有这笔钱还是不够，袁世凯打起了道府州县各级官员的主意。

　　袁世凯清楚，对天朝的官员来说，巨额财产来历不明根本就不是罪名，而是入行许可证。连捞钱都不会，还好意思当官？

　　直隶总督署。

　　望着奉命前来的官员们困惑的眼神，袁世凯缓缓道："直隶百废待兴，急等钱用，先暂借各位大人的垫办，以后归还。"

　　结果全在意料之中。除了哭穷诉苦，便是咒骂洋人，一毛钱都抠不出来。

　　袁世凯不动声色地遣散了这帮铁公鸡，暗中派人同天津的几大钱庄取得联系，说要把公款存到其票号，问他们利息能给多少。

　　钱庄说最高只能到 8 厘。来人假称太少，作势欲走。掌柜不愿放走大主顾，急忙取出账册，向他指明某官存款多少，某官利息几何，言下之意"给你的已经很高了"。

　　来人一一记下，回禀袁世凯。

　　两天后，官员们又被叫到督署。袁世凯面带微笑地公布了调查情况，然后话锋一转道：

　　　　诸位一向廉洁奉公，岂会有如此巨款存入票号？可见这些掌柜在冒用你们的名义招揽生意，实在可恶！我已经把那些冒名顶替的存款充公了，还尔等一个清誉。

当场有人晕厥……

会当凌绝顶

两笔钱都有限，袁世凯要用在刀刃上。

保定。

慈禧一行由此地乘火车回北京。

当逃难团到达保定车站时，只见站台上彩旗飘扬，军乐队奏起了响亮的《马赛曲》——袁世凯不知这是法国国歌，只觉抑扬顿挫，振奋人心，便定下来欢迎西太后。

30多节的火车是袁世凯特意为慈禧定制的当时世界上最豪华的专列。谁能想到，十年后它成了"逆党"孙中山的专车？又有谁能想到，再过十六年，当它载着张作霖驶过皇姑屯时，被日本人炸上了天？

乐声骤歇，迎驾的群臣开始向慈禧敬献珍宝。

袁世凯虽弯下腰，眼睛注视着地面，但从他倨傲的奏对声中，可以料想必有惊人之举：

奴才蓄有鹦鹉一对，乃是特地打发人从印度寻觅来的，为的是献给太后赏玩，以表奴才一片孝心。

呈上宝物时，慈禧方才看清：精致的笼子里，镀金的短链拴着一红一绿两只毛色光洁的鹦鹉，并肩立于一株玉枝之上。

片刻，其中一只发出清爽的鸣叫："老佛爷吉祥！"

正当人群啧啧称奇时，另一只也不甘鸟后，脆声道："老佛爷平安！"

慈禧的脸上露出了久违的笑容。

逃难团回到北京，发现一件让他们生不如死的事：所有的动产和不动产全被洗劫一空。

以李莲英为例。国变时仓促离京，临行前将几十年受贿攒下来的银子藏在一个只有他亲戚知道的地方。

联军入城后，不知哪位义士打听到了这笔赃款的所在，跑去报告法军，结果全部没收。

李莲英闻此噩耗，比死了亲妈还痛苦，脸上从此没了笑容。

权贵中，同样遭遇的不在少数。袁世凯拟定了一个名单，让杨士琦带着白花花的银子坐镇北洋公所（北洋驻京办），专事进贡。

雪中送炭从来更胜锦上添花，京官们对袁世凯的颂扬之声此起彼伏。

对官员尚且如此，对慈禧可想而知。

西太后第一辆私人轿车即来自袁世凯的上贡，还是德国名牌奔驰。但慈禧心高气傲，觉得司机竟然坐她前面，不成体统，名车也就成了宫里的摆设。

而另一方面，为了刺探情报，袁世凯煞费苦心。

总督衙门的电话房可直通内务府的管事太监，宫中动向，弹指间传至天津。慈禧的好恶喜怒，朝廷的人事更张，袁世凯了若指掌，同步更新。久之，深得太后欢心。

为了维系宫中奥援，袁世凯无所不用其极。

老部下张勋率领一营守卫颐和园时，同太监马宾廷交好。马太监经常给慈禧说书，是太后跟前的红人。

袁世凯得此信息，通过张勋认识了马宾廷，结为兄弟。

一次，袁世凯和张勋同至颐和园。张勋走在前面，马宾廷出迎，招手示意他进其厢房。

张勋道："宫保还在后头呢！"

于是，马宾廷站在院子里继续等。

袁世凯远远瞧见马宾廷，赶紧趋前。走近后，居然单膝跪下向马宾廷请安。

文官给太监行此大礼，有清一代，难寻先例。马宾廷受宠若惊，感动之情，溢于言表。

稳住内廷的袁世凯继续发力，在李鸿章出殡时送上挽联：

公真旷代伟人，旋乾转坤，岂止勋名追郭令；

我是再传弟子，感恩知己，愿宏志业继萧规。

"郭令"是为唐朝平定安史之乱的名将郭子仪，"萧规"则化用了
"萧规曹随"的典故。

不久，天津的李鸿章祠落成，袁世凯又撰联曰：

受知早岁，代将中年，一生俯首拜汾阳（郭子仪），敢诩临淮
壁垒（李鸿章曾在临淮立下战功）；

世变方殷，斯人不作，万古大名配诸葛，长留丞相祠堂。

早年受李鸿章栽培是实情，希望继承衣钵也是真情流露，但更深的
意图恐怕还是想借机收拢人心，将淮军旧将、合肥门生统统聚集到自
己身边。

万事俱备后，袁世凯叫来周学熙，对他说了一句话："放手去干吧。"

第一件事是稳定金融。

大战之后多通胀。在天津知府凌福彭（凌叔华之父）的协助下，周学
熙以组合拳的形式，采取各种金融手段平抑了物价，一时间远近拜服。

袁世凯乘胜追击，创立银元局，以周学熙为总办，铸造铜元，取代
已经贬值的银币，在稳固市场的基础上也为政府提供了新的财源（铜元
比价高）。

手头有粮，办事不慌。周学熙建议成立直隶工艺总局，作为全省兴
办实业的指挥部，袁世凯立刻批准。

和盛宣怀不同，袁、周二人的商业思想更为开明，只提倡劝导，绝不越俎代庖，将创业的风气宣传开后便任其自由发展。

而在官督商办的企业中，周学熙则主抓厂办学校，力求工学一体，开通观念。

1903年，国际银价波动，被庚子赔款掏空了的中国雪上加霜，刚刚步入正轨的天津遭遇了凶猛的金融危机，民营企业哀鸿一片。

袁世凯紧急开办官方银号，贷发官银70万两，铜元数百万枚，挽救了奄奄一息的实体经济。

《大公报》为此发表社论，称赞道："保商之道，从来为官府所未有，不禁为津郡商民贺，为津市前途贺。"

经此一役，袁世凯深感未雨绸缪的必要。他上疏朝廷，痛陈现代银行的重要性。不久，户部银行（大清银行前身）在天津设立，成为中国第一家中央银行。它吸收存款，发放贷款，进一步盘活了京津地区的经济。

望着大大小小的公司如雨后春笋般平地而起，喜不自禁的袁世凯又仿照天津租界设立了"华界新区"，作为对外开放的窗口和经济改革的试验田。

明断自天启，大略驾群才

袁世凯的改革不仅重视经济基础，更关心上层建筑。最早提出义务教育的他曾说："宁可压缩军队，也要推广全部免费的国民学校。"又说："教育是救国之本，小学是教育之本，要从小学做起。"他一边建公立学校，一边鼓励私人办学，常对人道："我治理直隶的政策是，练兵的事我自任之，办学的事则听任严先生所为，我供其指挥而已。"

严先生指严修（1860—1929），南开大学创始人。早年和徐世昌为翰林院同僚，后迁贵州学政，为黔省培育了有清一代的首位状元。

戊戌年间，严修因倡议经济特科开罪守旧派，愤而辞官。赴小站拜访徐世昌时得遇袁世凯，畅谈变法，为其折服，遂订为知己。

严修常年钻研西学，在数学、化学和医学领域皆有造诣。对袁世凯的延请，一开始他不干，说如果让我主持教育，得先去日本考察。袁世凯说可以，你先上任，我再放你出去考察。于是严修去日本考察了三个月，写成细致入微而又发人深省的《严修东游日记》。

袁世凯览书大悦，宣布振兴教育乃"经国要图"，并特意在布政司和按察司之外设置了学校司，将普及教育和一省之民政、司法并驾齐驱，推重之心，可见一斑。

严修没有辜负袁世凯的信任，助其缔造了北洋大学一所，专科学校20多所，师范学校90多所，小学数百所，使天津真正成为近代国人走向世界的起点。

值得一提的是，正是袁世凯，结束了几千年来女人不能上学的历史。中国第一所女子学校北洋女子师范学堂，在其任内剪彩开学。

随着袁世凯事业的风生水起，甲午战争后仕途失意的北洋海军旧部也纷纷前来投靠，如叶祖圭、程璧光和蔡廷干。

20世纪初的天津，有轨电车把城区和租界连成一片，大街小巷一律改筑碎石马路，中外合资的自来水公司使现代文明流进千家万户。总督衙门外，运河两岸边，由比利时电厂供电的街灯彻夜通明，酒吧和剧院通宵营业……

经济的发展开启了欲望的魔盒，华洋杂处的天津，治安愈发堪忧。

对那些为害一方的地痞流氓、犯罪团伙，袁世凯统统指为"拳匪余孽"，以朝廷的名义痛加铲除，使得天津成为张一麐笔下"治安为各省之冠，有六个月不见窃贼者，西人亦为之叹服"的文明城市，却也招来"民屠"的称号，引发种种非议。

慈禧将参奏袁世凯的折子寄给他观赏，遥示警告。他立刻上疏辩解，阐明"治世以大德，不以小惠"的观点，说"欲安民则扰民者在所必去，欲利民则害民者在所必除"。

慈禧考虑到义和团殷鉴不远，便不再深究。原本要以"肆意滥杀"之罪查办的巡警道（省公安厅厅长）赵秉钧等人，反而在袁世凯的保奏下加官晋爵。

为了将天津建设成北洋集团遥控京畿、虎踞一方的大本营，袁世凯又打起了铁路的主意。

当时，北京向东和往南已有外国人修筑的铁路，唯独北方门户张家口，作为连通内蒙古的枢纽，自古便是兵家必争之地，交通却还停留在马拉车的原始状态。

袁世凯任命詹天佑为总工程师，铺轨凿山，架桥购车，建成中国第一条自主设计、独立施工的铁路——京张铁路。

通车之日，举世震惊，袁世凯却已远离繁华，垂钓于洹水之畔。

詹天佑时刻惦记着老领导对铁路的支持和对自己的信任，特意将工程竣工时拍摄的一整套照片遣人送往洹上村。袁世凯感慨万端，在回信中动情道："目想神游，至深倾服。"

对此，史学家唐德刚的评价"袁世凯在推动中国近代化之路上做了很多实事，比孙文做得多"确属不刊之论——"孙大炮"号称要修20万里铁路，最后修了几里？

在天津的示范下，朝廷的改革逐步发力。

首先一扫重农抑商的传统，专门成立了商部，颁布《公司律》和《破产律》，鼓励各地商人组织建立商会。

由于手头没"米"，只好利用官本位的民族心理，大送帽子，在《奖励公司章程》中明码标价：集股5000万元者，授一品顶戴；2000万者，封子爵；1000万者，封男爵；500万以上，800万以下者，赐四品顶戴。

其次，裁汰冗官，通政司和广东、湖北、云南三省的巡抚被撤销。同时，谕令内务府，今后宫中用款，量入为出，不准再向户部要钱。

最后，慈禧借大寿的名义，赦免了所有政治犯——孙中山和康有为除外。

一个反政府，一个反她。而受到前者的启发，后者也开始玩暗杀，热衷于收买"侠士"，谋刺慈禧。由于投入过大，使负责筹募资金的梁启超叫苦不迭。

1905 年，康有为派老友梁铁君返回北京，勾结太监，择机行刺慈禧，因遭人告发而被捕，毒死于囚室。

流亡海外的康有为仗着天高太后远，成天举着伪造的衣带诏坑蒙拐骗，招摇过市，以勤王救驾为名组织保皇会，忽悠无知的华侨捐款捐物。

每次开会前，会众都要起立恭祝皇上万岁，并喝彩三声。再祝康有为事事平安，又喝彩如前。

而到了光绪诞辰，康有为总要率保皇会成员公演自编自导的话剧。

舞台中央是光绪的圣像，两旁烛设辉煌。笙箫齐鸣中，康有为带一众弟子翩然入场，对着画像拳跪起伏，九叩首。

肃穆的气氛里，康南海叩着叩着便号啕起来。一些围观看热闹的外国人议论纷纷，康有为以为他们深受感动，郑重其事地记载下来。

更搞笑的是，会后，康党还不忘给外务部发越洋电报，问"圣躬安否？祝皇上早日归政以保中国"。

值得去的地方都没有捷径

孙中山同康党之间的恩怨，渊源已久。

早在康有为于广州开办万木草堂时，同一条街上挂牌行医的孙行者（康党对孙文的蔑称）就曾托人转达仰慕之情，表示愿与他结交。

康有为的回应只有六个字："想订交？先拜师。"

这种毁人三观的老师，的确不能拜。

一次，康有为给学生讲韩愈的《马说》，首句"世有伯乐，然后有千里马"提都不提，上来就大发无名之慨："昔日戊戌变法，我劝皇上把新疆全省辟为牧马场，养马八百万匹，以扩充骑兵。若驰驱欧亚，称霸天下，舍骑兵莫属。蒙古入欧，全凭马力……"

一直吹到下课，《马说》只字未谈。

世易时移。同是天涯亡命徒，日本政府又暗中撮合，孙中山与康有为的合作，似乎前景乐观。

但康有为却不这么看。他的敌人是慈禧，不是清政府。而孙中山的兴中会，说好听点叫职业革命家，在康有为眼里，其实就是一帮流寇。

寇首之一陈少白听说康有为抵日，立即前往拜访。当天在场的还有梁启超、王照以及康有为最钟爱的弟子徐勤。

陈少白力言清政府已无可救药，劝康有为改弦易辙。康有为表示除了解救"今上"，不知其他，然后滔滔不绝地夸赞光绪，整个一"比肩尧舜，力扛汤武"，好到不可思议，冠绝古今。

陈少白无奈道："先生要是个没出息的，我倒不说了。如果您自命为救世之才，便不能因今上待你的好，就连中国都不要了。"

正辩驳间，王照忽然毫无征兆地说了一句："我到东京以来，一切行动皆不得自由。说话有人监视，书信亦被拆阅，请诸君评评是何道理。"

康有为大怒，唤人将王照强行拉走，对陈少白道："此人精神不正常，让你见笑了。"

下来后，陈少白越想越觉古怪，便趁康、梁外出之机，将王照偷了出来，带到孙中山的密友犬养毅（后任日本首相）家。

脱困的王照哭天抢地，大诉苦水，说自己一到日本就被康党非法囚禁，一言不敢妄发，一步不敢任行，还饱受凌侮，痛不欲生。

然后开始揭发康有为伪造衣带诏、蛊惑人心，从中国一路骗到日本的前世今生。

陈少白如获至宝，将猛料悉数曝光。恰逢日本政府换届，原先支持康党的大隈重信下台，新内阁不齿康的为人，令其限期离境。

离开之前，毕永年造访。康有为听说他已在日本入了兴中会，闭门不见。

结果又得罪一个。

老毕接受媒体采访时，将康有为在国内如何忽悠良家少男替其卖命，如何假传圣旨策划政变等事迹悉数抖出，一时间阖岛震惊。

康有为恨不得将其啖肉寝皮，都跑到新加坡了还放话说："有能刺杀毕永年者，以五千元酬之。"

老大一走，康党立刻分化为两派。徐勤坚持认为，老师与孙中山的区别是钦差和钦犯之别，不可同日而语。他在会客室里贴了一张"孙文到，不招待"的字条，不巧被孙中山看见，当面质问，却又支吾其词，不敢承认。

倒是梁启超，一度同孙中山过从甚密。

以其思如泉涌、一向多变的特点来看，并不奇怪。毕竟日本能读到大量第一手的外国文献，使早就说过"中国万事不进步，独防民之术超越各国，诚可痛哭"的梁启超，更加客观地反思起老师的政治主张来。

一往深了想，发现康有为就是一出悲剧——在他看来完全可以实施不否定专制皇权的变法，依旧被现实中的专制者视为死敌。

梁启超幻灭地意识到，即便有朝一日光绪上位，召康党归而用之，面对"满朝尽是仇敌，百事腐坏已久"的局面，最终还是免不了无所作为的结局。

渐趋革命的他开始同兴中会打得火热，孙中山的哥哥甚至让儿子阿昌拜梁启超为师。徐勤在向康有为密报梁启超动向时也称其"渐入行者圈套，当设法解救"。

谁能料到，这只是梁启超千变万化的心路历程上一段小小的插曲。很快，当他受邀访美之后，思想又发生了剧变。

纽约的繁华让梁启超目不暇接，心悦诚服。但同时他也看到，美国的华人始终无法组成一个团结有序的社会，反而内耗严重，械斗频繁，比其他任何地方的中国人都激烈。

联想到国内文化素质更低的老百姓，梁启超悲观地认为，如果强行照搬共和政体，国人不但得不到幸福，反而要面临乱亡；不但得不到自由，反而要重返专制。最后得出结论：兼顾了效率和公平的君主立宪制更适合中国的土壤。

回到日本的梁启超创办了《新民丛报》，阐述其改良思想。

孙中山对其转变甚是恼火。不久，兴中会改组为同盟会，发行机关报《民报》，第三期便下了战书。

一场在近代史上影响深远的笔战拉开了帷幕。

革命党：要自由，就得流血牺牲。

梁启超：暴力革命得不到民主共和，只能得到另一个专制。

革命党：日本、英国搞君主立宪，也要流血。

梁启超：法国大革命，动乱80年，血流成河。其余欧洲诸国君主立宪，都和平完成转型。共和当然最好，但鉴于中国现实，只能从立宪做起。

革命党：既然立宪是过渡，共和是最终目标，为什么把时间耽误在过渡上？

梁启超：因为渐进改革损失小。

两派你来我往，唇枪舌剑。革命党一方胡汉民、汪精卫、朱执信等人倾巢而出，轮番上阵，立宪派则只有梁启超孤身一人。

当然，以他醋畅淋漓、纵横古今的文笔，以一敌百并非难事，毕竟连诗坛领袖黄遵宪都对梁启超的文采推崇备至，称其"惊心动魄，一字千金。人人笔下所无，人人意中所有，虽铁石心肠，亦应感动"。

加之其为文汪洋恣睢，信手拈来，经常引用日语中的"政治""经济""哲学""民主"等词，极大地丰富了汉语词汇，久而久之，梁启超成为立宪派一面迎风招展、应者云集的旗帜。

然而，锦绣文章难掩污浊现实。梁启超所言及的，都是未来的种种不良后果；而革命党所宣传的，则是清廷当前的累累罪行。

前者是尚未兑现的预言，后者则是板上钉钉的事实。

高危行业

早在1903年，《苏报》案的发生已经预示了人心的向背。

这张日发行量不过一千份的上海小报摘录了章太炎的《驳康有为论革命书》，并一咏三叹地为邹容（1885—1905）的《革命军》做广告。

章太炎就不用说了，给《时务报》当主笔时就被康党海扁过，积怨已久。在这篇歌颂排满革命的文章里，随处可见激烈的言辞，比如"公理未明，即以革命明之；旧俗俱在，即以革命去之"。

最令读者大跌眼镜、让康有为捶胸顿足的是，章太炎竟敢指着皇帝的鼻子骂："载湉（光绪）小丑，不辨菽麦。"让人不禁怀疑他是否已打好了棺材。

《革命军》更是一副"老子投错胎，干脆不活了"的架势，斥历代清帝为"独夫民贼"，骂慈禧是"卖淫妇"，号召国人一起推翻"满夷"。

上海道袁树勋拿到《苏报》时的第一反应是，敌对势力又在暗中捣鬼。

袁道台想多了。

上海的传媒如此发达，《苏报》作为一份连创刊日期都不可考、亏损严重时要靠发桃色新闻来渡过难关的小报，暂且还入不了反华势力的法眼。

不过，越是亟须打开市场、扩大影响的报纸，越容易以出格的言论博取关注。

当一个叫陈范的举人将惨淡经营的《苏报》买断后，便再一次诠释了什么叫光脚的不怕穿鞋的。

陈范原是江西铅山县的知县，因当地发生教案而被罢官。心怀不满的他跑到上海，结识了章太炎、蔡元培、吴稚晖等学界名流。买下《苏报》后，又经常找他们约稿，并邀请章士钊担任主笔。

这帮人日后不是光复会的元老（蔡元培、章太炎），就是同盟会的骨干（吴稚晖、章士钊），一个个蠢蠢欲动，摩拳擦掌，让他们写稿，出事只是时间问题。

于是，《苏报》的小众读者们愤怒地发现，原本连载了一半的成人小说不见了，取而代之的是"杀尽胡儿方罢手""借君颈血，购我文明"等血光四射的文字。

同时，章士钊抛出一个创造性的观点：革命党的党魁其实是清政府。

把守法良民都逼上梁山的正是各级官员的不作为和乱作为。说到底，清廷才是制造革命党的永动机。

案发导火索是章士钊的一篇书评：《读革命军》。文中，他盛赞《革命军》是"今日国民之第一教科书"，字里行间充满了溢美之词。

当然你会问，怎么这帮人一个比一个嚣张，难不成都是美籍华人？

原来，《苏报》是在日本驻上海领事馆注册的，企业法人也是一日本女人，办公地点又在租界内，属于外资企业。若非忍无可忍，韬光养晦的天朝本不会痛下杀手。

当袁树勋同工部局（由英、美、德三国派员组成，管理公共租界的"自治政府"）交涉时，对方答应帮助其封馆拿人，前提是案犯必须在租界内审判和服刑。

毫无契约精神的袁树勋当即表示同意，想等人犯到手后玩赖。

章士钊等人提前听到风声，相继走避。章太炎和邹容躲闪不及，先后下狱。

袁树勋没沉住气，过早地暴露了欲将章、邹二人押解到南京受审的意图。工部局得知后，断然拒绝移交人犯。

若将此举解读为"帮中国人伸张人权"，就纯属自作多情了。

工部局的目的很明确：把此案做成确立其治外法权的案例，使公共租界真正成为一个独立王国。

本来这个圈套通过外交手段并不难解，各国驻沪领事不爽工部局的多了去了，对引渡案犯的问题，有不少洋人其实站在清政府这一边。

结果天朝自己不争气，身处风口浪尖，还紧赶着拍了一部"杖毙沈荩"的血浆片，顿时人心尽失。

该片的故事背景是俄国与德国结成战略同盟，免除了西线的后顾之忧后沙皇又开始耍流氓，指示在东北刚撤了一半的俄军停止撤退，提出蛮横无理的"新七条"。

没有了扶危定倾的李鸿章，深感外交难办的慈禧在俄使的威逼下，竟有了签约求安之意。

沈荩作为一个活动能力很强的媒体人，买通王文韶之子，搞到了密约草稿，在报纸上公之于众，扇了慈禧一个响亮的耳光。

然而，代价极其惨重——杖毙。

当时，刑部已多年没有实施这项古老的酷刑，以至于要为沈荩特制一块大木板，八个狱卒轮流捶打其四肢和背部。

由于技术失传过久，沈荩被打得血肉模糊还未能死。痛苦万分的他声若游丝地哀求行刑者"速用绳绞我"，一直折腾到夜幕降临，不成人形的身体方才停止颤动。

沈荩生前人脉广泛，同《泰晤士报》首席驻华记者莫理循关系很好。《字林西报》披露其死状后引起中外舆论的共振，纷纷指责清政府野蛮残暴。

在一篇名为《真实的慈禧太后》的英文报道中，记者尖锐地写道：

这没什么不正常的。在中国，什么样的事都会发生。

要对选民负责的西方政客开始介入《苏报》案，以防止沈荩的惨剧再次重演。

日俄战争，中国打响

引渡已无可能，清廷只好屈辱地聘请律师，以原告的身份在租界法院同邹容、章太炎打官司。

当法官问章太炎是否有功名时，被硬生生地回了一句："我双脚落地，便不承认满猪，遑论功名？"（邹容也一样，从小便对热衷科举的父亲说"衰世科名，得之何用？"）

最终，二人只被象征性地判处有期徒刑两年和三年，天朝颜面扫地。

俄国才不管扫地拖地，它只要你割地，以实现其将旅顺开辟为太平洋出海口的"黄俄罗斯计划"。

日本担心中国顶不住压力，自己跳出来跟北极熊谈，提出：朝鲜归日本，满洲归俄国，互不干涉。

甲午之后，日本满以为能独吞朝鲜，谁知闵妃搞起了亲俄，专心同日人作对。

日本一不做二不休，以闵妃老对头大院君的名义发动政变，将其杀害，组建亲日政府。

俄国当即反击，把朝鲜国王李熙骗入使馆控制起来，组成亲俄政府，与其对峙。

日本用战争流血换来的成果，俄国不费吹灰之力便抢走一半，其内心之愤恨，可以想见。

而此番俄国得寸进尺，竟一口回绝了日本的提议，明确道：朝鲜这盘小菜谁也别动，满洲这道大餐日方无权享用。

日本被彻底激怒，于1904年2月6日同俄国断交。两天后，日本海军突袭了旅顺港内的俄舰，日俄战争爆发。

作为两国争夺的焦点，清廷只负责提供战场，并承诺"两不相帮"，这成为近代中国最耻辱的标签。

事实上在开战前，从官场到民间，"联日拒俄"的呼声一直很高。

贵州巡抚李经羲的意见颇具代表性："俄胜势必吞并，日胜无非索酬"。

的确，日本依附英美，承认门户开放政策，打赢了也不会跟你要地。而俄国，便全然不同了。

真正深谋远虑的是袁世凯。他致电外务部，要求朝廷在即将爆发的战争中恪守中立。惟其如此，方能将损失降到最低。

袁世凯的分析是：一旦中国参战，战场将不再局限于之前划定的辽东半岛，逼急了的俄国可能会侵犯新疆。而新疆跟列强毫无利益瓜葛，占就占了，最后无论谁胜，根本收不回来，到时你们哭都没地方哭。

庚子之后，慈禧一直神经衰弱。看了袁世凯的风险评估，吓得不轻，赶紧让外务部发表"局外中立"的声明，强调："（东）三省疆土，无论两国胜败如何，均归中国，不得侵占。"

日、俄在东北共计投入了200多万兵力，皆视此战为攸关存亡的死战。

俄军出动令人闻风丧胆的哥萨克骑兵和吨位一万二的装甲巡洋舰，

可谓传统与现代的结合。

日军祭出需要300人才能拉动的巨型火炮，又利用热气球侦查地形，力求弹无遗发，堪称科学作战的典范。

清政府名为中立，实则暗地里给日军送情报、供粮草，后来叱咤风云的吴佩孚和段芝贵也曾多次被袁世凯派到东北搞谍报工作，斩获颇丰。

其实，袁世凯的关注点根本不在日俄战争，而在战争带来的契机上。

关外炮声隆隆，震得慈禧寝食难安。她经常梦到俄军打进山海关，自己被迫再次流亡的恐怖场景。不久，袁世凯收到一封措辞紧张的朝旨，要他严防直隶各处边隘。

袁世凯微微一笑，趁机诉苦说："非兵无以布置，非饷无以增兵。"

一年前，荣禄去世，奕劻接任军机领班。

袁世凯立刻派杨士琦进京重贿结交，用银子把奕劻砸成了自己的传声筒，为北洋扩军打下了夯实的基础。

东北吃紧后，慈禧两次召见袁世凯，磋商对策。袁世凯觉得火候已到，力劝慈禧在中央设立练兵处，整军备武。他的计划是：以武卫右军为模版，练兵处指挥各省限期编练新军36镇（师），合计数十万人。

为使如此庞大的蓝图顺利启动，袁世凯以退为进，奏请奕劻出任总理练兵大臣，打消皇族的顾虑。

慈禧准其所请，练兵处正式成立。会办大臣（常务副职）袁世凯、襄办大臣（副职）铁良，再往下各司的正副使几乎全是小站班底。

铁良整个一刚毅转世，在保守排汉上实现了跨越式的发展。可惜，被夹在袁世凯和北洋系中间，除了当摆设，什么也做不了。

奕劻则唯袁世凯马首是从，不久便以"衰迈多病"为由，奏请太后责成袁、铁二人悉心经营，自己"但总其成"。

袁世凯放开手脚，编练属于直隶的"北洋六镇"。

新军无论装备还是训练皆耗资巨大，张之洞给朝廷算了笔账：每万人每年至少需要 44 万两白银。

决不肯在官兵身上打折扣的袁世凯开始想方设法地要钱。

仅 1905 年，各省上交给练兵处的 900 万两练饷中，就有 600 万两用于北洋，如此"征天下之饷，练一省之兵"，袁世凯尤嫌不足，趁日俄打得正酣，自己有守土之责，坐地起价，柔中带刚地向朝廷大倒苦水：

> 倘若实在无饷接济，或拨饷不能应时，臣何能为无米之炊？只好尽现有之兵布防。假若防范不周，贻误大局，臣固然不能推卸责任，而力止于此，应在圣明洞鉴之中。

潜台词是：你看着办吧。

苦心经营的成果在直隶河间与河南彰德的两次汇报演出中得到了完美的展现，尤其是"彰德秋操"。作为中国第一次大规模的军事演习，邀请了中外嘉宾 500 人，观摩这场总兵力 3 万多人的野外对战。

北军指挥是第三镇镇统段祺瑞，南军则是张之洞编练的湖北新军第八镇，指挥者张彪。

由于集中向西方展示了中国军事改革的成就，袁世凯的威望臻于极点。就像当年不习惯没有李鸿章一样，慈禧已经离不开里外都是一把好手的袁世凯。

抽心一剑

日俄战争以俄国的落败而告终。

此事对中国人的刺激非常严重。如果说甲午之败多少还有些让人不服气，那连强大的老牌帝国沙俄都败下阵来，不禁引发了人们深入的思索，最后得出两条结论：立宪优于专制；黄种人未必劣于白种人。

其实早在一年前，袁世凯就向朝廷提出过一套涉及官制、宪政和地方自治的改革方案，目标便是立宪。

但那次试水让他发现，利益集团一如既往鹦鹉学舌地重复着那句，不知还要再重复多少年的口头禅：民智未开、民智未开、民智未开……

好吧，先开民智。

不破不立。不把培养"奴才诚惶诚恐"的科举给废了，就无法造就新式的宪政人才。在由袁世凯主持撰写的《请递减科举专注学校折》中，他大声疾呼：

> 无人才则救贫救弱徒属空谈，有人才则图富图强易于反掌。

慈禧并不反对废科举，但要十年之后才废。

袁世凯又掏心掏肺道："就是立即废除，也要十年后方能人才辈出。如果十年后再废，人才无法急切造就，则又要二十年才能见效。强邻环伺，如何能等？"

再等不及也要解决实际问题，当年康有为废个八股被国人视为神奸巨蠹。给那些成天想着怎么靠子曰诗云混进体制内的老学究、小学究们找出路，是比停止科考更棘手的事。

袁世凯早就看透了这帮闻风而动，喊着"国将不国""圣人已死"，跑到翰林院门口绝食、国子监对面上吊的腐儒。

说白了都是利益驱动。只要赎买得当，再迂阔的人也会从故纸堆中抬眼看看日新月异的世界。

出路很有中国特色：

大学堂（大学）毕业的，给进士功名，授翰林院编修、各部主事等官；
高等学堂（高中）毕业的，给举人功名，授知州、知县等官；

中等学堂（初中）毕业的，给秀才功名，授县教谕。

小学堂（小学）毕业的，努力参加考试，争取升入中等学堂。

同时，加大公派留学的力度。

虽说对日本存有根深蒂固的戒备，但为了开一时之风气，袁世凯还是号召"近学日本"，从直隶的军事学堂中大量选拔学生赴日留学。

这些人学成归国后基本都受到重用，比如孙传芳、徐树铮、傅良佐以及蒋介石。

疏堵结合，这一巨大的社会变革终于在袁世凯的连哄带骗下顺利完成。对此，美国学者吉尔伯特在《中国的现代化》一书中评价道：

> 1905年是新旧中国的分水岭，它标志着一个时代的结束和另一个时代的开始。必须把废除科举看作是比辛亥革命更重要的转折点。

袁世凯以恢宏无匹之势熄灭了一代知识青年对朝廷的最后一丝眷恋，把精英阶层从科举的酱缸中散溢出去，衍变成一股无从把控的力量。

伴随科举灭亡的，是两个鲜活的生命。

邹容在监狱里染病身亡，同盟会《民报》的编辑陈天华为了敲醒国人，写下《警世钟》后跳海自杀。

从报上读到这两则消息时，袁世凯的耳边隐隐传来东海之东那铿然有力的呼声：

> 这中国，哪一点，我还有分！这朝廷，原是个，名存实亡；替洋人，做一个，守土官长。压制我，众汉人，拱手降洋。

这是一个吊诡的时期，比较擅长摧毁美好的事物。

所有人都要经历一个痛苦的嬗变。

当然也有死扛的，这在天朝需要莫大的勇气，更需要智慧。

因为，习惯了说假话的环境，说真话有时就像在说笑话。而天天说笑话，就会被视为疯子。

恶，是一种顽固的存在，不会因你的口诛笔伐而自动退出舞台，只有在现实中日拱一卒地与之缠斗，方能窥伺其破绽，一击命中。

改良与革命赛跑

太平洋。

轮船上的吴玉章激动莫名。这个后来被尊为"延安五老"之一，创办了中国人民大学的老党员，此刻并没有忘记自己农民的身份。能争取到留学日本的机会，对他而言可谓欣喜若狂。

农二代吴玉章在船上结识了富二代邓孝可，一见如故，相约到日本后同去拜访梁启超。结果，下船分别后，邓孝可马上跑到到横滨拜在梁启超门下，吴玉章则加入了同盟会，两人从此分道扬镳。

南通。

大生纱厂的创办和成功引起了轩然大波，文人（张謇）经商不再惊世骇俗，反倒成为常态。

另一个状元陆润庠随即宣布下海；帝师孙家鼐也让自己的两个儿子创办了中国第一家机器面粉厂。

声望如日中天的张謇被商部任命为"头等顾问官"，俨然商界领袖。但他不好好做生意，却以推动立宪为己任。写了封信吹捧袁世凯，说当年在朝鲜时小看了您，现在才发现足下是和大久保利通一样伟岸的人物。

大久保人称"东洋俾斯麦"，是明治维新的头号政治家。虽已作古，但在日本的地位比伊藤博文还高。

张謇给袁世凯戴高帽有两个目的。第一，希望他扛起体制内立宪派的大旗；第二，跟体制外谋求政治权利的中产阶级合作，共同推手立宪。

袁世凯接信，大喜过望——搞定了张謇，就搞定了体制外的实力派。他当即回信道："公凤学高才，义无多让。鄙人不敏，愿为前驱。"

袁世凯言出必行。1905年7月2日，同张之洞和署理两江总督的周馥联衔奏请慈禧实行立宪政体，并保守地给足了清廷缓冲的时间：12年。

要知道12年后，十月革命一声炮响，连马列主义都送来了。而事实上朝廷的阳寿只剩下一半的时间——6年。

一个月后，同盟会在东京成立，90%的成员都是留日学生。在念完"驱除鞑虏，恢复中华；创立民国，平均地权"的誓词后，孙文一边同会员握手一边道贺："恭喜你，已非清朝人矣！"

散场时，室内木板倒塌，声如裂帛，孙文开玩笑道："此乃颠覆满清之预兆！"

其实，站在慈禧的角度，立宪未必一无是处。

首先，立宪已成热门话题，上自勋戚大臣，下逮校舍学子，无不曰"立宪"，一唱百和，异口同声；其次，立宪可以收获民望，缓解内忧外患，把骑墙派从革命党的家门口拉回来；最后，又不是现在立。12年后慈禧估计自己都入土为安了，如果光绪接班，在宪法的限制下，也不可能随心所欲地对自己进行身后清算，挫骨扬灰。

这么一想，慈禧突然觉得立个宪还是很有必要的。

于是，旨在研究各国体制的考察政治馆成立，馆员多是袁世凯幕中的日本留学生，如章宗祥、曹汝霖。

对立宪的态度，体制内可分为速行、缓行和反对三派。

速行君宪论者多为驻外使臣，如驻法公使孙宝琦、驻俄公使胡惟德，以及谋求扩权的地方督抚，如袁世凯、李经羲；

缓行君宪论者成分比较复杂。有纯粹为了对抗庆袁集团的，如瞿鸿禨、铁良；有真心觉得事缓则圆的，如孙家鼐。

反对派则主要集中在都察院，如胡思敬。钱也没捞着，整天跟看门恶犬似地乱吠，不仅为群众所不齿，亦时遭权贵暗地里耻笑。

更搞的是，反对派为了论证没有行宪的必要，把中国硬扯成"立宪之祖国"，附会说古代"贤能、奸恶皆载之于书"是人民有言论自由，"谋及庶人，询于刍荛（割草打柴之人）"是人民有议政之权。

幸好慈禧不傻，要眼见为实，派出40人的出洋考察团，以五大臣（载泽、徐世昌、端方、戴鸿慈、绍英）领队。

镇国公载泽是慈禧的侄女婿，史称"幼而通敏，强于记忆"，被太后视为亲贵子弟中可以培育的好苗子。

端方（1861—1911）则是庚子后屈指可数的有头脑的满族大员。作为袁世凯的政治密友，他热心立宪，主张改革，又颇好金石书画，时人誉之为"有学有术"。

在湖南巡抚任上，端方建立了中国最早的省立图书馆——湖南图书馆。为了推动新式教育，还将各府县送上来的红包全数退回，命地方用这笔钱选派学生出洋深造，一时传为美谈。

世间恩怨，如丝如茧

谁能料到，给五大臣送行的礼炮竟是革命党的人肉炸弹。

9月24日，正阳门车站热闹非凡。

上午九点过，五大臣登上火车。载泽、徐世昌和绍英坐在前面的车厢，戴鸿慈与端方坐在后面。他们挥手致意，向送行的人群告别。

火车一声长啸，缓缓启动。

突然，但闻"轰"的一声巨响，火车被震得左摇又晃。随即，浓烟和烈焰从车厢中蹿出———一颗炸弹爆炸了。

人群乱作一团，四处逃散。清兵匆忙赶来，登上车厢后发现除绍英伤势较重外，其余四人均无大碍。

这是一起精心策划的暗杀。调查人员在车厢中部发现一具尸体，衣袋里的名片上写着"吴樾"二字。

由于离炸弹最近，刺客胸腹俱裂，手足皆断，当场身亡。

高言"手持三尺剑，割尽满人头"的吴樾可谓官逼民反的典型，生生被清政府从知识青年改造成了光复会的敢死队。这个前身是上海暗杀团，口号响亮（光复汉族，还我河山。以身许国，功成身退）的组织吸引了蔡元培、章太炎、陶成章等一批杰出人才。虽说一些会员后来又加入了同盟会，但整体上看，讲求身体力行的光复会成员根本瞧不上光说不练的孙文。

历史证明，光复会的确是一所催人成长的大熔炉，能把文质彬彬的蔡元培也塑造成精通暗杀的恐怖分子，比如用猫做实验，调制氰酸。

组织的洗脑让吴樾了解到排满之道有两条，暗杀与革命：

> 暗杀为因，革命为果。暗杀虽个人即可为，革命非群力而不效。今日之时代，非革命之时代，实暗杀之时代也。

对清廷做出的立宪姿态，吴樾嗤之以鼻，认为不过是苟延残喘，粉饰太平罢了。

临行前，他与同乡陈独秀密谋于芜湖的一座小楼之上，两人为争刺杀任务扭打成一团。

吴樾："舍命拼死与艰难缔造，哪个更容易？"

陈独秀："自是前者易，后者难。"

吴樾："既如此，我为易，留难者以待君。"

虽说悲壮，但毕竟暗杀未遂。若真能炸死两个，便可同徐锡麟比肩齐名了。

吴樾之死，帮了袁世凯一个大忙。

趁京师惶恐、慈禧惊惧，袁世凯顺势而为，提出在中央设立巡警部，建设警察队伍，加强京畿治安。

慈禧准奏。

于是，以原兵部侍郎徐世昌为部长、赵秉钧为侍郎的巡警部正式挂牌办公。

袁世凯终于拥有了自己的"克格勃"。

爆炸并没有动摇清廷尝试宪政的决心。山东布政使尚其亨和顺天府丞（北京市副市长）李盛铎代替徐世昌与绍英，考察团分两路启程，历时 8 个月，走访十多国。却还是对宪政说不出个所以然。

幸亏随员熊希龄早有预料，抵达日本时，暗中帮五大臣找好了考察报告的枪手——朝廷钦犯梁启超和新左派杨度。

被王闿运视为衣钵传人的杨度少年得志，聪慧绝伦，首届经济特科名列第二，考完便不顾其师劝阻，东渡日本，潜心研究各国宪政。

在东京法政大学，杨度的同窗汪精卫将他介绍给了孙文。

孙文几次想拉他入伙，两人曾"辩论终日"，最后杨度道："我主张君主立宪，事成后，愿先生助我。先生号召民族革命，事成后，度当尽弃主张，以助先生。"

为回报孙文的相惜之情，杨度把一个至关重要的人引荐给了他——黄兴。

别过革命党，杨度跟立宪派领袖梁启超走到一起，写下了著名的《湖南少年歌》。其中，"若道中华国果亡，除非湖南人尽死"一句广为传颂。

不久，《金铁主义》面世。金者，对内以工商立国，保护民权；铁者，对外以军事强国，巩固国权。自此，杨度建立起一套完整的思想体系，成为新左派的领军人物。

东京。

熊希龄对杨度道："五大臣做你的躯壳，你替他们装进一道灵魂。卷子必须在其回国时交到。"

于是，杨度的《实施宪政程序》和梁启超的《东西各国宪政之比较》新鲜出炉。

与此同时，载泽和伊藤博文进行了一场知无不言的长谈，并获赠签名版伊著《宪法义解》，成为出访团里对宪政最具感性认识的大臣。

事实证明，有些话，只能由皇族来讲。

回国后，载泽跪在慈禧面前，泣血力陈，说立宪利于民，也利于国，却不利于官。因此，立宪最大的阻力将来自既得利益阶层。

见太后颇有所动，载泽趁热打铁，鼓吹立宪有三大好：皇位永固，外患渐轻，内乱可弭。

其实，慈禧更感兴趣的是他密折中提到的口惠而实不至的"预备立宪"：

> 今日宣布立宪，可以明示宗旨为立宪之预备。至于实行之期，原可宽立年限。

再加上袁世凯的临门一脚（几度痛陈"若不及早图之，国事不堪设想""官可不做，宪法不能不立"），慈禧终于宣示内外，预备立宪。

在这道由袁世凯草拟、瞿鸿禨润笔的懿旨中，一句后来流传甚广的话揭开了历史的新纪元：

> 仿行宪政，大权统于朝廷，庶政公诸舆论，以立国家万年有道之基。

瞿鸿禨发力

五大臣回国才一个月，朝廷便向人类文明的先进方向迈出了可喜的一步，勤劳善良的中国人又开始普天同庆。

张謇在上海发起成立预备立宪公会，梁启超在日本开设政闻社，一呼百应，群起而效。

《泰晤士报》也不吝赞美："一个不同以往的中国正出现在东方，人们奔走呼号。改革是一定会到来的！"

袁世凯却并不乐观。

在他看来，君主立宪制必须具备三大要素：宪法、议会和责任内阁。

宪法一经颁布，则垂之万世，无论君民，皆须遵守；议会监督君主，弹劾内阁，代表民间的制衡力量。

然而，对写在纸上的规则，国人向来缺乏敬意。可以想见，即使宪法的说辞冠冕堂皇，最后还是会在执行中流于空谈。

议会就更理想主义了。要让习惯了绝对权力的天朝官员心甘情愿地接受来自议员的质问，绝非一日之功。

因此，眼下操作性最强、最有实际意义之事乃是请开责任内阁。

多了"责任"二字，便和早已沦为装饰的传统内阁大相径庭。

说白了，军机处不过是个秘书班子，唯一的职责便是交办皇帝的旨意。因此，军机大臣名位虽尊（正一品），反倒不如实权在握的地方督抚有所建树。

而责任内阁却大为不同，将权力下移到内阁总理，各部、各省的奏章都在内阁会议上讨论，形成决议后呈递给皇帝。

这还是实君立宪。虚君立宪更不给面子，决议压根不给皇帝看，直接下达，君主成了形式上的象征。

可见，奏请开责任内阁完全是与虎谋皮、触犯逆鳞的高危行为，袁世凯却迎难而上，连总理和两个副总理的人选都想好了（奕劻、瞿鸿禨和徐世昌），何也？

通常的说法是，戊戌年跟皇帝结下的梁子让袁世凯担心，一旦慈禧宾天、光绪即位，自己将遭遇不测。于是，借责任内阁潜移君权，弭祸于未萌。

倒也不是信口雌黄，毕竟袁世凯的家信里就有"若将来皇上独断朝政，岂肯忘昔日之仇？则弟之位置必不保"的原话。

问题是，历史不是历史剧。袁世凯自保不假，但究其原因，还是"改良思想深入脑髓"的结果。

值得注意的是，由于瞿鸿禨深藏不露，极少公开发表政见，袁世凯竟一直没能觉察这个潜在的危险。

起初，对这一扶摇直上的御前新贵，袁世凯始终热心结纳，还通过徐世昌带话，想和他结为兄弟。

瞿鸿禨当场拒绝，说自己平生没有拜把子的习惯。

袁世凯也不恼，在瞿鸿禨的儿子结婚时，让北洋公所奉送八百金的贺仪。

结果仍遭回绝。

即便如此，袁世凯也未多想，觉得无非是文人的故作姿态。

其实，他忘了一句老话：会叫的狗不咬人。

官制改革在奕劻、孙家鼐和瞿鸿禨的主持下紧锣密鼓地筹备起来，编制馆也在朗润园（今北大校园内）挂牌办公。

十几个会同协商的编纂官不是军机大臣，就是各部尚书，只有袁世凯一个地方督抚，屈居末位。

结果就属他跳得高、嗓门大，力主裁撤军机处，把责任内阁夸成包治百病的灵丹妙药，可以使君主端拱于上，不劳而治。

瞿鸿禨冷眼旁观。

作为晚清版的海瑞，瞿大人的政见非常纯粹：扳倒奕劻，扳倒奕劻，扳倒奕劻……

可捞足了银子的奕劻不但岿然不动，还借着立宪的东风，成了万民仰戴的改良旗手、政治明星——恨意盎然的瞿鸿禨只好找来御史赵炳麟帮忙。

赵御史本是铁杆立宪派，写过《防乱论》进呈光绪，呼吁行宪。但共同的敌人让他选择跟瞿鸿禨站到一起，反对由庆袁主导的宪政改革。

转型之复杂再次凸显：体制的变动，意味着权力的重组与利益的再分配，由此引发的剧烈斗争，可以让再崇高的政治理想也瞬间黯然无光。

对宪政的深入研究令赵炳麟的折子招招致命：首先，值此议院尚未成立、行政无以监督之际请开责任内阁，是赤裸裸地用"大臣专制"代替"君主专制"。狼子野心，昭然若揭；其次，即便要开，内阁总理也不能兼管陆军和海军。政权、兵权不可混合；最后，内阁大臣必须限定任期，三年一任。再人心所系，万众推戴，也不得连任三届。

慈禧览奏，若有所思。

政争朗润园

朗润园的秋天风景宜人，祥和干净，而在此举行的史称"丙午改制"的会议却刀光剑影。

奕劻先定调子：

> 立宪有利无弊，是人心所向。若拂民意，是舍安而趋危，避福而就祸。

袁世凯则扮演急先锋的角色，对立宪前面所加的"预备"二字发难道:"等把一切准备好再立宪,恐怕什么都晚了。"

光绪的亲弟弟、荣禄的女婿、后来的摄政王载沣,死死地盯着袁世凯,目光如炬。

孙家鼐和瞿鸿禨相继发表了一通立宪虽好,但应缓办的废话。铁良坐不住了,对着袁世凯喷道:"你所谓的立宪,根本就同立宪的宗旨不合。"

于是,争论的焦点又集中到敏感话题上:开责任内阁和军机处的存废。

在场的军机大臣,除了领班奕劻,全都视袁世凯为砸其饭碗的灾星。

袁世凯避重就轻,绝口不提军机处,只说责任内阁"善则归君,过则归己",简直就是埋头苦干的劳模、宠辱不惊的典范,自己当"以死相争"。

载沣爆炸了,反唇相讥道:"你想让军机大臣卷铺盖回家?怎么不说让皇上也靠边站!这样目无君上的话,也只有你袁慰庭说得出口!"

"此乃君主立宪国的通例,非在下信口开河。"袁世凯毫不示弱。

"袁慰庭,你——"载沣盛怒之下,竟将腰间的手枪拔了出来。

尽管众人好言相劝,终未酿成恶果,但袁世凯深知,同载沣之间的裂痕,永远无法弥补了。

朗润园的剑拔弩张让袁世凯目睹了亲贵中少壮派的崛起,但轻言放弃从来就不是他的风格。他没有忘记对张謇的允诺,对上天的许诺,对丁戊奇荒中那死去的一个个孩子的庄严承诺。

君子有所为,有所不为。在这件关乎中国前途命运的大事上,他打定主意:再难,也要扛起担子。

于是,袁世凯放言恐吓这帮喜欢开历史倒车的太子党:"有敢阻挠立宪者,即是吴樾,即是革命党。"

想一想的确合乎逻辑。吴樾为了阻碍清廷考察宪政都自爆了,照样螳臂当车,死了白死。年轻气盛的亲贵,拿个手枪就想吓唬见惯了大风大浪的袁世凯,岂非班门弄斧?

然而，袁世凯的反击却不能以载沣为靶心，原因很简单：太子党光环护体，慈禧不发话，永远不会垮。

袁世凯只好将炮口对准铁良，称其"揽权欺君"，是实施新政的绊脚石。

太子党迅速反扑，组织御史唾骂。

有预测未来型：责任内阁将造就一批鳌拜和年羹尧，形成太阿倒持的局面。

有谈古论今型：君主称孤道寡，昔居其名，今受其实。

再加上袁世凯"遣散宦官"的提议，得罪了曾经的政治盟友李莲英，庆袁集团顿时险象环生。

其实，重用20出头的载沣，本身就体现了慈禧对庆袁的防备和制衡。而袁世凯在立宪一事上表现出异乎寻常的热情，竟连"预备"都等不及，已然突破了自己的底线。

一日，袁世凯入宫参见，慈禧问道："官制改革，何以久未定稿？"

袁世凯回禀说："意见分歧，不易一致。"

岂料，慈禧冷笑道："怕什么，你有的是兵，不会杀他们吗？"

袁世凯一阵眩晕，腿软得几乎站不起来。

统治者，像天平，左右摇摆，反复权衡。起了猜忌之心的慈禧抛出一条"五个不准搞"（五不议），规定官制改革中军机处、内务府、翰林院和太监事、八旗事不议。

一个月后，奕劻呈上了精心雕琢的改革方案。

首先映入眼帘的是顽强的责任内阁。奕劻片字未提军机处，只铆足了劲夸责任内阁是"采邻国之良规，复圣明之旧制"。

慈禧不听他忽悠，直接跳到第二项：专职专任。

这也是流弊已久的痼疾了。

一方面都往体制内挤，权贵的七大姑八大姨恨不得全给安排了，结果人浮于事，机关臃肿。一个部委有满汉尚书两位、左右侍郎四人，总计六个堂官，出了事都不知道该找谁盖章。

另一方面，有能力的人又往死里用。以袁世凯为例，身上压着十几项兼差，精力不济的，早就过劳死了。

所以，专职专任限定了一部一尚书、两侍郎，实行一长负责制。一把手拍板，一把手担责。

对此，慈禧欣然批准。

第三项是增改六部，将其扩充为具有现代化功能的 11 个部门：外务部、陆军部（前身兵部）、吏部、法部（前身刑部）、民政部（前身巡警部）、农工商部、度支部（前身户部）、邮传部（前身工部）、礼部（合并太常、光禄、鸿胪三寺，专管祭祀）、理藩部（前身理藩院）和学部。

此外，都察院保留，大理寺升格为大理院，再加上新设的审计院和资政院，合称"四院"。

慈禧还是批准。

表面上看，除了责任内阁，其他两项都顺利通过，貌似也有进步。

实则不然。

袁世凯最初的设想很完备：责任内阁和 11 个部委共同组成中央职能部门，掌行政权；四院不受内阁节制，大理院掌司法权，资政院掌立法权，都察院和审计院掌监督权。由此四权分立，彼此牵制，尽善尽美。

而现在责任内阁不批，所有部院仍置于军机处之下，事实上还是君主专制。

更倒行逆施的是，为了削弱庆袁，扶持太子党，慈禧借官制改革默默地将高层大换血，换出了一个汉人只占不到三分之一席位的反动局面。

11 个部委，庆袁集团只捞到三个尚书：外务部（奕劻）、民政部（徐世昌）和农工商部（奕劻长子载振）。而要害的陆军部，尚书则是铁良。

袁世凯心有不甘，联合端方等人坚持前议，飞蛾扑火般决绝道：

"改旨之旨不下，则不能出京。"

那一刻，以张謇为代表的民间立宪派，无不泪眼朦胧地望着北京：清朝立国以来，在造福商民，推动历史上，能做到袁世凯这种程度的，试问有几人？

潜驭群臣

慈禧见袁世凯不死心，决定狠狠地敲打他一下。

军机会议上，她将一道参劾"疆臣揽权（袁世凯），庸臣误国（奕劻）"的折子遍示群臣。

奕劻脸色惨白。

军机们纷纷叩头，说圣明无过皇太后，赶紧把袁世凯这个成天想废军机处的孽障给革职查办了吧！

慈禧满意道："呵呵，这又何必呢？"把折子收了起来，默默离开。

老油条们心领神会，发动言官交相弹劾，让袁世凯体验什么叫众口铄金、积毁销骨。

慈禧顺势严斥了袁世凯，他恨恨地回到天津。

整个冬天，袁世凯都宅在家里，拒绝见客。忧谗畏讥的他知雄守雌，试探性地上了两道折子，一封请辞各项兼差，一封主动提出将北洋六镇中的四镇划给陆军部统辖。

慈禧在其奏折上批了几句宽慰的话，允其所请。

当晚，袁世凯彻夜无眠。

要知道，以前几次三番地玩类似的把戏，朝廷死活都不答应，完全一副"离了袁世凯，地球都不转"的架势。

辞掉的兼差里，以轮船招商局和中国电报总局的两项尤其令人眼红。

两大国企，是当时造钱速度最快的机器，最早在盛宣怀囊中。李鸿章死后，失去保护伞的盛宣怀开始感到"怀璧其罪"的压力。

财政困难的清廷一直在打轮、电二局的主意。正巧盛宣怀因其父病逝，必须回乡丁忧，朝廷便拟派万年不倒的张翼接管这两棵摇钱树，归入户部。

盛宣怀困兽犹斗，找到袁世凯，希望他能代为托管两局，撑到自己复出之时。

托管？虽然二人交情不浅，但彼时的袁世凯刚任直督，正缺钱花，于是趁机将两局抢了过来。

其实，轮、电都是李鸿章在北洋任上一手创建的，现在重归北洋，也算合情合理。但盛宣怀不这么看，他觉得袁世凯辜负了自己的信任，落井下石，是十足的小人，从此反目成仇。

问题是袁世凯也没高兴几天。因为在丙午改制中落败，两只下金蛋的鸡便被迫拱手相让，划给了邮传部。

瞿鸿禨见状，乘胜追击，想一鼓作气荡平庆袁。

善玩平衡的慈禧则不作此想。

她很欣赏袁世凯的办事能力。地动山摇的清王朝可以少几个耍笔杆子的，却离不开袁世凯的鼎力支持。因此，即便给了袁世凯一个下马威，他仍是五年前两宫回銮时慈禧口中"母子是赖"的股肱重臣。

为表安抚，慈禧将其长子袁克定，从一抓一大把的候补道实授为农工商部参议（相当于改制前的郎中）。而且，几乎每日都有赏赐，或珍玩、或食物，并命他不必具折谢恩。

袁世凯也时时进贡物品，差役往来传达，熟络得跟一家人似的。

一日，慈禧将咸丰帝用过的犀带（饰有犀角的腰带）扣赏给了袁世凯。

如此厚爱，自当派专差回礼。

慈禧问专差："前几天给袁世凯的带扣他喜欢吗？可有佩戴？"

专差跟随袁世凯多年，颇为机警，答道："大人感激太后的恩典，但因此物系先帝御用，不敢造次，已钉在帽子上戴着。"

慈禧点头道："袁世凯很知礼。"

专差回禀时，袁世凯惊出一身冷汗，赶紧将带扣缀于帽上。

由于尺寸过大，很不协调。宾客来访时，见他佩戴此帽，无不暗自偷笑。

袁世凯算是看明白了：慈禧对自己始终是寓防于用，不能尽信。既如此，何不趁现在形势有利于己，多做两笔交易？

心念及此，他奏请朝廷：开放边禁，设立东三省。

清军入关后，将白山黑水的东北平原视作龙兴之地，严禁汉人出关（山海关）垦荒和采猎。于是，满洲成了流放犯人的蛮荒之地，由几个将军驻守治理。

"闭关"在人类环境保护史上是一次难得的实验。二百年荒无人烟，使广袤的土地植被遍布，物产丰盛。

但对国防事业却是一场严重的灾难。

日俄战争后，袁世凯援引门户开放政策在谈判桌上寸土必争，导致日本除了接管原先俄国在南满的权利外，没占到更多的便宜。

日军在战争中伤亡几十万，以其锱铢必较的传统，显然不可能这么容易就被打发了。只是由于国力耗尽，不得不暂且蛰伏。但日本从未停止延伸其触角，俄国休养生息，也保不准哪天卷土重来，东北必须找到一条标本兼治的办法。

慈禧接受了袁世凯的提议，宣布东北正式建省，改盛京将军为东三省总督，奉天、吉林、黑龙江各设一巡抚，冀此遏阻日俄的狼子野心。

总督人选，慈禧准备照顾一下庆袁。于是，两个名字浮上心头：载振和徐世昌。

当年"西狩"回銮，袁世凯力荐徐世昌，乃召见问话。见其仪表端凝，奏对明晰，慈禧大喜，下朝即对左右道："像徐世昌这样的人，足以接替李鸿章了。"

纵使能接替曾国藩，她仍然希望是个满人。只可惜载振虽有贝子的爵位，但年仅三十，历练不够，在中央当个部长已极为勉强，真要出掌一方，恐力有不逮。

更麻烦的是，载振好色，是天上人间的贵宾，烟花巷陌的常客。为此，没少被巡城御史参劾。

放心不下的慈禧特命载振和徐世昌出关视察，一来做做调研，二来试炼考验。

结果就试出了事。

丁未政潮

路过天津时，袁世凯在督署设宴接风，直隶巡警道段芝贵作陪。

通晓日语的段道台喜欢察言观色，日俄战争时曾被袁世凯派到前线搞地下工作，机智干练。因对东北情况熟悉，段芝贵颇想谋任其中一省之封疆，袁世凯也表示愿意助力。

可惜，道台和巡抚隔着三级。依照常规，段芝贵必须按部就班地把按察使和布政使当完，才有可能提巡抚。

然而，生在中国，不就是为了体验走捷径的乐趣吗？

席间，笙管齐鸣，丝竹悠扬。以出演《拾玉镯》等言情戏而闻名的歌妓杨翠喜袅袅而出，顾盼生姿。

杨翠喜的姿色，连弘一法师李叔同都为之神魂颠倒。眼波流转中，一颦一笑间，竟把阅人无数的载振给看呆了。

段芝贵自然捕捉到了这一细节，下来后立刻赶到大观园戏馆，花一万多两白银替杨翠喜赎身，养在金屋。

待载、徐考察结束，回京再次路过天津时，段芝贵即以翠喜献上，载振大喜而纳之。

三省巡抚的名单，庆袁拟定后，获得了慈禧的批准——唐绍仪奉天巡抚，朱家宝署理吉林巡抚，段芝贵署理黑龙江巡抚。

上谕一下，举朝哗然。

瞿鸿禨阴冷的目光跃过红墙，望向宫外。

1907年春，北京市民发现街头开始热卖一份名为《京报》的日报。

该报经常刊登一些官场猛料，矛头大多直指奕劻，甚至公然质问其"当国数年，上答祖宗者何事？仰慰慈圣者何方？"

读者无不浮想联翩：这背景得硬到什么程度，才敢如此放言？

只有体制内的人略知一二：《京报》负责人汪康年的后台是瞿鸿禨。

打开市场的《京报》狂飙突进，先是痛斥奕劻借过寿大肆敛财，又刊登了赵启霖披露的载振和段芝贵之间不得不说的故事，一时间满城风雨。

赵启霖和另外两个御史赵炳麟、江春霖好论时政、激扬清浊，时人戏称为"三霖公司"。

该司常年向国有垄断企业"庆记公司"发起挑战，而这次在瞿鸿禨的操纵下，更是把段芝贵向载振进献歌妓、谋取巡抚之职的独家内幕抖了出来，不仅扇了奕劻一巴掌，也让朝廷颜面无光。

年度历史剧"丁未政潮"正式开播，掀起了新一轮的收视狂潮。

先是慈禧震怒，罢免段芝贵，派载沣和孙家鼐彻查此事。

庆府速度更快，早就秘送杨翠喜回津，把相关人员的证词串通好，以应付调查。等巡视组进驻天津，一切早已布置就绪，了无痕迹。孙家鼐只好出具"事出有因，查无实据"的结案报告。

对这种和稀泥的态度，坊间自然不满，但孙家鼐作为咸丰朝的状元，工龄五十年，什么破事没见过，绝非"昏庸"二字可以概括。私下里，他向人解释道：

今日之事，惩治庆王、圈禁其子，博个舆论欢欣鼓舞，十分容易。但是，奕劻是亲王，并非翁同龢可比，没有借口令他出京，于是仍可被召见，出入内廷如故。袁世凯控制着北洋，随时能助奕劻翻盘，更可乘机打压排斥异己，试问谁能自保善后？

由此可见，不管你是玩权术秀下线，还是拼世故比无耻，一切都建立在实力的基础之上。

赵启霖因风闻言事被朝廷开缺，庆府也自伤八百——为堵哓哓众口，奕劻让载振上疏请辞一切职务。

辞呈出自杨士琦之手，可谓妙笔生花：

虽水落石出，圣明无不烛之私；而地厚天高，局蹐（谨慎恐惧的样子）（占据高位）有难安之隐。

素喜各打八十大板的慈禧自然乐得同意，并将东三省总督一职给了徐世昌。

庆袁损失两大干将，却仍无宁日。湖北按察使梁鼎芬接过大棒，继续开喷。

梁鼎芬是张之洞的首席智囊，但这次发作与幕主无关，乃个人行为。梁鼎芬当年刚考上进士，翰林院编修的位子还没坐热，就敢炮轰李鸿章，被慈禧连贬五级，降为从九品的太常寺司乐。

梁鼎芬觉得身心受到了极大的侮辱，自刻一方"年二十七罢官"的印章，愤而辞官。离京前，他把自己的老婆托付给翁门六子之一的文廷式。

梁、文原本亲密无间，由于身材差不多，连衣服都经常换着穿。结果梁鼎芬走了没多久，文廷式就跟梁夫人勾搭到了一起。更奇葩的是，当外界开始风传梁鼎芬有性功能障碍时，他居然淡定地对朋友道："有子万事足，无妻一身轻。"

头冒绿光的梁鼎芬走进了张之洞的幕府。

有一类人，平日里桀骜不屈，特立独行，但因找对了能改写其命运的伯乐，脾性相投，专心侍奉，也能青云直上。梁鼎芬便是活生生的例子。

张之洞就喜欢这种四体不勤、高谈阔论的名士，把新政都交给梁鼎芬办。

结果办出了一幕幕闹剧。

以巡警为例。由于没有统一的标准，梁大人设计出一套惊为天人的制服：红帽绿裤。

就是这么一个想象力欠奉的空谈家，批起袁世凯来却杀机毕现，可见蓄谋已久：

> 直隶总督袁世凯，少不读书，专好驰马试剑，雄才大志，瞻瞩不凡。

上来先夸一夸，搞得跟《清史·袁世凯传》似的。

接着笔锋一转，成了八卦杂志的记者，开扒其如何勾结奕劻，将朝廷办成了庆记官帽有限责任公司。

当然，梁鼎芬也清楚，不把袁世凯"打造"成威胁慈禧统治的权臣，别说勾结奕劻，便是勾结外星人，也一样毫发无伤。

于是，开始了其处心积虑的抹黑之旅：

> 声名至劣之唐绍仪，胆大无耻之杨士琦，皆袁世凯之私交也。

唐绍仪是人尽皆知的好好先生，还声名至劣，那可真是洪洞县里无好人了。

至于杨士琦，从未深入了解的梁鼎芬就更没有发言权了。

作为袁世凯的高级公关，外人都觉得杨士琦不学无术，圆滑多变。其实，这是一个非常复杂的人。在搞潜规则之余，他不事交游，不苟言笑，终日宅在家里看书，工于诗文，满腹经纶，连整天跟袁世凯过不去的民国记者黄远生，也由衷地称其为"有哲学思想的官僚"。

如果说行贿是一件上不得台面的俗事，那么一经杨士琦之手，也变得高妙了许多。再深入挖掘不难发现，杨士琦的身上体现了中国知识分子对现实深入灵魂的绝望。

人间不值得，认真你就输。

梁鼎芬则继续较真：

> 汉末曹操，一世之雄，当其为汉臣时，有大功于天下，不知篡汉者，操也。晋末刘裕，才与操埒（相当），当其北伐时，亦有大功于天下，不知篡晋者，裕也。前者微臣来京赐对之时，亲闻皇太后皇上屡称，"《资治通鉴》其书甚好，时时阅看"。今此两朝之事，治乱兴亡之故，粲然具陈，开卷可得也。

梁鼎芬把袁世凯定位于图谋篡位的枭雄，方向没错，但因用力过度，语不惊人死不休，反而效果不佳。

况且，庆袁是推荐了不少人，但归根结底拍板任用的是慈禧。把这帮人说得如此不堪，等于指着太后的鼻子骂她无识人之明。

果然，骂疏被留中不发。

梁鼎芬不甘心，再三上折狂骂，大有不把庆袁拉下马，这日子就不过了的趋势。慈禧烦了，批复道："沽名钓誉，肆意弹劾，著传旨申饬。"

极左有时会玩悲壮，以玉石俱焚的姿态来博取同情，但他们的反动历史是经不起人民调查的。

梁鼎芬任武昌知府期间，俄国行将吞并东北，学生们停课聚会，开展拒俄运动。

对这样的爱国运动，脑子里只有维稳的梁知府竟然大放厥词道：

尔等只应用功读书，以图上进，这些与己无关的事管他作甚？
即使把东三省送给俄人，亦无须尔等干预！

岑官屠上京

瞿鸿禨看明白了：这样搞是搞不垮庆袁的。

他把目光投向了远方——两广总督岑春煊所在的方向。

作为云贵总督岑毓英之子，岑春煊从小狂傲不羁，是时人口中的"京城三少"之一。

整天傻玩的结果就是成绩不好，以至于乡试时请人捉刀才混了个举人的身份。

岑毓英倒在工作岗位上后，朝廷为表体恤，授予岑春煊五品京衔。混到庚子国变前，又外放为甘肃布政使。

然后机遇就从天而降。

当时，两宫逃难团坐着清真寺给的大车离开昌平，驶入直隶省宣化府境内。岑春煊得知后，二话不说，带着两千兵丁，跋山涉水赶至怀来迎驾。

狼狈出逃的慈禧见到这支毫无战斗力可言，却足以壮胆增势的人马，顿感心安。

岑春煊召对车旁，伏地而泣，誓言以死报国。慈禧大为感动，令其护驾。于是，每至夜阑，慈禧酣睡之际，人们总能看见岑春煊带刀守卫于门外的身影。如此感人的场景，一直持续到銮驾抵达西安。

更重要的是，岑春煊一路都在给逃难团筹措生活必需品，这一临时性的职务叫"督办粮台"。

本来差使是落在怀来县令吴永身上的，但他无兵无饷，怕把事情搞砸，便通过李莲英直接面见慈禧，陈请道：

> 蒙恩派臣为粮台，本应竭犬马之劳，惟臣官仅知县，向各省藩司行文催饷，于体制多有不便。现有甘肃藩司岑春煊，官职较崇，向各省催饷系属平行。可否仰恳明降谕旨，派岑春煊为督办粮台，臣改作会办。

慈禧一边吸着水烟，一边道：

> 你这主意很好，明晨即下旨。

吴永的动作引起随驾军机们的不满。须知四品以下官员根本没有面圣的权利，区区一个七品县令，竟敢绕过军机大臣，径直上奏。虽在非常时期，还是扫了大佬们的颜面。

王文韶就不满道："尔保岑三（岑春煊排行老三），亦须向我等商量，哪有径自陈奏的道理？此人苗性尚未退尽（岑母是苗族人），如何能干此正事？"

王大人多虑了。

岑春煊粗中有细，把后勤工作搞得井井有条，成了慈禧眼中的板荡诚臣，仕途一路畅通，从巡抚一直做到总督。

每至一地，岑春煊都要发起一轮反贪风暴，不吹落几十顶乌纱，都不想去衙门上班。久之，被老百姓亲切地称为"官屠"。

岑春煊阔少出身，从小便不缺钱，没有任何经济问题。由此可见，反腐的决心和主政者的清廉指数成正相关。当然，在暗藏杀机的天朝官场，反腐也是需要技巧的。岑春煊的技巧是把美名都落到慈禧头上，让屁民以为自己是奉旨反贪，两头卖好。

慈禧一高兴，就把"太子太保"的头衔赐给他。从此，岑春煊与袁世凯并称"晚清两宫保"。

岑宫保最煊赫的经历是在两广总督任上。短短三年，弹劾贪官、庸官一千多人，基本上达到了每日一弹……

想当初履新时，出手不凡的广州米商奉上40万两银票的见面礼。这在当地被称作"公礼"，约定俗成，并不以行贿视之，甚至有"与人计事，以不收公礼为无诚意"的说法。

岑春煊却不吃这一套，坚决不收，还把米商骂了个狗血淋头。

悚然无计的粤商只道好日子到头了，个个如临深渊。不久，却发现岑官屠只跟贪官过不去，在庇佑商民方面，做得比前几任都好。

当岑春煊奉调离粤时，虽已不流行送万民伞，但含泪相送的广东商民还是做出了公允的评价：

知不收公礼而肯为民办事者尚有人在。

当然，也有人不服气，比如海关书吏周荣曜。

晚清的中国特色是吏比官肥，关吏肥上加肥。

周荣曜在粤海关不辱使命地贪了200万两白银，要不是碰到岑官屠，熬到安然退休当无悬念。

收到岑春煊追拿赃款的公函后，周荣曜赶紧携巨资进京，找奕劻活动。

结果竟被授予三品衔，出使比利时。

岑春煊大怒，当即参周荣曜贪污关税，要求撤职严查。

慈禧的过问让奕劻噤若寒蝉。周荣曜被革职，避居香港。

然而，反击非常迅猛。

借中英在云南边境爆发纠纷之机，奕劻建议调岑春煊为云贵总督，由袁党的周馥接替粤督之职。

岑总督在封疆大吏里堪称治乱能手，几次妥善地处理过民变。结果政绩成了证据，被奕劻拿来论证"戡乱交涉，非岑莫属"。

从最肥的两广到最穷的云贵，岑春煊自然不干。但慈禧担心时间一长，酿成外患，便准了奕劻的提议。

接到朝旨的岑春煊磨蹭到上海，称病不走。拖了半年，慈禧等不及，调邻省的四川总督锡良去云贵，而命岑春煊赴任川督。

火车行至武汉，几乎绝望的岑春煊意外地收到了一封密信，署名瞿鸿禨。

览毕，岑官屠临时起意：不去成都了，带着屠刀北上。

一天后，岑春煊出现在北京，使本已斗破苍穹的京师风云再起。

坊间猜测种种，有说将入军机，有说要取袁世凯而代之。岑春煊置若罔闻，满脸淡定，一副"我是来找太后叙旧的"表情。

君臣相见，忆往昔岁月，慈禧唏嘘不已，动情道："我常跟皇帝说，庚子年若无岑春煊，我母子焉有今日？"

岑春煊在一番"久违圣颜，不胜想念"的说辞后，不失时机地提出"臣不胜犬马恋主之情，愿留京给太后当一看家恶犬"。

慈禧当即同意，道："你的事好说，我总不亏负你！"

遂将最令人眼馋的肥缺邮传部尚书一职给了岑春煊。

瞿岑联盟，准备就绪。

不辨善恶，尤甚故意为恶

岑春煊打出的第一张牌是示好袁世凯。他派人带厚礼到天津，请教咨询邮传事务，还跟袁世凯借用北洋公所的房屋，完全一副三好学生的模样。

蛇在咬人前都会缩头。袁世凯冷笑三声，陪岑春煊演起了对手戏，在回信中胡扯瞎掰，客套道：

> 适闻足下北上，圣眷方隆。吾道不孤，令人神往……
>
> 弟德薄能鲜，公既推心置腹，敢不效肺腑之诚。倘不弃刍荛，时通音讯，幸何如之。

许多年后，岑春煊在回忆录中作伪，说自己到京不久，袁世凯为了套近乎曾命袁克定造访，表示可以将北洋公所的房子让给他做官邸，被他正气凛然地拒绝了。

阳示亲善后开始出招。岑春煊再次入见，当堂陈奏：

> 近年亲贵弄权，贿赂公行，以致中外效尤，纪纲扫地，皆由庆亲王奕劻贪庸误国，引用非人。若不力图刷新政治，重整纪纲，臣恐人心离散之日，强欲勉强维持，亦将挽回乏术矣。

慈禧意欲调和，问岑春煊到京后是否拜访过奕劻。

岑春煊："未尝。"

慈禧："庆王鞠躬尽瘁，而时世之艰远甚于恭亲王时，汝应去见。"

见他默不作声，慈禧继续劝道："尔等同受倚任，为朝廷办事，宜和衷共济，何不往谒一谈？"

岑春煊理直气壮道："彼处索取门包，臣无钱备此。纵有钱，也不能作此用途。"

慈禧只好转移话题，聊起朝廷最近种种改良举措。讵料，岑春煊直不楞腾地来了一句："改良是真的还是假的？"

慈禧不快道："改良还有假的？"

岑春煊解释道："内而侍郎，外而督抚，皆可用钱买得。政以贿成，丑声四播。此臣所以说改良是假的。"

慈禧半晌无语。

岑春煊继续添柴加火："士为四民之首，士心所尚，民皆从之也。臣听说到东洋的学生已有七八千了，到西洋的想必也有几千。几年后，这些人全都毕业回国，眼见政治腐败如此，必然一唱百和，声言改革，处处与政府为难，人心离散。真到了那种地步，臣实在愚昧不敢言说了。"

言毕，失声痛哭起来。

眼看国亡无日，慈禧也跟着抽泣道："我许久没听到你的话了，不想政事竟败坏到如此地步。你问皇上，现在召见臣工，便是知县也经常蒙召，均勉励以激发其天良。万不料全无感动！"

岑春煊道："大官守法，小官方能廉洁。奕劻贪鄙，身为元辅，何能更责他人？"

绕了一大圈，还是意在庆王。

其实，岑春煊不明白的是，他根本搞不倒奕劻。

首先，血缘再远（乾隆曾孙），奕劻也是皇族。何况人还同慈禧的亲弟弟桂祥结成儿女亲家，是太后娘家圈里的人。疏不间亲；其次，亲贵里的少壮派羽翼未丰，没有能替代奕劻的。而耄耋之年的慈禧，绝不会主动打破稳定的政局；最后，专制政府的首要工作不是反贪，而是维持现状。草民的最后一丝幻想无非金銮殿里的那个人是不贪的，连岑春煊也这么想。

事实证明是妄想。

晚年的慈禧酷好麻将，奕劻经常派福晋和女儿携银票数万，进宫陪老佛爷打麻将。输得多了，尚须遣人回家再取……

岑春煊明知不可为而为之，跟巨贪死磕到底，站在清朝史官的立场上看，显然是人臣之楷模。

但从大历史的角度看，岑春煊与瞿鸿禨不过是清廷的两条忠犬。

章太炎早就说过："但愿满人多桀纣，不愿见尧舜。满洲果有圣人，革命难矣。"

过过嘴瘾罢了。

真正帮满人造出桀纣的，是袁世凯；从内部蛀空体制的，是袁世凯；反戈一击，逼清室退位，避免哀鸿遍野、山河破碎的，还是袁世凯。

不是章太炎，更不是岑春煊。

深感撼山易，撼庆亲王难的岑官屠调整了作战方案，曲线救国。

第三次面圣，他没有多余的废话，上来就参邮传部侍郎朱宝奎。

慈禧为难道："我并非惜一朱宝奎。按理你应该到部后再具折参奏，以免众议不服。"

岑春煊历数朱宝奎的劣迹，傲然道："不能与此辈共事。"拒绝到部任职。

慈禧终于还是卖了一个面子给护驾有功的忠臣，下旨道：

> 据岑春煊面奏，邮传部侍郎朱宝奎，声名狼藉，操守平常，着即革职。

一个未到任的部长，寥寥数语便参倒了副部长。

举朝震惊。

朱宝奎此前和岑春煊没有任何交集，虽说属于袁党，但袁党里的人多了去了，为何拿他开刀？

原来，朱宝奎当年游学归国，一直跟着盛宣怀混。因机警灵活，渐受重用，不数年便充任上海电报局总办。

饱暖思淫欲。捞够了的朱宝奎看上盛宣怀家的一个婢女，求为妾室。该女美艳动人，盛宣怀不舍，二人遂至绝交。

朱宝奎怀恨在心，收集了电报系统的各种黑幕，转投袁世凯门下。

袁世凯当时正考虑趁盛宣怀回家奔丧，对电报、招商二局下手。有了朱宝奎的黑材料，一道折子便搞定。

盛宣怀怀着深仇大恨，窝在上海，终于等来了岑春煊。他提着水果登门探访装病的岑春煊，岑说我没病，都是让庆袁给气的。于是勾起了盛宣怀愤怒的往事，开始痛斥卖主求荣的朱宝奎。

两人一拍即合，决定由岑春煊出面扳倒朱宝奎，在报盛宣怀一箭之仇的同时打压庆袁。

科技改变生活

奕劻有些日子没单独面圣了。今天的主题是：瞿鸿禨和岑春煊都是康党，整垮微臣和袁世凯的目的是为戊戌政变翻案。

倒也并非空穴来风。

几年前大赦天下，瞿鸿禨请求宽宥康梁；戊戌变法时，岑春煊是路人皆知的维新派。

当然，袁世凯也参加过强学会，但人早就临阵倒戈，洗清了自己的嫌疑。

奕劻清楚，立场问题虽说屡试不爽，但目前还只能在太后心里种下一颗疑窦，必须穷追猛打，左右开弓。于是袁世凯出场，故技重施，主题严肃：维持稳定。

广西土豪刘思裕带头抗捐，上演群体性事件；孙文见有机可乘，在广东发难呼应。

慈禧的心弦再次紧绷。

袁世凯貌似公允道："两广总督周馥跟臣是姻亲，固知其忠诚，但年岁已高，恐无力应对粤乱。"接着，把平乱人选朝素以知兵著称的岑春煊头上引。

慈禧想到的也是岑春煊，但却不无忧虑地表示其刚从粤督任上下来，怕是不愿再任。

袁世凯图穷匕见道：

> 君命犹天命，臣子岂有自择之理？春煊久沐慈恩，尤不当如此。

君臣大义是无可辩驳的天理，慈禧终于下定决心。

其实，岑春煊的孽纯属自找。刚入京时，光绪还挺喜欢他，说："你身体多病（装的），可随时进见，不用通传。"

结果岑春煊一点眼力见儿都没有，成天面圣，搞得光绪烦透了，还不好明说。

一日，又请见。光绪崩溃道："他不是请病假了吗？怎么还能递牌子？"

相信慈禧也有同感。

岑春煊的部长才当了二十多天，就不得不滚回广东。

离京请训时，他仍旧絮絮叨叨。快被折磨出幻听的光绪紧急叫停，说自己肚子不舒服，不能久坐。慈禧趁机道："你赶快赴任，有什么话上折子。"

岑春煊道："还有一个要面呈的折子。"

慈禧赶紧道："拿来慢慢看，你下去吧。"

岑春煊回到寓所不久即启程，神色沮丧。走到上海，又开始装病。可以理解——瞿鸿禨还没倒，翻盘并非全无可能。

奕劻斩草除根，发动御史狂参岑春煊，顺便牵扯到盛宣怀。

两派斗来斗去，慈禧的底线是决不许一方独大，奕劻却颇有血战到底之势，引起了太后的反感。

在一次和瞿鸿禨私聊时，慈禧抱怨道："他（奕劻）是我一手提拔起来的，这几年我看他也足了，可以休息休息了。"

瞿鸿禨顺势道："太后圣明，如此正可保全其晚节。"

慈禧："我自有办法，你且等着吧。"

瞿鸿禨暗喜，一路哼着小曲儿回家，把奕劻行将罢官的消息告诉给了妻子。

口风不严的瞿妻闲聊时将此机密摆给了汪康年的老婆听。

汪康年获悉后，不知哪根筋搭错，估计是早年被康梁气坏了脑子，居然转告给供职于《泰晤士报》的友人。

"奕劻将出军机"的头条，让《泰晤士报》当日的销量直线上升，英国公使马上向中方求证消息的真实性。

慈禧非常被动，向外界否认澄清的同时，对瞿鸿禨政治上的不成熟耿耿于怀。

袁世凯瞅准时机，让御史上疏猛攻，指斥瞿鸿禨里通外国，操纵报馆。

最终，瞿大军机落了个"姑免深究，开缺回籍"的下场。

政局波诡云谲。奕劻虽说有惊无险，但搞不懂太后究竟要闹哪样的他，还是自请退出军机处，以为试探。

刚辟过谣，自然只能降旨慰留。但借此风波，慈禧正好把已历任健锐营统领、正红旗都统等要缺的载沣调入军机处见习，以分奕劻之权。

斗来斗去，赢家还是西太后。岑春煊仰天长叹，久久无语。

他认了。

没有谁会轻易认命，尤其强势如岑春煊者。

然而，人口基数在那摆着，再小的概率也足以使各行各业卧虎藏龙，过度竞争，遑论官场这个早已挤得头破血流的众争之地？

岑春煊累了，他不想再为看不到一丝希望的朝廷劳心劳力。

此次入京，慈禧给他的感觉是锐气尽消，敷衍了事，唯求生前不要大乱，哪管死后洪水滔天。

掌舵的都得过且过，自己还较个什么真？

岑春煊打点行装，准备南下。

恰在此时，噩耗以上谕的形式传到。说那个长期请病假的，别看了，就是你。你现在假期已满，还没奏报启程。两广地方要紧，员缺不便久悬——岑春煊着即开缺调理，以示体恤。

晴天霹雳。

所有人都觉得没天理了。

其实还是有的，那就是科技改变生活。

为了彻底整垮岑春煊，苦心孤诣的袁世凯动用了高科技，具体实施者乃其幕僚蔡乃煌。

蔡乃煌在邮传部工作，天天跟电报电话等新鲜事物打交道。领到任务的他，找人把岑春煊和梁启超的照片 PS 到了一起，而操刀者竟是同盟会的陈少白。

广东是革命党的乐土，为慈禧收买民心的岑春煊遭到同盟会的敌视很正常，不愿他南下督粤更正常。

科技是第一生产力。陈少白发挥专业特长，倒岑的同时为孙文赚取了一大笔革命经费。

慈禧对着假照片看了良久，无比伤感，以致泪下，喟然道：

岑春煊亦通党负我，天下事真是不可逆料。罢了，彼负我，我不负彼，准其退休。

收捡好被辜负的真情，岑春煊在上海当起了寓公。

福祸，总要有人偿报

改革已死，内斗不休，提醒清朝统治者正坐在火山口上的是安徽的枪声。

徐锡麟（1873—1907）的公开身份是安徽巡警道、巡警学堂堂长，秘密身份则是光复会骨干。因此，其刺杀安徽巡抚恩铭这件事可以理解为"省警察厅长手刃了封疆大吏"。

也正因如此，章太炎事后才会说："安庆（安徽省会）一击，震动全国。立懦夫之志，启义军之心。"

恩铭的直接领导——两江总督端方，在给袁世凯的信中写道："事奇极。"

一个四品的道台，潜伏在体制内，杀了一个二品的巡抚——的确奇怪至极。

何况，徐锡麟的官还是花巨款买的；何况，恩铭一直待他不薄。

遗疏中，恩铭向朝廷回顾说，这个杀千刀的是湖南巡抚俞廉三的表侄，推荐给奴才后，见其办事勤奋，用之不疑。没承想欲图革命，故意捐官，实在是防不胜防。

"故意捐官"是疏中原话，这么经典的四个字也只有在天朝才找得出来。

平心而论，重用严复和海归学子的恩铭属于体制内的改良派，对徐锡麟的提携不遗余力。

为免死不瞑目，断气前，他努力回想当日发生的一切。

阳光刺眼，热浪滚滚，巡警学堂的毕业典礼在一片喧闹中拉开帷幕。

主席台上，安徽和安庆的政府官员一字排开，正中端坐的是恩铭和安徽布政使冯煦。

鼎沸的人声逐渐平息。

身穿黑色警服，腰悬军刀，鼻上却架着一副圆框眼镜的徐锡麟上前呈递毕业名册，简单汇报了一些情况。然后话锋一转，道："报告，今日有革命党起事！"

这是徐锡麟和同志约好的暗号。

恩铭愣住了。几日前，他收到一份端方发来的名单，说上海破获了一个反革命组织，案犯招出不少同党，让他按图索骥，逐一抓捕。

徐锡麟看到名单的刹那，惊出一身冷汗——自己的化名"光汉子"赫然在列。

为防夜长梦多，他决定提前举事，与同为光复会会员的秋瑾相约，一在安徽，一在浙江，同时发难，最后会集南京。

一直被蒙在鼓里的恩铭拍案道："革命党？在哪？"

一个革命党用行动回答了他，奋力朝主席台掷出炸弹。

可惜是颗哑弹。

恩铭大惊，急忙起身。

徐锡麟从靴中掏出两支手枪，对准恩铭，连开七枪。可惜由于视力不好，除了打中右腰的一枪，其余均非致命。

众人夺路而逃，恩铭被抬出时凄厉道："快把乱党就地正法！"十个小时后，因抢救无效，一命呜呼。

当卫兵将徐锡麟押到冯煦跟前时，百思不得其解的冯大人叱问道："抚台待你恩重如山，为何行刺？"

徐锡麟道："恩铭待我，私惠也；我杀恩铭，公义也。"

冯煦无语。

审讯时，徐锡麟对办案人员误会他是孙文一党颇为不满，称同孙文理念不合，其人不配让自己去行刺。

徐锡麟坦陈以灭尽满人为志向，杀完恩铭还要再杀端方和铁良。

临刑前的例行拍照，徐锡麟曾要求重拍，理由是前一张脸上没有笑容，不足以流传后世……

行刑过程则无比残忍。刽子手先持铁锤将徐锡麟的睾丸砸烂，然后剖腹挖心。

心脏拿去祭奠恩铭的"在天之灵"后，被一帮巡抚衙门的亲兵烹熟下酒……

不久，人称"鉴湖女侠"的秋瑾也被拿获，手书"秋风秋雨愁煞人"后，从容就义。

安庆起义第一次让清廷产生了"天涯何处不革命"的恐慌。

铁良遣人赴东京，携万金向光复会求和。慈禧也暂停召见内外臣工，添派卫兵和巡警，如临大敌。

在一封措辞严厉的上谕里，慈禧怒斥地方大员养尊处优，以至吏治废弛，酿成巨患，规定从即日起，凡督抚到任六个月后，辖区出现重案大案的，一律问责。

隐藏在疾言厉色背后的，是一颗倦怠已极的心。

以此前途无量之官职，都笼络不住一个徐锡麟，可见废科举的影响已开始发酵。

流水落花春去也。众叛亲离之忧，四面楚歌之患，让风烛残年的慈禧心灰意懒，得乐且乐。

当奕劻为了日俄结盟、再次图谋东北这样紧要的军国大事请求单独召见时，慈禧竟不允许，推辞道："天气酷热，王爷宜当节劳。"

奕劻闻言，浩然长叹，愈觉国事不可为。

由此不难理解继任安徽巡抚的冯煦为何在处理善后事宜时顶住上级的压力，一意宽大，不愿多做株连。

安庆的大观亭上，甚至挂着一幅冯煦为徐锡麟撰写的对联：

　　来日大难，对此茫茫百端集；英灵不昧，鉴兹謇謇匪躬愚。

上联公开感慨清廷不日将亡，自己站在徐的墓前，百感交集。下联则希望徐的英灵能够原谅自己，不过是奉命行事，为清廷尽一愚忠罢了。

体制内的极左主张扩大打击面，缉拿乱党。署理黑龙江巡抚的程德全正好相反，警劝清廷"行宪政，融满汉，以安天下之心；开国会，导人才，以作徙薪之计"。

袁世凯则发了一封遍示直隶的通告，立场罕见的偏左。

在这道诡异的告谕中，袁世凯称排满是狭隘的种族主义，指责革命党"不顾阋墙（兄弟不和）御侮之义，而以覆宗绝祀为乐"。又赞美天朝"深仁厚泽，史不绝书""极汉唐以来未有之版图"——字里行间充斥着满满的求生欲。

真实原因，不足为外人道：袁世凯得到可靠消息，慈禧将上调自己和张之洞为军机大臣。

由从一品升为正一品，位极人臣。但袁世凯在直隶苦心经营，手握兵权，又岂肯龙离大海，虎下南山？

明升暗降是一种信号，袁世凯必须对慈禧的疑心做出回应。因此，通告既是一种表态（对慈禧），也是谆谆教诲（对百姓），以免直隶像安徽一样出乱子，被政敌抓住把柄。

第三章：天朝崩溃前，利益集团已经丢尽了它的脸

不怕夜路黑暗，但惧心中无光

这是一个戾气越来越重的国家，公知间的对掐已经从文斗发展为武斗。

1907 年秋，政闻社在东京举行成立大典。同盟会的打手张继（曾声称"革命之前，必先革革命党之命"）率领几百号党徒操着家伙前来砸场。他对着正在演讲的梁启超用日语大喊了一声："马鹿（笨蛋）！"众人便争先涌上讲台，举起手杖开打……

不久，袁世凯和张之洞奉调入京。

继任直隶总督的是袁世凯的心腹杨士骧。

此人的智商不在其弟杨士琦之下，初被李鸿章保荐为直隶通永道（辖永平府和通州、蓟州等八县），追随袁世凯后迎合幕主心理，曾进"隆中对"一则：

> 曾文正（曾国藩）首创湘军，其后能发扬广大者唯左湘阴（左宗棠）与李合肥（李鸿章）。湘阴好说大话而不务实，所以平定新疆、班师回朝后便交出兵权，致使昔日纵横千里的湘军成了案头上的摆设。合肥掌握淮军，连年事故频发，于是尚能维持一时。今公继之而起，若能竭尽全力，扩练新军，坐拥到底，则朝廷必然望北

洋如泰山北斗。他时同曾、李争一日之短长，南皮（张之洞）又算得了什么？

话说到了袁世凯心坎上的杨士骧一路高升，成为袁党中的头号人物。

可惜，事实证明，此人善于伪装，人品严重堪忧，袁世凯后来也被他摆了一道。

上任直督后，杨士骧松了口气，摘下面具，开始疯狂地贪污。

当时，蔡乃煌任津海关道，此缺乃妇孺皆知的肥缺。

杨士骧召见蔡乃煌时，动辄破口大骂，旁人都看不下去了，犹自喋喋不休。

一天，袁世凯的表弟张镇芳（张伯驹之父）私下里劝杨士骧："他好歹是个道员，还是给留点面子吧。"

杨士骧答道："老同年不知也。小骂则地毯皮货来矣，大骂则金银器皿来矣，是以不可不骂。"

如此贪婪之人，却因惧内，一生不敢纳妾，曾撰联自嘲"到死不闻绮罗香"。

杨士骧酷爱戏曲，经常在看戏时释放压抑已久的欲望，跟优伶乱搞，搞垮了身体，以至于没干两年，便倒在了直督任上。

朝廷谥其"文敬"，时人讥讽道："曲文戏文，所以为文；冰敬炭敬，是之为敬"。

1907 年注定是多事之秋。

面对动荡不安的社会现实，湖南乡绅熊范舆率领一帮地方贤达向朝廷呈递了全国第一份要求速开国会的民间请愿书。

书中心平气和地教育统治阶级，说中国之所以长期解决不了"外忧"，究其原因在于没有根除"内患"。而这个内患，就是中国数千年传承下来的专制政体。它使政府孤立于上，人民漠视于下，如何能够抵御外侮？

因此，作为立法机关的国会必须及早成立，监督政府。如此，"一人失职，弹劾之书立上；一事失道，质问之声即起"，从而保证"官无尸位，责有专归"。

化解了民众的怨气，解除了内患，万众一心，外忧自不足虑。

最后，熊范舆还驳斥了甚嚣尘上的"民智未开"，这一每个时代普及常识的人们都不得不回应的奇谈怪论。

请愿书中说，民众的议会民主知识，有些是"自然发达"，但更多情况下是"助长其增高"。立宪各国，只有英国的国会是由民众整体素质的提高而自然产生的。其余无论哪国，初开国会时，老百姓不懂宪政民主。

由此，熊范舆得出一条发人深省的结论：开设国会，恰恰是提升民智的重要途径。

在人民群众日渐上升的智商和统治阶级每况愈下的道德，已成为主要矛盾的清末，想掩耳盗铃蒙一天算一天，越来越难了。

民意汹涌。

各地汇往北京的请愿书像雪一样，一片一片又一片……

肃亲王善耆是体制内的改良派。作为民政部尚书，接到这么多群众上书，深感压力山大的他也劝慈禧因势利导，刷新政治，不然以革命党这只求一死的阵势，国无宁日。

于是，上任军机大臣兼外务部尚书不到两天，袁世凯便受到了慈禧的召见。

太后明显老了。

且心事重重。

她叹息道："内外交困，日甚一日。有说立宪即可安靖者，有云立宪必有大乱者，究竟如何是好？"

袁世凯无语。

眼前的这个女人，已与他过招多次。

她是咸丰的宠妃"天地一家春"。为了利用自己的小叔子奕䜣，打破皇族不可入军机处的成例。又过河拆桥地弃之如敝履，罢免诏书中还错别字连篇……

也许，只有权力逻辑方能准确解读慈禧的行为模式。

无论戊戌政变还是庚子国变，细究之下不难发现，不管什么变，都是慈禧出于对失去权力的恐惧而做出的激烈反弹。

这真是莫大的讽刺和悲哀。

嗜权且对权术炉火纯青的慈禧，可以维系自己和清廷48年而不坠。但在那个转型的时代，需要的不是精巧算计、帝王心术，而是一位伟大的君主来带领中国走入现代化。

比起尚需倒幕尊王、重树天皇权威方能变法维新的日本，清廷完善的皇权保障体系早已由雍正创造出来。

只可惜摊上了权人慈禧。

这既是爱新觉罗家族的悲剧，更是中国的悲剧。

然而，历史自有其运行之法则，不为尧存，不为桀亡。只有顺天应人，方能在沧海横流中脱颖而出，成为千古英雄。

而这个人，此刻正跪在慈禧对面。

袁世凯对曰："与其坐以待亡，不如立宪。即使无益，也可避免后悔。"

他早已说破嘴皮，并且清楚：垂暮的朝廷，已没有能力和胆量来给自己动手术了。

病入膏肓的慈禧饮鸩止渴，继续施展她的御人之术。内调张、袁，初衷就是坐山观虎斗，可她偏要把戏做足，召见张之洞的时间格外得长。

慈禧："大远的路，叫你跑来，我也是没有办法了。今日你轧我，明日我轧你。今天你出了个主意，明天他又是另一个主意，把我闹昏了。叫你来问一问，心里好有个数。"

张之洞："自古人臣不合，最为大害（在君主看来未必）。近日互相攻击，多是自私自利。臣此次到京，愿极力调和，总使内外臣工，消除意见。"

慈禧："现在用人很难，你看能大用者究竟有几人？"

张之洞："此事仓促间不敢妄对。"

慈禧："徐世昌如何？近来参他的人很多。"

张之洞："未始不可用，但太得意，阅历尚浅。"

慈禧："岑春煊何如？"

张之洞："有血性，能办事，但稍嫌急躁。然而当今人才难得，投闲置散，亦殊可惜。"

慈禧："庆王呢？"

张之洞："奕劻阅历甚深，当有余。"

其实，用谁都没用了。

从慈禧开始考虑死后的人事安排，精心布局，扬满抑汉的那一刻起，改革便宣告死亡。随之而来的，是清廷蜕化成一头自暴自弃的怪物，以反改革的狰狞面目视人。

反动案例一：严禁绅商士民议政干政。

对此，《申报》发文讽刺道："朝廷已宣布预备立宪，政府非但不引导人民皆有政治思想，反而不准民众干预政治，这岂非欲实行专制？若真想搞专制，不妨明说，何必用专制的手段，肮脏此立宪之美名？"

面对纸媒的群起而攻之，朝廷的应对简单粗暴。于是有了反动案例二：颁布《大清报律》，压制言论。

一石激起千层浪。

《江汉日报》痛骂制定此律的畜生是"宪政之罪人，国民之公敌"。

采用北京白话，深受市民喜爱的《正宗爱国报》嘲讽道："什么叫《报律》呀？简直的外号儿就叫收拾报馆，堵住报馆的嘴，不准你说话，就是《报律》的真精神。"

反动案例三，终极反动：公布《钦定宪法大纲》。

当然你会问，这有什么反动的，还终极反动？

因为宪法和宪法是不一样的。有的国家，宪法是 exe 文件，不可更改，可以执行；而有的国家，宪法是 txt 文件，任意更改，无法执行。

问题最严重的是清政府的这版，整个一错漏百出满屏乱码的 pdf 文件，既不能执行也不能更改。

用软件转码后发现，整个《大纲》分两部分，首先是"君上大权"。

通篇都是"议院不得干预""不付议院议决"等字眼，搞得议院跟疯人院似的。结果，皇权比立宪前还大，完全开历史的倒车。

其次是臣民的权利。

各种许诺的最后都被加上了不容分辩的限定，等于一纸空文。

改革已死，只剩一群饥饿的秃鹫，分食地上腐烂的尸体。

百年国会梦，曾经一步遥

清廷丧失了最后的机遇，在 1908 年登上专制的马车，绝尘而去。

对此转折，《神州日报》在一年前就有一篇神奇的预测：

> 政府之于专制也，乃取其实而不欲居其名；于立宪也，则取其名而唯恐蹈其实。从今往后，政府之政策不外乎两方面。一方面必日益言销融满汉、改良庶政、宣布宪法、予民自由；一方面必日益派侦探、捕党人、钳制学界、添募陆军。而所谓立宪云立宪云者，则言之愈殷（恳切），去之愈远。

一言以蔽之："听其言则百废俱举，稽其实则百举俱废。"

唯一让人觉得还有个盼头的是为期九年的预备立宪方案。朝廷承诺，到第九年时，公布宪法（而不是大纲），实行选举。

客观来看，即便是转型最快的日本，从明治天皇即位到开设国会，也用了 22 年的时间。

9 年，已经很短了。

问题是天朝欠账太多，已到了山穷水尽的地步。不改革，必亡；改革，也必亡。

而至于方案中言及的议院，倒并非画饼充饥。丙午改制时"四院"里的资政院便是其体验版。

按照袁世凯的设计，资政院采集舆论，是议院的雏形，通往宪政的中介。

一年后，孙家鼐和贝勒溥伦（曾率团代表中国首次参加世博会）会同军机处拟定了资政院的架构：议长一人，副议长两人，钦选议员和民选议员各半。

钦选议员从王公大臣中产生。民选议员自然来自民间，可问题是，怎么选？

用咨议局。

作为省级民意机关，咨议局是资政院正式开院前的热身，堪称九年预备立宪方案里的重头戏。

虽说议员基本还是出身传统功名的进士、举人，选举也啼笑皆非——有票仓未开即已知某人得票多少的，有把早已病故者列入候选人的。

但无论姿势多么跟跄，"民选"这一步，终究跨了出去。

勤劳勇敢的中国人，一起奋发走进新时代。重燃希望的社会中坚暂时放下了"速开国会"的请愿，比照着《钦定咨议局章程》，在全国除新疆外 21 省的咨议局中打点各自的位置。

袁世凯苦笑着摇摇头，不再关心宏观的改制，而将全部精力都投入到工作当中。

他每天凌晨5点起床，一直工作到晚上9点，中间只有短暂的用餐和休息时间。

瞿鸿禨主持外务部时，作风因循拖沓，外国人极其厌恶。

当然，左愤多半表示理解：洋人都是人渣，眼不见心不烦。

问题是你图清净，全国人民就清净不了了。外交需要大智慧，一味搁置争议，寄希望于下一代，小病也拖成了绝症。毕竟，谁也不敢保证后代里不出晋惠帝。

袁世凯上任后一改拖延之习。每日军机处下班，即将外务部积压的各案提前赶办，准时回信，一时间使馆人员无不感佩。

此前，最棘手的外交难题是日俄重新勾结，将满洲划分为南满、北满，各占一半。

美国为了遏制日本，采取积极的对华政策，主动提出退还庚子赔款，并建议将此款用于中国派遣留学生赴美和美国人在华开展教育事业。

袁世凯立刻响应，同美方达成初步协议，将两国外交关系由公使级升为大使级。

作为最高级别的外交使节，大使享有比公使更高的礼遇，有权请求驻在国元首接见。与列强建立大使级关系，对中国而言还是首次。如能成功，将显著提高中国的国际地位。

于是，袁世凯请旨，派唐绍仪为特使，赴美全权办理此事。

在中美的那段蜜月期里，《纽约时报》专访了袁世凯。

记者最感兴趣的是他对美国的看法，袁世凯道：

　　我一直期待着访问美国。在所有未访问过的国家里，最吸引我的就是美国。这也许是因为，在我周围，有很多年轻人都是在美国接受教育的。我觉得，尽管中美两国在形态上有明显的差异，但实际上美国比任何一个西方国家都更接近我们的体制。我已经注意到，受美国教育的大清国民比受欧洲教育的能更容易地将他们所学到的知识运用于国内的管理。

在问及对改革的期望时，他答道：

> 我们内部的管理体制必须从根本上加以改革。这是一件说起来容易做起来非常难的事情，因为它牵涉到要彻底改变甚至推翻现行体制的某些方面。而这个体制已经存在了好几百年，诸多因素盘结交织在一起。但就民意而论，我可以肯定的是，如果给我们时间和机遇，无论如何都能实现改革的大部分目标。

可惜，既没时间也没机遇了。

政治即人事

1908 年 11 月 15 日，慈禧吃过晚饭，忽然晕去，为时甚久。
自知命将休矣的她醒来后立刻召见中枢重臣，交代后事。
据说临终前，她幡然悔悟道：

> 以后勿再使妇人干预国政，此与本朝家法有违，须严加限制。尤须严防者，不得令太监擅权，明末之事可为殷鉴。

但从后来出了个隆裕太后，可见其所谓的悔悟并非那么简单。
不久前，慈禧过了生命中的最后一次大寿。

西藏的达赖喇嘛率属员来京，向太后祝寿。

当时，慈禧的陵寝已然竣工，京城纷传"一城不容二佛"，老佛爷会被活佛给克死。

结果，寿会一过完，慈禧就病倒了。

达赖很紧张，呈上佛像一尊，说应当立即送往太后陵寝，以镇压不祥。

慈禧于是命奕劻迅速办理此事。

送个佛像用得着庆王之尊？联系到奕劻和载沣由来已久的暗战，答案显山露水。

在对权术的运用上，载沣和奕劻的距离好比白带跟黑带的差别。

之所以选中他，是慈禧机关算尽的结果。

首先，近支里确实没有更好用的了，以载沣制衡庆袁，勉强令人放心；其次，其子溥仪年幼，若自己命长，立之为国君，还能继续训政；最后，载沣有没有可能同袁世凯化敌为友，像奕劻一样被其牵着鼻子走？

答案是绝无可能。

除了兄（光绪）仇不共戴天外，还有一个鲜为人知的原因。

那就是本剧的职业反派：张翼。

这个连生卒年都没有，即使历史爱好者瞥见其名也只会联想到三国时期的蜀将张翼之人，却是推动剧情发展的关键因素。

罗伯特·麦基在编剧教科书《故事》中提出，要用激励事件将主人公逼入绝境，将剧情推向高潮。而张翼无疑就是制造冲突的催化剂。

作为醇亲王府的马夫，张翼深受奕譞喜爱，被拔为近侍，跟载沣情同手足。

成年后捐了个江苏候补道，又接替唐廷枢任开平煤矿督办，正式开始其反派生涯。

在第一季里，承担军需保障的张翼给北洋舰队提供劣煤（煤渣），丁汝昌屡次诘问，屡教不改；第二季里，戊戌政变前夕，荣禄写密信托奕劻转达慈禧，为政变的发动添砖加瓦。而坐火车去北京送信的，正是张翼；第三季里，干脆玩把大的。眼看大清朝的首都都被八国联军攻陷了，得，为自己想想辙吧。于是，把开平煤矿倒卖给了胡佛（胡佛又转卖给了英商）。

袁世凯出掌北洋后，发现此事。震怒之下，上奏朝廷，指出："矿地乃国家产业，股资为商人血本，岂能凭一二人未经奏准，私相授受！"

接着，请旨下命外务部照会英使，向其说明"该矿系李鸿章筹集官商股本奏准开办的，中外咸知。张翼与胡佛之私约，未奏明我政府，断不承认"。

此时，私卖国有资产的张翼居然已官至侍郎。经袁世凯参奏后免职，并被勒令赴英国打官司。

对一个法盲来说，这可真是不小的挑战。

载沣出面替张翼说情，遭到袁世凯的严词拒绝。

载、袁的第二道梁子就是这么结下的。

慈禧为了布好载沣这枚棋，竟强废其所定之亲事，而自己家已无可以许配之人，便将宠臣荣禄之女嫁给载沣，即溥仪的生母瓜尔佳氏。

但她显然高估了载沣对权力的热情。

此人性格懦弱，一如其父奕譞。当年慈禧选光绪入宫继承大统时，奕譞仓促间竟被吓得肝病发作，立马上疏请辞，哀求"为天地容一虚糜爵位之人"。

天机算不尽，祸福轮流转。

当立溥仪并令载沣为摄政王的懿旨传至醇王府时，载沣的生母刘佳氏激烈道：

先杀了人家的儿子，又来杀人家的孙子！给个皇帝的虚名，实际上等于终身监禁！

这倒是大实话。

强势如康熙，亦曾感叹："臣下可仕则仕，可止则止。为君者则勤勉一生，了无休息。"

遑论给慈禧当一傀儡？

因此，出于真实的恐惧，载沣真心叩辞，绝非做戏。

倒是病危的光绪，听说后极为喜悦，道："立一长君，岂不更好？如此亦不错。"

同样的建议，张之洞向慈禧提过：主少国疑，不如径立载沣。

慈禧的回答非常官方：

不为穆宗（同治）立后，终以无对死者。今立溥仪，仍令载沣主持国政，是公义私情两无所憾。

真实原因，还是权力平衡。

之所以把奕劻支到清东陵去送佛像，就是为了给接班创造实施条件。

庆王前脚刚走，慈禧便将段祺瑞的第六镇全部调离北京，并以陆军部尚书铁良的第一镇接防。

而让溥仪继承同治帝位，结果便是光绪的后妃作为一支重要的政治力量，将全如弃履。

奕劻回京后，政局木已成舟。

为了安抚老臣，慈禧将"世袭罔替"的殊荣给了庆王。这意味着等他死了，其子载振不必按"降级袭封"的常例获封郡王爵，而是世袭奕劻的亲王爵，俗称"铁帽子王"（有清一代只有 12 家）。

问题是一朝天子一朝臣，再铁的帽子也铁不过现实的权力。因人走茶凉而被革爵的铁帽子大有人在，奕劻不得不严肃对待。

面对残局，老辣的庆王愣是扳回一城。他提出：溥仪可以继同治之统，但要先继光绪之嗣。而只要继嗣，喊光绪"爹"，就得喊光绪的皇后隆裕"妈"。届时，以皇太后隆裕均分摄政王载沣之权，奕劻方能安全自处。

问题是慈禧能答应吗？比较一下亲疏关系就清楚了。

载沣跟慈禧的联系只有一条：外甥（其父奕譞是慈禧老公咸丰的弟弟），远不如他哥光绪。

光绪的母亲那拉氏既是奕譞的福晋（正妻），又是慈禧的亲妹妹。而载沣他妈刘佳氏除了奕譞侧福晋的身份，什么都不是。

综上所述：载沣和慈禧没有血缘关系。

隆裕则不同。其父桂祥是慈禧的亲弟弟，她是慈禧的亲侄女。再不讨姑妈喜欢，也是一家人。

于是，当奕劻跪在病榻前苦劝时，半昏半醒的慈禧准其所请，做了生命中的最后一次制衡，在遗诏末尾加了条伏笔：

> 遇有重大事件，必须请皇太后懿旨。

有了隆裕这座靠山，即使千夫所指，奕劻最后也捞了个善终的结局。

冷月无声，灯影明灭。瀛台涵元殿，37岁的光绪在幽禁多年后，终于含笑而逝。

十几个小时后，慈禧驾崩。临终前忽然叹道：

> 误矣，毕竟不当立宪。

奈何生在亲王家

26岁的载沣能否开稳帝国这艘破旧的大船，是萦绕在所有人心头挥之不去的疑问。

在袁世凯看来，答案显然是否定的。

传统中国，以农业立国，其社会秩序的混乱与否，很大程度上取决于土地分配是适当还是失当。

每次大乱都伴随着人口锐减，以致有足够的土地供幸存者耕种。

新的王朝开启了和平的年代。经过所谓"大治"的盛世之后，人口的自然增长不可避免地导致人均耕地面积的下降，从而再次进入乱世。

如此往复循环。

人地矛盾，实为破解中国治乱兴替的密码。

若以清初的1660年和中叶的1800年为两个时间节点考察，不难发现：人口增长超过了百分之百，耕地面积却增加了不到百分之五十。

至太平天国兴起，形势进一步恶化。近九成农民没有耕地，不得不在地主的土地上劳作，支付高昂的地租。

而由鸦片的大量输入导致的白银外流、货币贬值，则进一步加剧了早已尖锐无比的社会矛盾。

同时，历史交给晚清掌舵者的重任却异常艰巨：既要应对现代化的挑战，又要融合民族关系，化解近乎无解的满汉冲突。

更不幸的是，王朝自身的转折恰与列强入侵中国的外部危机不期而遇……

那么，没有外患，清廷是否就能完成从专制到民主的华丽转身？

考诸前史，君主集权真正完善并付诸实施是在清朝。

唐代，一切政令由宰相拟定，送皇帝画押；宋代，宰相向皇帝上条陈，得到皇帝同意或批改后，正式拟旨；明代，内阁大学士分割了相权，但仍能"票拟"——阁臣写出自己的意见，由皇帝细阅决定。若摊上个昏君，不看"票拟"，直接批红下达，则大学士亦可弄权。

直到清朝，"一切皆决于上，权力不容旁落"，才得到制度性的固化。

军机处架空了内阁，却只是个秘书班子。奏折由具有奏事权的官员亲封，皇帝亲拆，批阅后下发军机处。军机大臣根据皇帝的朱批或面谕拟旨，再经由皇帝批准后方能下发。

然而，事实证明，越复杂的机器，越容易出错。

如此事必躬亲的设计，对君主的能力、精力以及耐力都提出了极高的要求，非工作狂不能胜任。

雍正明显高估了子孙后代的实力和勤奋程度。

而载沣的性格也决定了他不会为给清廷保驾护航而让自己过劳死，即使其第一次在国际舞台上的亮相就是代清政府受辱。

《辛丑条约》第一条规定：就德使克林德遇害一事，中国派亲王代表皇帝赴德致歉。

清廷本想让驻德公使代为谢罪，遭德方拒绝，只好屈辱地派出了年仅18岁的载沣和副都统荫昌。

叫荫昌去，盖因他当年留德时跟现任德皇威廉二世是同窗好友。

结果德皇公私分明，根本不买老同学的账，给道歉团安排的是普法战争中被俘的法皇拿破仑三世居住过的寓所。

次日，在充满冷漠和敌意的氛围中，载沣一行谒见威廉二世，向其三鞠躬赔罪。

威廉坐受国书，致答词也不起身，只傲慢道："断不能因贵亲王来道歉，遂谓前愆（罪过）尽释。"

尽管此行给载沣留下了难以磨灭的屈辱记忆，却也为他创造了睁眼看世界的机会。在德国，他目睹了建造中的巨型商轮"威廉二世"号（排水量3万吨），又参观了著名的克虏伯军工厂。

日记里，他详细记载了炼钢的过程：

> 熔炉厂内有大炉四十座，未炼之钢入炉须九时之久，其炉火热至两千度后方可浇铸。每块新式钢板炼轧完成后，先以巨炮轰击，观其成效如何。

年轻的载沣所表现出的沉稳风度，也给德国王室和西方媒体留下了深刻的印象。《泰晤士报》驻京记者莫理循论断道："在这次曲折的行程后，太后一定会为这个喜爱的侄子，在未来安排一个显赫的位置，以补偿他替朝廷尊严所做出的牺牲。"

与其他拘谨、陈腐的老一辈皇族亲贵不同，载沣经常出现在各国驻京公使的聚会上。一个名叫赫德兰的美国传教士的观察颇具代表性：

> 他长得很端正，两眼炯炯有神，常常紧闭着嘴巴，不多说话，走路时身体挺直，浑身上下却透露出一个亲王的气度。

然而，一切只是表象。真实的答案在溥仪的弟弟溥杰的回忆里：

> 我父亲（载沣）谦抑退让的作风，好逸畏事的性格，大抵与祖父（奕譞）相似，而对于待人接物的深谋远虑，却远不及祖父。

在家，载沣的威信甚至不如其妻瓜尔佳氏。

一次，瓜尔佳氏离府外出，当值的下人闲散了一整天，连各个房间的窗户都没开。即便如此，载沣也只能无奈地大喊一声："我还在府哪，上窗户！"

同时，他害怕应酬交际，客人待到再晚，家里也不留饭。一次，一位贝勒的夫人对瓜尔佳氏说："听说您家的西餐做得很好，既然不留我吃饭，能不能改日送两样给我尝尝？"

瓜尔佳氏苦笑之余，只好把菜送到对方家里。

溥仪也清楚地记得，载沣一遇大事，不是唉声叹气就是原地转圈，结结巴巴地对他道："皇上，这，这，这也得慢慢商议。"

在外，载沣更是优柔寡断，不敢自专。

一日，东三省总督锡良就日俄同时陈兵在边之事急报中枢，觐见载沣。谁知，召对时载沣"只有寻常慰劳，无他语"。

锡良再次陈情，载沣竟问了一句："汝痰疾尚未好吗？"

不久，出国考察的邮传部侍郎汪大燮自东瀛归来，上奏密陈日本的小动作，折子却被留中不发。再三启奏，终于得以面见载沣。痛说厉害后，载沣默然无声，旋即取出一只怀表，道："已经十点了。"

遂端茶送客……

一切为了倒袁

懦弱的载沣甚至连庸碌隆裕都对付不了，被时人讥笑为"内惧福晋，外畏隆裕"。

隆裕当上太后，第一件事便是在紫禁城修"水晶宫"，以为娱乐之所。而正在兴建新军的清廷财政已然吃紧，载沣却根本无力阻挠其败家之举。

当然，要说一点手腕都没有，也不客观。

镇国公载泽因贪赃被参，载沣传见时，以折示之。

证据确凿，载泽清楚无法隐匿，遂一一承认，静候处罚。谁知，载沣竟收起折子，淡然道："既然确有此事，就不必交查了吧。"

赤裸裸的包庇，为他赢得了一个甘愿效力的奴才。

宣统二年，举国上下力言解除党禁。载沣为了树立开明的形象，意欲解禁，使流亡海外的康有为和梁启超回国。结果，隆裕顶着凤冠，急如星火地找到载沣，阻挠道："非此二人，先帝何至十年受苦？"

摄政王的权力运作只好再次搁浅。

每天按时临朝的载沣，都会面对养心殿的西墙凝视许久。那里挂着各省官员的职名表，总督以下、知府以上，全都有份。君临天下者，权力首先在此体现。

西墙两旁，挂着一幅雍正题写的对联：

惟以一人治天下，岂为天下奉一人。

对于雍正，联语表达的是一种踌躇满志和对集权的渴望；但对载沣，却充满了一种莫名的讽刺。

权力制衡的微妙之处在于：有人掌权的同时，要对权力的效果负责；而有人拥有权力，却从不负责。

隆裕扮演的就是后一种角色，不承担权力的责任，却有监管权力的权力。

因为西太后留给侄女的这份遗产，载沣永远处于被动的地位。也许，退位才是他最好的归宿。

1911 年 10 月 16 日，载沣交权归藩，神色淡定地回到府上。他更衣用茶，并淡淡地对哭泣不止的瓜尔佳氏道："这下可好了，我可以回家抱孩子了。"

退休后的载沣自刻印章两枚，一为"闲园"，一为"天许作闲人"，并自书一联"有书有富贵，无事小神仙"，天天躲在书房看书、听唱片，研究天文学。

比起浩瀚无垠的宇宙，地球上发生的这点破事又算得了什么。

每到夏日的夜晚，载沣就给孩子们指点天上的星座，把用天文望远镜观测到的哈雷彗星、五星连珠用笔画下来，夹在日记里。

一个鲜明的对比是，当孙文这样重量级的人物登门拜访后，载沣在日记中也只是以"孙文来晤谈，江朝宗（时任步军统领）在座"一笔带过。

张勋复辟时，前清的遗老遗少不断上门请安、求官，载沣无动于衷，一概挡驾。

以宅到死的决心，总算安然活到新中国成立后。

如果说载沣身上还能找到一条明确的政治主张，那就是倒袁。

明确到连他两岁的次子溥杰都懂得，看到袁世凯的照片就爬过去剜他眼睛。

舆论本来非常有利。

宫里的流言，有玩悲情的，说光绪临死前拉着载沣的手让他杀袁世凯；有搞悬疑的，说隆裕整理光绪遗物时，发现砚台盒里有"杀袁世凯"的御笔。

海外的配合也非常到位。

早在 1907 年，康有为就批示梁启超和麦孟华将反袁作为今后的首要任务，并杀气腾腾道："鲁难未已，则以聂政行之。"

康南海之所以好用春秋典故，在于时刻提醒别人，他是研究《春秋》的专家。此处用典，意在指示弟子：必要时可对袁世凯实行暗杀。

两宫宾天，南海牌谣言制造机又开足马力造谣了。说袁世凯趁太后病危，买通内侍，鸩杀（毒死）光绪，并密召直隶提督姜桂题率军入京自卫，谋弑新帝篡位。

不知情节如此荒谬的宫斗秘闻远在日本的康党是怎么编出来的，反正梁启超就据此致电各省督抚说，"两宫祸变，袁为罪魁。乞诛贼臣，以伸公愤"。

其实，现代科学的检测表明，光绪死时，头发里的砷含量是正常人的一百多倍，完全可以证实死于砒霜中毒。

敢毒杀皇帝，除了慈禧，没有第二个人。早在1904年，日本驻华公使内田康哉就曾垂询外务部侍郎伍廷芳，说慈禧驾崩后光绪会怎样？伍廷芳道："亦如世间传闻，诚为清国忧心之事，万望无此生变。"

内田康哉即向日本外务省报告说："伍话中之意，皇太后驾崩诚为皇上身上祸起之时。今围绕皇太后之宫廷大臣及监官等，俱知太后驾崩即其终之时。"

慈禧谋害光绪，动机很好理解。一来让光绪死在自己之前，以免其上位翻案；二来为了政权的平稳过渡。戊戌政变使光绪的政治势力消耗殆尽，庚子国变又让慈禧的政治力量备受摧残。而光绪的心头大恨袁世凯却无可阻挡地崛起了，如果光绪复出，政坛势必血雨腥风。

不过，如此机密之事，估计只有李莲英、小德张几个宦官清楚，外廷根本无从得知，与袁世凯何干？

康有为也知道剧情不太接地气，自撰讨袁檄文一封，把戊戌以来中国所有的坏事都算到袁世凯头上，呼吁"为先帝复大仇，为国民除大蠹（害虫）"，遍寄满朝文武。

梁启超则走内线，很早便同善耆和度支部尚书载泽建立了远程联系。

关键时刻，两大内线联袂吓唬载沣，说袁世凯的党羽已遍布内外，而唯一能制约他的太后也死了。异日坐大，后果不堪设想。

其实不劳他们费心。诛袁对载沣而言，非不欲也，实不能也。

几十年的吐丝结网、润物无声，袁世凯已将朝廷内外布置成牵一发而动全身的机动战士。

反观载沣，只掌握了君权的二分之一，离生杀予夺还很遥远。因此，他不敢急于动手，反而趁改元宣统之日，加袁世凯与张之洞太子太保衔。

袁世凯从慈禧死的那天起就保持低调，成天躲在家里补写尚未完稿的回忆录《戊戌纪略》，回顾那不堪回首的北京一夜，替自己辩解。

"谭复生夜访法华寺，袁慰庭拒当李多祚"，也是梁启超《戊戌政变记》中的一回。据历史学家杨天石的考证，梁著刻意隐瞒了许多事实，而《戊戌纪略》则基本可靠，只在少数问题上有所掩饰和美化。比如，袁世凯曾对谭嗣同表示"杀荣禄如杀一狗"。后来可能觉得有损形象，且易招惹不必要的麻烦，故纪略中只字未提。

再比如，纪略里的袁世凯，动辄高喊"人臣之大义"，给人的感觉是他不表忠心就浑身难受。这一点，中国读者笑一笑就过去了，没有人会当真。

杀青后，袁世凯将《戊戌纪略》郑重交给幕僚张一麐保存，并嘱咐他说："万一哪天遭遇不测，一定要想办法把这本书公开，以正视听。"

君要臣病，臣不得不病

载泽早就料到载沣下不了手，从他首次以摄政王的身份召见军机大臣那天起，载泽即有预感。

当日，寒风凛冽。为了表示谦抑，载沣将会议地址选在相对偏僻的文华殿，并商定：今后凡发布谕旨，皆由摄政王盖印，军机大臣联署。

此举意在收买人心，却给自己戴上了沉重的镣铐，令载泽等人痛心疾首。

当然你会问，载泽也是立宪派，为什么非扳倒袁世凯不可？

因为再高远的政见很多时候也要为政治斗争服务。

除了身为太子党要夺权的"使命"外，一个鲜为人知的事实是：盛宣怀曾向载泽进贡白银70万两，并以自己在洋行的人脉，帮他洗钱。

条件只有一个：倒袁。

于是，作为清政府的"财政部部长"，载泽不把心思用在理财上，一天到晚盯着外务部，终于抓到了袁世凯的小辫子：联美制日。即接受美国的示好，与之结盟，将外交关系升级为大使级。

这是光绪在世时，袁世凯力推、慈禧拍板定下的国策，因顾虑日俄的干预一直秘密进行，不为外人所知。

直到载泽来挖坟。

连这样利国利民的外交政策都要去黑，可见此人最大的能耐是颠倒是非。

他像发现新大陆一般兴奋地向载沣汇报，挑唆道："日本到中国，在三日之内；美国援助中国，在二十日以外。不忧三日之祸而待二十日之援，是与谋大臣居心不良。"

不懂得远交近攻也就罢了，载泽还跟家庭主妇似地算起了账："那，每年费用增加好几万，只得到一个大使的虚衔，能是上策吗？"

载沣心里犯嘀咕，赶紧命人调查大使和公使的区别，得到的答案是：大使可以要求同驻在国元首面谈。

清廷皇族向来恐洋，载沣更是患有社交恐惧症。动不动就得接见外使，他宁可提前办退休。

问题是唐绍仪已跟美方谈妥，袁世凯不甘心功亏一篑，入对时仍极力主张，结果惹得载沣震怒，当场推翻御案。

袁世凯悚惧不安，默默退下。

载沣杀心已起，磨牙吮血，拟好诏书，内称袁世凯"跋扈不臣，万难姑容"，要将其革职流放。

不要小觑流放，在没编好杀头理由前，这是最凶险的惩罚。

多少流放三千里的政治犯不明不白地死在了祖国的边疆，如张荫桓、载勋。若袁世凯真被发配，赐死的朝旨指日可待。

因此，当载沣拿着诏书请奕劻裁断时，对方毫无悬念道："此事关系重大，请王爷再加审度。"

载沣隐忍不发，趁一日军机处散值，召张之洞和另一个军机大臣世续入内，并摸出那封焐热了的诏书。

本以为世续是满人、张之洞跟袁世凯颇多抵牾，当无异议。

谁知两人以大局为重，怕袁世凯去职会引起中外震动，坚决反对。

事实证明，并非多虑。

不久之前，《纽约时报》曾发表社论《后慈禧时代的清国政局》，称：

> 袁世凯是位杰出的"务实型"改革家，在这方面他明显地有别于那些煽动家和半吊子的"革命家"，他对清国政体施加影响意味着这个政体能够在有序和稳定的状态下发展、进步。袁不会进行草率的试验和欠妥的冒进，而只会推进理性和必须的改革。大清国能够消化并吸收这些改革的速度有多快，改革推进的速度就会有多快。

而另一方面，袁世凯被罢官后，东交民巷的使馆区顿时炸开了锅。《泰晤士报》撰文将袁世凯定位于"伟大的政治家"，替他抱屈道："就是这样一个官员，居然被政府用侮辱的方式放逐了。"

无奈载沣固执己见。

张之洞婉转苦劝，唇焦舌烂，总算帮袁世凯磨出一个"开缺回籍"的处置。

下来后，有人不解道："项城（袁世凯）一世之杰，朝廷既不能用，杀掉就是了。如今使其悒悒（忧愁）而归，不怕遗患于他日吗？"

张之洞摆手道："明有崇祯，勤政爱民，也算得上是一代贤君，徒以对待臣下操切，轻于杀戮，遂至亡国。今监国仁慈开明，宜引导其宽大为怀，以增国脉。倘若刚刚行政就诛戮先朝重臣，我怕他手滑而重蹈明末之覆辙。"

在鹿传霖等军机大臣和新军镇统一级的北洋系军官的反对声中，载沣以"足疾"为名将袁世凯开缺，补授那桐为军机大臣。

借口虽说蹩脚，但绝对童叟无欺。

半年前，袁世凯50大寿，收到寿联500余副，寿屏100多堂。家里高朋满座，气势辉煌。

反袁专家江春霖为了搜集证据，深入敌后，也来祝寿。他发现奕劻送的贺仪，落款不称王而直书其名，载振更是自称"如弟"（结拜兄弟），有违王章，便以此入手，罗列了袁世凯的十二大罪状，连他远房亲戚抽鸦片都算在内，上折弹劾。

慈禧寻思着自己快不行了，死前还得再敲打一下，便把袁世凯唤来，出示弹章，怒批了他一通。

出门下台阶时，惊惧不安的袁世凯一不留神便把脚给扭了。

罢旨中的"步履维艰，难胜职任"，即来源于此。

袁世凯接旨后，"面色皆赤，强作狞笑，云天恩诚厚。"

当时，慈禧的丧事还没办完，袁世凯是恭办丧礼大臣之一，轮日值宿。念及此事的他忽道："我今天当值，怎么办？"

一旁的世续叹了口气，说："我代你去。"

出宫后，袁世凯开始做回乡的准备。

载沣面对的，是一局死棋。

且不说北洋系把持了多少中央和地方的要职，单看新军镇、协、标三级军官的名单，便知天下到底操诸谁手：段祺瑞、王士珍、吴佩孚、段芝贵、曹锟、张怀芝、唐天喜、雷震春、陆建章、张敬尧、孙传芳、田中玉、靳云鹏、王占元、孟恩远……

几乎尽出于小站。

这帮一时之选分布在"北洋六镇"（直到1911年，全国总共也只有14镇），遍控天下关隘。

第一镇驻北京；第二镇分驻山海关和直隶省永平府；第三镇分驻保

定和奉天省锦州府；第四镇驻天津小站；第五镇驻济南；第六镇驻北京南苑。

虽然其中四镇已划归陆军部，但军队向来认人，段祺瑞等人根本不把铁良放在眼里。

而另一方面，治理中国所依赖的社会基础士绅阶层随着科举的废除，其身份已发生了转型。

年轻一点的，被革命党忽悠了去，走上颠覆现政权的道路；年长一些的，通过选举挤进咨议局，以非暴力不合作的态度跟清廷对抗到底。

载沣才不敷用，怨谤集于一身，以至于东海之东的伊藤博文在会见英使时预测道："三年之内，中国必将发生革命。"

太子党的逆袭

袁府离东华门不远，众人已在此恭候多时。

袁克定一见到父亲就嚷嚷起来："这是要像尔朱荣那样被杀的！"

尔朱荣是南北朝时的北魏权臣，因功高震主被魏庄帝骗入宫中砍杀。

载沣绝无此等魄力，但九房妻妾一边号泣，一边劝其出国走避，搅得袁世凯心烦意乱，一时也拿不定主意。

时任新军第一镇协统的张怀芝建言道：

> 怀芝一人护我公速往天津，依杨士骧，再作计较。

眼下也只有如此了。

结果，车至天津，张怀芝给直督杨士骧打了个电话，让他派人来接，却遭到拒绝："（袁世凯）奉旨回籍，怎么能到这来？要是来了，必得上报。"

张怀芝不再多说，转身回禀袁世凯。

杨士骧挂了电话，其幕僚道："虽如此，一定要前往慰问，不要让他记恨我们。"

杨遂遣其子前往。

袁世凯已经看透了杨士骧，不冷不热地打发了他的儿子。

北京。

世续去袁府慰问，看门的说袁大人病了，不让进。硬闯之下，对方无奈告以实情。他大惊道："这才真的是大祸临头呢！"

言毕，赶紧用电话催袁世凯还朝，并以人格保证，没有追加严惩的后命。

奕劻和张之洞也派人转达了同样的意思，劝他赶紧回家，避其锋芒。

1909 年 1 月 6 日，北风如刀。

袁世凯带着一大家子，伫立于北京火车站的月台上，即将奉旨回乡"调养足疾"。

前来送行的只有孙宝琦、杨士琦、杨度和严修等区区数人。

倒不是什么人情冷暖。重量级的官员为了不刺激敏感的载沣，早就私下送别过了，比如张之洞。

唇亡齿寒让两个人冰释前嫌，促膝长谈。

张之洞大有兔死狐悲之感，握着袁世凯的手，慨叹道："行将及我（马上就轮到我了）。"

离别的车站。

四人里，孙宝琦跟袁世凯是儿女亲家，一向高调。早年任驻法公使时，兴中会叛徒汤芗铭偷了孙文的公文包，拿着里面的会员名单跑去使馆告密。

结果，清廷的三品命官孙宝琦扭头就派人给孙文传信说，"危险速逃"……

此外，杨士琦的农工商部侍郎、严修的学部侍郎以及杨度的四品京衔，全是袁世凯一手争取来的，三人岂能不感佩于怀？

大树既倒，载沣再接再厉，着手剪除袁党。

在这个问题上，缺乏阅历的载沣跟慈禧完全不在一个段位上。

后者欲擒故纵，分化瓦解，各种手段交替使用。而载沣除了正面打击、罢官贬职外，没有任何让人眼前一亮的动作。

唐绍仪、赵秉钧和严修等相继去职，徐世昌内调为邮传部尚书，以锡良接替其东三省总督一职。

锡良一到任，就严参袁党骨干、黑龙江布政使倪嗣冲的贪污案，将其革职查办。不久，杨士骧病故，端方北上署理直隶总督，谁知屁股还没坐热，就因一件荒诞至极的事被革。

当时正逢慈禧的梓宫移陵，由端方负责相关事宜。从紫禁城到清东陵的路上，新潮的端大人想给隆重的出殡大典留下些历史记录，便举起相机，一路狂闪。

结果没过几天便被农工商部左丞李国杰（李鸿章长孙）给参了。

李国杰是个混混，曾以"侄国杰"的身份写信向端方求官。端方一口答应下来，却因故未能践诺。

李国杰记恨多年，终于逮住这个机会，跑到隆裕跟前搬弄是非，说："沿途拍照，毫无忌惮。岂惟不敬，实系全无心肝。"

隆裕见识短，心想自己刚上位，疆臣便敢如此不敬，一定要杀一儆百，树立威信。

于是，摄影爱好者端方因勇于尝试新鲜事物而被开除公职。

载沣则继续其揽权大计。早年出洋的见闻让他看到，德国皇室从幼年起就接受严格的军事训练，因而国势强盛。

有心效法军国主义的他开始日夜思索如何集中兵权。

得出的答案是：国之利器，岂可予人？

说干就干。

先裁撤练兵处，再加两个弟弟载洵和载涛郡王衔，分管海军与陆军，完全无视慈禧遗折中"满汉视为一体，内外必须兼筹"的劝诫。

载洵把持着新成立的海军处，与其兄载沣性格迥异。以海军大臣的头衔出访欧洲时，载洵一路颐指气使，纨绔到底。

当德皇的叔叔出面为载洵举办送别晚宴时，他竟以晚饭已吃饱为由，拒绝前往，急得驻德公使荫昌想辞职，最后生拉硬拽把载洵拖到了波茨坦皇宫。

结果，看到名流显贵济济一堂，名媛淑女竞相邀舞，载洵转怒为喜，又在觥筹交错间大醉失态。

美国政界普遍认为载洵不仅腐化，且对海军事务茫然无知。当他出访美国时，马克西姆造船厂因施放了一组能在空中展示载洵身穿军礼服形象的焰火就赢得了订单，气得那些不懂中国逻辑的竞争对手直骂"What's the fuck of？"

回国后，玩兴大发的载洵在廷议上主张大举国债，建设海军，引得朝野大哗。

一浪高过一浪的反对，让载沣也不便贸然支持自己这个脑残志坚的弟弟。情急之下，载洵居然搬出宠爱自己的生母刘佳氏，逼得载沣一个多月不敢回家。

君者，源也；水者，流也

左膀不行，还有右臂。

载涛相对而言更有城府，但也更年轻。载沣一直在物色机会，帮他铺路。

先是从新军第一镇中抽调士兵组成自己直辖的禁卫军，装备和粮饷优于各军，以载涛和铁良为训练大臣。

再将陆军部的下属单位军咨处分离出来，改造为直接对皇帝负责的军咨府（总参谋部），交载涛管理，凌驾于陆军部之上。

紧接着，将新军第一镇镇统段祺瑞外放为提督；将铁良外放为江宁将军（南京军区总司令），而把荫昌召回，代替其陆军部尚书一职。

本来，和载沣拥有共同敌人的铁良是可以挤进核心层的，奈何他押错了宝，竟跑到隆裕面前劝她训政。

隆裕倒是想效法慈禧，再来一个太后垂帘。故动辄与载沣为难，事事力争。

但毕竟敌不过人家兄弟齐心，三矢之誓。

由此可见，以铁良的智商，当个国防部长确实堪忧。

载沣的胡作非为引起了张之洞的不满，终于在津浦铁路（天津至南京浦口）的人事任用上集中爆发。

当时，张之洞已卧病在床，载沣拟定了督办人选，到病榻前征求老头的意见。

张之洞："朝廷用人，如果不考虑舆情，恐怕要激起民变。"

载沣："国家养着这些兵，怕什么民变。"

张之洞："国家养兵，不是为了打老百姓。"

两人不欢而散。

望着载沣离去的背影，张之洞悲愤满怀，一口鲜血倾泻而出，怆然道："不意竟听到亡国之言！"

不久，载沣听闻张之洞病危，再次前去探访，宽慰道："中堂有名望，公忠体国，好好为国珍重。"

张之洞在枕席上吃力道："公忠体国不敢当，廉正无私，不敢不勉励。"

意在讽谏载沣"廉正"，不要任人唯私。

载沣走后，礼部侍郎陈宝琛问道："监国之意若何？"

张之洞长髯抖动，无他言，惟叹息曰："国运尽矣。希其一悟而未能。"

1909 年 8 月，中兴四大名臣中的最后一位溘然长逝。

遗折中，他念念不忘地警醒载沣："臣平生以不树党援、不殖生产自励。"

载沣却并不领情，认为张之洞死了还要讽刺自己结党营私，将其"文忠"的谥号暗降为"文襄"，彻底寒了满朝汉臣的心。

不过没关系，以良弼（1872—1912）为代表的少壮派已然异军突起。

此人留过洋，才识兼备，素有大志，刚正不阿。

可惜是个极左。

在视野开阔的良弼看来，气度狭隘、不能容人的铁良纯属弱智，叫纸良差不多。

一味排挤、封闭，根本无法遏制北洋系尾大不掉的趋势，只有反其道而行之，广为延揽，拔擢富有朝气的新势力与之抗衡，方为上策。

归纳起来四个字：以汉制汉。

良弼的主张同留学日本时的经历有关。

他所在的学校是一所位于东京、精英辈出的名校——陆军士官学校，培养了东条英机、冈村宁次等著名战犯。

对中国而言，该校则是革命的摇篮，后来如雷贯耳的蔡锷、阎锡山、唐继尧、李烈钧、张凤翙等，均从这里毕业。

官派赴日留学的风气为袁世凯所开。科举废除后，清廷为了培养新式人才为己所用，采纳袁世凯的建议，加大了公派的力度。

虽说有学监盯着，但这帮跑到墙外的学生还是纷纷投进革命的怀抱，踊跃加入同盟会。

良弼耳闻目睹，产生了强烈的危机感，"知清室将亡，当力图振奋"。回国后，他历任练兵处、陆军部的司长，整天游说高层，终于同载涛一见倾心，被其引为智囊。

良弼给载涛开的药方很简单：掺沙子。

所谓沙子，是指从士官学校学成归国的士官生。良弼天真地以为，用体制内的禄位羁縻软化，这帮成天跟政府过不去的年轻人还是能够为我所用的。

由此，良弼汲引了大量排满反清的党人。用心固然良苦，怎奈生于末世运偏消，到头来不过是自掘坟墓罢了。

以士官生里的代表，同"北洋三杰"齐名的"士官三杰"吴禄贞、蓝天蔚、张绍曾为例，三个革命党借着人才引进的东风成功打入反革命的大本营，以火箭速度被擢为镇统或协统。

三人里，吴禄贞跟良弼关系最好。两人的友情堪称道不同亦相为谋，后者明知前者的革命思想，仍在载涛面前力保其才。后果便是：趁武昌起义爆发，荫昌率军南下平乱，作为新军第六镇镇统的吴禄贞立刻跑到河北滦州策动第二十镇镇统张绍曾起兵反清。

张绍曾曾兵谏清廷速开国会，但对直接造反还是犹豫不决。

不久，山西亦乱，阎锡山被推为革命军都督。

载沣调第六镇前往弹压。不料，吴禄贞却在娘子关与阎锡山会谈，商量组建"燕晋联军"，共讨北京……

在良弼的影响下，即使对禁卫军管带蒋百里（钱学森岳父）这样的中级军官，载涛也敬之如师。换来的结果却是，载沣很快发现，自己所倚重的军事力量恰恰成为一座踩在脚下随时可能喷发的活火山。

当载洵结束对欧美的考察，取道俄国坐火车回国时，曾担任新军混成协队官（连长）的革命党人熊成基在哈尔滨布置暗杀任务，事泄被捕。

审讯中，熊成基历数清廷罪状，质问说："近年创设海军陆军，若真有自强御侮之意，中国之大，岂无人才，何以偏要假手载洵、载涛等近支亲贵？"

说罢，他视死如归道："自由之树，不以血灌溉，焉能期其茂盛？"

小舟从此逝

下野的袁世凯，明确向外界宣告了自己政治生命的终结。

在给师友亲朋的信中，他反复表示自己"年逾五十，精力已衰。遗大投艰（交给重大而艰难的任务），断难胜任。"

清制京官退休，必须返回原籍。

但一般而言，除非获罪遭遣，倒也不一定非要回本县老家，原省即可。

袁世凯就没回项城，而是在同属河南的卫辉府下了车。个中原因，他解释说是"屋宇无多，不足栖止"，实则另有隐情。

几年前，袁世凯的生母刘氏去世，被朝廷追赏一品封典。刘氏是袁世凯生父袁保中的侧室，在正房死后被扶为正妻。按宗法制，完全有资格入祖坟，与其夫同埋一穴。

谁知，袁世凯的二哥、袁保中的嫡子袁世敦认为，他的生母才是实至名归的正室，于是从中作梗，坚决不准刘氏与袁保中合葬。

为此，兄弟二人反目，袁世凯发誓再也不回项城。

卫辉。

此地有崇山峻岭，茂林修竹。是姜子牙、商鞅的故乡，也是官场公认的养老圣地。

在府治汲县，袁世凯买下一座当铺大院作宅子。当一大家子全部迁来后，这座拥挤不堪、毗邻闹市的府邸开始变得不敷使用。

正好袁世凯的亲家、富商何炳莹在邻府彰德的北郊买地建厂，盖了一栋别墅。听说袁世凯要另觅新居，便将其半卖半送地给了他。

于是就有了富丽堂皇的洹上村。

洹水悠悠，流经宅前，默默地凝视着演替了数千年的兴衰荣枯。战国纵横家苏秦在向赵肃侯建言时就曾献过，"令天下之将相，会于洹水之上"的合纵之策。

袁世凯并不在意这些历史掌故，只觉"前临洹水，右拥太行"的自然风光让他心旷神怡。

袁府山石叠翠，曲径幽兰。名花异草，争奇斗艳。洹水穿墙而入，凿地成池。池中莲蓬摇影，鱼虾成群……

这是一个独立的生态系统，菜地、果园、鸡笼、猪圈一应俱全，蚕娘们日夜不停地缫丝、纺织，真正实现了足不出户，自给自足。

园内主楼名为"养寿楼"，旁边的建筑唤作"谦益堂"，告别了风云岁月的袁世凯则自称"洹上老人"。老人每日泛舟垂钓，静静地思索着"得失进退"，这困扰了国人几千年的命题。

难得拥有这么多清闲的时光，专门自省。

残阳似血。望着远村的炊烟渐起，又袅袅散入暮霭之中，一如人世的一切功名利禄，都这样转瞬云烟。归鸦背日，倦鸟投林，一头耕罢的老牛旁若无人地在田埂上啃吃野草——多么简单的生存啊。在向晚的风中，竹叶飘潇于地，浑如一幅随心所欲的书法，记录着那些亘古不变的道理。

罗素有言："据说人是理性动物，我至今仍在寻找支持这一说法的证据。"的确，人类在世上的烦恼和精神病，大都因为和人在一起待得太久。强迫症、妄想症、抑郁狂躁、人格分裂，几乎都来自一个原因、一个问题：在别人眼中，我究竟是怎样的？

《圣经》上说，人不能独自生存，极致的自由意味着极致的孤独。然而，在人群里感到的孤独与在荒野中感到的究竟哪一种更加难以忍受？

当塞林格书写麦田里的守望者，当兰波杀死作为诗人的自己跑到非洲追逐太阳，当古龙笔下的剑客带着行走于荒野之中的神情穿过满是高手的厅堂……所谓强者，就是能够对不想理会的一切置之不理，仍能没有后顾之忧地沉浸在自己世界中的人。

人们往往把交往看作一种能力，却忽略了独处也是一种能力，且在某种意义上比交往更为重要。不擅交际固然是一种遗憾，不耐孤独也未尝不是一种缺陷。

人之需要独处，是为了进行内在的整合，把新的经验安放到记忆中某个恰当的位置上，诱发出关于存在、生命以及自我的深邃思考和体验。

没有人能忍受绝对的孤独，但绝对不能忍受孤独的人，一定灵魂苍白。他们最恐惧的便是独处，哪怕和自己待一小会儿都是一种酷刑，只要闲下来，就必须找个地方消遣。

这种人表面上过得热热闹闹，其实内心极度空虚，所做的一切都是为了逃避，逃避面对那个真实的自己——一张味同嚼蜡、单调贫乏、空空如也的 A4 纸。

承认吧，承认自己误把世故当成熟，麻木当深沉，怯懦当稳健，油滑当智慧；承认自己诬告勇敢是莽撞，执着是偏激，求真是无知，激情是幼稚。

还记得第一声春雷前后的感觉，第一片落叶时的感觉吗？那是天地变颜的关键时分。还记得月相怎么盈后亏缺，大逝而反吗；还记得日光怎么中天在上，晨昏而远吗？那都是日月运行的必由之路。

放空，尝试去感悟而不是改变世界。事实上没有人能改变世界，不被世界改变已然不易。人的强大不是征服了什么，而是承受了什么。

伍迪·艾伦晋升为大导演前靠写讽刺小说赚钱，只做自己的他活得快乐、讨人喜欢。他不嫉妒那些耀眼的大神，真实却助其走上了成神之路。

欲望都是人为炮制的。

每个月的薪水打到工资卡上，又被划入另一张银行卡，然后自动还贷、缴清信用卡的欠费。如此荒谬的重复比电影《月球》还冷酷，之所以大多数人尚能忍受，归功于广告制造出来的期待。

殊不知期待是痛苦的源泉。生命中不存在任何必须的事，只存在不必要的期待。

抛开期待，袁世凯发现，今天才是惟一可以触摸的存在。而对未来茫然的苦闷和对往昔错失的悔恨，只是人们自找的枷锁与折磨。

江海寄余生

诸行无常。

宇宙的寿命亦有尽时。

佛说一切现象都有四种状态：生、住、异、灭。

生出来后发展到一个稳定的状态（住），不久便会由强变弱、逐渐衰老（异），最后尽归于"灭"。

几十亿年前，一颗封冻着太空垃圾与尘埃的彗星极其偶然地撞击了地球，带来生命的原始物质：有机物和水。

这一小概率事件给地球播下了生命之种，进化成你我。

多年后，当彗星再次光临，人类难保不会步恐龙的后尘，彻底灭绝。

宛如个体的生命。

降生于世时，人没有带来任何东西。离世时，也带不走任何东西。

生不带来，死不带去，故一切都要在现实中完满地解决。

谈何容易？

人生在世，饱受贪（生理上的欲望）、嗔（心理上的失衡）、痴（观念束缚认死理）之苦。各种烦恼，其实源于对自我的执着。

因为有了我，所以有了他，有了"这是我的，那是他的"之分。他得到了，我没得到，心里便不高兴，苦恼相随。

这是没能看清众生的本质。

在佛的世界观里，万物既然有聚，就会有散，本性都是空。

空杯才能盛水，空屋才能住人。想达到心灵的完整，必须进入它本然的状态：空无。

也许，只有以全然的天真来过起伏不定的生活，全然的单纯来经验苦乐无端的生命，全然的洞见来观照波涛汹涌的人生，方能应无所住，而生其心。

常人之所以难以放空，皆因被"五蕴"所迷。

五蕴者，色（世间万象）、受（感觉）、想（思索）、行（行动）、识（意识）。

人的一生，被五蕴左右，产生诸多偏见，失去了平和与公正，最后事与愿违，一无所获。直到有一天幡然醒悟，才发现因为走了太久，竟忘记为什么出发。

其实，以宇宙的眼光看，人类的存在只是一朵稍纵即逝的浪花，没有任何意义。但站在活生生的个体的立场，既然人生如电如露，如沧海之一粟，逃不脱匆匆落幕，就更应该拒绝做永恒生成的玩具，为存在寻找一个意义。

对生命而言，意义可以是穿插其间的一段段真情。老幼相揖，爷孙共戏的亲情之乐；抵足论文，对月小酌的友情之乐；花间偎语，调琴弄瑟的爱情之乐。

"情"之一字，长存于天地间，宛如《乱世佳人》里的费雯丽、《英国病人》里的克里斯汀·斯科特·托马斯，刹那芳华，永驻胶片……

袁世凯尝试慢慢放下，开始新的生活。

清晨，他踏着薄雾与接到此处养病的三哥袁世廉，扶杖漫步在宁静的丛林里，吐故纳新。午后，与一干文人吟诗斗酒，往来酬唱，留下不少传诵一时的佳篇，如暗讥清廷卸磨杀驴的《雨后游园》：

昨夜听春雨，披蓑踏翠苔。

人来花已谢，借问为谁开？

如嘲讽载沣欲加之罪何患无辞的《病足》：

采药入名山，愧予非健步。
良医不可求，莫使庸夫误。

如优游泉石的《春日饮养寿园》：

背郭园成别有天，盘餐尊酒共群贤。
移山绕岸遮苔径，汲水盈池放钓船。
满院莳花媚风日，十年树木拂云烟。
劝君莫负春光好，带醉楼头抱月眠。

而他自己最喜欢的，还是那首能彰显出世之心的《自题渔舟写真》：

百年心事总悠悠，壮志当时苦未酬。
野老胸中负甲兵，钓翁眼底小王侯。
思量天下无磐石，叹息神州变缺瓯。
散发天涯从此去，烟蓑雨笠一渔舟。

　　随诗流出的是几张屏息垂钓的自拍，被好事者煞有介事地说成是"职业演员"。

　　更有甚者，以讹传讹，谣诼中国，说袁世凯在家中私设电台，与朝中同党密切联系，暗中操纵政局——这不仅是对袁世凯人格的诽谤，更是对其智商的侮辱。

清末的电报普及率很低，即使是中央各部或督抚衙门也未必有专门的电讯设备，而必须通过电报局往来。

当然你会说，以袁世凯的经济实力，架个电台还不是分分钟的事？

问题是即便架了，也要接到官方的电报网上，除非与你联系之人也私设一座电台。

鉴于当时无线技术还不成熟，私设有线电报需要铺设电线。华北平原一望无际，几公里外就能看见电线杆，袁世凯一介罪臣，躲避打击还来不及，会做这么幼稚的事吗？

事实上，谪居期间，袁世凯与外界来往的信函有七百多封，九成以上都是回信。而据袁克文在《辛丙秘苑》中记载，为数不多的电报也都是通过彰德电报局收发的，洹上村只有专门管理电函的"司电报者"。

时任农工商部右丞的袁克定以锡拉胡同的府邸为北京联络站，在奕劻、那桐和徐世昌的关照下时刻注视着朝局，派信使通过京汉铁路传送。

一次，在邢台火车站，信使的行囊被小偷窃去。袁世凯万分紧张，立刻找负责该区治安的老部下，大名镇总兵言敦源缉查此事。

几天后，幸得查获，言敦源亲自送到洹上村，把袁世凯感激得无以言表。

要真有"永不消逝的电波"，还用费这劲？

不过，袁世凯的故事教育我们：在大清混，什么都是浮云。只要你编织好一套牢不可破的关系网，任他狂风骤雨，我自凭栏大笑。

比如，邮传部铁路局的局长梁士诒，纵使不知袁世凯是否尚有复出之日，还是在彰德车站为他安排了一条专列，一旦情况有变，便可迅速避往沿海口岸，择机出逃。

坐养民望

北洋旧部始终对袁世凯保持着向心力。

张勋擢升江南提督，第一件事便是跑到洹上村向老领导汇报成绩；陆建章官运不佳，被罢去总兵之职，致函袁世凯诉苦，袁世凯回信安慰说："你历练戎行（军旅），勋劳夙著，他日一定会再拥旌旄（借指官兵）。"

雷震春和王士珍心生龃龉，互相不服气，官司打到袁世凯这儿。袁世凯劝他二人笃念同袍之谊，不要再闹。两人也都买账，握手言和。

转眼又到了袁世凯的生日。

遥想去年做寿时的盛况，恍如隔世。今非昔比，声张无益，还是关起门来吹吹蜡烛得了。

刚作此想，便收到姜桂题寄来的贺礼——白银万两。

蛰居以来，辞退的馈赠已不胜枚举，此番数额巨大，更不能收。袁世凯在回书中写道：

> 盛谊心领，来款璧还。硁硁（固执）素衷，知我如公，必能曲加谅恕，不予咎责也。

谁知来使方走，四面八方的贺信又随着贺礼纷拥而至。京汉道上，一时间车水马龙。

北洋旧部们坐不住了，组团到洹上村贺寿。这帮人啸聚一室，愤愤不平，发泄不满，抨击政府。袁世凯躲在上房，隔着门听得心惊肉跳。

反正辈分都比他低，索性称病不出，闭门不见。

众人聚集到上房门前，束手无策。

张勋资历最老、辈分最高，带头硬闯，挤出条门缝，余者一哄而入。

袁世凯只好赔怠慢之罪，在太师椅上坐定，接受祝贺。

踏破袁府门槛的，还有附近的绅商。

刚到卫辉时，当地的煤老板王锡彤便经人引荐，偕同汲县著名学者李时灿前来拜会。

时值大年初四。据王锡彤回忆，他第一眼见到袁世凯时，对方"须发尽白，俨然七十岁之老人"，且因慈禧"国丧"，臣子不能剃发修面，更显神色黯然。

但他也承认，袁世凯"双目炯炯，精光射人，英雄气概自不能掩"。

寒暄之后，双方心照不宣地漫谈起兴办实业之事，不知道的还以为在举行企业家沙龙。

想想看也是。这大过年的，初次晤面，王锡彤要是一上来就对袁世凯的际遇表示慰问，再喷几句对朝廷不满的话以示同情，而袁世凯则答以"皇恩浩荡，谢主不杀"，表白忠心，岂不大煞风景？

王老板浸淫商场久矣，开场白说得滴水不漏："袁公在位之时，轰轰烈烈，我等不便趋谒，免致攀附之嫌。而今垂翅而归，寄寓本县，即使不论一直以来的仰慕之心，单说这乡邻之谊，也应尽地主之敬意。"

袁世凯接纳了烧冷灶的王锡彤，对他道：

罢官归田，无它留恋，惟实业救国。抱此宗旨久矣！

暗示他帮自己经营实业。

王锡彤欣然应允。于是，袁世凯帮他办理了候补郎中的身份，正式招入幕中。

在王锡彤的协助下，袁世凯兴办了一项惠泽千家万户的实业——京师自来水公司。

早在军机大臣任上，慈禧就曾以如何防备火灾问计于袁世凯。

答以兴建自来水。

于是，两年时间招股三百万银元，水厂、水塔等基础设施拔地而起，近200公里的水管铺设完成，工程质量好到直至新中国成立依旧正常运转。

但却断了挑担卖水的苦力们的生意。

这帮人聚众闹事，妄图阻挡时代前进的车轮。为免酿成社会问题，袁世凯命人组织他们再就业——在街市上销售水龙头，方才平息了这场风波。

春去秋来，万木凋零。

不到一年的时间，二哥袁世敦和三哥袁世廉相继去世。

葬礼上，死亡的恐惧再次笼罩于袁世凯的心头：难道袁家男丁真的都活不过六十岁？

心悸不安的他反复叮嘱家人，"祖坟不可随意动土，家中住宅不可改门塞门"。

当周馥要来洹上村看他时，他专门嘱其带上著名的堪舆师杨焕之一同前来，帮忙看看风水。

同时，深感时不我待的袁世凯还在洹上村建立了家学，亲自督导子侄们读书，并撰写、手书了《袁氏家塾训言》。

第一条提纲挈领，是袁世凯为学的宗旨：

> 求学贵乎力行，敦品重于文艺。若举止不端，言语不信，最足以败坏品行。纵能博学，亦归无用。

袁世凯用行动证明了，他不只是说说而已。

江苏镇江的候补知县申天骐去世，其子致函袁世凯，乞求资助，回籍葬父。

虽说申天骐是袁世凯儿时的老师，但授业时间很短，且三十多年没有联系，换个人多半置之不理。

袁世凯却不避闲言碎语，三次写信给镇江道刘燕翼，请求关照。

查明情况属实后，刘燕翼协助申家料理了归葬事宜。袁世凯也捐了400两银子，并帮申子安排了一个典史的职务。

而另一方面，当袁世凯的姐夫杨益年来函谋求差事时，却遭到袁世凯果断的拒绝。

杨益年的爷爷杨式毅官至吏部侍郎，和袁甲三有同乡之谊。其孙辈结为连理，亦可谓门当户对。

可惜，君子之泽，五世而斩，杨家传到杨益年这早已门庭衰落。不仅抽大烟，还气死了袁世凯的大姐。

混到 50 多岁，眼看这辈子就要废了，杨益年厚着脸皮低三下四地求取嗟来之食，自然只能换来一封婉言谢绝的回信。

其间，日本下野首相大隈重信的《日本开国五十年史》杀青，派人携带书稿来到中国，遍访政要，为之撰写序言。

袁世凯一直将日本视作敌人和老师，故欣然提笔，为大隈作序，以此言志，警醒国人。

全文先是肯定了明治维新：

> 万矢一的，万众一心，以苟活为羞，以避事为耻，鼓荡于惊风骇浪之域，而酝酿为文明灿烂之花……向使维新诸杰，永守其嘉永、安政（倒幕前的两个年号）之故习，终古不变，其何以国？

又似有所指道：

若夫深闭固拒，颛顼焉守一家之言，以应无穷之变，此于治身且不可，奚能治国？

最后得出结论：

《易》之为道，变动不居，与时偕行。

宗旨很明确：呼吁改革。

资政院

改革的春风吹拂着神州大地。

1910 年秋，千呼万唤的资政院终于揭开神秘的面纱，在京举行了开幕大典。

早上七点，资政院议长溥伦率一众秘书官恭候于会场。两个小时后，军机大臣、各部尚书陆续抵达。

令人耳目一新的是，这班重臣集体卸去了朝珠而身着常服，恭迎摄政王的御驾。

载沣到场后，接受群臣三跪九叩的大礼，又让军机大臣宣读了谕旨，便匆匆离去。

101 名钦选议员（由皇帝任命）同 98 名民选议员（由各省咨议局推选）的擂台正式打响。

第一场：国学大师的发难。

法部提出新刑律的草案，其中有一条"无夫奸不为罪"，即"没有丈夫的妇女，发生性行为不算犯罪"。

女人怎么处理自己的身体，是个人的自由。但那年头绝大多数妇女还在缠足，波伏娃虽已出生，却远在法国——这条有鼓励婚前性行为之嫌的法案所引起的轩然大波可想而知。

拿到资政院讨论时，一帮守旧的钦选议员登时有伦理纲常溃于一旦的危机感，不惜拼死力争。

民选议员也不是五四青年，非要毕其功于一役，推翻吃人的礼教，而是另辟蹊径，从同世界法律接轨、以废除治外法权、杜绝洋人干涉我国司法的角度切入，晓之以理。

议场里，双方各逞词锋，舌战不休。

忽然，钦选议员中跳出两个大儒：劳乃宣和喻长霖。

二人走到某民选议员跟前，长揖为礼，态度甚恭。该议员急忙起身答礼，喻长霖却蓦地抓住其衣领，厉声道："老兄，兄弟有一事不明，还望赐教。"

事出突然，议员愕然引避，以至衣领都被扯破。

喻长霖不管不顾，泰若自如道："老兄是赞成'无夫奸不为罪'的，假如老兄有一令妹或爱女尚未出阁（嫁人），而有人竟至贵府与其如此如此，照'不为罪'之说，大概也只能对此人听之任之，不加干涉了。不知尊意究竟若何，还请明白指教。"

一旁的劳乃宣也随声附和，说"必须请教"。

议员大窘，被两位以硕学通儒的资格钦点进资政院的老古董弄得下不来台。

第二场：旁听席上的狞笑。

选举特任股股员时，其中三票是用蒙古文书写的，秘书官不识。传问翻译，也不认识。

一个议员建议去问蒙古王公，在场旁听的军机大臣那桐突然发话："这不是议员该管的事。"又云旁听席上有理藩部的翻译，何不问之？

秘书官依言而行，谁知理藩部的翻译还是不识。结果，有才子之称、为清华大学题写过"清华园"门匾的那桐居然当场失态，拍手大笑。一帮笑点很低的蒙古议员也跟着鼓掌傻笑，会场秩序顿时大乱。

不过，民选议员也经常发动逆袭，在号称"三杰"的雷奋、易宗夔和罗杰的带领下同钦选议员锱铢必争，"隐然若两党对峙"，力图将资政院办成行使国会功能、独立于行政体系之外的最高立法机关，并同最高权力机关军机处爆发了激烈的高端对决。

导火索稀松平常。广西省咨议局向资政院提交了一份针对广西巡警学堂的议案，很快得到议决。

岂料朝廷竟命资政院将决议奏交民政部审核——原本平行的两个部门形式上成了上下级。

溥伦谕旨还没读完，举院便已哗然。

怨谤集于军机处。愤懑的弹章雪片般飞入紫禁城，却无一例外地被载沣给淹了。

结果引发了更为猛烈的质问，要求"说明资政院性质及地位"的奏折，层峦叠嶂地摆到了摄政王的案头。

载沣也怒了，故意对着干，高调表彰军机大臣，搞得钦选议员都觉得自己是后妈生的，不受待见。

诸如"君上结怨于天下"之类的反动口号此起彼伏，状元出身的民选议员刘春霖甚至直指载沣，"于立宪政体没有十分研究"。面对汹涌的民意，御史欧家廉在奏稿中感慨：

> 昔日之乱在匪，而今日之乱在学生、在军队、在议员。

当然，斗争要讲策略。民选议员的战术有三套：恐、拉、逼。

恐就是以撂挑子相威胁，闹着要回家卖红薯。理由很充分：既然资政院所议"事事皆空"，还不如早点解散。

而且连退路都想好了："我们回去也可以办学堂、办实业，对国家还是有责任的。"

噎得溥伦无话可说。

拉就是拉拢团结一切有生力量。如罗杰在要求溥伦通知军机大臣来资政院接受质询时，就阐明此举不仅体现了对民权和法律的尊重，也有益于议长的声誉。

逼就是耍流氓。如表决"剪辫易服"的提案时，民选议员坚持记名投票，不给钦选议员滥竽充数的机会，结果连庄亲王载功（载勋之弟）等满族亲贵也顺应大势投了赞同票。

虽然美国杂志《展望》称资政院为，"最直言不讳地主张改革的机关"，但在革命党看来，仍是替清政府涂脂抹粉的工具。

那也比同盟会屡战屡败，内斗不休强。

孙文隔三岔五在国内策动失败的起义，自己从不上场，被梁启超讥讽为"远距离革命家"。

唯一值得一书的镇南关起义还经不起历史学家的考证，深究之下发现镇南关根本没有驻兵，革命党爬上去满炮台插旗。一个个背着身旗，不知道的还以为在唱戏。

几天后，清军发现了这场京剧堂会，觉得实在太过分了！广西巡抚张鸣岐立派龙济光和陆荣廷调兵炮轰，对方却毫无动静。爬上去一看，革命党早溜了。

而所谓的孙文空降镇南关，亲手向清兵发炮，则更属子虚乌有了。

昭昭世人心

1907 年，日本政府迫于外交压力，礼送孙文出境，并暗中给了他两万元革命经费。

结果，孙文只给同盟会的机关报《民报》留下 2000 元，剩下的悉数带走。《民报》主编章太炎正因经费紧张等米下锅，闻讯震怒，大骂孙文侵吞公款，掀起一阵倒孙狂潮后，宣布脱离同盟会。

虽说章太炎平生以当神经病为荣，在日本填户口调查表时职业一栏写"圣人"，年龄一栏写"万寿无疆"，并给三个女儿起名"章㻹""章叕""章㠭"，成心往大龄剩女的方向培养，但绝大多数情况下，头脑还是清醒的。之所以被唤作"章疯子"，皆因爱憎比较分明。

章太炎曾在报上登征婚启事，声称"死了可以改嫁，活着也可离婚"。慈禧去世时，拍手叫好道："一介遗妾，只知吸食黎民膏血，戕害国家元气，别无能耐。"

同孙文结怨，源于"孙大炮"曾多次向日本政客承诺愿以东三省土地换取日本对自己革命事业的支持。

如对内田良平许愿："如能援助中国革命，将以满蒙让渡日本。"

如对小川平吉许愿："我辈革命如能成功，以满洲之地，满足日本之希望，当亦无妨。"

为了挽救孙文的声誉，回击章太炎的质疑，素有牺牲情结的汪精卫不顾好友胡汉民的劝阻，决定以身饲虎。他带领同盟会会员黄复生和炸弹专家喻培伦潜回北京，开了一家"守真照相馆"，每天不是窝在暗房里制作炸药，就是沿着醇亲王府和皇宫之间的路线踩点，伺机行刺载沣。

传言案发地是后海的银锭桥，其实真正的现场在什刹海旁的甘水桥。一连两天，汪、黄、喻都躲在桥下埋炸药，结果不是被狂吠的野狗吓跑，就是因带的电线太短而作罢。

第三天，一切准备就绪，黄复生和喻培伦先至，低头猛干。

月光下，一团灯影闪过。黄复生心头一紧，低声嘱咐喻培伦回去报信，自己则藏到树后观察。

来者是一车夫，老婆三天没回家，估计跟人跑了，气得睡不着，提灯来寻。

黄复生见他往桥下探了探头，旋即离去，赶紧跑过来扯起已经铺好的铜线，准备撤离。

岂料，盛放炸药的铁罐太重，黄复生凭一人之力无法从坑里抬出。磨蹭了半天，脚步杂沓，车夫带两个巡警赶到。

只好闪人。

炸弹没了，汪精卫却并不甘心。一面遣喻培伦再去搞炸药，一面同黄复生留守。

清廷表面上淡定，暗地里顺藤摸瓜，四处搜查，终于发现了铁罐的来源——骡马市大街永铁工厂。

铁匠望着一大群如狼似虎的巡警，赶紧招了：守真照相馆。

负责审理汪精卫和黄复生的是肃亲王善耆。不出意外，二人必死无疑，远在日本的胡汉民甚至连悼诗都想好了。

谁知，善耆是《民报》的忠实读者，早闻"精卫"之大名，有心要同他侃一侃时政。

善耆："革命党宣扬兴汉灭满，乃狭隘的民族仇视。如果国内发生流血革命，外人不正好可以趁乱侵犯中国吗？邻国日本，君主立宪，就是我大清的成功榜样啊。"

汪精卫断然否定："日本明治维新，绝非不流血革命，乃西乡隆盛首发干戈，用武力倒幕而成。而我大清的'立宪'，完全是幌子，只有民主革命，只有流血，才能救中国。"

善耆口才不敌汪精卫，又见他与黄复生争认"主谋"，心下已起了怜才之意。

当晚，狱中的汪精卫朗然独坐，吟出那首广为流传的"慷慨歌燕市，从容作楚囚。引刀成一快，不负少年头"。

狱卒将诗作呈给善耆，这个皇太极长子豪格的后代顿时感怀于衷："卿本佳人，奈何做贼？如能为国家所用，救亡图存，则我大清幸甚！"

为此，他力劝载沣从轻发落。于是，原本诛九族的重罪被破天荒地判为终生监禁。

对此，载沣的解释是"为国罹（遭）罪，宜从宽典"，孙文的解读是"为革命党之气所威慑"，后人的分析是"故意表现清廷的大度和开明"。

都没说到点子上。

日俄战争后，伊藤博文强迫朝鲜国王李熙签订保护条约，将军事和外交权统统交给日本。

朝鲜的法令和高官任免全部操于"统监"伊藤之手，用朝鲜文人的话说就是：伊藤博文每次进宫，对高宗（李熙）的态度比曹操对汉献帝还蛮横。

1909 年，伊藤赴哈尔滨同俄国财政大臣会谈。朝鲜义士安重根埋伏在哈尔滨火车站，见伊藤下车，闪电般从人群中冲出，连开三枪，手刃了这个他口中"蹂躏朝鲜的奸贼"。不久，在旅顺监狱从容就义。

1910 年，继往开来的日本侵略者连哄带逼地同李熙之子李坧（纯宗）签订了《日韩合并条约》。延续了 500 多年，同明清两朝相始终的李氏王朝成了历史书里的名词。

吞并朝鲜只是起点。一向高标处世的日本迅速跟俄国签订防御同盟，相约维护各自在东三省的特权，阻止他国进入。

"宣统五年开国会"

亡国危机惊醒了士绅阶层。

在江苏咨议局议长张謇的奔走串联下，汤寿潜（浙江咨议局议长）、谭延闿（湖南咨议局议长）、汤化龙（湖北咨议局议长）、蒲殿俊（四川咨议局议长）等纷纷响应，发起了一场蔓延全国的请愿运动，倒逼朝廷放弃所谓的"九年预备立宪"，速开国会，组织责任内阁。

长沙教员徐特立在学校演说，称"不早开国会，不足以挽救危亡"。血脉偾张之下，他情绪失控，竟摸出一把利刃，切断左手小指，写下"请开国会，断指送行"，八个血淋淋的大字。

各省咨议局代表一到北京便向都察院呈递了联名的请愿书，罗列速开国会的四大理由：

1. 用旧的行政机构搞新的宪政，铁定玩不转；

2. 一直以来，朝廷都搞秘密外交。到底割了多少地，究竟赔了多少款，民众一无所知。再等九年，老本都被卖光了；

3. 没有国会和责任内阁，民愤全部集于皇室。反动统治阶级，你们真的睡得着觉吗?

4. 一天到晚侮辱人民群众的智商，民智未开咨议局的成功你怎么解释?

体制内的开明派如东三省总督锡良、云贵总督李经羲、山东巡抚孙宝琦以及各驻外公使也陆续致电朝廷，要求政府顺应舆论。

顺天府丞甚至警告说："欧洲政变多起于中等社会（士绅），史迹具在。"

由此不难想见载沣何以要宽宥谋刺自己的汪精卫——与其扬汤止沸，不如借机作秀。

问题是前任统治者太会演戏，惟妙惟肖，早就把人民群众炼得火眼金睛，不肯轻易上当，非要动真格。

见第一轮请愿被上谕驳回，还被军机大臣泼了一身脏水（为求增其势力而已，并非出自民意），议员们不干了，商定各省咨议局在今年的常会上都只提"速开国会"一案，若再遭拒绝，则集体解散。

第二轮请愿随即展开，各地均出现大规模群众上街游行的场面。

北京青年赵振清和牛广生率领一干学生，为即将去资政院递请愿书的代表团送行。他们交给代表一封信，主题是学生们打算"以血购国会"。代表正不知他们要闹哪样，赵振清和牛广生忽然拔刀出袖，意欲自杀，幸被人死死摁住。

牛广生趁人不备，毅然决然地割下自己左腿上的一块肉。众人惊魂未定，赵振清又割下自己右臂上的一块肉。

二人将鲜血涂抹于书信之上，代表们拭泪而去。

对请愿书上要求宣统三年（1911）开国会的主张，资政院的民选议员举双手赞成。

于是，所有议案都搁置，一开会就高呼"当此危急存亡之秋，除开国会无救亡之法"。溥伦见工作已无法开展，只好同意讨论速开国会案。

罗杰、雷奋等人相继发言，词泪俱下，义愤填膺。表决时，民选议员又坚持采用起立的方式投票。结果，即便是最保守的钦选议员，也失去了在众目睽睽之下公然反对的勇气，最后全票通过。

溥伦汇报时，载沣又摆出其招牌式的"默然无对"。

溥大人折中道："九年筹备，已不合时宜，至少要提前三年。"

善耆常年搞接访工作（民政部尚书），深知民意不可违，也劝道："民心忿极，大祸必发。"

载沣考虑的是直隶总督陈夔龙的密奏，内称"如不开国会，可先设责任内阁"。

陈夔龙的建议出自其老丈人奕劻的授意，隔岸观火了很久的庆王准备浑水摸鱼了。

很明显，责任内阁一旦设立，资历最老的领班军机大臣奕劻将是总理的不二人选。

载沣没得选。奕劻有隆裕罩着，门徒遍布朝野，暂时还不能翻脸。

于是，他召集王公大臣商讨，最后形成决议：次年（1911）设责任内阁，宣统五年（1913）开国会。

当然，妥协不是无条件的。上谕明令解散请愿团，禁止再举行任何形式的请愿，否则"必按法惩办"。

潜台词是：此乃底线，不要再得陇望蜀。

1910年11月5日，北京东西长安街和正阳门外大街皆悬挂龙旗，张灯结彩。灯上统一书写着四个喜庆的大字——庆祝国会。

学校放假三天。各学堂在学部的指示下组织学生齐集于大清门前，高唱歌曲，三呼万岁。

然而，更多的人却不愿被代表。

政府命令所有报馆必须报道普天同庆的新闻，结果只有两家报纸遵命；请愿团通告天下，明言"国会仅缩短三年"，请愿运动宣布失败。同时，敦促各省咨议局继续向政府施压，并要求开放党禁；在云南扶持讲武堂、暗中保护过蔡锷的李经羲继承了其伯父李鸿章嬉笑怒骂的传统，致电清廷，要求速定内阁人选，以免"昏庸老臣势居要津，新近得幸之臣独掌禄位"，矛头直指奕劻和载沣。

时间步入1911，各种征兆显示天朝气数已尽。

诸如"政府丧心病狂，惟恐亡之不速""直视吾民如蛇蝎如窃贼"之类的言论俯拾皆是。

据昆曲家赵子敬回忆，那年春天的一个晚上，他和朋友在家聚会，"忽闻隆隆霍霍起于空中，似雷非雷"，屋外一人大呼："流星，光何巨也！"

于是，室内诸人疾趋而出，但见夜空"光甚闪烁，照耀万丈。其声随之，愈远愈剧，回音作爆裂响，约五分钟始不见"。

不久，一首民谣开始在古都西安流传：不用掐，不用算，宣统不过两年半。

我以我血荐轩辕

奉天。

5000多学生手持"请开国会"的旗帜前往总督衙门哭诉:"我等都知道东三省就要亡了,非即开国会不能保存。"

总督锡良同情道:"上谕有言,'民情可以上达,民气不可嚣张',固然很有道理。但依我的心理,不怕民气嚣张。若民气不嚣张,便不能知道国家之亡与不亡。"

武汉。

各界人士为以汤化龙为首的赴京同志设宴饯行,报纸公布了这场悲壮昂扬的送别大会:

> 国势阽危,外患频来,豆剖瓜分,已在眉睫。而腐败政府尚在梦中,专恃消极主义,大好河山断送若辈之手,种种丧权辱国,无不言之详矣。
>
> 此会名则为汤君化龙饯别,实则勉汤君化龙死殉。武汉各团体当作后盾,如有不测,汉口全镇闭市,为汤君化龙开追悼大会,然后相继入都,接续拼之以死。

广州。

落暮余晖。

斜阳把一队亲兵的影子拉得很长,广州将军孚琦坐在晃晃悠悠的轿子里养神。

作为荣禄的从侄(堂兄弟的儿子),孚琦的思想并不守旧,否则也不会专程到城外观看,冯如表演飞机试飞。

刚走上东门外大道,一中年汉子斜刺里冲将出来,挡道拦轿。孚琦只道又是个上访滋事的屁民，谁料对方竟是徐锡麟再世！

枪声猝然响起，孚琦不及回神已身中五枪，当场毙命。

一个盖里奇式的定格，镜头果断地切到审讯现场，两广总督张鸣岐亲自提审。

刺客叫温生才，本是南洋的一个矿工，后加入同盟会，与孚琦素不相识，向无私怨。

张鸣岐："何故暗杀？"

温生才："明杀！"

张鸣岐："何故明杀？"

温生才高声道："惟专制之为厉，国仇之未报，特为同胞雪愤耳！"

张鸣岐无奈道："一将军死，一将军来，于事何济？"

温生才："杀一儆百，我愿已偿。"

两天后，温生才被弃市；两周后，震惊天下的黄花岗起义爆发。

这是一次力量悬殊的搏杀。

由以黄兴为首的120余人组成的敢死队臂缠白巾，在呜呜的海螺声中直扑两广总督署。

是役也，同盟会精锐尽出（胡汉民、朱执信、陈炯明、邹鲁），碧血横飞，浩气四塞，装备精良的总督卫队竟力不能支。

张鸣岐翻墙逃走，革命党纵火焚毁督署后退出，与率部前来的水师提督李淮展开巷战。

硝烟滚滚，把画面染成了黑白两色。

慢镜头里，是年仅19岁的张云逸。大难不死的他于1955年成为开国大将；慢镜头里，是写下感人肺腑的《与妻书》，被世间安得双全法纠结得愁肠百转的林觉民（吾幸而得汝，又何不幸而生今日之中国）。被捕就义前，连张鸣岐都被他泰然自若的神色打动，道："惜哉林觉民，面貌如雨，肝肠如铁，心地光明如雪。"慢镜头里，是胸前挂满炸弹、冲在队伍前端投弹开路的喻培伦。之前同汪精卫刺杀载沣时，喻培伦曾提前返回日本搞炸药，免于被捕，结果被汪精卫的情人陈璧君当着众人的面斥为"临阵脱逃"。而今，独臂大侠（因试制炸弹残了一条胳膊）喻培伦终于可以明志了。

黄兴被打断两根手指，仅以身免，革命党又一次以失败告终。并且，牺牲的 89 人，是一批文化程度较高的青年才俊。因此，孙文痛心道："吾党精华，付之一炬！"

然而不可否认的是，此役给清政府的打击极为沉重，连水师提督李淮也不得不承认："人心思汉，大势所趋，非人力所能维持。"

亨廷顿有言："处于权威危机中的统治者往往会变成最真诚的改革者。对于改革的真诚，源自他们对保住权力的真诚。"

载沣并非和民主宪政有仇，人家毕竟也是 19 世纪的"80 后"，思想并不守旧。问题在于，他必须以平庸的资质，解决两难的境遇，帮行将就木的清廷妙手回春，这就勉为其难了。

改革需要顶层设计，可顶层没有冰封王座，只见混乱之治。载洵、载涛、溥伦、善耆、奕劻各收党羽，各自为营，正斗得热火朝天。载沣夹在中间，想推行政治体制改革，除了先巩固权力，别无他法。

万众瞩目的责任内阁终于横空出世。

结果还不如不出。

内阁总理奕劻，内阁协理那桐、徐世昌。

整个一庆袁集团有限公司。

载沣看似落败，实则在三个关键位置上安插了自己人：陆军大臣荫昌、海军大臣载洵和度支大臣载泽。

这也是跟他心目中的良师德国人学的：将军事和财政牢牢抓住，便能潜御群臣。

问题是政客们算来算去玩平衡，自以为各方利益都照顾到了，算无遗策，可恰恰忽视了最重要的一环——民意。

内阁成员里，汉人只有4个，满员却占了9席，其中7人还是皇族，彻底违背了"皇族不掌政权"的立宪原则。

消息一出，举国哗然。正如《剑桥中国晚清史》所论断的那样："清政府拒不妥协的态度正在把各地立宪派团结起来。他们虽不能领导革命，但差不多都能马上接受革命。"

筚路蓝缕铁路史

压死骆驼的最后一根稻草是铁路国有案。

早在1863年，上海的英美洋行就联合请求清政府，允许他们建造一条从上海到苏州的苏沪铁路。

时任江苏巡抚的李鸿章在上报朝廷时结合实际，连哄带吓："太平军从广西起事，清军到广西要用半年时间，贻误军机。而如果有铁路，从北京到广西只要两天。"

结果，清廷以一句"不合我朝祖宗成法"驳回。

1876年，逼急了的洋行玩起了明修栈道，成立了一家"吴淞道路公司"，对外宣称要筑一条从上海到吴淞的马路，得到了地方政府的支持。

两千多工人迅速进驻工地，打路基、铺铁轨，不到一个月，沿线居民便听到了汽笛的鸣叫。

朝廷显然不吃生米煮成熟饭这套，立刻通过上海道叫停洋行的无照经营。

此事本是对方理亏，有一说一即可。结果清政府偏要东拉西扯，说"坏我风水，有违民意"，用民变吓唬洋人，好像全中国除了愚民就是暴民很光荣似的。

事实上，吴淞铁路的出现受到了沿线百姓的夹道欢迎。因为洋人不搞暴力拆迁，收购土地不惜出高价以避免纠纷，且对居民祖坟详细勘察，防止破坏。

同时，铁路拉动了沿途的就业和经济，朝廷臆想中的铁道游击队根本没出现。

真正的敌意来自官员和乡绅。

地方守旧势力一度打算用卧轨来阻挠施工，因司机及时刹车而碰瓷未遂。

上海道台衙门受到启发，安排一个穷困潦倒、有自杀倾向的士兵去"钓鱼"，圆满完成任务。

用一条人命和20万两白银换取吴淞铁路的拆除，对外则示之以"民心所向"，清政府的反科学之路走得何等艰辛……

1881 年 6 月 9 日是火车的发明者史蒂芬孙诞辰 100 周年的日子。当天，为运输开平煤矿的煤而修建的唐胥铁路通车。

选择这一天剪彩，李鸿章费尽思量。

反对派并不体谅，立刻抛出在高层极有市场的"造铁路等于开门迎盗"论，吓唬当权者。

刘铭传在李鸿章的授意下进京上奏，说各国铁路都用来巩固国防，运兵朝发夕至，从未听说为敌方所用。并附上一则"体己"的小贴士："若铁路造成，十八省合为一气，将来兵权、饷权俱在朝廷，内重外轻，不为疆臣所牵制矣。"

反对派又祭出圣人，说修铁路有悖圣贤之道。

李鸿章只好亲自出马，写了 4000 多字的长折大谈圣人"刳木为舟，剡木为楫"的例子，论证修铁路也是"济不通，利天下"的正道。

翰林院侍读学士张家骧换了套思路，从"断民之利"的角度来反对，说铁路会夺了车夫、船夫的生计，引发社会动荡。

李鸿章举例说：英国初造铁路时也有这种顾虑，后来发现铁路带动了沿线城镇的发展，马车的需求不降反升。

更猛烈的反击来自曾随郭嵩焘出使欧洲的刘锡鸿。

刘大人抛出一个"铁路不可行者八，无利者八，有害者九"，登时语惊四座。

其实，早在驻英期间，刘锡鸿已经"名扬海外"了。

一位波斯藩王曾问他："中国为何不造火车？"

刘锡鸿自以为幽默地回以，"因为我们正在制造一种不用煤和铁轨，却能日行万里的超级火车。"

见波斯藩王迷惑不解，刘锡鸿自鸣得意道："根据四书五经的教导，正朝廷以正百官，正百官以正万民，此行之最速之火车也。"

波斯藩王哈哈大笑，刘锡鸿却陶醉在自己的"妙论"里。

对此，《泰晤士报》直言不讳地指出："阻止铁路之人，必将贻笑于后代。"

反对派的冥顽不灵让李鸿章身心俱疲，在一封私人信件里吐露心声道：

> 鸿章老矣，报国之日短矣。即使事事顺手，亦复何补涓埃（微小）？所愿当路诸大君子务引君父以洞悉天下中外真情，勿徒务虚名而忘实际，狃（拘泥）常见而忽远图，天下幸甚，大局幸甚。

甲午之后，自上而下的改革扭转了形势，"要致富，先修路"的常识逐步深入人心，大兴铁路渐成热潮。

然而，庚子国变把慈禧变成了列强的羊咩咩，逆来顺受。洋人们一拥而上，纷纷争夺中国的筑路权。

英法两国在取得滇缅和滇越铁路的修筑权后，进一步觊觎贯通长江中上游富饶地区的川汉铁路，英国甚至已派人入川勘察路线。

时任四川总督的锡良当即上疏朝廷，力主自办川汉铁路，防止列强染指，得到批准。

1904 年，谕旨下发，成都岳府街挂出"官办四川省川汉铁路总公司"的牌子。按规划，川汉铁路的预计路线自湖北汉口经宜昌，过四川的万县、重庆、内江、资阳，最后抵达成都，总长 1500 公里。

锡良与湖广总督张之洞约定，全程分为三段：一，宜昌以东至汉口，连接京汉铁路的区段由湖北负责修筑；二，宜昌以西湖北境内的铁路，由四川负责（待全部完工后，经 25 年时间，湖北政府出资赎回）；三，四川境内的铁路，由四川负责。

盛宣怀自投罗网

蜀道之难，路人皆知。如此漫长的铁路线，初步预算高达 5000 万两白银，锡良不借外债，中央又没钱可拨，底气从何而来？

来自踊跃的川民。

虽说不与秦塞通人烟，但进入到 20 世纪后，在邹容和吴玉章等人的带领下，川人的爱国热情开始如煮沸的火锅，热浪滚滚。

见平日整天在茶馆扯把子冲壳子的闲人，都关心起捍卫路权的国家大事来，锡良决定走一步险棋。

在《川汉铁路总公司集股章程》中他规定：除官方出资和绅商认购之外，设立"抽租之股"，年纳粮十石（100 升）以上的耕田之家，按实收抽取 3%，照市价折合银两后作为铁路股款。

同有去无回的农业税相比，作为有价证券的租股可自由买卖和转让，一旦路成，还可分红。因此，推行极为顺利，甚至连倡优乞丐都率相入股。

截至 1911 年，租股独大，征收了 900 多万两白银。7000 万川民，全部因此同川汉铁路扯上了关系。

然而，这种全民参与办铁路的景象在盛宣怀看来却未必是好事。因为修铁路需要巨额投入，且投资回报期长，股散本弱，难成大事。

盛宣怀坚定地认为，铁路必须国有化。其逻辑是：既然铁路事关国家命脉，又有如此丰厚的利益，由政府垄断经营天经地义。

问题是盛宣怀早已在政治斗争中失势，正走载泽的门路谋求复出，暂时还轮不到他说话。

锡良则趁商部政策放开之机，大搞国企改革，于1907年实现了国有资本的彻底退出。"官办川汉铁路总公司"变为"商办川汉铁路有限公司"，并高薪聘请詹天佑担任总工程师。

与此同时，张之洞也召集湖广绅商计议，以675万美元从美国合兴公司手上收回了粤汉铁路的修筑权。

一时间风起潮涌。

1907年，全国有18家铁路公司，其中13家是商办，以至于泥木匠作、舆马帮佣，各行各业的人都跑来入股，把洋人看傻了。

美、英、法、德组成的"四国银行团"利用外交和报纸极尽恫吓与要挟，煽动说清政府把路权下放给各省是致命的错误。

四国银行团的算盘是：通过给川汉铁路工程放贷，侵占路权。

1911年2月，同日本完成媾和的俄国准备在东北设立军事观察站，新一轮的亡国危机让清政府吓破了胆。

四国银行团顺势施压，说中国要想获得美、英、法、德的支持，前提条件就是缔结针对川汉铁路的贷款。

问题是路权现在属于川汉铁路有限公司，彻头彻尾的民营企业，除非强抢，别无他法。虽说对天朝而言，打劫民众向来是其政治生活的重要组成部分，但仍需一条堂而皇之的理由。

铁路国有化无疑是最好的说辞，因为当时各国政府都在推行私营铁路收归国有的政策，大谈"接轨"就行了。

搞"国进民退"，经验丰富的盛宣怀显然是最佳人选。但使尽浑身解数东山再起的他只捞到个邮传部侍郎的帽子，离发号施令还差一步之遥。

1910年，徐世昌入军机处，邮传部尚书一职由唐绍仪署理。

如无意外，"署理"二字很快便会拿掉，这一掌管全国电报、铁路的肥差还是抓在袁党手中，不过从左手交到了右手。

此时，一件诡异的事情发生了。

唐绍仪接到委任状后推三阻四，拒不赴任，连媒体都看出其用意，在报纸上刊文说这是为了让"盛侍郎有邮部尚书之望"。

唐绍仪的反常行为，出自袁世凯的授意。

几年前，袁世凯刚当上直隶总督时，曾乘人之危，将属于盛宣怀的轮船招商局和中国电报总局抢到北洋旗下。二人由此结怨，积恨已久。

于是，由袁世凯幕后导演的这场"赠人玫瑰，手有余香"的大戏，外人自然表示看不懂了。

站在载沣的立场，想托庇于四国，就必须向四国银行团贷款筑路，而这一切的前提是将川汉铁路收归国有。

再往深了想，既要搞国有化，又要向列强借钱，没有比常年周旋于官商和洋人之间的盛宣怀更令人放心的人选了。

袁世凯当然看到了这一点，但同时也看清了另一个更严峻的现实。之前，张之洞遵从民意，赎回了粤汉铁路的筑路权，被舆论赞为"民族英雄"。结果，当他向绅商们筹款修路时，所有人都两手一摊，表示没钱。

张之洞无奈，拖下去又徒增笑柄，只好向英国贷款修路。

谁知，已被点燃的民族情绪势不可挡，反对的呼声一浪高过一浪，认为"去美来英"，原先的合约还不如不废。

声讨中，张之洞又成了人人喊打的卖国贼，把一生好名的老头儿逼得"心焦难堪"，乃至"呕血而死"。

可见，承担着对内收路、对外订约的邮传部尚书一职，已从晚清第一肥差变成一桶随时可能爆炸的硝化甘油。

正因如此，在袁世凯的布局中，唐绍仪必须撤离。他隐约看出，铁路国有政策将是清廷的亡命符。而最好的吟咒者，便是兼具能力与决心的盛宣怀。

打了几十年交道，袁世凯比盛宣怀他妈还了解他。

首先，此人迷信权力，从来不跟民间资本做坦诚的沟通，唯知以官家的身份利用、欺凌，一旦上位，必能成功搞出一个民怨沸腾的局面；其次，盛宣怀不是给李鸿章当助手，就是跟洋人搞商务，缺乏基层工作经验，若出现乱局，绝对摆不平；最后，是基于对中国社会的整体判断。在这张由官、学、商组成的牌桌上，文人有道无术，官员寡道多术，商人无道有术。

以无道而居要位，天下宁不乱乎？

饿狼司肉，渴马护水

盛宣怀果然没有"辜负"袁世凯的期望。他如愿以偿地当上邮传部尚书后，第一件事便是授意御史石长信上了一道奏折，颇有创意地将全国铁路分为"干路"和"支路"，干路只许官办，支路则可商办。

邮传部立刻呼应，上奏说：

> 从前规画未善，致路政错乱分歧，不分枝干，不量民力，一纸呈请，辄准商办。乃数载以来，粤则收股及半，造路无多；川则倒账甚巨，参追无着；湘、鄂则开局多年，徒供坐耗。徇是不已，恐旷日弥久，民累愈深，上下交受其害。

实事求是地讲，盛宣怀并未夸大事实。

以沪杭甬铁路（上海、杭州、宁波）为例，清政府原拟借英资筑路，遭到江浙两省绅商的强烈抵制。于是，两省各自成立公司，承担境内铁路的修建。

浙江铁路公司推举咨议局议长汤寿潜为总经理，在全省募集股金。股款中，有老人的寿衣棺材费，有寡妇的生活储蓄金。

结果，汤经理的亲友团集体跑来赚快钱，争相介绍筑路物资。由于缺乏监管，浙江铁路公司盲目采购、亏空严重，最后竟资不抵债。若非政府施以援手，汤寿潜多半卷款跑路。

川汉铁路的问题更严重。筹备了八年，集款远远不够。开工无期，耗费却日多，挪借侵蚀、假公济私的腐败行为比起官场来不遑多让。财务主管施典章甚至调拨公司 350 万两资金跑到上海搞投资，中饱私囊，结果遭遇股灾，钱全部打了水漂。

许多川籍京官都看出这种靠民间融资修路的风险，纷纷上疏要求政府出面干预：

> 民尽锱铢，局用如泥沙，出入款项，均无报告。
> 前款不敷逐年路工之用，后款不敷股东付息之用。款尽路绝，民穷财困。

因此，当铁路（干路）收归国有的上谕发布时，一开始，民间的反对并不激烈。

点燃民愤的是，几天后朝廷与四国银行团签订的出让筑路权的《粤汉铁路、湖北境内川汉铁路借款合同》。

两湖相继举行大规模集会，抗议"国有"之命，川路公司也紧急召开了股东大会。

因有巡警在场，会议一开始非常沉闷。忽然，场下一人长叹道："四川亡矣！"言未已，即掩面恸哭。

一时间四周哭号相和，声振屋瓦，连巡警也扔了警棍，伏案而泣。

面对失控的场面，劝业道（商务厅厅长）周善培起身道："此事不是哭就能解决的，诸君当另想办法。"

机灵的已然会意，走出会场，带着哭丧团朝总督衙门走去。

护理四川总督（平级代理称"署理"，由低一级的布政使暂代则称"护理"）王人文（1863—1939）事先得到消息，命人将督署大门敞开，在大堂檐下摆了一条长案，神色泰然地立于案上，静候请愿团。

王人文素以开明著称，川绅被他凝重的表态感动了：

> 总督职在为民，民有隐，职当代请。请而不得，去官，吾职也，亦吾所乐也。

奏请的电报很快传到权力顶端，王人文避而不谈"铁路国有"，只委婉地提出：川路租股涉及全省百姓的利益，当有万全之策，切不可操之过急。

载沣漠然以对，绕开新成立的皇族内阁直接跟邮传部和度支部协商决策此事，激怒了奕劻，以至于日后局势崩坏，作为内阁总理大臣的庆亲王拒绝为此负责，态度极其冷漠。

其实，度支部掺和进来是一个再明显不过的信号：四国银行团的贷款是救命钱，载沣要拿它来缓解财政枯竭的困境。

因此，朝廷给王人文的回电很不客气地将川绅定性为，"巧借铁路筹款，专事苛虐小民"的土豪劣绅，并斥责川汉铁路有限公司"亏倒巨款"。

王人文担心刺激到绅商，将斥电捂了一个星期，再次上奏苦劝。

回电却愈发严厉：

> 览奏殊为诧异，王人文着传旨严行申饬。

与此同时，载沣起复投闲已久的端方为督办川汉铁路大臣，具体操办收路事宜。

此差可谓万人艳羡——还有比政府接收大员来钱更快的职业吗？

端方的铁路大臣，行辕设在汉阳。乃至同城为官的湖北布政使连甲拐弯抹角地找到袁世凯，想通过他走端方的门路，谋一个"会办"的兼差，捞笔丰厚的外快。

纸包不住火，王人文不敢再掩盖煌煌上谕，将之前那封指责川绅"误国殃民"的朝旨公布了。

事实上，朝旨并没有冤枉川路公司的大股东和高管——折腾得民穷财尽也没见着铁路的影子，还搞出一堆财务窟窿。

川绅自知理亏，集体呈请朝廷，百般辩解，并试探着问了一句：

> 从前已收已用股款，将来如何退还？

为了施压，还不忘把升斗小民推到前台：

> 小民最恐本息俱无，款归无着……

神人胥怒

川路公司账面上还有 700 万两余款，盛宣怀有两个方案可选：

1. 余款退给商民，已用之款转为国家股票，再慢慢退本还息；

2. 只退余款，已用拒不承认，把包袱扔给地方政府或那些大股东。

第一种方案正是王人文积极争取的——实在无法商办，至少不要给商民造成损失。

问题是，在盛宣怀看来，所谓的"已用之款"根本没用到正道上，就是亏空，第一种方案完全不用考虑。

那方案二呢？各退一步，耐心说服，至少不会酿成民变。

可惜，盛宣怀属于干坏事都理直气壮那伙的，他选择了一条挑战所有人底线的不归路。

国产价值观里最混账的一条莫过于：因为你黑，所以我要更黑。

最后，所有人都在秀下限，所有人都很生气。

盛宣怀的逻辑是：川路公司的资金主要来源于租股，即农民的散碎银两。余款总额虽大，但分摊到每个农民头上却是可以忽略不计的小钱。而且，经年日久，农民或许早已丢了收据，或许在层层倒卖中成了糊涂账。总之，这笔钱即使退回去，多半也到不了老百姓手上，而是被地方政府或个别经办人员侵吞。既如此，还不如纳入中央财政。

在此流氓精神的指导下，盛宣怀和度支部酝酿出台了专门针对四川，比其他各省更为苛刻的收路方案：余款不退，全部转为国有。发给商民国家股票，将来盈利可以分红。

到时路权还在不在中国都不好说，即使在，通车根本就遥遥无期。事实上，川汉铁路真正全线贯通的日期是 2012 年 7 月 1 日……

路、款皆夺，盛宣怀荣膺年度人民公敌。

王人文还想再争，邮传部已下令给垂直管理的成都电报局，禁止再发有关铁路的邮电。

交涉渠道堵死，形势骤然失控。

1911 年 6 月 17 日，赤日无光。成都各社会团体和川路公司的股东总计两千余人，云集在铁路公司举行控诉大会。

首先上台发言的是公司高管、曾任度支部主事的邓孝可。他摸出一份《蜀报》，大声朗诵起自己刚刚发表的文章：

> 既收我路，便须还款。人情天理，势所必然……有生物以来无此情，有世界以来无此理，有日月以来无此黑暗，有人类以来无此野蛮……嗟呼盛尚书，川人诛不尽，尔亦徒劳矣！

接下来上台的是四川咨议局副议长罗纶。罗副议长用标准的四川话动情道：

> 各位股东，我们四川的父老叔伯们！我们四川人的生命财产，拿给盛宣怀给我们卖了！卖给外国人去了！

台下众人，涕泗横流，哭声连连，待罗纶讲完，"打倒卖国奴盛宣怀"的呼声已响彻全场。

当公义与私利融汇，国仇同家恨合流，其迸发出的张力足以令任何独裁者瞠目。

专门领导保路运动的非政府组织"四川保路同志会"在会场宣布成立，咨议局议长蒲殿俊和副议长罗纶分任正、副会长。

在场旁听的王人文明白，人生最大的一次抉择，终于到来了。

云南人王人文站了出来，向大会宣布：

> 诸君热心爱国，吾何惜一官？誓与川人相始终！

排山倒海的掌声经久不息。

仅仅几天时间，加入"四川保路同志会"的川民就达到十多万。各府县相继成立分会，形成覆盖全川的网络。

不管运动朝哪个方向发展，王人文清楚，自己作为清廷封疆大吏的生涯都即将结束。为给仕途画上圆满的句号，他做出一个惊人的举动——弹劾盛宣怀。

亲信周善培劝道：

> 言而听，诚朝廷之福，四川之幸；设不听者，必有谴，轻亦革职，重且不可测，公幸熟虑之。

王人文叹了口气，愀然道：

> 吾以一进士，不三十年，擢居此任，朝廷待我厚矣。不幸而值国家存亡之问题，吾敢计祸福，默不言耶？

周善培不再多说。

三天后，一封苦心孤诣的弹章通过驿站送到了北京：

> 然罪其一人而可以谢外人，可以谢天下，可以消外患，可以弭内乱：臣知朝廷必不爱一盛宣怀，而轻圣祖列宗艰难贻留之天下。臣知盛宣怀之忠，亦必不惜损一身以爱朝廷，且知盛宣怀之智，亦必知合同苟难修改，朝廷即优容，而天下之怨望既深，则未来之患方永……应请皇上天恩，准治臣以盛宣怀同等之罪。既谢外人，使知发难者臣；又谢盛宣怀，使知纠弹者臣。

效果立竿见影——"王人文纵民酿祸，着革职进京"。

带着满腔遗恨，王大人恓惶北上。

蜀地震怒。

在"权奸压力虽大，匹夫志气难夺；贼臣羽翼虽丰，众人公怒难犯"的鼓呼中，保路运动掀起了小高潮。《蜀报》总编朱云石甚至提出组织民兵，暴力对抗。

御史欧家廉上书严劾盛宣怀20多条罪状，川籍、鄂籍京官纷纷跟进，一时间唾沫横飞。

漩涡中心的盛宣怀仍旧迷信权力，这几乎是所有商人出身的国人挥之不去的宿命。他收买了川路公司宜昌分公司总经理李稷，绕过董事会，直接任命其为政府委派的川汉铁路宜昌段总办。

川路公司当即反弹，召开股东会，开除李稷，并筹划商人罢市、学生罢课的示威运动。

载沣慌了，叫来盛宣怀商议。两人一致认为，乱世用重典，必须找一个作风强硬的人坐镇四川。

众争之地勿往

被后世骂作"屠户"的赵尔丰（1845—1911）其实是个悲情的爱国英雄。

1903年，他随锡良入川，历任永宁道、建昌道，再加侍郎衔，任川滇边务大臣。

在所辖的"川滇特别行政区"内，赵尔丰积极垦荒，改土归流（政府收回土司大印，将少数民族地区纳入正常的郡县系统），既推动了川藏边地的经济发展，又加强了政府对边区的控制。

1904年，在荣赫鹏的率领下英军入侵西藏，占领拉萨，同噶厦政府签订了攫取在藏特权的《拉萨条约》。

为遏制分裂活动，清廷加赵尔丰驻藏大臣衔。这个常年生活在高原缺氧地带，处理棘手的民族事务的老人，终于在年逾花甲之龄位列封疆。

亲英的十三世达赖极为恐慌，一面上奏诽谤赵尔丰，一面暗中部署兵力。

赵尔丰当机立断，提兵入藏，一举击溃由英国操纵的西藏伪军，迫使十三世达赖出逃印度。

作为一名铁血丹心的爱国将领，赵尔丰在奏折中建议朝廷仿照东三省之例设置"西三省总督"，以杜绝英人之觊觎。

可惜，这样一个不计得失、勇于担当的治才，却不幸生逢末世。

奉命督川时，赵尔丰清楚，这是要他去当救火队员。可即使如此，依旧欣喜不已——多少人想当还没资格呢。毕竟，对芸芸众官而言，省部级是一个可望而不可即的梦，为之倾倒，为之痴狂，韶华白首，至死方休。

当年慈禧"西狩"，瞿鸿禨和张百熙两个湖南老乡同属逃难团成员。二人于西安行在相约，将来无论谁进了军机处，都帮对方活动，谋取两江总督一职。

后来瞿鸿禨当上军机大臣，却始终无力帮张百熙外放两江总督。以至于在生命的尽头，张百熙仍不无遗憾道："别说两江总督，看来连一个巡抚都当不上了。"

由此不难想见川督一职在赵尔丰心中的分量。

当然他也清楚，比起边区的秣马厉兵，已如一锅沸水的成都无疑更加危险。因此，在星夜兼程往回赶的路上，他密切同已经下台的王人文通信，获取信息。其中一封写道：

> 此事盛（宣怀）之乖谬，固不待言，所异者盈廷不乏明哲之士，竟无一言，何也？公（王人文）所陈者皆为国至计，岂仅为争路争

款哉？乃不蒙见谅，阁部过矣！

8月5日，抵达蓉城的赵尔丰不顾舟车劳顿，直接赶往川路公司，参加正在召开的股东大会。他当场承诺："必代川人尽能尽之力，倘有棘手之处，仍望大家来讨论，我不敢不努力，大家也不要太急躁。"

话音刚落，就有一个比电影《寻枪》里的刘结巴还急躁的人冲上台，对全场高喊道："如若我们四川的股东，四川的人民并未死心，并不是全无心肝，大家起来，争争争保路呀！破约呀！"

原来是股东之一，后来的民盟创始人张澜。

尴尬的开场已经预示了悲剧的结局，但赵尔丰并不灰心，也未遵照"切实弹压"的朝电，而是耐心地向北京汇报情况，劝说中央接受川民的请求。

怀柔的姿态却无法阻挡愤怒的雪球越滚越大。由于同盟会趁乱渗透，运动开始向有组织无纪律的纵深方向发展。

店铺一夜之间集体关门，各种临时搭建的席棚在街头出现，里面供奉着光绪的牌位。前来跪拜的绅民络绎不绝，怒容满面，搞得赵尔丰非常被动，只好电请中央，问在拆棚的同时能否焚毁牌位？

对此，陷入悖论的高层再次选择假寐，不做正面回答。

受此启发，写有光绪名号的木牌在成都卖断了货，标准格式是中间一列写"德宗景皇帝（光绪庙号）"，两边写光绪生前承诺过的"庶政公诸舆论"和"铁路准归商办"。

川民人手一块这样的木牌，顶着满街乱走，也不喊口号，碰到熟人就交换眼色，表示一切尽在不言中。

赵尔丰顿感压力山大。他再次致电朝廷，说"兵警难恃"（因为多为本地人，同情绅民），建议将"借款修路"一案交资政院讨论，以塞汹涌的民意。

北京的回电措辞强硬，没有任何转圜余地。赵尔丰两头不讨好，徘徊在崩溃的边缘。思前想后，只有发动"联署"这一条路了。

于是，一封内容基本不变，但由四川总督、成都将军、成都副都统、四川提督、布政使、提学使、提法使、盐运使、巡警道和劝业道等，四川所有高级官员联名的电文火速发往北京。

赵尔丰不知道的是，危险正在逼近，它来自两双窥伺的眼睛。

血案惊天下

任命端方为铁路大臣，表面看合情合理，毕竟他曾在湖南巡抚任上协助张之洞办理过废约赎路之事。

深究下去，便经不起推敲了。

端方是在署理直隶总督任上下台的，原因极其搞笑——作为数码爱好者，给慈禧的出殡大典拍照，结果被参。

因此，在复出的端方看来，当个四川总督都委屈他了，遑论铁路大臣？

当然你会说：可以先捞钱嘛。

但这真不是他的爱好。

作为学者型官员，端方死的时候包袱里只有一本《红楼梦》，身无余财，可见的确志不在此。

然而，这恰恰铸就了他和赵尔丰两个人的惨剧。

袁世凯一再劝说自己这个亲家，就在汉阳待着，不要急于入川。端方不听，反而积极行动起来，目标很明确：扳倒赵尔丰。

同他诉求一致的是四川布政使尹良。

四川不设巡抚，作为总督的左膀右臂，按理说尹良应当为督台大人分忧解难才是，但尹藩司不这么想。站在他的角度，上有总督遮风挡雨，不会为政治风浪遭受朝廷怪罪；下有司道属官具体办事，少了承担行政过失的风险。

但无危意味着无机，风平浪静了很多年的他，做梦都想抓住一把晋升的天梯。

给王人文打下手时尹良就大耍无间道，表面上摆出一副忧国忧民的表情，跟王大人共商大计，转过身去就和盛宣怀暗通款曲，秘陈"隐情"，把王人文卖了个干干净净。

赵尔丰上台后，尹良依然同邮传部保持密切联系，向盛宣怀汇报赵的一举一动。议事时，又总爱与赵尔丰耳语，故作神秘状，招致同僚种种非议。赵尔丰当面申斥多次，尹良仍不改旧习。

同时，他还经常给端方发密电，对处置川民争路提出自己的见解。

而端方在积攒了足够的弹药后，以老辣的文笔发起了弹劾：

> 赵尔丰庸懦无能，实达极点。始则恫吓朝廷意图挟制，继则养痈贻患，作茧自缚。警兵不用命而衔泣，是谓无警，军队皆本省人而不可用，是谓无兵。无警无兵，四川大势已去，虽百赵尔丰无益！且光天化日之下，街衢席棚何以能任其搭盖？头戴万岁牌，何以能游行自如？省垣为何地？督臣所司何事？无法无纪，造此怪象，尚复成何世界？

次日，迫不及待的端方又电奏北京，申请派重臣赴川查办赵尔丰。

他的算盘是：如果朝廷允其所请，查办人选肯定是自己。因为上面那帮人最怕民乱发酵，从中央派人下来缓不济急。

果然，朝旨很快下达，命端方赴川查办。

谁知端方并不着急启程，而是坐地起价，要求朝廷先划定他与赵尔丰的事权关系……

载沣极为恼火，给赵尔丰下了最后通牒，命其必须平息乱局，否则严惩不贷。

赵总督被逼上了华山一条道。他私下获知，即将赴川的端方已和盛宣怀联手，将以"有意庇民"为借口，谋取他屁股还没坐热的川督之位。

另一方面，同盟会又大肆印发《川人自保商榷书》，为武装起义造势，而各地也相继出现抗捐抗粮之事，肝火上冲的赵尔丰终于在煎熬与挤压中丧失了理智。

9月7日，蒲殿俊、罗纶、邓孝可、张澜等保路同志会代表，在尹良的邀请下到布政使衙门会谈。

众人等了一个小时，也没见着省长大人的面。忽然，上房仆人过来传话，说总督署打来电话，请各位即刻过去，阅看新到的邮传部电报。于是在总督署的官厅里又等了三个小时，直到中午才见有人来传，说大帅有请。

到了另一间厅堂，只见正中坐着的却是尹良。他环视了众人一番，宣布说奉大帅之命，将尔等拘押。

软禁了群龙之首，赵尔丰当即着人查封保路同志会和川路公司。同时，一张告谕遍贴四方：

> 只拿首要，不问平民。速即开市，守分营生。

然而，在同盟会的煽动下，当天下午，成都市民扶老携幼，哭天喊地地从四面八方齐集到督署门前，要求释放蒲殿俊等人。

外面，荷枪实弹的巡防营（新军成立后淮军、绿营缩编成的武警部队）与激愤的人群紧张地对峙着；里面，一众官员惶然无计，坐立不安。

赵尔丰命人传话，说可以派代表进来谈，只要答应开市，立即放人。

人群不听，冲破卫兵的防线，涌入辕门。

赵尔丰警告道："不许再冲，否则开枪！"

人群仍不听，又涌进一道门。

赵尔丰踱来踱去，焦灼的目光落在昨日端方拍来的一封语近恫吓的电报上。内称庚子年裕禄当直隶总督时因不听我（端方）速速拿办之言，袒护拳匪，最后酿成大祸，连命都丢了。

赵尔丰一再被激，终于举起了屠刀。

一声命下，枪声大作，当场击毙三十多人。马队也得令出击，冲散人群。左突右撞中，踩踏致死者又有十多人。

四川巡防营统领（武警四川总队司令）田征葵杀红了眼，竟灭绝人性地下命士兵开炮轰击。眼见炮弹上膛，瞄准人群，成都知府于宗潼号啕大哭，扑到炮口跟前，以肉身阻挡，方才避免更大规模的杀戮。

五十多名死者，最大的 73 岁，最小的不过 15 岁，职业多为工匠、裁缝和店铺学徒，都是社会底层的劳动者，无一公知，无一绅商。

死路

血案过后，赵尔丰立刻发布戒严令，封锁城门与邮电，切断成都同外界的联系。同时，电奏朝廷，诬称川人图谋独立，幸亏自己弹压及时，才弥乱于始萌。

同盟会会员龙鸣剑等人经过密议，连夜赶制出数百块木牌，上书"赵尔丰先捕蒲（殿俊）、罗（纶），后剿四川，各地同志，速起自保自救"，涂以桐油，投入锦江。

顺着纵横交错的河网，木牌四散开来，形成一张辐射全川的"水电报"。

各县同盟会及其发展的"袍哥"接到警讯，立刻组成同志军，源源不断地开往成都，攻打清军。

袍哥虽说是黑帮，但纪律严明，决不拉稀摆带，有违反军令者，必须当众自裁。自杀前还要在大腿上捅三刀，黑话叫"三刀六个眼，自己找点点"。

同志军不需要扰民，甚至不用自带粮草。每到一处，自有当地的饭馆酒店招待，老板还会主动把钱放到各个军官的房间。

眼见不得人心到如此地步，心虚的赵尔丰发布了替自己辩解的白话告谕：

> 争路是极正当的事，并不犯罪，何至拿办，更何至拿办有官职的绅士？若论此次所拿的事，是因他们这几个人，要想做犯上作乱的事，故意借争路的名目，煽惑全省的人。煽惑既多，竟至抗粮抗捐，明目张胆，反对朝廷……
>
> 此次所拿首要，非为争路的事实，系为背逆朝廷的事，本督部堂系奉密旨办理的。我们百姓要听明白，切勿误会。不但不株连我们的百姓，并且不妨害我们争路的事。就是误入该会（保路同志会）的人，只要能立刻改过自新，也便不追问了。

仅仅两日，形势的剧变就超出了所有人的想象。

川民云集响应，赢粮而景从，起义军瞬间激增到几十万之众。

通过其他渠道，清廷了解到成都血案另有隐情，而原本催逼赵尔丰强硬的端方又突然改旗易帜，参他鲁莽行事，戮民欺君，气得赵尔丰仰天长叹道：

> 平生未受人弄，乃为端四（端方）所弄！

对赵尔丰失去耐心的朝廷直接电令成都将军玉昆，要求彻查乱由。

并且，真心意识到必须派一个深孚民望之人去四川收拾烂摊子了。

载沣首先想到的是在丁未政潮中被庆袁搞下台的岑春煊。以"官屠"查"民屠"，确实令人期待，可岑春煊刚出来讲了几句"一定为民做主"的场面话，四川就传来吴玉章率同盟会打下荣县，宣布独立的消息，于是停在武昌不走了，打探观望。

被撤去川督之职，重任川滇边务大臣的赵尔丰胆寒万分。他必须"护印"到继任者的到来，但荣县的示范效应已经推动广安等地独立，自己坐困愁城，性命堪忧。

载沣比他更急，见岑春煊不好用，又把希望寄托在端方身上，任命其为署理川督，从湖北新军第八镇中带两标人马入川平乱。

端方不顾袁世凯的警告，同弟弟端锦率第三十、三十一标乘"楚同"号沿江而上，抵达重庆。

剩下的路只能步行，但各府县都在闹独立，连成都附近的龙泉驿都起义了，端方一行，步步惊心。

当武昌起义的消息传来时，端方发现士兵看他的眼神明显变了。

想想也是，如果在湖北好好待着，这会儿都成"首义功臣"了。结果来了个端方，投胎似地赶着要去成都，还拉上弟兄们送命，将来革命要是胜利了，大伙全成反革命。

端方理解大家的心情，一路上竭尽赤诚，同士兵们称兄道弟，努力打成一片。

当有人抱怨脚痛不能行军时，他给对方雇轿子；每遇士兵患病，端锦必亲入营中，熬汤伺药。

行至资州，不敢再走、颇有悔意的端方一度想辞职不干，却耐不住朝廷一再电谕，只好自吞苦果，继续死撑。

赵尔丰的日子更不好过。武昌枪响刚一周，四川保路同志会就发表了声讨他的檄文：

炮毙恩恩之民，并碎先皇神位。以臣轰君，非叛逆而何？

搂民之财，奸民之女，更焚毁民房，不下百千万户，全蜀寒心，人人切齿。我朝历二百余年，凡全国督抚，间有不臣不子者，至赵逆而已极！

"赵逆"成了朝廷的弃子。诛赵以息川省之潮在中央达成共识，大理院提请把赵尔丰解京审讯。

然而，形势变化之快，所有人都措手不及。"多米诺骨牌"相继倒下，各省纷纷独立。

舆论的矛头又对准"激成川变"的盛宣怀。在资政院杀盛以谢天下的呼声中，该"误国首恶"终于被罢，永不叙用，在四国使馆的保护下出逃日本。

民心离散。危殆中，清廷颁布《十九信条》死里求生，承诺皇族不入内阁，皇权不逾宪法。

历史的剧变眼花缭乱，赵尔丰也只能自求多福。他亲自入狱放人，并在督府大设酒宴，款待蒲殿俊等人。

席间，赵尔丰摊出一堆电报公文，诉说连月来犯下的种种反人类罪，都是盛宣怀和端方撺掇朝廷逼自己干的，非其本心。

蒲殿俊见他所言非虚，也担心暴力革命演变成杀富济贫的打砸抢，便组织人手宣发《哀告全川叔伯兄弟》一文，乞求大家刀枪入库，解甲归田，不要再给动荡的中国添乱了。

问题是独立风潮已在各省拉开序幕，而自古就有"天下已定蜀未定"的说法，川民岂肯善罢甘休？

赵尔丰丢掉幻想，一面将巡防营调驻城内，一面把几百万库银收集起来，打定主意：兵钱在手，扛过乱世。

深谙进退之道的他同蒲殿俊、罗纶等立宪派签署了《四川独立条约》，将行政权交给蒲殿俊，军权交给心腹——新军第十七镇镇统朱庆澜。做完这一切，赵尔丰如释重负道："我以前对不起四川人，今天又要对不起朝廷。四川被我弄坏了，只盼你们赶快替我补救。"

11月27日，大典隆重举行。赵尔丰将四川总督的大印毕恭毕敬地交给蒲殿俊，"大汉四川军政府"宣告成立。

一时间，锦官城内遍树白旗，上书一个大大的"汉"字，迎风飘舞。乍看之下，似乎刚刚完成一场不流血的革命。

奢侈的人牲

资州。

武汉和成都皆已变天，端方带着一支进退失据的军队，如坐针毡。

小恩小惠已不起作用，但凡智商正常的，都开始设想自己的处境：无论前进还是后退，都要跟革命党干仗，腹背受敌。

起义成了唯一的出路。

加之军中革命代表的煽动，拿端方的人头当投名状在官兵中间基本达成共识。

哗变一触即发，端方和端锦愁坐屋中，相对而泣。不久，士兵涌至，持枪怒目，叱令二人出门。

两人被挟持到资州城内的天上宫，坐于条凳之上。端方心存侥幸，对士兵道："我本姓陶，是汉人。现在想改回原姓，可以吗？"

端方所言，源于一条传言，说他母亲原是湖广总督陶澍的婢女，因跟主人私通，被陶妻赶了出来，后流落到托忒克家，嫁给端父，生下了端方。

为了保命，把丑闻都搬出来了，可惜经不起推敲。

陶澍死于 1839 年，而端方 1861 年才出生，时间根本对不上。

其实，即使对得上也已经晚了。

一个士兵喊道："端方不要巧言！武昌起义，天下汉儿，必当响应。今日不杀你，我辈就是附逆之人！"

端方："一路入川，我待兄弟们不薄，能否刀下留情？"

一个下级军官道："这是大人待我们的私恩，今日之事，是为报国仇！"

言毕，一士兵趋前挥刀。两颗人头，应声而落。

成都。

大汉四川军政府的正副都督蒲殿俊和朱庆澜，一个书生，一个武夫，皆是短视之人，相互争权夺利，完全无法控制四川的乱局。

起义军和朱庆澜麾下新军里的兵痞个个以"革命功臣"自居，持枪拥械，花天酒地，为争夺妓女、抢占地盘大打出手，成为地方公害。

为了显得有所作为，蒲、朱二人突发奇想，准备搞一场大规模的阅兵，凝聚军心。罗纶力谏不可，认为局势很乱，人心各异，阅兵只会适得其反。

蒲殿俊不听，同朱庆澜在东校场演武厅阅兵。

训话后，他提出要给士兵发一个月的"恩饷"，登时引起骚乱——之前明明许诺发三个月的。吵闹中，有人趁乱鸣枪，校场内顿时子弹横飞。蒲殿俊和朱庆澜仓皇逃走，士兵们一涌而出，四处劫掠。商店民宅，损失惨重，天府之国再次陷入血雨腥风。

一些商民终于想起赵尔丰，求其出面稳定局面。

赵尔丰稍事犹豫，还是以"前任四川总督"的名义发布了一道告示，令乱兵速到衙门受抚。

谁知却引火烧身，立刻有人怀疑赵尔丰就是兵变的幕后主使。

赵尔丰怒了："与其破坏于后，曷若不让与先？"意即我要破坏你们，早就破坏了。

然而，硬邦邦的辩解无助于浇灭对他的猜忌之火，反倒引来更多的矛头。

兵变最终由大汉四川军政府的军事部长尹昌衡平息，他也因此得到了四川都督一职。为增加政治筹码，一向瞧不起同盟会的尹昌衡火线入党，稳住了各方势力。

兵变得有个说法，新政权也亟须立威，尹昌衡决定用赵尔丰这只死老虎祭旗，替自己夯实根基。

然而，巡防营还在赵尔丰手上，兵精粮足，来硬的不行，只能捅软刀子。

于是，尹昌衡连夜拜访赵尔丰，与他倾诉衷情，大谈乱世相互保全之道。

须鬓皆白的赵尔丰久病卧床，心力交瘁，轻信了尹昌衡的示好，写手令将巡防营三千人马交予尹指挥。

心下狂喜的尹昌衡立刻回去部署，命手下管带（营长）陶泽锟率人活捉了赵尔丰。

12月22日，明远楼，公审大会。

五花大绑的赵尔丰看见两面三刀的尹昌衡，破口大骂。

尹昌衡微笑着望了望楼下黑压压的普罗大众，高声道："大家说说，该怎么处理这个赵屠户啊？"

三声齐吼，响彻云霄："杀！杀！杀！"

陶泽锟手起刀落，砍下了赵尔丰的人头。

在那个庸官多如狗、贪官满街走的时代，为天朝陪葬的居然是一文一武，体制内两个最优秀的人才，不得不令人感慨：血债还须血来偿……

应声而倒

1911 年 6 月 7 日，保路运动方兴未艾之时。

东边的田野里，火红的朝阳喷薄而出，不一会儿就升上了树梢。透过浓密的柳条，阳光散射出一根根金色的光柱。柳叶上的露水被照得蒸腾起来，化作轻盈的晓雾，从林子里飘拂而出，如同一片洁白的轻纱。

洹上村迎来了新的一天。

袁世凯的人生，也即将翻开新的篇章。

当日，一个因皇族内阁而对清廷失望透顶的立宪派领袖肩负着千万人的重托，专程造访彰德，就中国的前途求教于一个下野在家却身系国运的强人。

张謇和袁世凯的会晤引人遐想，也是两人相识 28 年来从未有过的长谈。期间，张謇一再劝他出山，袁世凯答以"若有朝一日复出，一切当遵从民意而行。"

从傍晚一直聊到凌晨三点，犹嫌不足。袁世凯恳请他留宿一晚，明日继续，张謇则以赶着进京为辞，执意告别。

在通往北京的火车上，张謇兴奋地对助手道："慰庭毕竟不错，远在碌碌诸公之上，不枉老夫此行！"

养寿园，晓色微茫。

连月来，请袁世凯复出的呼声越来越高。并且，这种吁请不仅来自体制内，更形成了广泛的社会共识。

两年多的时间里，光《大公报》上关于袁世凯的报道就有一百多条。人们非但没有遗忘这个正当盛年、高瞻远瞩的改革旗手，反而在愈演愈烈的乱局中深刻地认识到四个字：非袁莫属。

于是，举凡说得上话的头面人物，无不积极进言。为袁世凯规划的职务，则从内阁协理大臣（副总理）、资政院院长到直隶总督、四川总督。

对此，袁世凯只想说：我不是曾国藩。

他才不会去当救火队长，对保荐一概回以"不复作出山之想"。

只有张謇的到访，引起了他极大的热情，因为这标志着一场政治联盟的订立：张謇为立宪派物色到了满意的政治领袖，袁世凯则找到了拥有庞大社会实力的坚强后盾。

三个月后，辛亥革命爆发。东山再起的袁世凯主持南北议和，委派唐绍仪赴上海谈判。临行前他嘱咐道，到沪后必须先见张謇，并转告其"世凯一切尊重他的意见行事"。

直到此时，后知后觉的人们才看懂洹上之会的意义。

北京。

在海军部上班的严复从学部、币制局的兼差中一次性领取了1000两白银的薪水。同时，其长子和次子分别是位居二、三品的朝廷命官，一家子都混成了羡煞旁人的既得利益阶层。

严复的宅子是个三进的南向庭院，有七间房和一个马厩。他养着青、黑两匹大马，并有一辆皮篷车。

这样的好日子，严复曾经想都不敢想。即使他留学英国，会通中西，但因没有科举功名，挤破了脑袋也钻不进严丝合缝的体制。

怨怒交加的严复逢人便发表反动言论，以至于李鸿章想用他，都"患其激烈，不之近也"。

改写严复命运的是那一本本启蒙了几代国人的煌煌译著：《原富》（亚当·斯密）、《法意》（孟德斯鸠）、《群学肄言》（斯宾塞）……

1909年，享誉海内外的严复终于被清廷特赐"进士出身"，他当即重印名片，郑重地添上了"进士"这一闪耀着万丈光芒的标签。

在清廷阳寿将尽之时，严复奉旨为天朝谱写了历史上第一首国歌：

巩金瓯，承天帱，民物欣凫藻，喜同袍，清时幸遭。真熙皞，帝国苍穹保，天高高，海滔滔。

佶屈聱牙的歌词和假大空的内容显然不利于传唱，但能得到上谕"声词壮美"的肯定，严复还是兴奋了几天几夜。

他已经不是那个用《天演论》开悟国民的严几道了。参加南北议和时，几乎所有代表都已剪辫，他却坚持留着辫子，以示对大清的忠诚。

难道人的立场，终究会随着年龄和位置的改变而改变？若果真如此，一切执着还有什么意义？

如果每个 20 岁的青年所讨厌和反对的那个 60 岁的老朽，都将是 40 年后的自己，那才是比"其兴也勃，其亡也忽"的王朝周期律还令人绝望的宿命。

天下归心的袁世凯能否跳出这一梦魇，暂时还无人知晓。唯一清晰可见的是，清廷终于倒台。

这在绝大多数国人心里已是一件注定发生的事，无喜无悲，只有漠然。

过去的十年里，内忧频仍，外患日紧，傲慢的王公贵胄却从未显示出一丝应变的智慧，反而在天朝财政崩溃之际作壁上观，拒绝伸出援手。

自李鸿章陨亡，最后的卫道者也消失了，中国成为世界上一个最抽象、最做作的空壳。当它总算轰然倒塌时，宛如一个悠长的噩梦随晨雾一同消失，让所有人都长长地舒了口气。

1911 年 10 月 10 日深夜，张謇冒着绵绵阴雨在汉口登上"襄阳丸"返沪。不久前，大生纱厂湖北分公司刚刚开业，他过来参加开工仪式。

六天的行程安排得满满当当，上至湖广总督，下到咨议局诸公，谁不想结识这位名满天下的商业巨子？

起身时，张謇听说督署辕门前挂出了三个革命党的人头，心下一沉，抓紧订了当晚八点半的头等舱船票。

一众绅商来到江边恭送张謇，只见对岸武昌城内火光冲天，照亮了半幅夜空。

轮船开动后，张謇站在甲板上，聆听着隐隐约约的枪声，心情复杂。

他是吼立宪吼得最凶的人，也是最不希望看到国乱之人。庚子年向两江总督刘坤一进言倡议东南互保是为了稳定，领导江苏乃至全国的立宪运动还是为了稳定。

毕竟，张謇的商业帝国已辐射到了长江上游，若时局动荡，官员可以举家移民，实体经济则避无可避。

在日记中，他凝重地写道：

　　舟行二十里，犹见火光熊熊烛天也……

天人共弃

索尔·贝娄说，毁灭总是轻易而寻常；艾略特说，这世界倒塌了，不是轰然作响，只是唏嘘一声。

中亚有过多少王国，而今惟余莽莽黄沙，谁会真的为之叹息？"眼看他起朱楼，眼看他宴宾客，眼看他楼塌了"，叹明之亡的《桃花扇》方才传唱了两百年，舆图便又换了稿，不得不令人感慨历史就是一首单曲循环的死亡金属。

当年甲午败绩，李鸿章收到幕僚的报告："倭人常谓中国如死猪卧地，任人宰割，实是现在景象。"

其实，每个人都有尊严，只要他们可以有。萨特曾说，人不是一种个性，也不是一个故事，而是在特殊性和普遍性之间无休无止、软弱无力的来来往往。

人所面临的无穷选择中，最根本的一条便是"普遍"与"特殊"之间的抉择。对自我实现的渴望，总能激起人性当中不安于现状的一面，从而摆脱共性迈向个性。这种内与外之间的游移、冲突构成了人生的全部，痛苦的、欢乐的。

从这个角度看，清廷之亡，根源已被托克维尔说透：

在这种社会中，人们相互之间再没有种姓、阶级、行会、家庭的任何联系，他们一心关注的只是自己的个人利益，蜷缩于狭隘的个人主义之中，公益品德完全被窒息。专制制度非但不与这种倾向作斗争，反而使之畅行无阻；因为专制制度夺走了公民身上一切共同的感情，一切相互的需求，一切和睦相处的必要，一切共同行动的机会；专制制度用一堵墙把人们禁闭在私人生活中。人们原先就倾向于自顾自：专制制度现在使他们彼此孤立；人们原先就彼此凛若秋霜：专制制度现在将他们冻结成冰。

在这类社会中，没有什么东西是固定不变的，每个人都苦心焦虑，生怕地位下降，并拼命向上爬。金钱已成为区分贵贱尊卑的主要标志，还具有一种独特的流动性。它不断地易手，改变着个人的处境，使家庭地位升高或降低，因此几乎无人不拼命地攒钱或赚钱。不惜一切代价发财致富的欲望、对商业的嗜好、对物质利益和享受的追求，便成为最普遍的感情。这种感情轻而易举地散布在所有阶级之中，甚至深入到一向与此无缘的阶级中，如果不加以阻止，它很快便会使整个民族萎靡堕落。然而，专制制度从本质上却支持和助长这种感情。这些使人消沉的感情对专制制度大有裨益；它使人们的思想从公共事务上转移开，使他们一想到革命，就浑身战栗，只有专制制度能给他们提供秘诀和庇护，使贪婪之心横行无忌，听任人们以不义之行攫取不义之财……

封建统治者喜欢将人民称作"群众"。"群"字的繁体是上"君"下"羊"，即高高在上的君主统御着散乱如羊的臣民。汉字改革后，"群"字成了左右结构，看似平等，但在中国文化里左尊右卑是约定俗成的惯例，依然凸显了君王的尊贵和羊群的恭顺。

正如梁启超所说，"数百年卵翼于专制政体之人民，既缺乏自治之习惯，复不识团体之公益，惟知持个人主义以各营其私"，专制对人心的荼毒如此之深，以至于所有人都不由自主地踏上了通往奴役之路。

保持虚假的神秘和真实的黑暗是极权政治的胎记，它刻意营造的深不可测使被统治的人们从来不会知道任何真相与历史。

久而久之，便出现了哈维尔描述的景象：

> 在每个人内心深处，他一方面是奴仆，畏惧上司；另一方面又是奴隶主，践踏下属。专制就是以这种方式把整个社会纳入它的系统，使人不仅是它的受害者，也是创建者。人们既是囚徒，又是狱吏。

人，是向往自由的。但人又是懒于思考、习故安常的。因此，卢梭讽刺道："人是被迫而自由的。"

群氓的集体无意识是如此顽固，以至于勒庞赌气般断言文明的进步诞生于谬误。

清楚了铁路的两条铁轨之间的标准距离为什么是 1.435 米，你会发现这话还真没乱说。

早期铁路的宽度遵循的是电车的轮距，电车遵照的是马车的轮距，马车又是按英国马路的辙迹设计的，源自古罗马的标准：1.435 米。

罗马人为什么以此为战车的轮距？因为这是牵引一辆战车的两匹马屁股的宽度。

而美国航天领域的火箭推进器要用火车运送，因此该设备的宽度也是由铁轨决定的。于是你会发现，两千年前两匹马屁股的宽度决定了人类上天的事，隐藏在背后的逻辑却没有人去反思。

拉丁格言有云：一个了解事物缘由的人，才是幸福的。但这话搁中国，也许得改成："试图寻找事物缘由的人，是要倒霉的。"

不过，你以为理想主义者都是跟你闹着玩的吗？自命不凡的天朝混到 1911 年，终于倒大霉了。

阳夏之战

汉口古称夏口，因此汉阳、汉口总称阳夏。

经过 40 天血与火的厮杀，北洋军攻占汉口，却遭遇了噩梦般的巷战。

革命党提着脑袋造反，早已自绝后路，个个奋勇杀敌，不作他想。首义时曾在楚望台立过大功的马荣受伤后被敌人活捉，剖心剥皮，犹骂不绝口，毫无惧色。

见革命军像《星际争霸》里打了兴奋剂的机枪兵，冯国璋大怒，下令纵火。

顿时，烈焰延绵三十多里，烧掉了十分之九的城区，只剩一片焦土和废墟。

汉口沦陷。

值此危急存亡之秋，一个让黎元洪眼前一亮、以手加额的救星降临武昌。

黄兴。

比孙文小八岁的黄兴，在同盟会中的威望远较前者为高。

章太炎曾倡议："若举总统，以功则黄兴，以才则宋教仁，以德则汪精卫"——压根没孙文什么事。

章士钊也称，自己弱冠以来交游遍天下，以光明磊落、任劳任怨的黄兴最易交。继而评价道："孙、黄合作，最理想不过。一个在海外奔走，鼓吹筹款。一个在内地实行，艰辛冒险；一个受西方教育，一个喝传统墨水（黄兴是秀才）。"

其实，珠联璧合的孙、黄，性格上的差异在初识后的一个月内便展露无遗。

当时，同盟会成立，孙文提议叫"中国革命同盟会"，生怕别人不知自己在造反。黄兴觉得还是低调些好，闷声造大反，把"革命"二字删掉，众人一致赞同。

实干兴邦的黄兴和浪漫派诗人孙文之所以磨合无间，盖因前者具备国人身上稀缺的配角意识，甘当绿叶。

黄兴曾自述：

> 我革命的动机，是少年时阅读太平天国的杂史。金田起义后，洪杨（洪秀全、杨秀清）本来颇知共济，故能席卷湖广，开基金陵。不幸的是，因他二人有了私心，互争权势，自相残杀，以致功败垂成。我读史至此，不觉气愤腾胸，为之顿足三叹。

同盟会发生过多次"倒孙"风波，若非黄兴坚信革命不能怀有私心，拒绝取而代之，洪杨旧事早就重演了。

然而，他毕竟是书生，对军事并不专业。之所以在同盟会取得一人之下的地位，除了每次起义都躬亲策划、身先士卒外，还有一个鲜为人知的原因。

彼时，留日的陆军士官生里，有一百多人加入了同盟会，如李烈钧、尹昌衡、程潜等，皆为一时之选。由于是官派留学，精英里的精英，回国后便可掌握兵权，因此要做好保密措施。

于是，这帮人平时都不去同盟会总部，只跟黄兴单线联系，入党证也统一交他保管。

日积月累，黄兴在革命军人中树立起崇高的威信。当他出现在武昌时，城内士兵奔走相告并高举大旗，上书三个大字：黄兴到！

黎元洪拉着黄兴的手，兴奋道："克强兄你来，武汉幸甚，革命幸甚！"

鉴于黄兴屡战屡败的造反履历，黎元洪不指望靠他打跑科班出身的冯国璋。之所以高兴，完全出于有人接过包袱，自己如释重负。

宋教仁（1882—1913）却没有摆正自己的位置，欲推黄兴为两湖大都督，置于黎元洪之上。

湖北军政府参谋部部长吴兆麟极力反对，认为此议会导致内部分裂，不如委任黄兴为战时总司令。

众人均无异议，黎元洪当即登坛拜将，亲授黄兴关防令箭。仪式走完，主次揭然，黄兴人望再高，也不过是黎元洪的手下大将了。

由此可见，段祺瑞对黎元洪的评价"貌似厚重而实有权术，外似深沉而内有心机"，还是很客观的。

黄大将军到汉阳组织人马，见光复不久的湖南派来两协军队相助，登时豪情万丈，准备反攻汉口。

吴兆麟又跳出来反对，力主坚守汉阳，且分兵至 60 里外的蔡甸布防，因为此地是北洋军从侧面包抄汉阳的必经之路。

事实证明，黄兴的军事才能还不如一个连长（吴兆麟起义前是新军队官）。

发动突袭的当晚，大雨滂沱，革命军占尽天时，却因军纪涣散找不到认真作战的，唯见大声喧哗者，到民房躲雨者，家在汉口直接步行回家者……

在北洋军的机枪密集扫射下，溃败的革命军被赶到汉江边上。结果悲哀地发现，形式主义害死人——战前黄兴为了搞他那套"破釜沉舟"，把浮桥都拆了，自绝退路。兵荒马乱间，掉进江中淹死者不计其数。

退守汉阳的黄兴极其被动。

武汉三镇里，汉阳地势最高，尤其是龟山，在上面架个炮，指哪轰哪。

一切如吴兆麟所料：北洋军经蔡甸攻打汉阳侧翼。

面对训练有素、装备精良的敌军，两协湘军的斗志受到了严重摧残，血战五日，纷纷逃回湖南。

在付出伤亡三千多人的代价后，汉阳失守。

忧愤交加的黄兴当场想自杀，为同志所阻，栖栖惶惶地跑回武昌。

军政府召开紧急会议，怒气未消的黄兴指责一些军官没有贯彻执行他的作战方案。新败之余，还这么嚣张，众人拍案而起，怒斥黄兴无能，一时间争吵之声响彻屋顶。

黎元洪又出面当和事佬，平复了两边的情绪。接着，同与会人员盘算下一步棋该怎么走。

黄兴作为常败将军，敌进我退惯了，当即提出收拾残兵，弃城顺江而下，与广东的革命军会师，攻打南京。

举座哗然，众皆反对。

军务部副部长张振武愤激道："若失武昌，敌人盘踞上游，即使攻下南京又有什么意义？不过是像洪秀全那样苟且待毙！"说着拔出腰间手枪，大呼道："敢有再言放弃武昌者，即为汉奸，杀无赦！"

众人一致叫好，起立鼓掌，黄兴面如土灰。

黎菩萨打岔说要陪黄司令休息一下，把黄兴拉离了会场。

当晚，成事不足的黄兴黯然离鄂。

与此同时，冯国璋被清廷授予男爵，感动得号啕大哭："想不到我一个穷小子竟能封爵，真是天恩浩荡！"

这就是袁世凯要废科举的原因——冯国璋秀才出身，思想却比没有功名的段祺瑞迂腐，可见八股取士害人不浅。

感激涕零之余，冯国璋将南下前袁世凯面授的六字方针"慢慢走，等等看"抛诸脑后，准备一举荡平武昌。

结果接到了袁世凯紧急叫停的电话。

滦州兵谏

武昌枪响后，时人都将镇压起义的重任寄望于袁世凯，奕劻就说："此乱若非及早扑灭，深恐蔓延。非宫太保出山，长江一带不堪设想。"

再加上列强的施压，急火攻心的载沣不得不忍泪屈从，请袁世凯出山，并负气道："就照你们的办！若日后有事发生，都不要推卸责任！"

摄政王一松口，"人人欢忭，以为已有万里长城。"

问题是当事人不乐意，因"足疾"而被开缺的袁世凯上折推辞道：

> 臣旧患足疾，迄今尚未大愈。去冬又牵及左臂，时作剧痛。……近自交秋骤寒，又发痰喘作烧旧症，益以头眩心悸，思虑恍惚……一俟稍可支持，即当力疾就道……

话虽没说死，但整个一快进 ICU 的架势（其实精神好得很，一顿能吃五个大馒头），还怎么出山？

见"湖广总督"引诱不了袁世凯，载沣强压怒火，派出了内阁协理大臣徐世昌——你不是想"抱膝长吟"吗，那我让你大哥来劝驾。

果然，袁世凯亮出了复出的底牌：

1. 明年即开国会；

2. 组织责任内阁；

3. 宽容参与起义的党人；

4．解除党禁；

5．委以陆海两军最高权力；

6．保证充足的军饷。

实现前四条，即能和平过渡到民主共和国；实现后两条，便可兵不血刃地完成王朝更替。

对"袁六条"，载沣断然拒绝，但很快就被次第倒下的"多米诺骨牌"吓傻了。

陕西独立，署理巡抚钱能训出逃，西安将军文瑞投井自杀；云南独立，云贵总督李经羲被礼送出境，镇统钟麟被击毙；江西独立，巡抚冯汝骙吞鸦片自尽，成为汉族疆吏中为清廷殉节的第一人。

山西。

巡抚陆钟琦曾当过载沣的老师，刚从江苏布政使任上调来山西。其子陆光熙在日本留学，已加入同盟会，听说老父成为一方大员，赶紧回国劝其反正，以免覆巢之下无完卵。

可惜，生活就像墨菲定律，害怕发生的事终究会发生。

陆钟琦上任不到半年，人生地不熟，对掺了许多留日学生的新军放心不下，决心效仿各省的普遍做法，将巡防营调入太原驻守，而把新军打乱分派到晋南和晋北。

还没来得及实施，邻省的西安便宣布光复。手忙脚乱的陆钟琦根据自己的观察，觉得新军标统（团长）阎锡山（1883—1960）态度尚好，不甚激进，便找他商量。

刚满28岁的阎锡山心机似海，当年在日本时，经常挂在嘴边的一句话是"事到危难宜放胆，人非知己莫谈心"。

早就和同盟会暗通款曲的他不动声色地向陆钟琦献策道："太原新军里，只有姚以价那营不稳。姚的老家在晋南，靠近陕西，不如多给些钱粮，遣他去那防守，省城自可无虞。"

由于符合既定方略，陆钟琦依言而行。

这就给姚以价找了一个要子弹的借口。

军队开拔前，抚台衙门敷衍说"子弹随后补充"，姚以价严词拒绝，说"世界各国，还没听说有部队出征却不带一颗子弹的"。

僵持了两天，阎锡山站出来扮好人，说子弹可以先发一半，让他们走了再说嘛。

结果弹药一到手，姚部立反，阎锡山麾下三营也加入助战，一举攻克太原。

为了好言劝导陆钟琦，早已剪辫的陆光熙甚至买了条假辫子安在脑后，谁知一夜之间风云突变。

被枪声惊醒的陆光熙赶紧起身去寻父亲。一出大堂，正好碰上革命同志乱枪扫射，当场毙命。死不瞑目的他，瞳孔里映射出的最后一幕是横在地上的父亲的尸体。

陆家满门被屠，包括陆钟琦13岁的长孙。新军协统（旅长）谭振德单骑赶来，也被乱枪打死。山西宣布独立，阎锡山被推举为军政府都督。

见自己的腹部暴露到了革命军的枪口下，清廷大惊，急调第六镇镇统（师长）吴禄贞（1880—1911）率军前往镇压。

个头矮小的吴禄贞性格放荡不羁，甚至纳娼为妾，早年在日本士官学校求学时因出类拔萃同张绍曾（后任第20镇镇统）、蓝天蔚（后任混成协协统）被时人称作"士官三杰"。

回国后，吴禄贞攀上良弼这棵大树，累迁至副都统。好友帮他策划：副都统与抚台品级相当（正二品），但无实权，不如设法谋取一省之巡抚。

吴禄贞反志已定，筹集了两万两白银，送给奕劻。不久，庆记乌纱贸易有限公司来话说：各省巡抚都未出缺，只有新军第六镇镇统一职需人。

第六镇原归被载沣排挤走的段祺瑞，兵精粮足，且驻扎保定，便于起事，吴禄贞欣然赴任。

很快，他便和同样心倾革命的张绍曾、蓝天蔚借军事演习策动"滦州兵谏"，向北京施压，要求速开国会。

滦州就在直隶境内，可谓肘腋之变。清廷惶恐不已，非但不敢怪罪，反而下令嘉奖张绍曾，授予侍郎官衔。

按下葫芦浮起瓢。光复后的山西，革命力量集于娘子关一带，虎视北京，局势危如累卵。

当然你会问，吴禄贞已有前科，再调他去打阎锡山，不是饮鸩止渴吗？

这也是没有办法的办法。

首先，吴禄贞反迹未彰，正好借此机会观察其动向；其次，第六镇离京城太近，一旦倒戈，后果非常严重，必须调离；最后，任命吴禄贞为山西巡抚，打动其心，瓦解异图。

结果，吴禄贞一到山西便单骑会晤阎锡山。二人密谋成立燕晋联军，同张绍曾的 20 镇合力攻打北京。

要英雄还是要法治

洹上村。

清廷之亡，已无悬念。摆在袁世凯面前的，是两条路：

1．替清政府扑灭起义；
2．帮革命军打垮清廷。

革命风潮席卷海内，方兴未艾，为了一个寡恩薄情的腐败政府而同天下人为敌——那得有多么强烈的自虐倾向？

即使肃清了全国叛乱，载沣也绝不可能坐视袁世凯尾大不掉。等待袁世凯的，仍是卸磨杀驴的老戏。

第二条确实令人期待，挥师北上，尽诛满人，就像东晋时颁布"杀胡令"的冉闵，被后世誉为"再造玄黄"的民族英雄也未可知。

半个世纪前，平定了洪杨之乱的曾国藩威震华夏，人称"三千里长江，无一船不挂曾字旗"。

庆功宴上唱堂会，有一出关于司马懿的戏被曾国藩当场叫停。司马懿从孤儿寡母手上篡了曹魏政权，而时局恰好是慈禧垂帘，主少国疑，杯弓蛇影的曾国藩自然怕引起上面的猜忌。

左宗棠来信试探："鼎之轻重，似可问焉"，曾国藩赶紧将"似"改为"未"，原信退回；弟子彭玉麟垂询："东南半壁无主，老师岂有意乎？"曾国藩当着众人的面把彭信吃进了肚子里。

此一时，彼一时。虽然冯国璋、张勋等北洋旧部，还一副犬马恋主之情，但君之所向，天下趋焉，同革命军并力推翻清廷，绝非痴人说梦。

杨度明白袁世凯的心思，却没有就事论事，而是聊起了法国大革命。

18世纪的法国，社会阶层划分为三个等级：第一等级僧侣（天主教神父）、第二等级佩剑贵族（政府官员）和第三等级市民。

国王路易十六比他那个叫嚣"我死之后，管他洪水滔天"的前任要开明得多，巴士底狱没有政治犯，抨击统治阶级的歌剧《费加罗的婚礼》也被请进凡尔赛宫演出。

然而，危机恰恰发生在改革的中途，而且是经济繁荣的年代，这无疑颠覆了"哪里有压迫，哪里就有反抗"的常识。

其实，改革一旦启动就不能停止，否则改掉的部分将使没改的残渣显得格外触目，难以忍受。

就像你过河过了一半，摸到一块大石头，欣喜地搂在怀里不动弹，那唯一的结局便是被身后也想过河的人群拍死在河床上。

法国大革命就发生在弹簧松弛之时，直接导火索是税收问题。

由于支持美国独立战争，国库严重亏空，路易十六叫来贵族，劝他们让渡一些利益，帮国家挺过难关，结果遭到拒绝。

走投无路的路易十六只好召开中断了 175 年的三级会议，把三个等级召集到一起共商国是。

每个人都在各自的阶级地位中生活，各种思想无不打上阶级的烙印。即便路易十六愿望良好、勇气十足，三个不同的阶级又怎么可能达成共识？

第三等级不但没有实现自己的政治诉求，还被告知要征收新税。代表们赖在巴黎不走，从讨论税收演变为讨论宪法。

不巧的是，凡尔赛宫又传出小道消息，说王室准备调集军队，血洗巴黎。一帮深受伏尔泰启蒙的市民干脆先下手为强，揭竿而起。

起义爆发后，路易十六一度采取妥协立场，通过《人权宣言》，推行君主立宪。

然而，革命就是得寸进尺，释放了的民意像决堤的洪水，汹涌澎湃。谁的声音更响亮、主张更激进，谁就能上台执政。一时间，吉伦特派、山岳派、雅各宾派走马灯似地你方唱罢我登场，直到罗伯斯庇尔掌权，清除异己，实行恐怖专政，将制度革命推演为文化革命，建立精神乌托邦，却最终身死人手，唯余一片理想国轰然倒塌后的废墟。

令人唏嘘的是，罗伯斯庇尔是启蒙思想家卢梭的狂热粉丝，一直致力于将偶像的哲学运用到政治实践当中。而写出了《论人类不平等的起源和基础》以及《社会契约论》的卢梭，其核心思想却是天赋人权，人人生而自由平等……

杨度没有去分析从小革命到大革命，从改造社会到改造人性，革命何以最终搞得人人自危，与人心为敌。做梦都想当帝王师的他，哀叹的是卢梭死得太早，没能看到法兰西第一共和国的成立。

袁世凯则像被说中心事一般，听得后脊发凉。

罗伯斯庇尔唯一的错误便是没有生在中国，否则以其杀伐决断脸厚心黑的个人素质，想必功不在秦皇汉武之下。

这是一个重复上演抢舞台、争主角的国度，像电影《源代码》一样无限循环。

见始皇出巡，威风凛凛，刘邦和项羽不约而同地发出"大丈夫当如是也"和"彼可取而代之"的喟叹，其核心都是对当历史看客的不甘。

无论"逐鹿中原"还是"问鼎天下"，鹿和鼎都是唯一的，不容他人染指。于是，分久必合的大一统思想便同个人野心孟不离焦地缠绕在一起，使得《轩辕剑》里的壶中仙、《辐射》里的新加州共和国都找到了振振有词的理由。

天无二日的一元文化，是中国政治的核心逻辑。即便以新新人类自居的同盟会，也不例外。

第四章：御世制人录

穿林北腿蒋中正

上海光复后，功劳最大的光复会骨干李燮和，被起义同志推为沪军都督，引起蒋介石的良师益友、同盟会一霸陈其美（1878—1916）的强烈不满。

跟霍元甲过从甚密的陈其美在上海经营多年，同黑帮无赖打成一片。为了都督一职，他不惜派人刺杀李燮和。

这就有点恩将仇报了，毕竟李燮和曾率兵将陈其美从江南制造总局里救出来。

该局是晚清首屈一指的军工厂，李鸿章给洋务运动作出的最好诠释。陈其美为了搞到起义用的军火，找制造局总办谈判，希望策反对方。

问题是你让收入丰厚的军工厂老总去当官他都未必乐意，还指望他毁家纾难，跟你造反？

果然，陈其美直接被关了起来。

等光复会打下制造局，好不容易找到陈其美时，发现其形象颇为狼狈：手足戴着镣铐，坐在一张条凳上，头紧紧地靠着墙壁，一动不动。再一看，原来辫子从墙上新凿的小孔拉出房外，系着梁上悬挂的一个铁钩，故而纹丝不动……

重获自由的陈其美又恢复了"四捷"（人称其口齿捷、主意捷、手段捷、行动捷）的威风，见暗杀未遂，干脆派自己的黑道兄弟拿着手榴弹去威胁李燮和。

光复会在江南经营多年，李燮和根本不怕当铺伙计出身的陈其美，只因顾全大局，不想跟黑帮火拼，选择了低调闪人。

当上沪督的陈其美并不满足，正好时任浙江都督的汤寿潜去南京临时政府赴任交通总长，便又打起了浙督的主意。

然而，舆论一边倒地拥护光复会领袖陶成章（1878—1912），认为"非陶公继任，全局将解体矣"，"斯人不出，如苍生何"。

被梁启超誉为"当世墨子"的陶成章常以麻绳束腰，脚穿芒鞋，奔走国事，四过家门而不入，两番谋刺慈禧，可谓光复会的灵魂。

多年来，经陶成章之手的革命经费数以万计，他自己却衣衫褴褛、粗茶淡饭。而与此形成鲜明对比的是烟花巷陌的常客陈其美，由于三天两头往娱乐场所钻，舆论攻击不断，被上海人称作"杨梅都督"。

其实，早在日本时陶成章就曾当着孙文的面苦劝陈其美戒嫖戒赌，谁知遭到后者的记恨。

以个人身份加入同盟会后，陶成章发现，在孙文的领导下，同盟会的管理和财务极其混乱。

一次，孙文托日本友人订购了两千支快枪，供起义同志使用，结果被章太炎探知是早已淘汰的劣枪。

还有一次，大难不死的起义同志逃回新加坡，身无分文，欲卖身作猪仔（苦工）。众人同孙文商量，设法接济，不料孙却说："听之可也，不必管他。"

最夸张的是，坐视为革命宣传立下汗马功劳的《民报》（同盟会机关报）风雨飘摇，几近断炊，却始终不肯施以援手，任其自生自灭。

主编章太炎饿得眼冒金星，连催孙文给钱，且只需三千银元便能解燃眉之急，却被告知没有。

最后《民报》被封，章太炎因交不出罚金险些罚做苦役。

为此，陶成章同章太炎多次发动"倒孙"，要将其赶下台，另选贤能。孙文的反击则是四处诬蔑二人为清廷的侦探。

由于内部纷争不断，孙文的权威受到严重的挑战，胡汉民、宋教仁等人相继单飞，回国成立支部。若非黄兴极力维护，同盟会早已分崩离析。

陶成章心灰意懒，在东京重组光复会，分庭抗礼。

上海光复前，陈其美已同陶成章冰炭不容，向蒋介石等人吐露心事道：

> 今日武昌为首义之区，南北两京尚在满清之手，各省自听命于武昌，而武昌起义者，又均系光复会人，长江一带，本为光复会势力所弥漫，今以首义示天下，同盟会将无立足之地。所以吾人为同盟会计，为报答孙先生多年奔走革命计，不得不继武昌而立奇功于长江下游。苟能从光复上海入手，次第光复江、浙、南京、皖、赣，以达北京，共和告成，同盟会化为永占政治优势之政党，始可无恨。今观武昌军政府，令李燮和以总司令名义来沪协助光复，其居心可知。况李燮和又为陶成章之亲信者。吾同志中诸好友，能有出奇制胜之策否？

就差直接说"有能手刃此二贼者乎？"

1912 年 1 月 13 日夜，蒋介石奉陈其美之命在上海法租界广慈医院枪杀了陶成章。

时论普遍认为，刺陶是孙文默许甚至直接指示的。

1943 年，这桩公案尘埃落定三十年后，蒋介石在日记中写道：

> 余之诛陶，乃出于为革命，为本党之大义，由余一人自任其

责，毫无求功、求知之意。然而总理（孙文）最后信我与重我者，亦未尝不是由此事而起，但余与总理从未提及此事也。

史学家杨天石点评道："蒋介石始终认为刺陶是出于大义，其授意者虽非孙文，二人也未曾谈及此事，但他估计，孙之所以长期信任、重视自己，和此事密切相关。"

同一时间，同盟会籍的广东都督陈炯明也在其治下捕杀光复会成员——以革命主角自居的同盟会，用最血腥的方法帮光复会实现了"功成身退"的入会誓言。

光复会崇尚实践，不爱标榜，始终未设宣传机关。在贡献了吴樾、秋瑾、徐锡麟等烈士并光复了江南后，成为历史名词。

失去平台的章太炎与李燮和性命堪忧，逐渐倒向袁世凯。

而作为退休返聘人员，袁世凯才不相信什么"成功不必在我"的鬼话，"非袁莫属"的舆论和中外仰仗的人望，让他愈发坚信中国需要宪政。

但，必须在自己手上实现。

龙骧虎步

宿命的铰链轰然作响。

何人没有梦想？当热血沸腾时，梦想便铸成了信念。英雄辈出的时代是不幸的时代，和平生活却往往平庸而烦琐。在那个战火纷飞的年代，有志之士无不怀抱平治天下的宏图，但在数不清的荣耀与失败的洗练下，在只问目标不计手段的自我安慰中，努力到忘却初衷的人，史不绝载……

王道、霸道、民主、集权、苍生、大义，那些多如繁星的立场，铸就了人们生死以之的梦想。

然而，有梦想不是错，强迫别人活在自己的梦里，则大错特错。可惜，从"王侯将相，宁有种乎"到太平天国的大同社会，多少飞蛾奋不顾身地扑向那道万丈光芒，却早已分不清理想和欲望。

人们手持大旗，满面红光地走向罪恶。

以陈独秀和胡适为例。前者认为只有跟着我陈独秀争自由，中国才会实现自由；而后者挂怀的是，只有当每个人都争取自由，中国才会有真正的自由。

终胡适一生，对那些鼓吹"牺牲你们个人的自由，去求国家自由"的伟大领袖，都时刻保持着警惕。因为他明白，革命家有两种，一种是不管采取什么手段，也要在有生之年见到革命成果；还有一种则纯粹得多：革命因我而成功。

目的能否漂白手段？如果能，"周公恐惧流言日，王莽谦恭未篡时"，谁又看得清谁呢？

面对清政府和黎元洪的湖北集团、同盟会的东南集团，袁世凯选择听从杨度的建议：养寇自重，拖垮清廷。

惟其如此，方能集权力于一身；惟其如此，方能避免中国四分五裂，粉碎列强瓜分的野心。

而当务之急是对付燕晋联军，解朝廷之围。不然，等吴禄贞打下北京，自己就彻底退休了。

第六镇被段祺瑞打造得铁板一块，吴禄贞统制未久，根本压不住。袁世凯轻而易举地收买了一个管带（营长），在石家庄火车站刺杀了吴。

燕晋联军旋即解散。

行将崩溃的清廷别无选择，答应了"袁六条"，颁布罪己诏，承认"用人无方，施政寡术"。同时，解散皇族内阁，并通过资政院选举任命袁世凯为内阁总理大臣，着即来京组阁。

在给《泰晤士报》驻京记者莫理循的信中，严复不无遗憾道：

> 如果一个月前做到其中的任何一条，将产生怎样的效果！历史往往重演，这和法国路易十六的所作所为如出一辙。一切都太迟了！

严复显然在体制内呆傻了，不明白一个最基本的道理：既得利益团体是世间最顽固的存在，即使见到棺材也不会落泪。

冬日的彰德车站空气清冷，气氛却异常热烈。

上至巡抚，下到州县，豫官们集体挂着标准而殷勤的笑脸，亦步亦趋地随袁大总理踱上月台。

鞭炮声、锣鼓声，嘈杂而喜庆，统摄一切军政大权的袁世凯头戴一品朝冠，身穿仙鹤补服，环顾四周，颔首致意。

沐浴着阳光，鲜红的顶子似一团熊熊燃烧的烈火。

与此同时，武汉迎来了一个神秘的客人。

蔡廷干。

留美幼童蔡廷干早年被美国同学戏称为"火爆唐人"，甲午时是鱼雷艇"福龙"的管带，在海战中给世人留下惊鸿一瞥。

战后，他被清政府革职，在唐绍仪引荐下入袁世凯幕，因英语娴熟视野开阔，日见重用。

此番，蔡廷干带着袁世凯的密信低调过江，同武昌党人接触，明则劝其罢兵，暗则探其底线。

之所以派蔡廷干，盖因其在北洋海军时曾当过黎元洪的上司。当然，廷干也不辱使命，替袁世凯演了场欲擒故纵的好戏。

他指出，共和政体不适合中国国情，弱化中央权威是在帮西方列强的忙。并提醒众人，自己曾在美国接受教育，深悉其社会生活中所蔓延的腐败。

蔡廷干主张君主立宪，皇帝不掌权，总理负责任，既稳定又廉洁。

但站在黎元洪的立场，反旗既举，必须看着清帝逊位，否则武昌上下都有被秋后算账的可能。因此，他诱之以利道：

> 予为项城计，即今反旗北征，若大功告成，总统当推首选。

宋教仁也帮腔道：

> 驱逐胡虏，方不愧为汉族男儿。果如此，我辈当敬之爱之，将来自可举为总统，较之现下内阁总理，实有天渊之别。

黄兴更是托蔡廷干带信给袁世凯，吹捧说："以华盛顿之资格，出而建华盛顿之事功。苍生霖雨，群仰明公。"

袁世凯见信，了然于心，但还是要把戏做足，演给清廷看。因此，给武昌开出的议和条件仍是君主立宪。

黎元洪愤然而起，当着军政府众人的面向来使痛斥袁世凯自抬威权、欲收渔人之利的居心，并大义凛然道："推翻清朝，乃是底线。否则无和可谈，只有约期大战！"

袁世凯突然觉得黎元洪是一个神交已久的好戏友。他加紧部署冯国璋攻打汉口，自己则带着亲兵卫队赶赴北京。

临走前，在给自己一手提拔起来的亲信安徽巡抚朱家宝的密电中吐露了真情：

> 宜顺应时势，静候变化，不可胶执书生成见，贻误大局。

抵京不过三天，袁世凯就组好了新内阁，各部大臣均为亲信：赵秉钧（民政部）、王士珍（陆军部）、胡惟德（外务部）、唐绍仪（邮传部）、杨度（学部）、严修（度支部）……

载沣孤立无援，也日渐看破红尘，索性退位归藩。袁世凯则把武汉战事放到一边，大刀阔斧地搞起了政治体制改革。

首先，停止入对奏事，除遇特殊情况，内阁总理不必每日入宫；其次，各衙门奏事，均呈内阁核办。实在需要上奏的，由内阁代递；最后，让隆裕申明"家法"：亲贵不得干预政事。

三条一出，神州大地首次真正实现了"虚君立宪"。

革命

刑部大牢的门缓缓打开。

按袁世凯的要求，一批政治犯被释放，走在最前面的是引发无数女粉丝尖叫的汪精卫。

很快，梁士诒便奉袁世凯之命带着10万元前来结交，汪精卫只象征性地收了一千元。

作为同盟会的首席笔杆子，汪精卫年方28便已名满天下，前途无可限量。正在寻求同南方议和的袁世凯将其迎入府中，待为上宾，并让袁克定与之结为兄弟。

对思想开明的袁世凯，汪精卫一见倾心，表示"中国非共和不可，共和非公促成不可，且非公担任总统不可。"他派人到武汉传话，说袁世凯并非忠于清室，不如南北联合，逼清帝退位，再选袁世凯为共和国第一任总统。

汉阳。

冯国璋将大炮搬上龟山，居高临下，对准武昌一顿乱轰。

北洋军的炮兵都是科班出身，三下五除二便掀了都督府的房顶。黎元洪又坐不住了，吩咐手下收拾行装，准备开溜。

革命意志最为坚定的张振武闻讯赶来，咆哮道："大敌当前，身为都督当做表率，岂能临阵脱逃！"

黎元洪哼哼唧唧，非常尴尬。

张振武唤人"保护"好大都督，然后匆匆离去，布置防卫。

架不住炮弹接二连三地落，黎元洪还是仓皇出逃。武昌大乱，沦陷只是时间问题。

幸亏袁世凯一天七个电话制止冯国璋，乃至将其调回北京当禁卫军统领，而将段祺瑞派往前线。

听说袁世凯要讲和时，黎元洪几乎不相信自己的耳朵。直到英国驻汉口领事葛福，在驻华公使朱尔典的指示下，拿着和约出现在武昌时，方才大呼"天佑我也"。

朱尔典是袁世凯的救命恩人。在本剧的第一季里，他饰演英国驻朝鲜领事，曾提供兵舰，帮助男主角摆脱日军的追杀；而在本季中，他的戏份明显上升。作为英国在华利益的代表，一直暗中支持袁世凯。

吴兆麟和军务部部长孙武接待了葛福，对休战满口答应。于是，葛福出示协议，要求盖章。可都督印信已被黎元洪带走，无法盖戳。

关键时刻，一个叫高楚观的篆刻大师发挥了重要作用。短短几分钟的时间，他便在一颗大白萝卜上刻好了"都督大印"——手艺之高，可以去西泠印社给吴昌硕当助手。

听说和议已成，黎元洪马不停蹄地往回赶，生怕离开久了位置被人夺走。

回到武昌的黎元洪惊喜地发现，自己不但没有失势，反而地位更稳。因为停战书里明白无误地写着，以他为谈判一方的总代表。

黎元洪顿悟了：自己是袁世凯玩弄清廷的砝码，这是一场你中有我的猫鼠游戏。

然而，平衡迅速被外力打破。

南京，虎踞龙盘，九朝古都。沿长江而上，可控武汉；顺流而下，又直抵上海。

如此连江带湖、四通八达的东南重镇，因朱元璋定都于此，作为政治符号，对汉人影响深远。

1911 年 11 月 5 日，叶圣陶（1894—1988）起床后正在吃早饭，忽听从街上回来的叔叔说："苏州光复了！"

半个月前，叶圣陶在《申报》上看到武昌起义的消息，跟着记者瞎激动——"此事也，甚为机密，出其不意，遂以成事"（其实很仓促，也谈不上机密）；"无耻凶恶之官吏，亦杀去无数"（完全无中生有）。

叶圣陶兴奋之余发出了愤懑的质问："推翻清政府是中国同胞的天职，可是江苏呢？"

见各省次第举起义旗，江苏依旧安之若素，叶圣陶怒道："放弃天职者，将不耻于人类，我苏省之人犹得腆然于人前乎？"

其实，苏州的光复并不算晚，也没出现愤青们憧憬的血流成河的景象，而是秩序井然，波澜不惊，搞得前任江苏巡抚现任江苏都督的程德全都不好意思了，吩咐下人将衙门（办公楼都没换）屋顶上的瓦片捅落几块，以示革故鼎新。

事实上苏州的光复条件非常恶劣，因为不远处的南京聚集着全国著名的三大保皇党——两江总督张人骏、江宁将军铁良和江南提督张勋。

程德全倒是思想开明，跟张謇等立宪派走得很近，但他下面的布政使左孝同（左宗棠之子）人如其名，一向以大清忠臣自我标榜，而掌管治安的巡警道吴肇邦也左得出奇。之所以还能光复，源于多方合力。

首先，一天到晚呼吁开国会的程德全刚因一件小事遭到朝廷的申饬，降级留任，正耿耿于怀；其次，已经光复的上海派来两个重量级的代表：虞洽卿和陈光甫。前者是游走于华洋之间、黑白两道通吃、连黄金荣和杜月笙也要让他三分的商界寡头；后者则是首创民资银行、将业务对准普通市民的金融巨子。

二者表达了上海对苏州的支持，给程德全吃了一记定心丸。

最后，苏州新军只有一个兵力较弱的混成23协，同盟会会员顾忠琛跑来告诉程德全，说已成功策反协统。

既然时事所趋，程巡抚干脆顺水推舟，把手下几个极左骗到巡抚衙门软禁起来，宣布独立。

左孝同冒着生命危险逃到南京，向张人骏告警。

钟山风雨起苍黄

两江总督下辖江苏、江西和安徽三省，而江苏的安危无疑是重中之重。可继上海和苏州之后，无锡、常熟、扬州相继光复，最后竟连南京门户镇江都被新军第九镇拿下。

第九镇镇统徐绍桢涉猎广泛，著述颇丰，是当之无愧的军事家。

家有书楼一座，藏书20万册的徐绍桢非常重视新军官兵的文化素质，在打造文武兼备的军队的过程中，麾下的柏文蔚、熊成基等人纷纷走上了革命的道路。

其实，徐绍桢一直心倾革命，只因伪装巧妙，张人骏始终抓不到他的把柄。直至苏州光复，徐镇统终于举起反旗。但因张勋的干涉，第九镇人均只有三颗子弹。

作为汉人里的奇葩，张勋年轻时当过土匪，投过淮军，镇压过义和团，护送过"西狩"的慈禧回京。

改写他命运的，除了慈禧就是袁世凯。因此，清亡之后，他曾对徐世昌说："宫保（袁世凯）在，从宫保；宫保不在，仍从旧朝。"

身为一名文盲，张勋发达后才开始练习写字，每天让幕僚讲授历史故事两则，忠君思想估计就是在此期间培养起来的。

张辫帅威加海内的一仗还是南京保卫战。

是役，第九镇的两个标被死守雨花台的清军轰得血肉横飞，尸体枕藉。考虑到辫子军已被洗脑，个个把愚忠当爱国，视死如归，徐绍桢联合上海都督陈其美、江苏都督程德全以及浙江都督汤寿潜组成一万余人的"江浙联军"，自任总司令，共同伐宁。

张勋率七千人马亲自督战，同联军展开厮杀。

激战两日，双方互有死伤。张勋退守城内，顽强反抗，还时不时出城骚扰一下，搞得联军疲惫不堪。

拉锯中，联军拿下孝陵卫、狮子山等外围制高点，架起重炮，对准太平门和总督署等战略要地一阵猛轰，辫子军伤亡惨重。

张勋连发电报，向内阁求援，袁世凯置之不理。

辫帅只好收拾残兵，拥重炮十门，机枪数挺，死守位于东郊紫金山的天堡城。此城地势险要，易守难攻，一旦夺取，南京城尽收眼底，可顺势而下。

血战 7 日，踏着尸山，联军攻克天堡城。张人骏通过美国领事馆求和，南京光复，张勋带残卒出逃，心里还想着上山打游击。

北京。

肃亲王善耆越想越闹心：以北洋军的实力，若非袁世凯打打停停，武昌的革命党早就土崩瓦解了。他真心觉得，如果革命成功，军功章的一半当属不对党人灭此朝食，倒将全国拖出一个狼烟四起之局面的袁世凯。

愤怒的善耆联合几个亲贵气势汹汹地质问，名为佑我大清实则辛亥革命的袁世凯：

汉阳、汉口已复，武昌指日可下，为何与贼党言和停战？

袁世凯露出轻蔑的笑容：

> 武汉形势虽好，南京却已沦陷。党人势大，蛊惑国人，军心浮动，议和乃权宜之计。我以三年为期，必灭党人。如各位盲动，以天下为孤注，不妨代我行权，袁某自当让位！

一句话就把满大人们堵了回去。

从这帮人身上，袁世凯发现一个规律：整天把爱国主义挂在嘴边的，其实最不爱国。

证据就是由武昌起义引发的金融恐慌。

各地的大清、交通等国家银行均发生挤兑，始作俑者正是最先获得内幕消息的权贵。仅奕劻本人便一次性提款 25 万两，使本已枯竭的政府财政雪上加霜。

度支部又想举借外债，无奈列强已对清朝的统治权威产生怀疑，认为只有袁世凯才能把中国引入正轨，拒绝放贷。

更悲摧的是，起义爆发后，各省督抚把持了地方财政，还经常巧立名目揩中央的油。

直隶说要"拱卫神京"，山东自称"京畿门户"；陕甘强调"屏护中原"，东三省则大谈"巩固根本"。

总之两个字：要钱。

其实真正缺钱的是前线。在给隆裕的奏折中，袁世凯建议将奉天行宫（今沈阳故宫）存放的旧瓷器运到北京变价充饷，以救眼前之急。结果东三省总督赵尔巽正因他弟弟赵尔丰的事生朝廷的气，推三阻四，说运京售卖，种种不便，请改为就地批发——就差直说我要截留此款。

在袁世凯的授意下，段祺瑞、姜桂题等十多名高级将领联袂致电清廷，声明"言战必先筹饷"，而今财竭饷绝，皇室懿亲却拒绝与国家同休共戚，将数千万两白银私存于外国银行。若饷源不齐，将士愤激，恐怕会有不忍言之祸发生。

清廷赶紧降旨，让亲贵们认清形势，筹款助饷。但饶是如此，富可敌国的奕劻也只捐了 10 万两，余者更是杯水车薪。

此情此景，连日本驻华公使伊集院都看不下去了，对袁世凯感叹道：

> 我岳父（倒幕领袖大久保利通）遭暗杀前，已将全部财产捐给了事业，身上还剩不到 50 元。你们的显贵要是对他们的国家还有一丝热爱的话，在危机发生时，理应献出埋藏的财务，使政府阻止革命蔓延。但他们什么都没干，把财富看得比国家还贵重。

伊集院此言差矣。说不定人正是因为对现政权彻底绝望，才故意猛贪，想搞个休克疗法，推倒重来。如此深谋远虑，岂是都察院里的那些朝廷忠臣所能知晓？

长江以南是另一番景象。

天下未定，独立各省便玩起了"定于一"的传统游戏。

组建临时政府，结束自行其是的局面，确实有利于加速清廷的覆灭，但随之而来的则是生生不息的党争。

先是黎元洪以"首义城市"，这一无可替代的政治资源号令天下，致电各省，要求派代表赴鄂开会。

两天后，诸省又收到了陈其美的电报：请来沪开会。

陈其美发电的日子没选好，1911 年 11 月 11 日，百年一遇的光棍节，结果没人理他，都跑武汉开会去了。

南京光复后，宋教仁奔走游说江浙两省，准备公推黄兴为大元帅、黎元洪为副元帅（大总统之职则虚位以待袁世凯），在南京组建临时政府。

此议一出，湖北大哗，见识过黄兴统率力的革命军人集体不服。

黄兴也不愿意，因为听说孙文已从美国启程回国。他可不想自己当着大元帅，却眼睁睁看好基友回来当"海待"，最后搞得同盟会内部分裂。

大仁不仁

随着最后一缕残照洒向人间，冬日的太阳落山了，大清帝国的京师显现出末日前的余晖。

霜风刮过，把御道上的黄土掀起，使昏暗的天空平添了一层浑浊，仿佛清国的前途一般，黯淡无光。

宫殿里的大钟被吹得左右晃动，发出沉闷的金属撞击声。城墙上高高竖起的龙旗在遮天蔽日的黄尘中猎猎作响。

隆裕总算开始面对现实，因为财政彻底崩溃了，连代表大清国脸面的驻外使馆的工作人员的薪水都发不出来。

万般无奈下，她低声下气地向几个还没脱离统治的省份诉苦："求各省分筹接济，稍解眉急。"

或因自顾不暇，或因另怀他图，对北京的求援，应者寥寥，甚至直接硬顶。

形势逐渐明朗：南北军力相当，北不能平定南，南无法歼灭北。要么划江而治，要么南北战争，但在列强环伺的情况下，二者都将把中国推到被拆分的边缘。

其实，南军的宗旨不外乎排满和建立共和政府（即国家权力为公民所共有），同北军并不冲突，只要不排斥袁世凯，很容易达成共识。

因此，汪精卫再三鼓励袁世凯当中国的华盛顿，并盛赞他"一言足以安天下"。

藤枯瓜落，此其时也。

不过，想让议和从幕后走向公开，阻力仍然巨大。以良弼为首的极左大本营"宗社党"成天派人到袁府门口晃悠，时不时把怀里的手枪露出一角，对上朝的袁世凯露出不怀好意的微笑。

为免夜长梦多，袁世凯直接去劝隆裕："不妨跟革命党谈一谈，如能和平解决，也可免生灵涂炭。"

孤儿寡母，内外交困，还有别的选择吗？

获得授权的袁世凯同南方约定，在上海举行正式谈判。

南方代表是在陈其美跪求之下出山的老牌外交家伍廷芳（1842—1922）。

作为李鸿章的得力助手，伍廷芳是中国第一个法学博士和第一个挂牌营业的律师，历任外务部侍郎、驻西班牙及美国公使，回国后闲居沪上。

专业而精明的伍廷芳让列强爱恨交加。《纽约时报》称他为"我们那位贤明风趣的老朋友"，朱尔典则直呼其"饶舌的老家伙"。

留美学生顾维钧曾多次去听伍廷芳的演讲，印象深刻：

> 他每次出来，都穿着华丽的中式长袍，罩一件同样华丽的坎肩。头戴瓜皮小帽，上缀一颗大宝石，仪表堂堂，令人过目难忘。

伍廷芳的美国朋友都清楚他是个革命派，只因藏得太深，很少显山露水。直到武昌事起，他才在《字林西报》上发表文章，公开支持共和。

搬出闲居沪上不问世事的伍廷芳是陈其美的得意手笔。凭借这张王牌，尚被围困的武昌也不好再争和谈地点。

北方代表则是出镜率很高的唐绍仪。

七年的青春期都在美国度过，唐绍仪的心里早就埋下了美式民主的种子，只待气候适宜，便即开花结果。

于是，清廷悲哀地发现自己竟如此不得人心。

伍廷芳和唐绍仪是老相识，又都呼吸过欧风美雨，心照不宣。故而白天一本正经地坐在那说些给媒体看的废话，一到晚上就凑到一起忆当年、诉衷肠。

唐绍仪拉着伍廷芳的手，动情道："我的共和思想，尚早于君。今所议者，非反对共和宗旨，但求和平达到之办法而已。"

搞到最后连法国领事都看出问题了，在发回国内的报告中写道：

> 唐绍仪是否事先就被对方争取过去了，或者说他的行动完全听命于早已安排妥当的计划？不管怎样，从第一次接触起，他便显得受周围气氛的强烈感染，仿佛已认定帝国事业毫无希望。

当然，一切都在袁世凯的布局之中。

跟袁世凯走得很近的《泰晤士报》记者莫理循多次对人说："袁世凯清楚唐绍仪的共和思想，也准许他这样讲。"

其实很好理解。袁世凯的策略是以"君主立宪"同南方讨价还价，再拿南方的"民主共和"倒逼朝廷，自己则渔翁得利（大总统）。

因此，唐绍仪的政治倾向和那副老好人的面孔决定了，他成为坐在谈判桌前的不二人选。

但他的表现搞的革命党都不好意思了，北京也开始有御史弹劾其"通匪卖国"。

成竹在胸的袁世凯根本无惧，他还有一条秘密的议和渠道存在于段祺瑞和黄兴之间。两人派出的代表展开地下谈判，确定了五条实质性的密约：

1. 确定共和政体；
2. 优待清室；

3.先推覆清廷者为大总统；

4.南北将士，均不对战争负责；

5.恢复各地秩序。

段祺瑞拿到签好字的合约让靳云鹏（后同徐树铮、傅良佐与吴光新合称段的"四大金刚"）赶赴北京，向袁世凯汇报。

袁世凯只对第三条"先推覆清廷者为大总统"存疑，想改为"公举袁项城为大总统"。后经张謇牵线，唐绍仪密晤黄兴，得到后者信誓旦旦的保证，便不再怀疑，同徐世昌合计了一下，着手筹备逼宫事宜。

他先让人到处煽风点火，大谈南军之盛，制造恐慌情绪。再亲自跑去恫吓奕劻，说谈不拢就跟他们打，但要是打输了，"优待清室"那条肯定就没戏了。

奕劻转身便去吓隆裕。

与此同时，唐绍仪电请朝廷召开临时国会，由全民来公投国体。

泪眼婆娑的隆裕急召袁世凯，道："你看该如何办，即如何办。无论大局怎样，我断不怨你。皇上长大了有我在，亦不怨你。"

袁世凯："战须有饷，而国库已空，没有把握。今唐绍仪请开国会公决，如议定君主立宪，固属甚善；倘议定共和政体，必应优待皇室。此事关系重大，请召见近支王公商议。"

眼看就差临门一脚，一个不速之客踏上了中国的领土。

目空四海，睥睨万物

武昌起义爆发时，孙文正在美国科罗拉多州的华人餐馆端盘子。

当他从报纸上看到新闻时当即决定访问英法两国，并向友人解释说："目前革命成败的关键不在于军事，而在于政治，尤其是外交方面

（不好意思直说'金援'）。"

因此，直到辛亥年的圣诞节，西服笔挺的孙文才出现在上海的码头。

欢迎的人群中，一个记者高声询问走下舷梯的孙文是否带回一笔支援革命的巨款，得到的回答却是典型的孙氏幽默："予一文不名，所带回者，革命精神耳！"

精神的力量还是可观的。报纸上隔三岔五有冒充孙文之侄劫掠财物的新闻，还有人假托孙文授权夺取都督之位，以至于同盟会骨干马君武（广西大学创始人）感慨道："呜呼孙文，多少罪恶假汝之名！"

正如《纽约时报》在武昌事起后第一时间预测的那样（如不发生意外，著名的流亡革命家孙文可能被推选为民国总统），倍受鼓舞的南方同志为尽快获得外交承认，决定生米煮成熟饭，成立临时政府，举孙文为临时大总统。

重归南方阵营的汪精卫极力反对，认为此举会激怒袁世凯；宋教仁则有保留地支持，即孙文可以当大总统，但政体必须是内阁制而非总统制。

所谓内阁制，即由国民选出议员、组成国会，国会中的多数党领袖出任内阁总理，由总理组阁，对国会负责。总统则类似于英国国王，虚位而已。

总统制即美式民主，行政权操诸于总统之手，向国会负责。

革命易，建设难。孙文认为，中国要想达成"宪法之治"，必先经历"军法"和"约法"两个阶段，共计 9 年——而这，恰恰是慈禧宣布的预备立宪的时间。

站在他的立场，头绪纷繁的过渡期需要强有力的中央权威，否则制度建设就是一纸空谈。因此，孙文同袁世凯不谋而合地认为，只有美式民主的总统制，元首才能贯彻自己的政治理想——当然，是在宪法和国会的制约之下。

但湖南人的执着不容小觑，何况宋教仁常年研究政治学，阅读的文献加起来能把同盟会的所有人都火化了。然而，由于他对内阁制反常的狂热，南方同志一致认为宋教仁是想自己当内阁总理。再一看其年龄和资历，纷纷摇头，集体通过了总统制。

1912 年 1 月 1 日，南京下关车站。

礼炮齐鸣，欢声震天，身穿土黄色呢制军大衣的孙文神采奕奕地走下列车，向人群挥手致意。

在军乐的伴奏下，孙文乘坐专车抵达总统府（原两江总督署），宣誓就职临时大总统。

典礼安排在晚上十点。黄兴左立，徐绍桢右立，各部科长以上官员一律身着西服，排列两阶。

46 岁的孙文高声宣誓：

> 颠覆满洲专制政府，巩固中华民国，图谋民生幸福，此国民之公意，文实遵之，以忠于国，为众服务。至专制政府既倒，国内无变乱，民国卓立于世界，为列邦公认，斯时文当解临时大总统之职。谨以此誓于国民。

帝制与民治的分水岭凝聚在这篇不到一百字的誓词中。然而，现场欢呼的人群并不清楚，走向共和的道路崎岖而漫长，再给一百年，也未必够。

两天后，各省代表投票，选黎元洪为副总统，黄兴为陆军总长，徐绍桢为南京卫戍司令。

"黎胖子"一点都不高兴。

临时政府上上下下几乎全是同盟会的人，各部总长里没有一个来自武昌集团。首义功臣孙武特意去南京跑官，心想捞个次长应该问题不大，结果空手而归。

在任人唯亲上，即使是归国华侨，也不能免俗。

黎元洪打定主意"联袁拒孙"，以"北伐"为借口，把湖北军队扩充至八镇，孜孜不倦地培植个人势力。

最生气的还是袁世凯。

深感上当的他暂停了逼宫的步伐，迫使唐绍仪辞职，自揽谈判大权，并在发给伍廷芳的电报中责问道：

> 国体问题既由临时国会解决，乃闻南京忽已组织政府，显与前议相背。此次选举总统，是何用意？

南方党人，其实不堪一击。

一次，安徽来人向南京请饷，孙文大手一挥批了20万元。可待秘书长胡汉民拿着批条去财政部要钱时，发现金库里仅有10块现洋。

实业总长张謇向孙文汇报工作。这是两人第一次面谈。在当天的日记里，张謇对孙的评价只有四个字：不知崖畔（意即"漫无边际"）。

家徒四壁的临时政府打起了刚脱离清廷魔爪转为民营的招商局的主意。在黄兴的指示下，陈其美准备武力接管招商局，将其抵押给垂涎已久的日本，换取一千万两的借款。后因舆论沸沸扬扬而作罢，改为招商局"报效"临时政府50万两。

孙文的日本友人贼心不死，又伸出挂满支票的橄榄枝，想同中方合办汉冶萍公司（中国首家钢铁联合企业）。而具体经办此事的，竟是恶名远扬的盛宣怀。

当然你会问，上赶着崽卖爷田到底要闹哪样？

反袁。

从走下轮船的那一刻起，孙文就没相信过袁世凯，一心想直捣北京。在给陈炯明的电报中他称："和议难恃，战端将开。胜负之机，操于借款。"

而之所以专找日本人借，则源于一段若隐若现的秘史。

势败休云贵，家亡莫论亲

很多人以为甲午之后日本就对中国持轻视态度，其实不然。由于明治维新没有斩断日本的文化传统，社会上有点知识的都读过孔孟，海军元帅东乡平八郎更是一生俯首拜阳明。因此，当康有为的一个外甥流亡到日本乡间时，仍然受到欢迎和尊重。

虽然中国输了甲午战争，但从全局来看，日本还是弱小的，深具危机意识。

民间的情感和恐惧投射到政界，使得"如何防止中国报复"成为其外交政策的首要课题。

大隈重信在当上首相前即安排心腹犬养毅，派遣浪人到中国调查秘密会党，物色反清力量。其中，一个叫宫崎寅藏的义士发现了孙文，立刻成为其追随者。

通过宫崎，孙文搭上了不少日本朝野的大佬，但对这些所谓的"友谊"，犬养毅在给一个浪人的信中吐露了实情：

> 彼等（孙文等人）虽是一批无价值之物，但仍愿吾兄将之握住，以备他日之用。

其实，只要看看同孙文关系密切的极右分子头山满都培养了些什么弟子（土肥原贤二、板垣征四郎），就清楚日本的动机了。

而要想推翻庞大的清廷，势单力薄的孙文似乎也只有以毒攻毒一条路可走。

临时政府成立后，头山满跑到南京劝孙文放弃议和，发动北伐（因袁世凯始终提防日本，由他统一中国不符合日本的利益）。后者则提出，如加大援助，可将东北租让给日本。

张謇对日本的渗透极为不满，挂冠而去，并苦劝孙文：

> 举凡商业，皆可与外人合资，惟铁厂则不可；铁厂容或可与他国合资，惟日人则万万不可。其处心积虑以谋我，非一日矣，然始终不能得志，盖因日本全国三岛，无一铁矿。

看来只要去过朝鲜的，都清楚日本的真实嘴脸。

远在武昌的黎元洪也发来电报，表示愤慨：

> 前清屡次抵债，尚顾惜汉冶萍公司。今乃民国新造，反弃此权利，恐清朝遗孽亦当笑人矣！

看来打过甲午海战的也清楚。

加之北方秣马厉兵、枕戈待旦，南方党人唯恐把袁世凯逼急了变身为曾国藩，相继转向。

孙文愈发孤立。在汪精卫、胡汉民乃至黄兴的轮番苦劝下，他不得不审时度势，发电给伍廷芳：

> 如清帝退位，宣布共和，则临时政府决不食言，文即可正式宣布解职，以功以能，首推袁氏。

并以英文发表到《字林西报》上，公告国际。

汪精卫立刻电告袁克定："项城雄视天下，众望所归，元首非异人任！"

得到公开与私下的保证后，袁世凯再次开启了逼宫模式。

在他的授意下，驻荷兰公使陆征祥（1871—1949）联合多个驻外使节电请清帝避位。同时，以内阁的名义趁热打铁，上奏道：

> 读法兰西革命史，如能早顺舆情，何至路易之子孙靡有孑遗。民军所争者政体，而非君位，所欲者共和而非宗社。我皇太后、皇上，何忍九庙之震惊，何忍乘舆之出狩，必能俯鉴大势，以顺民心。

讲路易子孙被杀得片甲不留颇具针对性，隆裕肝胆俱裂。

正得意间，意外发生了。

这天，早朝散后，袁世凯出东华门，坐马车来到王府井大街。

突然，三颗炸弹从道旁茶叶店的楼上扔下，两匹大马登时肠穿肚烂。袁世凯从翻倒的马车中爬出，在亲兵的掩护下逃离。

这场由京津同盟会（汪精卫出狱后在天津成立的同盟会分会）策划的刺杀并未得到南京的授权（汪精卫还曾电阻）。因此，当袁世凯全城搜捕抓获凶手后，汪精卫的电报随之而到：

> 议和期间，北方同志的一切行动均已停止。此事当为匪类所为，请依法办理。

其实，"匪类"帮了袁世凯一个大忙。在此之前，皇族亲贵整天对袁世凯指指点点，说他是王莽、曹操。而炸弹一响，非议自然全成了"无耻谰言"。袁世凯就坡下驴请了病假，把梁士诒、赵秉钧和胡惟德推到前台去磨。

内阁会议。

见已不是大臣但还属于王公的载沣和奕劻也出席了会议，恭亲王溥伟顿觉国事尚有可为。

宗社党创始人溥伟是奕䜣的长孙，经常教育周围人："有我溥伟在，大清国就不会亡。"

不要觉得狂，人毕竟曾离神器只有一步之遥。

慈禧临终前，病榻之侧的载沣叩头请辞监国之位。老太婆情急之下道："如觉力不胜任，溥伟最亲，可引以为助。"

闻听此言，溥伟按捺着内心的狂喜，静待任命。

然而，等张之洞拟写的懿旨颁布时，溥伟才傻了眼：有摄政王监国之命，却无自己只言片语。

权力的赛场上，失去了一次机会等于失去终生。怒火冲天的溥伟叱问张之洞为何没有皇太后要他助政之语，张之洞不软不硬地回敬道：

摄政王以下，吾等均为朝廷助政之人，又安可尽行写入懿旨？

败下阵来的溥伟只好在禁烟大臣的闲差上打发时光，却于清廷垂亡之际再次找准了自己的定位——左王。

彩色的画面幻化成一团火红。镜头拉远，原来是一个太监正拿着铜火钳拨弄炉里的炭火。远处的神龛前摆放着一尊三足加盖的铜香炉，上面的镂空处正向外冒着氤氲的烟。

群臣列坐一个钟头了，惟彼此闲谈，无一人提及国事。

溥伟忍无可忍，蓦地诘问赵秉钧道："总理大臣（袁世凯）邀我等会议，究竟议论何事，请宣布出来。"

赵秉钧："革党势大，各省响应，北军不足为恃。袁总理想设临时政府于天津，与他们开议，或和或战，再定办法。"

溥伟："朝廷以慰庭为钦差大臣，复任命为总理大臣者，是以为他能讨平贼乱。今设政府于天津，岂北京不足恃而天津足恃吗？且汉阳已经收复，正应乘胜痛剿，却罢战议和，这是什么道理？"

梁士诒接过话茬："汉阳虽胜，奈何各省响应。北方无饷无械，孤立危急已甚。设政府于天津，是怕惊扰了皇上。"

溥伟不依不饶："从前洪杨之乱，用兵二十年，也没有议和与别设政府之举。筹饷之事，为诸臣应尽之责，当勉为其难。倘遇贼即和，人人都可做到，朝廷又何必召用袁慰庭呢？"

二人一时语塞。胡惟德掌管外务部，岔开话题道："此次之战，列邦皆不乐意。我若一意主战，恐受外人责难。"

溥伟铁了心斗争到底："对内平乱，乃中国主权，外国人何能干预？且英、德、俄、日皆君主之国，也没有胁迫人君俯从乱党的道理。公既然如此说，请指出是哪国人，伟愿当面问问他。"

见吵得不可开交，奕劻又开始和稀泥："议事不可争执，况且事体重大，难以决断，当请旨办理。"

说完就站起来走了。

众人窃窃私语，也陆续离开，气得溥伟在回忆录大发感慨："呜呼！群臣再无一人开口支持我的，真是令人痛心啊！"

人渣也有人渣的困境

夕阳西下，乾清门沐浴在一片柔和的金色之中。一缕光线穿过养心殿的窗纸，投射到黑色地面上，照出空气中的无数微尘。

这是清朝最后一次御前会议，除了奕劻，所有宗室近支全部到场。

对着自家人，隆裕也不说外话了："你们看是君主好，还是共和好？"

全都答君主好，看来是唯一得分的标准答案。

隆裕叹了口气："我何尝要共和？都是奕劻和袁世凯说革命党太厉害，我们没有军饷，万不能打仗。"

溥伟愣了愣神，思绪飘回到两个小时前。

上书房。

载泽兴冲冲地跑进来，对溥伟道："昨天见到冯华甫（冯国璋），说革命党不足畏，但求发饷三个月，即能奏功。一会你先奏知，我再详奏。"

溥伟两眼放光，却见载沣凑过来小声道："今天这个会，庆邸（奕劻）本不愿你来，有人问起，只说是你自己要来。"

又是奕劻这只老狐狸。

对家财万贯的奕劻来说，年老体衰，移民不便，没有比财产安全更重要的事了。而一旦打仗，火光四起，玉石俱焚，作为京城著名的房祖宗，损失就惨重了。

别看史书上正气凛然之士和大奸大恶之徒斗得荡气回肠，其实百分之九十的政客都是没有历史感只有现实感的庸官。

对庸官而言，时间是停滞的，"纸上清名万古难磨"就是一句废话。人死如灯灭，富贵无边、儿孙满堂才是成功的唯一标志。

溥伟回过神来，对奏道："奕劻欺君罔上，求太后不要再相信他的话。乱党实不足惧，昨日冯国璋对载泽说，给饷三个月，情愿破贼。请问载泽，有没有这回事？"

载泽赶紧道："是有。冯国璋已然打有胜仗，军气颇壮，求发饷派他去打。"

隆裕蹙眉道："内帑已竭，上次发的三万现金还是皇上名下的，我真没有。"

溥伟站出来，一边磕头一边激动道："日俄之战时，日本帝后解簪饰以赏军，现在人心浮动，必须振作。冯国璋既然肯于出力，求太后将宫中金银器皿赏出几件，暂充军费，虽不足数，然官兵感激，必能效死。恩以御众，胜则主威，请太后三思！"

善耆帮腔道："恭亲王所言甚是，求太后圣断立行。"

隆裕顾虑重重："胜了固然好，要是败了，连优待条件都没有，岂不是要亡国？"

溥伟继续晓之以理："优待条件是欺人之谈，跟'迎闯王，不纳粮'一样，彼是欺民，此是欺君。试问大权既去，逆臣乱民若有篡逆之举，当如何制止？又向谁去索要优待条件呢？"

隆裕为难道："就是打，也只有冯国璋一人，焉能有功？"

善耆道："除去乱党几人（暗指奕劻），内外臣工有的是忠勇之士，太后不必忧虑！"

溥伟打气道："臣大胆，敢请太后皇上赏兵，杀贼报国！"

隆裕望着一直没开腔的载涛，道："载涛，你不是带过兵吗？"

载涛面无表情道："奴才带过兵，但是没打过仗。"

······

隆裕默然良久，道："你们先下去吧。"

善耆不放心，提醒道："一会儿国务大臣（赵秉钧、梁士诒和胡惟德）进见，请太后慎重降职。"

隆裕叹息道："我怕见他们。"

溥伟一副亲娘被欺负了的表情，道："若彼等有意外要求，如设立临时政府或迁就革命党，请太后断不可行。"又叩首总结道："革命党年少无知，本不足虑。臣所忧者，是乱臣借其势力，胁迫朝廷，以揖让为美德，以优待为欺饰，请太后明鉴。"

散会后，溥伟又在那感慨，众人缄口不言。

那也比徒托空言强——冯国璋再恋旧，亦不敢无视人心向背，罔顾袁世凯的立场，替气若游丝的清室出头。

两天后，传声筒载沣找到溥伟，道："你在御前的奏对言语太激烈，太后很不喜欢，说时事何至于此。肃亲王（善耆）爱说冒失话，你转告他，以后不准再如此。"

其实，隆裕念念不忘的唯有优待费。

15岁嫁入深宫，丈夫不爱，婆婆变态，每天过着非人的生活，好不容易熬到两宫晏驾，总算出头了，游戏也快结束了。

三百年来的孽不是她作的，三百年来的债却要她一个寡妇来偿，凭什么？

因此，当她听说南方允诺的皇室优待费每年有400万元时，还是颇为心动的。

天地无私，贵贱皆为角色

作为多尔衮的后裔、宗室里最早剪辫子的潮人，良弼思想前卫，交游广泛，素以改造大清为己任，致力于推动顶层设计。

从日本士官学校毕业后，良弼进入军界，在步步高升的同时延揽了吴禄贞、蒋百里等英才，试图以自己的同学来替换北洋旧将。

武昌起义后，良弼茶饭不思，主动请缨"平叛"，却遭到奕劻的打压："黄口孺子，纸上谈兵！"

危急时刻，悲愤的良弼发起组织宗社党，党员一律在胸前刺两条青龙，誓死捍卫大清。

他们纠集满族军人，天天开会，还给袁世凯送去一封恐吓信，内称"愿与阁下同归于尽"，极为嚣张。

袁世凯正恨得咬牙切齿，替他出气的彭大侠从天而降。

彭大侠叫彭家珍，竟然也是京津同盟会的，看来该组织的宗旨是杀人不分左右。

川人彭家珍当过新军队官和代理标统，时任京津同盟会军事部部长。

谋刺良弼前，他四处踩点，碰巧在金台宾馆的前台发现一张名片：陆军讲武堂监督崇恭。

仔细一问，原来这个军校校长来京办事，开房后又去了保定。

彭家珍灵机一动，揣起名片，回到住处。

他备好炸弹，穿上借来的军装，向同志们告别后，来到军咨府良弼的办公室。

门卫禀告说"崇恭"来访，良弼一愣，半晌才想起是自己留日时的同学。公务繁忙，他让"崇恭"晚上去自己家里见面。

大红罗厂街，良弼宅。

等到很晚，彭家珍才看到良弼的马车驶回。大门一开，院子里射出的光亮把主人映得一清二楚。

彭家珍迅速闪出，亲热道："赉臣，我来了……"

良弼见其陌生，立刻警觉地倒退两步，想钻回马车。

彭家珍扔出炸弹。

巨响之下，良弼的左腿被炸断。一块弹片击中下马石反弹回来，打到彭家珍的后脑，当场致死。

失血过多的良弼在医院呻吟两日，不治身亡。临死前哀号道："炸我者，知我者也。我一死，大清亡！"

的确，良弼在极左里的人望比溥伟高多了，彭家珍的壮举诚如孙文所言，是"小弹丸而收巨功"。

后来袁世凯当大总统期间，参谋部次长陈宧每月都能见到一个中年男子前来领钱，回回都是一千银元。打听下得知，正是彭家珍的父亲。

宗社党瞬间作鸟兽散，溥伟和善耆连夜离京，躲到租界不敢露面。

那是个革命党的炸弹能使小儿止啼的时代。铁拳无敌孙中山在北京人眼里就是个红毛绿睛的江洋大盗，身怀"明拳""明足"和"明身"三样绝技，手下的好汉个个飞檐走壁，无孔不入，还自觉接受先进科技，手枪炸弹一应俱全。

隆裕也是看《七侠五义》长大的，登时大惊失色，唤来赵秉钧、梁士诒和胡惟德，号啕大哭道："我母子的性命，都在你三人手中！你们回去好好对袁世凯说，务要保全我母子二人！"

北洋军头再次联合发难，由段祺瑞领衔上奏，严斥"二三王公反对共和，陷两宫于危险之地"。声称要率全体将士入京，同那几个败类"剖陈利害"，结尾还颇有画面感："挥泪登车，昧死上达。"

满眼刀光的电奏撕破了最后一层面纱，隆裕终于同意逊位。

1912年2月12日，由张謇起草、徐世昌润笔的退位诏书公诸天下：

> 今全国人民心理多倾向共和，南中各省既倡议于前，北方诸将亦主张于后，人心所向，天命可知。予亦何忍侈帝因一姓之尊荣，拂亿兆国民之好恶？是用外观大势，内审舆情，特率皇帝将统治权公诸全国，定为共和立宪国体。近慰海内厌乱望治之心，远协古圣天下为公之义。
>
> 袁世凯前经资政院选举为总理大臣，当兹新旧代谢之际，宜有南北统一之方，即由袁世凯以全权组织共和政府，与民军协商统一办法。
>
> 总期人民安堵，海宇乂安，仍合汉、满、蒙、回、藏五族完全领土为一大中华民国。予与皇帝得以退处宽闲，悠游岁月，长受国民之优礼，亲见郅治（天下大治）之告成，岂不懿欤（快哉）！钦此。

末尾的"岂不懿欤"是徐世昌加上去的，收煞得干脆巧妙，彰显了徐翰林的文字功力。

而更要害的一处改动则是：原文的"由袁世凯与南方民军协商组织临时共和政府"被颠倒为"由袁世凯以全权组织临时共和政府，与民军协商统一办法"。个中差别，不难看出。

翌日，各家报馆都转载了诏书全文，民政部也用黄纸誊写了一份，置于天安门外的牌座上，供路人观览。

几天前还"心跳益剧，头眩尤甚"的袁世凯，突然不治而愈，向南方发了一封意味深长的电报：

> 共和为最良国体，世界之公认，今由帝政一跃而跻之，实诸公累年之心血，亦民国无穷之幸福。
>
> 大清皇帝既明诏辞位，业经世凯署名，则宣布之日，为帝政之终局，即民国始基。从此努力进行，务令达到圆满地位，永不使君主政体再行于中国。

"永不使君主政体再行于中国"，四年之后回看，可谓一句莫大的讽刺。谁能料到，亚洲第一个共和制国家不仅没拿到毕业证，还打回高中复读了。

纷纷扬扬的大雪给一望无尽的殿鳌披上了一层银装，从空中向下望去，往日金碧辉煌的大殿显得无精打采，萧索颓败。

乾清门以内，还是小朝廷的天下。隆裕以泪洗面，五岁的溥仪却没心没肺地发出清脆的欢笑。

刚收了袁世凯上万两银票的太监小德张难掩内心的喜悦，低头劝道："太后，您老人家不必担心。有袁大人在外面罩着，您和皇上安心享福，荣华富贵一样不少，跟从前一样。"

落暮寒鸦，白云苍狗。夕照中的京城，在寒冬岁末里显得冷冽而静穆。

庙堂伪号虽除，僭主心态未去

外交部街的外交大楼里传出一阵爽朗的笑声，蔡廷干亲自操刀，替兴高采烈的袁世凯剪了辫子。

剃发令随即颁布，截止到 2 月 18 日（农历大年初一），所有公务员必须剪头。

草民则不做硬性要求，结果街上跟过万圣节似的。有莫西干和朋克头，有不想剪的买来道士服把辫子藏在道冠里。一家名为"改良帽庄"的小店门庭若市，只因老板抓住了市场需求，专卖后面拖着假辫子的改良帽……

家世显赫的贵族悄悄地把先朝冠服和诰命御赐收藏起来；皇族后裔启功则被家人送到雍和宫当小喇嘛，不敢告诉别人自己姓爱新觉罗。

同启功的隐姓埋名形成反差的，是百年后那些为了开启星途不惜攀龙附凤、谎称清朝皇室的艺人。

对中国而言，辛亥革命的确是一场好革命。尤其由袁世凯掌镜的下半集，以不流血的宫廷政变将改朝易代的成本降到最低，避免了兵连祸结，哀鸿遍野，可谓双赢。

然而，《泰晤士报》冷静地指出："革命是否已经达到目的，这是未来的秘密。在一个拥有四亿人口的国家里，长久以来皇帝就像神一样统治着他们，能否突然用一个同东方概念和传统格格不入的共和政府的形式，来替代君主政体？"

步子迈得太大，一夕之间跨越了欧美上百年的进程，随之而来的问题不容忽视。

一天，八十多岁的盐商萧某从扬州赶到南京总统府，求见孙文。

门卫问他何事，答称，"无事，只想看看民主气象"。门卫拒绝引见，他却执意不走。

闻听此讯的孙文派人把萧某搀扶进来，含笑起立，准备同他握手。谁知萧某却放下手杖，跪在地上磕起头来。

孙文连忙将他扶起，道："总统在职一天，就要为全国人民服务，是国民的公仆。"

萧某不解道："那离职后呢？"

孙文答："离职就又回到人民的队伍里，和老百姓一样。"

萧老汉兴奋道："今天总算见到民主了。"

甘肃。

一个县长接到上级"调查选举人札"的公文后，竟以为是要在境内挑选"举人"，回复道："本县文风不振，贡生、监生倒有几个，举人却是一个都没有。"

而在广州附近的乡间，雨后春笋般出现了一百多个社会团体。劣绅和地痞都在社团里找到了新的位置，摇身一变成为"爱国志士"。

这是另一个世界，这是同一个世界。在争权夺利上，顶层和底层心有灵犀、如影随形，硬要说有什么不同，无非后者更简单粗暴，比如当社长演讲到高潮时，主持人会举起一张"请众鼓掌"的提示牌，为会场招来一阵"热烈"的掌声……

日本思想家福泽谕吉认为：文明的外形易学，而内在的文明难求。对中国而言，这似乎就是一道无解的难题。

梁启超曾列举国民性的六大弊端：奴性、愚昧、自私、好伪、怯懦、麻木。主张"欲维新吾国，先维新吾民"，并给新民开出了药方：兴民权。

但很显然，那个宁快勿慢的时代没有给建设预留任何土壤。连孙文都说"俟河之清，人寿几何"，砸烂一切的革命自然成为热血青年们心向往之的事业。

于是，清朝灭亡还不到一个月，刚当上小学老师的叶圣陶就开始同好友顾颉刚讨论无政府主义，认定"政府之行为断不能为吾人造福"。

对此，国民党元老吴稚晖晚年感慨道：

> 从前，张之洞这样的改革派是我们眼里的老顽固，不能不让位给我们这些"革命的暴徒"。而现在我们这些人也一个个变成了臭官僚，白花了二十年改革的工夫。年轻人一腔热血，想一劳永逸地解决社会问题，但最终你会发现，只能用温和的法子激活人性中的善，而无法消灭人性中的恶。

南京。

尽管不情愿，孙文仍得恪守承诺，将临时大总统的位置让给袁世凯。

倒不是诚信问题，搞政治的人节操早就碎了一地了。主要因为列强不承认，穷得叮当响，执政的又是一帮同盟会的小年轻，好多人自己都感到学识跟经验不足，主动弃官，出国深造。

因此，对孙文的"拱手让江山"，既不应指责其软弱妥协，也不必谬赞什么绅士风度，真相很简单：玩不转了。

当然，对袁世凯严重猜防的孙文是不可能裸让的，他祭出了撒手锏——立法。

刚成立不久的临时参议院（同平民色彩更浓的众议院一起构成国会）代行国会职能，是"中华民国"的最高立法机关。可惜43名参议员中，33个都是同盟会会员，公信力堪忧。

临时参议院赶在孙文"禅让"前为袁世凯量身定制了一部《中华民国临时约法》。作为宪法，它是成功的，限制政府权力，保障民众自由；而作为政治斗争的工具，它又是因人而设的，偷天换日地将总统制改成了内阁制。

己所不欲，勿施于人。孙文一直醉心于美式民主，同盟会也采用三权分立的组织架构，但为了限制袁世凯，竟不惜把总统变成有位无权的摆设。

宋教仁终于实现了自己的政见：总统取名，总理取实。

革党的幼稚于此展露无遗——如果立法成了对人不对事的儿戏，法律也就丧失了其神圣性，寸步难行的袁世凯又怎么可能甘受约束？

可即便如此，孙文仍不放心，又设了两道封魔符。

1.定都南京；
2.袁世凯必须到南京就任总统。

结果除了黄兴外全部反对，都认为此举无异于自弃外蒙（外蒙古趁辛亥革命清廷无暇北顾，在俄国的挑唆下独立）。

孙文带着一肚子怨气跑去祭拜明孝陵，黄兴也换上军装，准备前往。临走前，他给总统府的秘书吴玉章撂下一句狠话："你去告诉他们（参议院），过了12点如果还没把决议（定都北京）改过来，我就派兵来！"

惨遭威胁的临时参议院修改了决议，结果引来各省都督的非议。

问题很简单，复杂的是脑袋

袁世凯接电，一喜一忧。

喜的是全票当选临时大总统（正式大总统要等国会成立后由议员选出），古今中外只有华盛顿享此殊荣；忧的是必须南下即位，龙离大海。

平台就是舞台，放弃等于下台。

于是，袁世凯婉拒道：不是我不去，而是人民不答应列强不乐意。并以退为进地提出自己打算告老还乡，当共和国的国民，北方军队就有劳你们妥善接收了。

孙文决心奉陪到底，派出以教育总长蔡元培、法制局局长宋教仁为代表的专使团，赴京恭请袁世凯南下。

专使受到隆重的欢迎，袁世凯每日宴请，气氛融洽，就是绝口不提南下的事。

蔡元培等人也不着急——本来就觉得孙文的要求不科学，权当公费旅游了。

谁知，天子脚下因为没了天子，不太安定，一场兵变不期而遇。

当晚八点过，城东忽然传来枪声，一群士兵从朝阳门冲入，高喊着"袁宫保要走了，没人管我们了"，一路打砸抢掠。

从东四抢到东单，直至前门大街，上千家商铺民宅遭殃。

蔡元培等闻听窗外嘈杂喧哗，须臾枪声大作。慌乱中连鞋袜都顾不得穿，衣冠不整地逃往东交民巷，跑到英国人开的六国饭店避难。

哗变并非针对专使团，而是曹锟所部官兵因不满政府停发每月的"战时特别军饷"，遂以阻袁南下为名出营抢劫。

结果误打误撞地给袁世凯提供了拒绝离京的借口，黎元洪和列强第一时间表态：拥护定都北京。

饶是孙文嘴硬，说要提一支"劲旅"北上协助袁世凯维护和平，但还是架不住内部同志的苦劝，勉强打消了迁都的念头。

当然，事变发生的时间太过诡异，袁世凯的运气也好到不可思议——革命党炸不死，不想南下乱兵挽留，如有神助。

因此，怀疑兵变由袁世凯自编自导的流言一直不绝于耳。

这种说法之所以经不起推敲，在于不了解袁世凯的心态。

从大局看，他亟需的是安定而不是动乱。毕竟民间的信赖、列强的支持，都建立在只有袁世凯才能重建秩序这一心理基础之上。

因此，他但求传递"只有我能终结混乱"的信号，给被义和拳吓怕了的洋人看，给冯国璋和张勋等成天以伯夷叔齐自居的北洋将领看。

而此次骚乱一度蔓延到天津，做梦都想让中国分而治之的日本甚至从东北驻军里抽调了 1500 人赶赴北京——种种结果，完全同袁世凯的立场背道而驰。

1912 年 3 月 10 日，袁世凯在北京就任中华民国临时大总统。

就职典礼上，他以河南口音宣读誓词，豪迈的语句（发扬共和精神，涤荡专制瑕秽）却被念得索然无味。

莫理循在现场记录道：

> 袁世凯像鸭子一样摇摇晃晃地走向主席台。他体态臃肿且有病容，身穿元帅服但领口松开，肥胖的脖子耷拉在领口上，神态紧张，表情很不自然。

他太累了。

睡得越来越迟，起得越来越早，可时间永远不够用。

以前无论是当直隶总督还是军机大臣，头上总有一片天，总有一个若隐若现的指挥棒。而现在，面对共和这个全新的事物，没人告诉他路在哪里，只能摸黑一步步往前挪。

北京政府只是在形式上完成了统一。各省都督自立为王，各派势力明争暗斗；前清遗老们躲进故宫成一统，蒙独藏独在反华势力的支持下粉墨登场。

社会矛盾层层叠加，最终都堆到袁世凯的案头。可即使他有心解决，巨大的财政窟窿也不允许。

中央的孱弱和地方的混乱都促使他去了解，鼎革之际在主流视野之外的地方究竟发生了什么。

多少真相隐藏在黑夜之中，无人打捞，正如多少冤魂在革命的宏大叙事里湮没无闻……

为谁流下潇湘去

湘西的凤凰城古色古香，恍如梦境。

沱江穿城而过，清莹澄澈。虹桥的倒影随波荡漾，变幻多姿。吊脚楼下，苗家少女赤足临江，洗菜淘米，清脆的笑声随风飘扬，宛若从《边城》里走出来的翠翠，沁人心脾。

烟雨中，江上薄雾缭绕，大山景物朦胧，好一派远离尘嚣的桃源仙境。

然而，当9岁的沈从文一觉醒来时，宁静被打破了。

几个叔叔全部消失，父亲脸色惨白地坐在太师椅上，两眼无神。

"爸爸，爸爸，你到底杀过仗了没？"

"小东西，莫乱说！夜来我们杀败了，全军覆没，死了几千人！"

造反已然失败，杀戮刚刚开始。

> 我在道台衙门口的平地上看见一大堆肮脏血污的人头，辕门上也挂满了。(《从文自传》)

清军将城内布置妥当后就下乡抓人，集中起来赶到河滩上乱刀砍死。每天杀一百个，持续了个把月才收手。

天寒地冻，也不担心尸首腐烂，陈列在河边正好以儆效尤。

鲜血淋漓的画面比二战中硫磺岛的玉碎战还恐怖，刺激着沈从文幼小的心灵。当他成年后来到北京，向亲戚解释为何背井离乡时，道："六年中我眼看身边杀了上万无辜平民，除对被杀的和杀人的留下个愚蠢残忍的印象，什么也学不到。被杀的临死时的沉默，恰像是一种抗议——你杀了我的肉体，我腐烂你的灵魂。"

湖南的光复血雨腥风，概括起来就是：革命的杀了反革命，反革命杀了不革命但被当成了革命的，革命的杀了被当成反革命的不革命的……

归根溯源，要从巡防营统领（武警湖南总队司令）黄忠浩讲起。

黄统领带兵有方，人称其军"忠字旗"，唤其人为"小曾国藩"。

深受张之洞赏识的他官至湖南提督，退休后办起了实业，在士绅的拥护下做得风生水起，成为矿界领袖。

人望日隆的黄忠浩修治洞庭，资助教育，保路运动兴起时还率众反对铁路国有化，可见思想非常进步。

如果不是一念之差，死后定能和同乡黄兴一样变成铜像。

武昌起义的消息传来时，履新不久的湖南巡抚余诚格极为恐慌。

湖南是革命老区，出产了唐才常、陈天华和宋教仁等一批清政府的克星。况且，长沙刚刚爆发了抢米风潮，人心思乱，一点即燃。火药桶上的余巡抚只好返聘黄忠浩，让他守住最后一道防线巡防营。至于新军，早已毫无悬念地被同盟会渗透，不抱希望。

黄忠浩刚换上军装就见到了老相识——湖南咨议局议长谭延闿。

与谭嗣同、陈三立并称"湖湘三公子"的谭延闿处世圆滑，被誉为"药中甘草"。"甘草"对黄忠浩大谈由巨家世族（咨议局）和军政长官（你）联合的所谓"文明革命"，劝其"宣布革命，自任都督"。

黄忠浩略有心动，派亲信去汉口打探消息。结果回报说清军已大举南下，民军却无新的战果。于是态度逆转，摆出一副要当中兴名臣的样子，准备佑我大清。

谭延闿只好退而求其次，也不管什么"文明革命"了，派人同革命党接头。

同盟会湖南分会的负责人焦达峰和新军排长陈作新浮出水面。

出身地主家庭的焦达峰是自费留日的。加入同盟会后不久，便因不满孙文只经营华南而无视长江上游的战略，同孙武成立了外围组织共进会，回国后分驻两湖，策动起义。

咨议局代表跟革命党约好在福寿茶楼见面。当天，代表恭候多时，方见"有穿天青团马褂，落落大方，肩舆而来者，焦达峰也。次陈作新来，又次陆续而来四十余人，长袍短套，不伦不类"。

焦达峰的"小弟"成分比较复杂，有新军士兵，也有黑帮成员，被咨议局的人大代表鄙视很正常。

关键是双方无法达成共识。咨议局较保守，主张光复后推黄忠浩为湖南都督，稳定人心；陈作新和新军士兵则坚持要杀黄忠浩。

最后不欢而散。

举事当日，由于事机不密，听到风声的余诚格预为布置，一时间哨岗林立，便衣四起，还有谣言说巡抚衙门已架起大炮，准备把城外的新军营房轰平。

按照历史教科书的理论，软弱的资产阶级改良派又动摇了。一个叫吴作霖的咨议局议员担心真打起来殃及池鱼，急得通宵失眠，大清早跑到单位求见谭延闿，要他出面主持大局。

结果门卫都没起床，哪有人来办公？

吴作霖越想越生气：都什么时候了，还睡得着觉？

最后竟在咨议局门口骂起街来：

> 我是革命党，一向不怕死。我姓吴名作霖，谁人不知，哪个不晓？我手下已有两千多人，分驻满城客栈。除各有小刀外，还能制造炸弹，只要人备火柴一盒，即能将长沙烧成平地！你们这帮议员，号称人民代表，现已死到眉毛尖上，还不到局办公，要你们作甚！

门卫被吵醒，不知所措；路人上前围观，都以为是个疯子。吴作霖骂了个唇焦舌敝，无人理睬，悻悻地回家去了。

骂街加剧了谣言的传播，票号发生挤兑，巡防营全体出动。

焦达峰一夜之间活明白了：与其坐以待毙，不如放手一搏。在每人只有两颗子弹的情况下，领导新军一鼓作气冲进城。

居然就光复了。

余诚格摇身一变成了余则成。他换了衣服，逃到湘江上的日本军舰里。黄忠浩则没那么好的运气，刚跨上马预备跑路，一个巡防营士兵故意高喊："我们统领来了！"

新军士兵顺着话音方向一拥而上，将黄忠浩刺于马下，绑到天心阁的城楼上斩首示众。

一路上，有人拳打脚踢，有人用刀乱刺。这些同黄忠浩素不相识的士兵，是出于公仇还是私怨，抑或只是狂欢？已不得而知。

本是后山人，偶做前堂客

焦达峰和陈作新被推为湖南军政府的正副都督，而悲剧才刚刚拉开序幕。

文告贴上街，长沙市民惊诧莫名——没人知道这个 25 岁的都督从哪儿冒出来的。关于焦达峰和黑帮大佬之间不得不说的故事很快就口耳相传了。

更要命的是，一身江湖习气的焦达峰毫无管理经验。

一个青年跑来要官，他问对方会做什么，答以"会写字"，便道："你去当书记吧！"

青年走出去，见桌上放着一大捆白带子，便随手拿了一条，写上"三等书记官"，往身上一挂，招摇过市。

不过他很快发现其他人的带子上都写着"一等书记官"，不禁后悔自己胆子太小。

由于连长满街走，营长多如狗，杂货铺的指挥刀顿时卖到脱销……

谭延闿则对民政部部长的任命嗤之以鼻：自己出身翰林，深孚众望，凭什么受一帮"丘八"领导？

他以"模仿英国立宪精神，防止专制独裁之弊"为由，将咨议局改组为议会，规定都督的命令必经本院议决盖戳后，方可发交各部执行。

焦达峰自然不满，在一帮同盟会会员的鼓噪下，起了杀心。

岂料谭延闿速度更快，趁焦达峰派两协军队支援武汉，长沙空虚之机，勾结新军管带梅馨发动政变。

当天，都督府接报，说北门外的和丰火柴公司发生群体性事件，请求弹压。

陈作新单骑前往视察，刚走到文昌阁便被埋伏于此的叛军乱刀砍死。

素喜诗文酬唱的陈作新生前曾赋有一诗：

> 平生何事最关情，只此区区色与名。若就两端分缓急，肯将铜像易倾城。

最后还是死于名而非色。

焦达峰听到陈作新的死讯，不顾同志劝谏，坐等叛兵上门，结果被乱枪射死于照壁之下，鲜血溅到一旁的石狮子身上，触目惊心。

当晚，有人瞧见身穿蓝布长衫的谭延闿面如死灰地被人用藤椅从后门抬进都督府，在梅馨等人的"劝进"下，欲迎还拒地就任都督。

对内，谭都督把梅馨擢为协统；对外，则诬陷焦达峰乃黑帮头子，冒充党人来夺权。

三天后，同盟会会员用行动扇了谎言一记耳光，在常德给焦达峰、陈作新开追悼会。讵料刚献完花圈，就被谭延闿派来的官兵抓获。

悉数被砍后，原址上立刻举行了另一场追悼会。而这次，灵堂上悬挂的是黄忠浩的遗像。

杀人循环，至此结束。距湖南光复，还不到 15 天。

革命的进程中，一组难以调和的矛盾存在于自由和平等之间。由于自由无法像平等那样给予革命者物质的奖励（打土豪、分田地），平等凌驾于自由之上便成为一个危险的趋势——甚至可能为了平等，选择同专制结盟，牺牲自由。

在研究法国大革命时，托克维尔认为自由之所以没能被坚持到底，盖因"人们平时所热爱的自由，只是出于对主子的痛恨"。故当大革命摧枯拉朽般把旧王朝推翻后，自由也就被革命者抛弃了。

最后，托克维尔得出一条结论：

谁在自由中寻找自由本身以外的其他东西，谁就只配受奴役。

过渡时代的袁世凯，身处最原始的角斗场（群雄割据），面临最深沉的灾难（内忧外患），却要模仿出最现代化的政治结构（民主共和）。

何其艰巨。

清亡，并不是最终的答案，因为阳光仍未洒向大地。

世运之明晦，人才之盛衰，其表在政，其里在学。而在学海中游了一圈后，袁世凯悲哀地发现，问题更复杂了。

许多人认为民主政治的实施需要一些起码的社会条件，比如教育的普及、国民收入的增长。而这一切，辛亥之后的中国基本不存在。

不过，袁世凯认同梁启超的"不与民权，民智乌可得开"，深信病灶绝不在此。

民主的基础是自由，自由主义的要求是人应该靠理性生活，而不是戾气与武力。

没有建立起外部的秩序和共识，滥用自由便会成为常态，官民互不负责，都在扩大个人权利的边界，争各自的"自由"。

比如，当公开招标这一政府采购形式出现前，商人只需搞定部门的一把手，拿单便轻而易举。但当招标产生后，你不弄到评审委员会的专家名单逐一拜访，都不敢去竞标。

腐败的成本增加了，腐败的面积也扩大了，"立法愈峻，索贿愈频"成了一道永远绕不出去的怪圈。

而当人们的耐心消磨殆尽时，便会寻求彻底解决之道，直至革命再次降临。

对袁世凯来说，两难的选择在于：不终结各自为政的乱局，制度建设便无法落实，民主共和就难以兑现；而欲使从上到下令行禁止、运作有序，震住贪官、军阀和潜滋暗长的利益集团，又必须加强中央集权，授人以"独裁"的话柄。

困惑中，他想起了大哥徐世昌。

我不下地狱，谁爱下谁下

有些日子没见徐世昌了，听说他和一帮前清遗老跑去青岛当起了寓公。

传闻说他食君之禄不忘君恩，故拒绝当民国的官。

纯属扯淡。

袁世凯太了解徐世昌了，他带着翰林出身之人的鲜明特征——好名。因此，绝不会公然弃清投袁，给舆论留下口实，至少要走一走"不仕二朝"的过场，迂回一下。

但当袁世凯派人去请时，却只收到徐世昌的一张字条，上书：杀君马者道旁儿。

意即一匹好马跑得很快，路边的看客不停地鼓掌，马不停地加速，结果在不知不觉中累死了。

徐世昌借此提醒袁世凯：中外拥戴只是表象，民国大总统根本就是步死棋。

在转型的千沟万壑中，在这盘前无古人的新棋里，即使再高强的棋手，也只能像日本棋史上的赤星因彻那样下到吐血而亡。

形势比人强。如果非要卷入神也改变不了的形势，那么身败名裂的悲剧完全可以逆料。

徐世昌的看法是，自从西方价值观传入中国，一组无法调和的矛盾便浮出水面：小我与大我。

自由主义者追求小我的权利保障，认为个人的自由是国家存在的前提；而另一方的观点则是"没有大我，何来小我"，个体的存在有赖于群体的稳定。

前者要启蒙，后者要救亡。

即便在和平年代，二者的斗争也如火如荼，遑论那个真的有境外势力的时代？

徐世昌觉得民主政治再过一百年都未必能实现，十年内就更不用奢望。勉强仿行，君权下移，其结果只能是官员分了民主的好处，文人过了民主的嘴瘾，平民仍受专制的剥削。

久而久之，民国给国民的观感反倒不如大清。

1918 年，思想家梁漱溟的父亲梁济在观察了民国 7 年后，失望到连六十大寿都懒得过，在北京积水潭投水自尽。

梁济在前清官职卑末（民政部主事），算不上遗老。他本人思想开明，并不敌视共和。之所以要跳湖，确实是对现实绝望了。

在《伏卵集》中，梁济记载了诸多令人心灰意冷的见闻。比如每逢召开国会，各党工作人员就会到前门火车站竖起招牌，拉扯刚下车的议员去本党招待所，"就像上海妓女在街头拉客"。

议员们前呼后拥，先住甲党的招待所，得到红包后承诺投该党的票；又住乙党的招待所，再得一份红包并答应投该党的票。直到拿完所有好处，最后却投了自己的票……

70年后，在生命的尽头，梁漱溟依然记得父亲死前留给自己的那个沉重一问："这个世界会好吗？"

时任北大哲学系讲师的梁漱溟没察觉出任何异样："我相信世界是一天一天往好里去的。"

梁济："能好就好啊！"

说完便离开了家……

康有为替张勋起草的复辟通电虽说反动，但也从一个侧面反映了民初乱象，道出了不少人的心声：

溯自辛亥武昌兵变，创改共和，纲纪隳坠，老成绝迹，暴民横恣，宵小把持，奖盗魁为伟人，祀死囚为烈士。议会倚乱民为后盾，阁员视私党为护符，以滥借外债为理财……以催折耆旧为开通。或广布谣言，而号为舆论；或密行输款，而托为外交。无非恃卖国为谋国之工，借立法为舞法之具。

最后得出结论：名为民国，而不知有民；称为国民，而不知有国。

佐证还有李宗仁的回忆。他说自己在清末上陆军小学时，但觉朝野上下朝气蓬勃。可等到辛亥革命成功后，却朝气全失，唯见满目漆黑，一片混乱。

其实，之所以酿出这么一个上下交争利的蛮荒世界，盖因错把自私当自由，混淆了个人主义和利己主义，不知前者有权利观念也有责任意识，而后者则只追求利益与享乐。

正因官民都打着追求自由的旗号，各逞其能地扩大自己权利的边界，无视他人的权益，严复方才将穆勒的《论自由》翻译为《群己权界论》，告诉国人找到自由的界限比自由本身更重要。

徐世昌的悲观并非无源之水。

早在两千年前，董仲舒给汉武帝的《举贤良对策》中就分析过，为何会出现"法出而奸生，令下而诈起"的现象。即法令越颁越多，罪案却不减反增；打击犯罪的力度越大，挑战法律的手段也就越高明。

董仲舒认为这是由于风气彻底败坏，人心极度糜烂。欲从根子上解决，必须"正人心"。

问题是，人心已经正了两千年，好像没什么显著的变化。"杨朱之学"（利己主义）还欣喜地找到了自由主义的面具，戴着它登堂入室。

比政府腐败更严重的是社会的溃败。当共识破裂，所有人都对国家的前途不抱希望时，腐败便成了见怪不惊的常态。

马基雅维利认为，人性的软弱使民众难以抵抗腐败的诱惑，从而不愿为共和做牺牲，反倒容易被权力所网罗，为一点小恩小惠就去当专制的帮凶。

平心而论，辛亥革命的胜利确实来得有些突然，根深蒂固的积习和俯拾皆是的腐败，导致共和制度的设计难以开花，不易结果。

在舆论"中华民国已变成中华官国"的讥讽声中，杨度主动求见。

他认为，中国的现状是数百人的专制。县是专制的，省也是专制的，人们在国内行动，不过是从一个专制区到另一个专制区，而权利保障什么的，是打着灯笼也找不到的。

山西的煤、江西的米，中央一概无法调动，还谈什么建设农村，发展教育？

杨度提醒袁世凯注意，作为民主摇篮的古希腊，雅典的法庭民主到连法官都没有。遇有案件，根据大小，从 6000 个公民组成的陪审团（平时抽签选取）里调 5 名以上的陪审员审理。

一切都是随机的，能有效预防贿赂，确保公正。

然而，就是这样一个貌似合理的制度，把不容于世的科学家阿那克萨戈拉（正确解释了月食现象）、哲学家普罗泰戈拉（提出"人是万物的尺度"）以及戏剧家欧里庇得斯等最优秀的人才赶出雅典，还以"不敬神"的罪名判处苏格拉底死刑。

雅典民主最极端的例子莫过于"陶片放逐法"。它规定每年可放逐一名政治家，召开公民大会投票决定。

投票者只要在碎陶片上刻下政治家的名字，无需任何理由，得票超过 6000，此人即遭放逐十年。

一次，指挥过马拉松战役，为抗击波斯入侵立下赫赫战功的名将阿里斯泰德，被公民大会宣布放逐。投票前，一个文盲把陶片递给正好坐在旁边的阿里斯泰德，请他代刻"阿里斯泰德"。

阿里觉得很奇怪："你都不认识他，为何赞成放逐？"

文盲的逻辑是："经常听人歌颂他为'公正者'，很烦，干脆放逐算了。"

最终幻想

杨度向袁世凯挑明：抽刀断水的唯一办法是实行开明专制。

有这种想法的，不只他一个。在梁启超笔下，民初的议会幼稚到让人心碎：

> 法定人数之缺，日所有闻；休会逃席之举，成为故实。幸而开会，则村姬骂邻，顽童闹学。销此半日之光阴，相率鸟兽散而已。

袁世凯面临的问题更具体。"一省六都督（陕西），百日三都督（江西)"的民元乱局刚结束，各省又肆无忌惮地截留税收，断了中央的财源，使得北京连公务员的工资都发不出来，何谈中华民族的伟大复兴？

然而，强烈的个人意志不允许袁世凯后退半步。他一向坚信政治家和文人最大的区别在于前者敢于自污，甘愿为政治理想放弃原则，隐忍求全。

于是，他一边感慨"我这个大总统当的还不如一个总督"，一边打定主意：与其扛着民主的大纛（旗帜）实则官主，不如亲自操刀，制订实实在在的规则，确保国家机器运作稳定。

从管家到当家，深感事非经过不知难的袁世凯心态发生了微妙的变化。他抬望眼，振作精神，目光投向潼关以西那片还挂着龙旗的遗民乐土。

镜头闪回到四个月前。

陕西的光复跟武昌一样，都是新军一觉醒来顿悟了，匆忙成事。

先是西安将军文瑞在听说武昌起义的消息后，当即要求护理陕西巡抚钱能训抓捕新军中的革命党。

钱能训担心急则生变，计划先将新军打散了往边区调，再按图索骥，各个击破。被同盟会陕西分会渗透得最理想的第二标，瞬间站到了历史的交叉路口。

不起义，迟早也是死；起义，有枪无弹。

一帮革命士兵找到在日本参加过同盟会的一营管带张凤翙——这是军中能找到的最高级别的革命党了。

张凤翙正在营房睡觉，突然稀里哗啦涌进一群人，说要拥戴他当首领搞暴动。

"啥时候？"

"奏是今个儿！"

"能行！"

话说当天的确是个造反的好日子。钱能训和军方高层皆在咨议局开会，驻守军装局（保管弹药）的一个连也因周末的缘故，大部分人都跑去逛街了。

革命军以"到灞桥洗马"为名冲到军装局，一声怒吼，几百个赤手空拳的士兵分分钟便占领了此地。

张凤翙就地成立司令部，分派兵力，攻打各处。

巡防营只象征性地抵抗了一阵便溃不成军，钱能训自杀未遂，被革命军礼送出境。

只剩下满城了。

满清入关后在各省省会修筑了满城，驻扎八旗军，以防汉人造反。

此刻，满城尽带黄金甲。

血战一日，革命军通过一段倒塌未补的城墙艰难杀入，引爆火药库，造成极大伤亡。

文瑞指挥旗兵巷战，留下三千具尸体，仍负隅顽抗。

革命军怒不可遏，挨家挨户地屠城，砍死两万多旗人妇孺，震惊宇内。

文瑞投井自杀，剩下的千余旗兵想反攻军装局，悉数被灭。

演完同舟共济的上集，当然少不了同室操戈的下集。

军政府的大会上，与会人员个个觉得自己劳苦功高，吵了半天，竟搞出粮饷、军令和兵马等六个都督。当然，张凤翙是"大都督"。

众人欢天喜地，完全没意识到放走了一个祸根。

两年前因反对立宪而被载沣革去陕甘总督一职的升允听到西安事变，连夜渡河，逃往甘肃。

升允其人，很有特点。慈禧七十大寿时，奕劻曾命各省献金祝寿。大家都慷慨解囊，只有他不肯掏钱，还上奏请求停止这劳民伤财的摊派。

跑到兰州后，升允被陕甘总督长庚奏请起复为陕西巡抚，同提督张行志分南北两路率军东征。

甘肃风气之闭塞，冠绝各省。

在清末国会大请愿的浪潮中，根本看不到甘肃代表的影子。其咨议局正副议长都是翰林出身，却对立宪不感兴趣，倒是武昌事变后热衷于"迎銮"，一面通电反对共和，一面联络北京，欲替皇帝打出一条偏安之路。

革命根基如此之差，对升允来说最大的好处就是不用西顾，放心大胆地跟陕军拼杀起来。一直杀到清帝逊位，长庚挂印而去，甘肃布政使领衔致电袁世凯"承认共和"，仍无收手的迹象。

除夕之夜，醴泉的陕军寻思着甘肃都易帜且宣布停战了，大为放松，喜迎新年。不料正烹羊宰牛，吃酒赌钱，升允的甘军便从城角攀援而上，组团前来拜年。

连南路的张行志都收到消息停火了，占领醴泉的升允还在那厉兵秣马，把远在北京的宗社党感动得热泪盈眶。

一个叫雷恒炎的陕军参谋，估摸着升允可能没收到停战消息。作为醴泉人，他觉得有必要前去通知一下。

革命同志置酒送行，并发炮三响，为雷恒炎壮胆。

结果，次日到了甘军营中，刚准备开读黎元洪的来电，就听升允下令："斩！"

雷恒炎恍然大悟：哪里是消息不通，根本就是秘不宣布，还想打！

他一边被行刑士兵往外推，一边大喊："南北议和，天下一家。陕甘两省，本为兄弟，为何还要厮杀？"

话没说完，嘴已被堵上。接着是割耳、削鼻、挖心三部曲，最后弃尸于枯井之中。

恶斗持续到元宵节，张行志都回家团圆去了，甘军上下也知道宣统已然退位，且袁世凯的援陕部队正在路上。

升允愈发孤立。

陕西军政府派了两个理学名儒过来劝他休战，升允环顾四周，只见残军留废垒，瘦马卧空壕。他一边痛哭流涕一边唾骂袁世凯，道："我已无君可事，惟有一死以报圣恩。"

清廷最后一个疆臣"陕西巡抚"升允撤回甘肃，仍念念不忘迎驾西北，重建朝廷。他致电袁世凯，要求取代张凤翙任陕西都督，以便将来安置两宫。

果断遭拒。

升允只好带着家眷逃亡西宁，辗转经西伯利亚流亡日本，长期从事复辟活动，死后被溥仪赐谥"文忠"。

"中华民国"终于在形式上完成统一。

然而，新的号角才刚刚吹响。

府院之争

即使内阁制将大总统的权力关进了笼子，孙文还是不信任袁世凯。

之所以把镁光灯让给袁，一来是形势所迫，二来无非想利用其威望降服人心，稳定过渡。

因此，孙文坚持内阁总理的人选必须出自同盟会。

袁世凯则提名唐绍仪，双方僵持不下，最后各退半步，让唐绍仪先加入同盟会再就任总理。

其次是敏感的陆军总长一职。南方推黄兴，北方推段祺瑞。

讨价还价的结果是段祺瑞胜出，黄兴任陆军参谋总长，留守南京。同时，南方派的王芝祥（广西副都督）北上当直隶都督。

1912年的愚人节，孙文正式辞职。三日后，临时参议院迁至北京，唐绍仪内阁出炉。

外交总长：陆征祥；

内务总长：赵秉钧；

陆军总长：段祺瑞；

海军总长：刘冠雄；

财政总长：熊希龄；

司法总长：王宠惠；

教育总长：蔡元培；

农林总长：宋教仁；

工商总长：陈其美；

交通总长：施肇基。

虽说南方占了五席，北方只占三席（另有一共和党与一无党派），但分量却不可同日而语（内务部、陆军部和海军部）。

即便如此，袁世凯这个国家元首还是当得很窝囊。因为，一向温文尔雅的唐绍仪突然爆发了。

像被施了蛊惑大法一般，唐绍仪不顾二十多年的交情，事事站在同盟会的立场跟袁世凯对着干，驳其手谕更是家常便饭，以至于他每次到总统府，袁的侍卫都会小声嘀咕说，唐总理今天又来欺负我们总统了。

原本忠诚的老部下好像变成了另一个人，袁世凯开始怀疑同盟会是不是邪教组织，苦劝唐绍仪回头是岸，退党保平安。谁知他毅然决然地表示：宁可辞职，断不能牺牲党籍。

又一次争吵结束后，袁世凯失望道："我老了，少川你来当总统吧！"

唐少川默然不语，镜片上闪过一阵寒光——总理既操大权，挺住意味着一切。

窝了一肚子火的袁世凯迅速着手拆台。

在其遥控下，赵秉钧长期不参加内阁会议，每逢开会都人间蒸发。

陆征祥则把精力投入到派人疏通外交部大院里的下水道这类琐事上，具体的外交工作都扔给蔡廷干，让他直接向袁世凯汇报。

眼看就要玩不转，黄兴要钱的电报又摆到了唐绍仪的案头。

"南京留守"听起来挺慈悲，给同盟会一块自留地。

其实就是收拾烂摊子。

一场革命下来，南京附近啸聚了30万官兵，个个以功臣自居，天天跑官要钱，成为长江以南的安全隐患。

关键是褴褛之中的民国养不起这帮人。无法安置便只能遣散，于是涉及安家费的问题。

"黄留守"估算了一下，发现要想彻底甩掉包袱，至少需250万两白银。

"孙大炮"从来都是朝别人要钱，指望不上，只能给北京打电报。

问题是中央也没钱，只好借外债。六国银行团（英法德美日俄）答应贷笔巨款，帮中国一次性解决捉襟见肘的局面，但条件非常苛刻，甚至要求监督中国财政。

唐绍仪一怒之下不借了。可袁世凯不能坐视政府破产，不然正遂了同盟会的心愿。他指示财长熊希龄继续跟六国银行团磋商。

同盟会见唐绍仪被踢出局，不明就里，纷纷通电指责政府出卖国家主权，强烈反对借款，并连带着把熊希龄也口诛笔伐了一番。

洋人一看动静闹这么大，也不想蹚浑水了，陆续撤离。

袁世凯气得想跳楼，当即以牙还牙。

王芝祥北上出任直隶都督是南北双方早就达成的协议，虽说监视的意味很明显，但为了换取段祺瑞的陆军总长，袁世凯也同意了。

此刻则悍然毁约，命冯国璋为直隶都督，改王芝祥为宣抚使，给了一大笔钱，令其南下协助黄兴裁军。

当初唐绍仪拍着胸脯向同盟会保证落实此事，而现在王芝祥拿着没有总理署名的委任状赴南京上任，赤裸裸地破坏了副署制，只留下颜面扫地、威信全无的自己，这总理还有什么干头？

他跑到天津躲了起来，轰走袁世凯的说客，坚决要求辞职。

唐内阁不出三个月便寿终正寝，宋教仁功不可没。

袁总统说："你发布任命，我不盖印。"唐总理说："你盖印，我不签字。"

苦心孤诣的设计制造了避无可避的对立，中道崩殂自然在意料之中。

紧随其后，同盟会的阁员也联袂辞职，以示与总理共进退。

宋教仁泡在农事试验场（今北京动物园），启动了一项政治实验。

唐绍仪为什么失败？因为摊上了混合内阁。三个北洋老人，一个无党派人士（陆征祥），外加一个共和党（党员多为清末立宪派）的熊希龄，把持了军事、外交和财政，一切唯袁世凯是从，不输才叫没天理。

正式国会选举在即，临时政府为期不久。宋教仁意识到，必须尽快将同盟会改组为现代政党，再推行"政党内阁"。即参议院里占多数席位的党派选出内阁总理，再由总理指定内阁成员，从而上下一心，不被总统分化瓦解，真正实现权在内阁。

如此一来，政治斗争下沉到了各党对参议院席位的竞争，简称党争。而这，正是宋教仁所擅长的。

袁世凯听说后，睡不着觉了。

不搞混合内阁，自己就无法纵横捭阖，总统彻底变成虚位。因此，他针锋相对地发表了一封公告：

> 余不注意党派而专注重人才。其人为余深服者，无论甲党、乙党或并无党，但热心国事余必引为辅助。……余主意在得人才，但问其才与不才，不问其党与不党。

并"苦口婆心"地劝大家风物长宜放眼量，不要拘泥于党派之争，破除成见，同心协力建设民国。

最后还不忘抨击一下《临时约法》里的"总统不负责任"。

他打比方说，国民好比股东，大总统好比董事长，总理好比 CEO。公司的运营发展，固属 CEO 之责任，但若因用人不当，致使商业失败，濒临破产，则董事长不能不负责任，股东也未必肯宽容董事长。

袁世凯的话言之凿凿，掷地有声，在社会上引起强烈反响，一些报纸甚至指责同盟会结党营私，已成为实现中国梦的桎梏。

水流如激箭，人世若浮萍

打下了良好的舆论基础，袁世凯提名由外交总长陆征祥担当第二任总理。

作为职业外交官，陆征祥常年在驻外使馆工作，连老婆都娶的洋妞。后受"庚子五大臣"之首的许景澄赏识，官至驻荷兰公使，于王朝末日前，在袁世凯的授意下电奏隆裕，逼清帝逊位。

虽说陆征祥在外交总长任上引进西方的管理制度，刮起了一阵科学的新风，但让他当总理，资历和人望还是太浅。

之所以有此动议，出于三方面的考虑。首先，"中华民国"还没得到世界各国的正式承认，俄国又在策划分裂外蒙，总理这个位置需要一个外交干才，不然连钱都借不到；其次，陆征祥无党无派，刚从国外回来，人际关系相对简单，容易在临时参议院通过；最后，逼宫一事上，陆征祥帮过自己，是可以争取过来的好同志，必须回报。

果然，陆征祥的上任没有遭遇任何阻力。

但真实原因是，在宋教仁的布置下，同盟会把视线放到了不远的将来。

根据《临时约法》的规定，袁世凯必须在 10 个月内召开国会，临时政府才能变成正式政府，临时大总统才能变成正式大总统。而届时，所有部门都要洗牌重选，谁占领了国会谁就拥有天下。

因此，战略重心已发生转移的同盟会会员先后从政府辞职，跟着宋教仁造党去了。

本以为可以太平几日，却在陆征祥组阁时又碰到了麻烦。

在袁世凯的授意下，六名候选人被提交到临时参议院。其中，提名担任教育总长的孙毓筠（同盟会籍）遭到同盟会的强烈抵制。

当然你会问：都是革命同志，咋大水冲了龙王庙？

因为同盟会一致认为孙毓筠是个叛徒。

其实人是名门之后，孙家鼐的侄孙。

状元出身的孙家鼐当过帝师，做过工部、礼部、吏部尚书，官至内阁大学士，死后谥"文正"，与曾国藩同。作为文官楷模，能拿的成就都拿到了，还活了 80 多岁，死在清朝灭亡的前夕，可谓完美。

进步青年孙毓筠鄙视这样的人生。

他东渡日本，加入同盟会，又回国响应萍浏醴起义，同潜伏在新军第九镇里的革命同志柏文蔚一道谋刺两江总督端方。

结果事泄被捕。

换个人家属铁定准备后事了，但谁叫他叔爷爷是当朝军机大臣呢？

端方立刻给孙家鼐打了封电报确认："孙毓筠是否属于华族（您的家族）？"

孙家鼐不便公然作保，只好暗示道："此子顽劣异常，请严加管束。"

巧妙地默认了。

端方心领神会，派人下狱去教孙毓筠："你在口供里只承认政治革命，莫谈种族革命，如此便能起死回生。"

最后，孙毓筠被判五年监禁，暗地里则在端方的安排下躲到总督衙门的后花园读书。

而另外两个从犯却被判处终生监禁。

由此可见，在官员眼中，意识形态即使逻辑上不能自洽，被时代抛弃，遭世人唾弃，也是个不可多得的法宝，既能清除异己，又可兜售人情，当真是国之利器，百用百灵。

辛亥革命后，孙毓筠获释，任江浙联军副秘书长，旋即出任安徽都督。

可惜等他空降过去，才发现安徽遍地都是都督，根本没人理他，个把志存高远的还准备攻打省城。

孙毓筠只好向南京求救。岂料前门驱虎，后门进狼，招来了柏文蔚。

柏军迅速稳定了安徽的乱局，柏文蔚却跟孙毓筠抢起都督来。

官司打到南京，孙文很为难。又觉得俩人二十年的交情，当无大碍，便将皮球踢了回去。

事实证明，权力面前，友情只是浮云。

当孙毓筠的心腹被柏文蔚砍死时，他只能选择默默地离开，怀着对同盟会的满腔怨恨跑到北京，去临时参议院报到。

袁世凯对这个失意的议员高度重视，把锡拉胡同的旧宅和端方的一个爱妾送给他，致使孙毓筠彻底倒向大总统，并引来种种非议。

象来街，临时参议院。

陆征祥向议员介绍六位总长候选人（其中同盟会籍三人），这是他第一次向临时参议院做报告。

与会人员的评价只有 16 个字：猥琐支离，毫无政见。旁观骇异，全院失望。

陆总理在国外太久，把脑子呆傻了，不懂墙内的会怎么开。

再加上想跟代表们套近乎，故意放低姿态，东拉西扯。一会说在驻外使馆工作时，厨师的薪水都要从他工资里出；一会说自己不吃花酒，不肯借钱，不恭维官场，回国后被各界视为怪人，颇多质疑。但清夜自思，又不失为生平一大乐事……

一场演讲下来，岂止视为怪人，简直就是弱智。

临时参议院当即投票，把陆征祥提出的六个总长全部否决。

对此，民国史家李剑农评价道：

> 此举诚属幼稚，好比小孩得了一铅笔刀，随处乱砍，不管有效无效，有害无害。

的确，之前王芝祥的委任状未经唐总理副署，在议员那儿竟能通过，《临时约法》已成空文。而现在只因陆征祥的发言杂乱无章，就对其组阁全盘否定。政治活动至此，可谓形同儿戏。

新疆。

俄国在边境制造事端，借题发挥，派兵攻打喀什，并绑架中国平民和官员，新疆都督杨增新告急。

章太炎义愤填膺，撰文狂喷：

> 借款不决，……势即瓜分。原其借口，在中国政府之无能力；政府之无能力，在参议院之筑室道谋……用一人必求同意，提一案必起忿争，始以党见忌人，终以攻人利己。……名曰议员，实为奸府。……宜请大总统暂以便宜行事，勿容拘牵《约法》，以待危亡。

袁世凯重新拟定了阁员名单，一面将议员里的领袖人物请到总统府磋磨，一面让人放出风去，说再不通过即以武力解散参议院。

终于，陆内阁艰难开张。

阳寿只有唐内阁的一半。

张振武作死

杀死陆内阁的是黎元洪。

虽说很多集没露脸，但不要以为"黎胖子"领了便当。人经营湖北，图谋大业，选上副总统都不去北京，就是要稳坐老巢，拥兵自重。

武汉的不和谐因素有很多，主要集中在"首义三武"身上。

军务部长孙武主动向黎元洪靠拢，副部长蒋翊武跟同盟会眉来眼去，另一个副部长张振武东奔西走当独行侠，最不可控。

起义前，孙武和蒋翊武分别是革命团体共进会和文学社的老大，派系矛盾由来已久。

两人斗得越凶，黎元洪越高兴，还时不时把火往张振武那边引。

张振武是个炮筒子。

起义时黎元洪扭扭捏捏不肯做都督，拔枪要毙他的是张振武；满城的旗兵反攻军政府时，要拿他脑袋安抚叛军的也是张振武。

而且，张大侠一贯不尊重领导，对黎元洪呼来喝去当阶级敌人看，黎督的任何人事安排都要不阴不阳地讽刺两句，深深地伤害了"黎胖子"的自尊心。

南北议和期间，张振武携款数十万跑到上海去买枪，结果碰到日本奸商，买了一堆废枪。

黎元洪得知后，电催他返回。讵料张振武看到议和濒临破裂，准备去山东投靠蓝天蔚，北伐清廷。

无组织无纪律，此风一开，以后队伍还怎么带？心念及此，黎元洪严令张振武回鄂。

归来后，黎元洪认真查账，细追每笔款项，惹得张振武勃然大怒，冲进都督府指着他鼻子大骂："当初把你拉出来当大都督，现在你富贵了，也清起我们的账来！"

"黎胖子"不吭声，挥笔核销了张振武的发票。

其实，首义后张振武纳妾九人，私生活很不检点，难免有侵吞公款的行为，但数目不大，睁一只眼闭一只眼也就过去了，照黎元洪这样锱铢必较小题大做，不如搞整改运动算了。

整改没搞起来，倒孙运动爆发了。

一帮原共进会的革命士兵，起义成功后不但没分到革命的果实，还被投闲置散，弃如敝屣，一个个别有忧愁暗恨生，把气全撒到孙武头上，高喊着"驱逐民贼"的口号，冲向军务部。

幸亏孙武跑得快，躲到汉口的租界里。乱兵烧杀抢掠，扣押了蔡济民等军务部高官，跟黎元洪叫板。

孙武寒了心，主动辞职。黎元洪趁机把军务部缩编为军务司，两个副部长蒋翊武和张振武均被罢免，只留"顾问"的虚衔。

一场乾坤大挪移打完，军政府上下全成了黎元洪的心腹，兄友弟恭，其乐融融。

蔡济民很识趣地拒绝了军务司司长的任命；蒋翊武一头扎进同盟会的怀抱，不跟武汉这帮人玩了；只有张振武不甘心边缘化，把持着武装力量"将校团"，继续死磕。

为了改组这个团，黎元洪想尽千方百计，却连派个副团长过去都被赶回来，顿时感到不下黑手不行了。

可惜，张振武是公众人物、革命元勋，杀了他既会遭到舆论非议，又容易引起连锁反应，破坏湖北来之不易的稳定局面。

因此，黎元洪将皮球踢给袁世凯，向北京"推荐"张振武出任"东三省边防使"，还给他一镇军队，天天盼着这尊大神能早日离境。

张振武一心想扬名立万，根本不用家长操心，已经开始收拾行装。

袁世凯却不乐意。东三省是战略要冲，怎么可能用一个自己完全不了解的人？他拖了一阵，随即电令三武入京，授予"总统府军事顾问官"的虚衔，以示笼络。

孙武和蒋翊武都默默地接受了，唯独张振武又开始放大炮："我们湖北人只配当顾问官吗？"

他两次上书袁世凯，要求外派戍边，其实是想效法黎元洪，霸占一块地盘。

为了敷衍张振武，袁世凯授其为"蒙古屯垦使"。

但凡懂点事的，拿了俸禄也就算了。可他一根筋，三番五次地申请拨款，要当真的屯垦使。

袁世凯搪塞说政府没钱，张振武大怒，撕了委任状，气呼呼地回武汉去了。

精力旺盛的他又在湖北四处奔走，上下串联，设立了屯垦事务所，一边筹兵，一边找黎督要经费。

黎元洪则一面敷衍，一面发文痛斥武官干政的"十大害"，着手在湖北推行"军民分治"。

张振武针尖对麦芒，在一次公开演讲中煽动道："革命非数次不成，流血非万万人不止！"

一批下岗的起义同志受激，暗中策划"二次革命"，准备武力推翻都督府。幸亏黎元洪提前侦破，一举捣毁该反革命暴乱团伙，砍了十几个带头的，镇压下来。

见武汉派系林立，乌烟瘴气，袁世凯派去了两个湖北籍的参议员了解情况。

连月来，无论袁世凯作何选择，黎元洪都坚定地站在他这边，还经常发些貌似忧国忧民的通电，怒斥南京集团的拖延刁难，赢得了袁的好感。

因此，通过参议员，黎元洪同袁世凯达成了一项秘密协定。

饶汉祥的剧本梨园红的戏

收到大总统的电邀时，张振武喜上眉梢。因为按电报里的说法，他即将走马上任梦寐以求的东三省边防使。

张振武带着三十多个将校团骨干，拿着黎元洪给的四千元路费，趾高气昂地踏上了入京的不归路。

到京后，张振武四处宴飨会友，大讲安边之策，还呈递了《上袁大总统书》，整个一舍我其谁的架势，殊不知两天前袁世凯就收到一封要他命的密电。

电文言辞恳恳，杀气腾腾，罗举了一大堆罪名，说张振武蛊惑军士，勾结土匪，破坏共和，倡谋不轨，狼子野心，愈接愈厉。假政党之名，遂其影射之谋；借报馆之扬，掩其凶顽之迹。

简直就是坏得掉渣，恶得流脓，人神共愤，百鸟悲鸣。

控诉会开完，作者叹了叹气，一副不负如来不负卿的口吻道：

> 元洪爱既不能，忍又不可，回腹荡气，仁智俱穷。伏乞将张振武立予正法，以昭炯戒。

袁世凯召集在京的湖北官员商议，又回复黎元洪，征询电文是否确定。

黎元洪马上确认，并派自己的笔杆子饶汉祥赴京面见袁世凯，告知武汉方面已布置妥当，不会因杀张振武而出事。

1912 年 8 月 15 日夜，张振武一行在六国饭店宴请北方将领。

晚上 10 点，酒酣人散，张振武乘车返回金台宾馆，途径正阳门时遭到预先埋伏的军警袭击，被绑到西单的军政执法处。

该处好比前苏联的"克格勃"、以色列的摩萨德，直属于袁世凯，处长陆建章。

陆处长亲自审讯，先念黎元洪的电文，再读由袁世凯签发、陆征祥副署的手令，直听得毫无思想准备的张振武目瞪口呆。他当场抗议："不能仅凭一纸电文就擅杀无辜，请执法处查明真相再做处置。"

陆建章两手一摊："军人只知服从命令，你准备遗嘱吧。"

事已至此，无可挽回。想起启程时前来送行的黎元洪握着他的手说"抚心自问，对阁下并无一丝相待不好之心"，张振武就像吞了苍蝇一样恶心。

他痛心疾首地提起笔，良久不能成一字，最后仅留书黎元洪："但恨不能死战场，而死于仇雠之手！"

行刑时，张振武身中六枪，留在世上的最后一句话是对开枪者说的："不料共和国竟如此黑暗！"

举国震骇。

按理说张振武跟南京集团关系疏远，又曾与黄兴交恶，同盟会完全没有必要替他出头。

但或出于倒袁，或因为义愤，弹劾瞬间满城风雨。

袁世凯淡定地将黎元洪的电文在报上全文发表，说自己只是出于维护湖北长治久安的好意遵照办理，撇清了干系。

怒火又烧到陆征祥和黎元洪头上。陆总理脸皮薄，不经骂，愤然辞职。黎元洪则让饶汉祥写了一篇珠圆玉润的骈文，通告全国，历数张振武罪状十四条，泣陈自己挥泪斩马谡的无辜与无奈：

元洪数月以来，踌躇再四，爱功忧乱，五内交萦，柔肠九回，忧心百结。宁我负振武，无振武负湖北；宁取负振武罪，无取负天下罪。刲（割）臂疗身，决蹯（脚）卫命，冒刑除患，实所甘心。

夫汉高明武（刘邦、朱元璋），皆以自图帝业，遭际庸儿。越践吴差，皆以误信谗言，戕残善类，藏弓烹狗，有识同悲。至若怀光（唐德宗时的叛将李怀光）就戮，史不论其寡恩；君集被擒（初唐凌烟阁24功臣之一侯君集，因从太子李承乾谋反，事败被诛），书不原其战绩。矧（况且）共和之国，同属编氓，但当为民国莫金瓯（疆土），不当为个人保铁券（皇帝赐给功臣的免死勋章）。

然后声东击西，一会说自己"积劳成疾，咳血盈升。俯仰世间，了无生趣"，一会又装好人，说要"赡其母以使终年，养其子以使成立"。

演戏就要一撸到底，黎元洪来了个富贵险中求，自请辞职。

紧接着，由他策动的署名"湖北全体军民"的电报打到了北京的临时参议院，竭力挽留黎元洪，搞得人一走湖北就要大乱似的。

其实，"黎胖子"完全可以冷处理。国人对政治事件的关注不会超过半个月，时间一到，注意力自然跳转到别的新闻，对真相的挖掘从来浅尝辄止。

这次的"救场新闻"是孙文的北京之行。

他当然不是来替黎元洪解围的，而是专程参加国民党的成立大典。

民初的政党有六百多家，但小党众多，想在国会中争得一张议席，除了合并或被大党招安，别无他法。

宋教仁甄选了四个大党予以收编，将同盟会改组为民国第一大党国民党。

当然你会问：卧榻之侧，袁世凯能容他人安睡？

事实上他一直在忍，想像笼络汪精卫那样，把宋教仁拉到自己这艘大船上来。

为此，袁世凯曾赠宋教仁一沓空白支票，任其填写。宋教仁辞掉农林总长，又派人以退休费的名义送去50万元。甚至当陆征祥下台后，提名宋教仁当内阁总理。

可惜，作为坚定的理想主义者，宋教仁一概拒绝，没有任何商量的余地。

袁世凯倒也不生气。进入民国后，他经常对周围人说的口头禅是"办共和"。地方大员来京请训，也喜欢问"你们那共和办得怎么样"。虽不好听（又不是办洋务），但说到底，共和还是靠人而不是口号办出来的。

为了得人，别说宋教仁这样不给面子的，便是像瞿鸿禨、岑春煊和康有为等多年的政敌，袁世凯也能拉下脸主动示好，邀请其参政议政。

怀柔与妥协弥合了各派间的裂痕，最大限度地团结了不同阶层，却也使得袁世凯愈发固执地认为中国的共和只能靠自己来办。

他在总统府特设了"军事处"，由亲信唐在礼负责，绕开财政，专事收买。接受过该处糖衣炮弹考验的不胜罗举，如黎元洪、王芝祥、孙毓筠、柏文蔚、陈其美……

同唐在礼闲聊时，袁世凯吐露了心声：

> 他们（南方党人）来，我是欢迎不暇的，但要在我们的圈子里。

第五章：中国病人

孙袁会

北京的夏天烈日炎炎，孙文的火车磨蹭到下午五点多才到，把前来接站的总统府秘书长梁士诒、内阁代总理赵秉钧以及各部总长热得汗流浃背。

欢迎仪式备极隆重。鼓乐声中，孙文走下火车，同政府官员简单寒暄了几句，坐上一辆朱漆金轮的马车，在30个骑兵的开道下从正阳门直入外交部街，下榻于袁世凯特意命外交部改建的迎宾楼。

翌日，孙文出席国民党成立大会，高票当选理事长，却坚辞不就，暂由宋教仁代理。

接下来的二十多天，孙文和袁世凯会谈13次，每次都在6个小时以上。这是两大政治巨擘的首次见面，也是二人绝无仅有的一段蜜月期。

袁世凯极为谦恭，夸奖孙文"光明正大，毫无私意，所恨相见之晚"；孙文则对外宣称"维持现状，我不如袁。规划将来，袁不如我。为中国目前计，此十年内，似仍宜袁氏为总统，我专尽力于社会事业。十年后，国民欲我出来服役，尚不为迟。"

由于会晤只有梁士诒在场，具体的谈话细节已无从考证。但可以肯定的是，孙文提出：袁世凯再当十年总统，练兵百万。自己则专任修路，把全国铁路延长至 20 万里。

袁世凯求之不得——只要你不搞政治，别说修路，就是修火箭也全力支持。

他立刻委任孙文为"全国铁路督办"，月薪高达 3 万元，并把当初慈禧回銮时乘坐的豪华专列拨给他，以便巡视四方。背地里却对人开玩笑说，孙文是个"大炮"。

不久，黄兴抵京，袁世凯在总统府摆了晚宴，政府要员悉数到场。

先是袁世凯讲了几句开场白，无非竭诚欢迎、招待简慢等客套话。接着是孙、黄讲话，都未涉及政治，黄兴还夸袁世凯是民国第一流人物。

轮到军事处副处长傅良佐发言时，由于他想出风头却又不善言辞，所言从恭维孙文自然而然地转为恭维袁世凯，继而牵扯到政治，批评了国民党几句，把气氛搞得不伦不类。

袁世凯很不高兴，当场打断道："我们今天欢迎孙先生、黄司令，不要说那些题外的话。"

所幸孙文面无愠色，不以为意。

宴后，黄兴半开玩笑地动员袁世凯加入国民党，后者没有接招，而是推荐赵秉钧加入国民党，为其去掉总理前面那个"代"字扫清了障碍。

离京前，孙、黄联合袁世凯、黎元洪发表了共同纲领，确定了八条大政方针。四大巨头捐弃前嫌，调和歧见，对内以安人心，对外昭告列强，于外交承认和金融贷款都是利好消息。

黄兴顶着"汉粤川铁路总办"的头衔南下，逢人便夸袁世凯忠心谋国，劝新闻界不要再诽谤国家领导人。

孙文更是直言不讳道：

欲治民国，非具新思想与旧手段，而袁总统适足当之。

深感其人可倚的袁世凯投桃报李，特命国有交通银行垫付了孙科（孙文独子）及其妻的留学费用，并下令各地官员对巡视路政的孙文热情接待，聆听教导。

望治心切的国民再次从绝望中寻找希望，自我安慰说改革的春天终于到来了。

而老辣的读者，却从报纸的字里行间揣摩出另一条信息：全面左转的时代，正步步逼近。

很好理解。试问原本互相提防的孙文和袁世凯怎么就一见如故了？靠袁的个人魅力？可惜搞政治不是谈恋爱。

事实是，孙文在关系上跟宋教仁更近，但在政治主张上则同袁世凯一拍即合。

按照他在《革命方略》里的设计，欲成宪法之治，必先经历"军法"和"约法"两个阶段，分别实行"军政"和"训政"，即开明专制。当然，最理想的状态是由他孙文来做这个威权领袖，但种种迹象表明，如果连袁世凯都开不好这艘刚改装过的旧船，自己就更搞不定了。

因此，孙文不得不把希望寄托于袁，谆告国人"袁总统可与为善，绝无不忠民国之意"。

而他不愿当国民党的党魁，亦有此考虑。

其实，共同纲领只字未提议会制度，第六条却明白规定"军事、外交、财政、司法、交通皆取中央集权主义"，已完全说明问题。

站在1912年的丁字路口，面对纷纷攘攘的时局，左转之人，不乏精英。

梁启超曾致信袁世凯，说"今后之中国，非参用开明专制之意，不足以成整齐严肃之治"；云南都督蔡锷也抨击《临时约法》，主张造就强固有力的中央政府；便是国民党的李烈钧，虽不满袁世凯，却同样不愿国会操立法之权。

然而，历史一次又一次用血的教训昭告世人：只要权力失去制约，寄望于它开明便是与虎谋皮。

国民党

往右的道路荆棘密布，只剩形单影只的宋教仁。

为了尽快将同盟会由革命党改组为普通党，宋教仁不得不迁就其他四个党，将男女平权的主张删去，结果激怒了同盟会的首个女会员唐群英。在一次公开大会上，她冲到主席台揪住宋教仁就是一耳光。

多疑不如独决。真正的先驱，从不渴求世人的理解，动摇自己的主张，正如宋教仁至死都未尝怀疑内心所坚持的信仰：一种合理的制度，比个人的力量要伟大一万倍。

为了实现这一政治理想，他不顾甩手掌柜孙文的劝阻，摩顶放踵，奔走呼号，于"中华民国"的正式国会召开之际，在南中国掀起一股势不可挡的"宋教仁旋风"。

武汉。

宋教仁的演讲万人空巷：

世界上的民主国家，政治的权威是集中于国会的。在国会里，占得大多数议席的党，才是有政治权威的党。……我们要停止一切运动，来专注于选举活动。选举的竞争，是公开的，……只要在国会里获得过半数以上的议席，进而在朝，就可组成一党的责任内阁；退而在野，也可严密地监督政府，使其有所忌惮而不敢妄为。那么，我们的主义和政纲，便可以求其贯彻了。

一开始，宋教仁的心态是很平和的，经常教育同志们"如能实现政党内阁，纵使他党出为总理，亦赞助之"。

低调是高调者的权力。能如此释然，盖因国民党独孤求败，胜券在握，除了共和党偶尔发发杂音，基本天下无敌。

不过，前提是那个人不回国。

早在一年前袁世凯复出当内阁总理时，就曾向远在日本的梁启超抛出橄榄枝，电邀其回国出任司法部副大臣。

梁启超没接招，但同袁世凯开始了频繁的电报往来，最后得出一个结论：理财治兵，我不如袁；引导舆论，袁不如我。因此，若双方推心握手，则天下事大有可为。

1912年的冬天，千呼万唤中，梁启超衣锦还乡，成为政坛上的一件大事。在京12天，赴会19次，总统府设宴，各部总长作陪，一时风光无限。

国民党天天派人拉梁启超入伙，让他当理事，但跟同盟会积怨已久的他一直不为所动，还在给女儿的家信中轻蔑道："彼必愤愤，然亦无可奈何。"

人回来是要当党魁的，目标就是共和党。

作为立宪派的大本营，共和党奉黎元洪为理事长，囊括了张謇、伍廷芳和章太炎等社会贤达，但独缺一个像宋教仁那样的精神领袖，缺乏凝聚力。

在袁世凯的暗中支持下，梁启超着手改组共和党，以便同国民党一决雌雄。

最让宋教仁崩溃的是，梁启超居然要剥夺国会的宪法起草权，主张由中央和地方政府以及各大政党推荐人才，在总统府成立专门的委员会来制宪，还美其名曰"仿照美国开国的先例"。

被《临时约法》折磨得想跳楼的袁世凯当然举双手赞同，却把宋教仁气得吐血。

危机感与日俱增的他开始在演讲中猛烈抨击袁世凯：

> 现接到各地报告，我们的选举运动极其顺利。袁世凯见此情
> 形，一定忌惮得很，一定会想方设法陷害我们。我们要警惕，但也
> 不用惧怕。将来他若有撕毁约法背叛民国的行为，便是自掘坟墓自
> 取灭亡，真到了那个地步，我们再起来革命也不迟！

各种犀利之词，以剪报的形式汇集到一起。袁世凯看完后不禁皱眉
道："其口锋何必如此尖刻？"

1913年春，选战正式打响，国民党攻势凌厉，狂踩共和党，大获
全胜，在国会参众两院（其中参议院每省10个名额；众议院则根据各
省人口多寡，每80万人选众议员一名）共计820个席位中夺得近四百
席，组阁已无悬念。

作为第一届国会，距清廷的九年预备立宪提早了五年；同日本明治
维新用了22年才召集国会相比，更是神速。

但无可避免的是：泥沙俱下。

一个叫吴宝璜的农民向媒体爆料，说共和党骨干汤化龙曾派人找过
他，许诺只要投汤的票，当选后即赠送三百银元的酬劳。自己依言而
行，汤化龙也选上了议员，结果之前向他画大饼的那人杳无音讯。

类似的新闻在当时已经司空见惯，但该案被证实是国民党诬陷汤化
龙的苦肉计，目的就是扳倒梁启超的这位政治密友。

按照《临时约法》"国会里的多数党自然组阁"的规定，总理的位
子，宋教仁手到擒来，赵秉钧只能回家卖红薯。

并且，万能的《临时约法》还规定，正式大总统由国会制宪后根据
宪法选举产生。

问题是国会已被国民党占领，真要投票，袁世凯可能也得回家抱孙子。

而宋教仁的举动恰恰坐实了这一可能。

国会召开在望，报纸上却风传一则劲爆内幕：国民党准备排袁举黎，在正式总统的选举中推黎元洪为候选人，将袁世凯淘汰出局。

虽说民初的媒体享受了空前绝后的言论自由，经常耸人听闻，但这一条还真不是空穴来风。

站在宋教仁的立场，无论袁世凯还是孙文，个人意志都太过强烈，让他们当总统，只会实行开明专制，破坏自己"政党内阁"的政治蓝图。

而黎元洪至少看起来比较憨厚，懂得发扬民主，将其调离湖北老巢到北京来当总统，显然有利于内阁制的推行。

被胜利冲昏头脑的宋教仁信心十足，在杭州登山时临风赋诗道："海门潮正涌，我欲挽强弓。"

其人虽已殁，百年有余情

束手待毙向来不是袁世凯的风格，他电召宋教仁进京议事。

3月20日晚10点半，上海火车站。

所有人都以为宋教仁此行多半入阁拜相，故送行者众。除正在日本访问的孙文，黄兴、陈其美、于右任和廖仲恺等国民党政要几乎悉数到场。

列车鸣笛待发。

检票口前，宋教仁同大家一一握手告别。转身正要上车，但闻"砰"的一声，从月台的水泥柱边飞来一颗子弹，正中其右腰。

宋教仁惊呼："我中枪了！"向前踉跄两步，倒在栏杆边的铁椅上。

众人还在错愕，又是两声枪响。循声望去，只见一身形矫健的矮个子正向站外飞奔。这才回过神来，一面高喊抓刺客，一面将宋教仁送到附近的铁路医院抢救。

由于弹头抹毒，伤势沉重，拖至凌晨4点，宋教仁不治身亡，年仅31岁。

临终前，趁神智尚清，宋教仁挣扎着口述了一封给袁世凯的"遗折"：

伏冀大总统开诚心，布公道，竭力保障民权；俾国家得确定不拔之宪法，则虽死之日，犹生之年。临死哀言，尚祈鉴纳。

举国哗然。

袁世凯接连发电慰问，并责成江苏都督程德全限期破案。

悬赏之下，两名学生到巡捕房（租界警局）报案，说一个跟他俩住同一间旅馆名叫武士英的人曾开口借钱，并自诩杀人后即能如数奉还。

警察赶往旅馆，武士英已不知所踪，只发现一张写着"应桂馨"的名片。

在一家妓院，警察逮捕了应桂馨。两天后，杀手武士英落网。

从应桂馨的寓所抄出大量同北京往来的密电，直指内务部秘书洪述祖。

其中两封，坐实了二人买凶杀宋的罪行。

洪述祖："毁宋酬勋位，相度机宜，妥筹办理。"

应桂馨："匪魁已灭，我军无一伤亡，望转呈。"

一个"望转呈"，又把洪述祖的幕后指挥赵秉钧牵扯出来。

洪述祖早年在湖北混社会，卖假地契给洋人，造成外事交涉，被张之洞下令通缉。后经巡警部侍郎赵秉钧求情改为逐出湖北，从此投靠赵，成为其心腹。

洪述祖奉命收买应桂馨，盖因此人黑白两道通吃，还当过孙文的侍卫队长，可以借其革命党的外衣在南方搞间谍活动。

不久，国民党在竞选中独占鳌头，赵秉钧痛感总理的位子还没坐热就要被撵下台，惧恨交加，命应桂馨运作上海的媒体抹黑宋教仁，污蔑其贪污纳贿并有生活作风问题。

当然，赵秉钧不是没有考虑过消灭宋教仁的肉体，他在等待时机。等到宋的演讲把袁世凯都激怒时，洪述祖来到了总统府。

洪述祖："国事艰难，不过二三人反对所致，如能设法剪除，岂不甚好？"

袁世凯："一面捣乱尚不能了，况两面捣乱？"

没有答应。

待宋案发生，袁世凯急召洪述祖，问及宋教仁究系何人所害时，洪说"这还是我们的人，替总统出力"。

袁世凯脸色煞白，面有怒容，洪述祖出府后惴惴不安，旋即告假赴天津养病。

其实，赵秉钧干的这事在博大精深的政治文化中有专门的术语：希旨承颜。

即在领导不便明说的情况下揣摩其意图，然后放手去干。踩准了扶摇直上，踩错了万劫不复。

愿赌服输。

袁世凯何尝不恼恨宋教仁？但直接动刀子代价太大，自己毕竟是国家元首，不是陈其美。

因此，召宋入京，是想通过协商化干戈为玉帛。岂料，担心相位不保的赵秉钧选择了先下手为强。

当然，群情激愤的国民党是不会去做冷静的案情分析的。在宋教仁的追悼会上，黄兴献上了一副对联：

前年杀吴禄贞，去年杀张振武，今年又杀宋教仁；

你说是应桂馨，他说是洪述祖，我说就是袁世凯。

虽说宋教仁"舍袁就黎"的举动使得袁世凯貌似具有充分的作案动机，但无任何证据显示他同宋案有关。

杀吴禄贞是千钧一发下的"斩首行动"，杀张振武更是黎元洪的主意。但杀宋教仁，作为利益攸关方袁世凯根本逃不脱舆论的指责，得不偿失。

并且，国民党既已雄霸国会，杀了宋教仁也于事无补。宋一死，国民党正好师出有名，不管政治倒袁还是武力讨袁，都能得到国民的拥护。

素来客观公正的张一麐有个结论，也许最接近这一版故事的真相：

宋案之始，洪述祖自告奋勇谓能毁之。袁以为毁其名而已，洪即嗾武刺宋以索巨金，遂酿巨祸。袁亦无以自白。小人之不可与谋也，如是。

以上就是电影"宋案疑云"的前半部分。后半部分换个机位，真相便呈现出另一番模样。

宋教仁的罗生门

当武士英和应桂馨从公共租界移交给上海当局后，诡异的事情发生了。

先是武士英吃了一个毒馒头暴毙狱中，再是应桂馨成功越狱，逃之夭夭。而负责看守监狱的沪军六十一团是陈其美的老班底，戒备森严，除了陈本人，几乎没人能搞出一死一逃这么大的手笔。

事实上，应桂馨在狱中潇洒自如，甚至有恃无恐地吸鸦片，安逸得跟自己家似的。

联系到应桂馨是陈其美的青帮兄弟，给陈当过谍报科科长，向北京"投诚"还不到三个月，里面的内幕就引人遐想了。

当然你会说，应桂馨和洪述祖的电报在那摆着，还能有什么隐情？

通读两人的往来电文不难发现，洪述祖关心的是如何诋毁宋教仁，当他听说应桂馨能搞到宋早年在日本的犯罪记录时，立即许以重金。

而刺宋则是应桂馨主动提出的，在洪述祖发"毁宋酬勋"之前。

暂且不论"毁宋"到底是毁灭还是毁谤，就应桂馨对杀宋教仁比洪述祖还热心（若不去宋，恐大局必为扰乱）这一点而言，都值得刚步入社会的大学毕业生学习，那就是把领导的事当成自己的事来办，急领导之所急。

敏锐的人不难猜到，应桂馨的幕后指使可能是陈其美。

草菅人命的魄力不用怀疑，毕竟人前科累累。问题是，动机呢？

首先，作为孙文的脑残粉，陈其美不爽宋教仁很正常。因为宋根本看不起孙，经常在日记中指责其"素日不能开诚布公、坦怀待人，做事近于专制跋扈"，还曾直接对日本友人说："孙逸仙是落后时代的人物，不足以指导革命运动。"

其次，自从唐内阁倒台，陈其美从工商总长变成无业人员后，心理落差一直比较大。于右任在给友人的信中就说，陈其美如今在上海很无聊，成天躲在家里，客人也不多见，攻击他的人还说他整天在娱乐场所厮混，其实哪有这回事。信末，他不免有些慨叹："昔日的沪军都督，如今混成这样，你说可怜不可怜！"

反观宋教仁，年纪轻轻，蒸蒸日上，不日便会出任内阁总理，让一帮老同志情何以堪？

而事实上只要有中国人的地方就有权力斗争，革命阵营内部也不例外。

最后则是无法调和的根本矛盾，即"革命成功后，革命党往哪里去"的问题，由此在国民党内部分化出"孙系"和"宋系"两派。

娜拉出走以后怎么办？这是鲁迅借用易卜生的《玩偶之家》抛给革命者的终极命题。

从来破坏易，建设难。当孙文的洋顾问端纳看过他那张画着密密麻麻的"铁路线"的地图后，在给朋友的信中这样写道：

> 从这张地图可以看出孙文先生狂妄极了，简直是个疯子。他完全不切实际，对自己将要开创的事业缺乏最基本的了解。

的确，根据孙文的描绘，铁路时而翻过崇山峻岭扎进海拔四千多米的西藏，时而又穿越茫茫戈壁来到一望无际的蒙古草原，整个一人挡杀人，佛挡杀佛。

革命家是人群里的酵母菌，只有当国家害了重病时才能如鱼得水，呼风唤雨。而在和平年代，这些人毫无用武之地，大多抑郁而终。

所以，秋瑾走向死亡，徐锡麟走向死亡，林觉民走向死亡——也许冥冥之中都意识到青春背后没有东西了，就此了断。毕竟革命成功后，梦想不再是梦想，必须落实到制度的改革和琐碎的行政事务上，诗意烟消云散。

故由乱而治之日，便是革命家生不如死之时。烈士暮年，老骥伏枥，没权的刀枪入库也就认了，有权的则可能突变为终生革命家，从政治革命到文化革命，从革敌人的命到革自己人的命，不折腾到天下大乱绝不罢手。

作为《临时约法》的起草者，中华民国政治体制的缔造者，宋教仁取代孙中山是大势所趋，也符合同盟会从革命党向执政党转变的历史进程。

但从孙文拒绝出任国民党理事长来看，其内心是抵制这一转变的。

常年策划起义的他坚信枪杆子里出政权，主张同盟会仍为革命组织，今天可以拥袁，明天操家伙便能反袁。

不要以为去修铁路就意味着默认了出局的现实，也可能是曲线救国，等攒够了气槽再爆气，争取一击命中，彻底打倒以宋教仁为首的妄图削弱我党革命意志和战斗力量的走资派。

这就是宋案真相的两个版本，一个送审公映版，一个导演剪辑版，至今聚讼不休。

镜头切到六年前，25 岁的宋教仁潜入东北，成立同盟会东北支部。期间，他四处走访，遍览群籍，写就《间岛问题》一书，成为对日交涉的有力根据，以至于惊动了高层，以五品京衔邀其入外务部供职。

如流星划过夜空，宋教仁以天纵之资给国人带来了唯一一次走向共和的希望。可惜，倏忽的逝去使初具规模的制度设计戛然而止，空留一腔"故国不堪回首月明中"的遗恨。

诚如于右任为宋教仁撰写的铭文"先生之死，天下惜之。先生之行，天下知之。吾又何记？为直笔乎，直笔人戮；为曲笔乎，曲笔天诛。呜呼！九泉之泪，天下之血。老友之笔，贼人之铁。勒之空山，期之良史。铭诸心肝，质诸天地"，宋之死不单单是一党一姓的损失，更是全体国民南柯一梦醒来后的怅然若失……

潘多拉的魔盒业已打开，刚刚启动的民主实践又回到了以武力决胜负的旧轨道。

二次革命

孙文迅速回国，准备武力讨袁。

黄兴以下全部反对，认为司法程序已经启动，当诉诸法律。

孙文怒道："总统指使暗杀，断非法律所能解决。所能解决者只有武力！”

陈其美附议。

国民党此时的地盘只有江西、安徽和广东三省（湖南都督谭延闿虽加入国民党，但奉行自治）。结果，当孙文电令三省都督宣布独立时，李烈钧、柏文蔚和胡汉民均不买账，气得“孙大炮”逢人就说：“若有两师兵力，当亲率问罪！”

大家心知肚明，即使有，孙文也绝非袁世凯的敌手。

不过不打紧，国会已经开幕，宋教仁留下的政治遗产可以帮国民党进行合法斗争。

首战便是“善后大借款”。

所谓善后，即收拾清朝留下的烂摊子——各种外债加赔款，共计1200万英镑。

政府不但没钱，还等米下锅，只好再举新债，结果唐内阁时的首轮融资，即在同盟会一片“丧权辱国”的唾骂声中偃旗息鼓。

可民国百废待兴，总不能宣告政府破产吧？于是，暗地里的谈判从来没有停止过，直至同五国银行团（美国主动退出）达成了总计2500万英镑的“善后大借款”。

由于列强坚持认为，中国仍未实现真正意义上的统一，政府信用等级偏低，故定了个奇高无比的利息，算下来到手的钱只有三分之一。

消息传出，舆论鼎沸，国民党更是一副国亡无日的表情，对袁世凯不经国会批准就擅自签订借款合同，这一悍然践踏《临时约法》的行为捶胸顿足。

孙文给五国银行写信拆台，众议院则命内阁派人过来回答质询。

龙潭虎穴，谁敢去闯？最后还是陆军总长段祺瑞出马。

国民党籍的议员一见到段登时血气上涌。有跳到凳子上大骂赵秉钧的，有拍着桌子高喊打倒袁世凯的，甚至还有朝段祺瑞扔墨盒的。

共和党的议员则默不作声，静观场面失控。

段祺瑞神色自若，岿然不动，等国民党闹够了，才淡淡道："借款一案，请国会追认。"

意即覆水难收，已成定局，请你们批准是给你们面子。

议员们又七嘴八舌地质问起来，段祺瑞始终只有这一句回答。

参议院的情况也一样，稍好些的是袁世凯亲自给议长张继（国民党）写了封信，语重心长道："国家需款孔急，不能再事拖延。"

国民党本部召集两院议员商议，认为合同既已签字，袁世凯势必蛮干到底，国会的否决完全无济于事，还有损《临时约法》的权威。

既然秀才解决不了，就交给兵吧。

孙文同柏文蔚、李烈钧、胡汉民、谭延闿联名通电，反对违法借款。

袁世凯怒了。

中华民国好不容易得到巴西和古巴等寥寥数国的外交承认，孙文又来败坏政府的国际声誉，是可忍孰不可忍？他对梁士诒道："我算是看透了，孙文、黄兴除了捣乱没别的本事，左是捣乱，右是捣乱。他们要敢另立政府，我即刻派兵讨伐。"

作为反击，直隶都督冯国璋、河南都督张镇芳、山东都督周自齐、陕西都督张凤翙以及山西都督阎锡山等，联电指责孙黄"以宋案牵诬政府，以借款冀逞阴谋"。

为了逼南方首先发难，袁世凯以中央政府的名义免去了李烈钧的江西都督，而命黎元洪兼任。

不久，又令胡汉民为西藏宣慰使、柏文蔚为陕甘筹边使，果然激起反弹。

李烈钧率先宣布独立，以江西讨袁军总司令之名发表檄文，号召天下共击之。安徽、广东、湖南和上海等地陆续呼应，声势浩大，颇有重现辛亥年之局面的架势，史称"二次革命"。

其实，由于兼并了其他几个党，比起同盟会来国民党的纯洁性已大打折扣。即便是许多老同志，心态也发生了转变，以革命功臣自居，汲汲于仕途名利。

黄兴虽不在此列，但对贸然举事也很动摇，因为他认同《纽约时报》的说法，清楚所谓的"天下云集响应"只是表象：

> 当前的所谓反抗，与其说是人民对北京政府不满的起义，不如说是失意政客和干禄之徒想自行上台的一种努力。内战不可能持续太久，其结果是袁世凯作为中国的统治者，地位将更加稳固。

黄兴举棋不定，气得陈其美诬赖他收了袁世凯的钱。

两人一理论，陈其美祭出激将法，要他以游说程德全出兵来自证清白。

性情刚烈的黄兴当即赶赴江苏都督府，"扑通"一声给程德全跪下，求他发兵。

程督不紧不慢道："我不是不同意北伐，但出兵要饷要械。总而言之，要钱。"

黄兴给陈其美打电话，答称"明天有两车钞票运到"。结果第二天一查验，全是已经倒闭的信成银行的废钞。

程德全不快道："讨袁我和诸君立场一致，但拿废票采购军需，坑的可是百姓。害民的事，我决不做！"

看似浩然正气，实则明哲保身。

南方议论未定，北军兵已南下，相继攻克安徽和江西，气得柏文蔚痛骂黄兴，"一将无能，千军受累"。

不久，张勋带着还乡团杀回南京，虚张声势的二次革命不到两个月便全线溃败，孙、黄再次流亡日本。

长江以南被袁世凯全盘接收，各省都督均换上了自己人（湖南汤芗铭、安徽倪嗣冲、江苏冯国璋、广东龙济光），中央政府的威望臻于极点。

列强相继表态：只要袁世凯当选正式大总统，即给予"中华民国"外交承认。

黑化

根据《临时约法》的规定，制宪在先，然后才由国会根据宪法来选总统。

制宪是个漫长的过程，而袁世凯想赶在本年的双十节（10月10日）就任正式大总统。于是，在他授意下，黎元洪联合19省都督发表通电，建议先选总统再定宪法。

虽说二次革命的惨败让国民党一蹶不振，但毕竟还占据着国会里的多数席位，不可等闲视之。

因此，袁世凯一面命梁启超以共和党为基础，兼并数党后扩大为进步党，一面对国民党恩威并施，分化瓦解。

利诱之下，士气低迷的国民党议员有的改投进步党，有的坐等袁世凯来买他们的选票。一时间，报纸上满载国民党人的退党声明，进步党趁势拿下了参众两院的议长之席。

袁世凯宜将剩勇追穷寇，对"孙黄乱党"发出通缉令，罪名除煽动叛乱外还有贪赃枉法，说查账后发现孙文一里铁路都没修，却挥霍挪用了大笔公款。

刚在日本落脚的孙文听说后痛定思痛，认为所有的噩梦都是从同盟会被改组为国民党开始的。混进来的四个党目无尊长，良莠不齐，污染了组织，破坏了纪律，必须加以改造。

他以不容置喙的口吻告诫全党同志："革命党不能群龙无首，必须对唯一的领袖绝对服从。"

紧接着，将党员分为首义、协助和普通三级，新人入党时必须按手印发誓，声明"服从孙先生，再举革命"。

对孙文大搞个人崇拜，甚至让党员"盲从于我"这样的话都说了出来，黄兴、汪精卫、李烈钧、柏文蔚、蔡元培和吴稚晖等元老纷纷大摇其头，敬而远之，只剩陈其美、戴季陶和居正，几个屈指可数的狂热信徒不离不弃。

"孙大炮"计划中的"三次革命"从此遥遥无期。

北京。

辞去了总理之职的赵秉钧调任直隶都督。

对一般疆吏而言，直督意味着荣誉和信任，但以总理之尊改迁于此，只能是失势的标志。

毁宋一事，自作主张的赵秉钧已经深深地伤害了袁世凯。现在嫌疑洗不清，自己担着就是了，可他又派时任顺天府尹的心腹王治馨，去参加国民党本部在北京召开的宋教仁追悼大会，当着一千多人的面理直气壮道："现在有人要杀宋先生，但决不是赵总理！赵总理不能对此事负责，此责自有人负！"

王治馨含沙射影的对象可能是陈其美，因为当时对陈的质疑一度甚嚣尘上，梁启超在给女儿的家信中甚至直言："真主使者，陈其美也。"

但也有可能指袁世凯，至少国民党是这么理解的。

作为北京市市长，王治馨的话极具杀伤力，且捕风捉影的事，袁世凯又不好站出来辩解，非常恼火。

不久，王治馨贪污案发，袁世凯公报私仇，重判其死刑。

赵秉钧自知闯祸，赶紧递了辞呈，袁世凯和国会都爽快地批了，而命陆军总长段祺瑞暂代总理一职。

相位不宜久悬，七零八碎的内阁也到了重组的关头。

国民党大势已去，进步党锐不可当。以熊希龄为总理（兼财政总长），外交总长孙宝琦、内务总长朱启钤、交通总长周自齐、司法总长梁启超、农商总长张謇的"一流人才内阁"华丽亮相。

这帮学者型官员全是社会名流，无可指摘，但袁世凯更看重的是他们进步党党员的身份。

很快，国会拟定了宪法中的一章——《总统选举法》，以便先选总统。

三天后，参众两院759名议员走入会场，举行总统大选。

最高领导人的任命，在这片土地上终于实现了竞选而不是竞猜。

根据游戏设定，无记名投票共分三轮。

想第一轮就搞定对手，得票必须超过总数的四分之三（即570票），否则进入下一轮；第二轮的胜利条件同第一轮一样。若仍决不出胜负，则得票最多的两人进入终极PK；在扣人心弦无比刺激的终极PK环节，谁的得票数超过总数的一半，即为赢家。

袁世凯一合计，发现问题很严峻。

投票人里有350多位国民党议员，只要其中超过200人不投自己的票，前两轮就无法胜出。而等挨到第三轮，不仅面子上过不去，危险系数还很大。

没办法，只好要流氓了。

投票当天，会场外出现了一个莫名其妙的新生事物——公民团。三千多名团员自称热心市民，专程前来维护竞选秩序，把大楼围得水泄不通。

在这批社会闲杂（部分是军警便衣）的监督下，会场的确井然有序，因为外面的进不去里面的出不来……

偶有议员想出去买根油条打个豆浆啥的，刚跨过大门即遭呵斥，逼令退回。

到了中午，主持人汤化龙宣布休会。进步党本部送来两担点心，被公民团拦下，经反复解释，说是给拥护袁总统的议员用的，方准进入。

国民党本部送来的午餐则始终不予放行，气得国民党议员冲外面破口大骂，公民团则恶狠狠地回敬："饿死你们也是活该！"

为了早点慰劳自己的肚子，议员们抓紧时间投了两轮，袁世凯位居第一，黎元洪紧随其后，孙文和伍廷芳垫底，都没超过总票数的四分之三。

时已薄暮，二选一的巅峰对决拉开帷幕。

国民党议员交头接耳，"投黎元洪，投黎元洪"的叮嘱声击鼓传花般蔓延开来。

然而，更多的人选择向现实低头，因为袁总统明码标价：一张选票，大洋八千。当有人质问某出卖选票的国民党议员时，对方自我解嘲道："横竖袁世凯都要当选，拿这笔钱作亡命费也好。"

终于，汤化龙宣布袁世凯得票过半，当选中华民国第一届大总统。

掌声稀稀拉拉，有气无力，盖因国民党不愿鼓掌，进步党精疲力尽也懒得鼓。

公民团领了赏钱，一哄而散。

次日选举副总统，黎元洪毫无争议，高票当选。

共和的尝试与反动

1913 年 10 月 10 日，巴拿马运河开通的当天，袁世凯宣誓就任正式大总统。

典礼既不在国会也不在总统府，而被刻意安排到紫禁城的太和殿举行，用意不言自明。

是日，北京天降大雨，数千来宾齐聚太和殿广场，静候袁世凯莅临。

上午十点，三百多名头戴金线军盔，身穿蓝色制服的卫兵列队进入广场，在来宾席前分东西两侧立定。

随后，四顶四人抬的肩舆出现，载着此次大典的仪从梁士诒、唐在礼、荫昌和夏寿田（总统府秘书）。

终于，身着海蓝色大元帅服的袁世凯乘坐八抬大轿来到广场。下轿后，由梁士诒等拥护前行，登上主席台就座。

仪式在礼官的主持下按部就班地进行。轮到总统宣读誓词时，离主席台很近的国民党议员韩玉辰惊讶地发现，袁世凯的态度极不严肃，一句"余誓以至诚执行大总统之职务，谨誓"中，"执行大总统之职务"八个字念得铿锵嘹亮，余者则声如细蚊，几不可辨。

他已不是辛亥革命前的袁世凯了。两年来，才五十开外的他迅速变得老态龙钟。曾经神采飞扬精力充沛的男人，此刻看起来就像一个行将就木的病人。

他累了，也厌倦了在野者通电声讨、宣布独立，执政者大张挞伐、剪灭异己的游戏。

对妥协这一议会政治的精髓，他并非没有尝试。为了调和党见，还发表过一通声嘶力竭的呼吁：

> 我国政党方在萌芽，其发起之领袖，亦皆一时人杰，抱高尚之理想，本无丝毫利己之心，政见容有参差，心地类皆纯洁。惟党徒既盛，统系或歧，两党相持，言论不无激烈，深恐迁流所极，因个人之利害忘国事之艰难。方今民国初兴，先期巩固，倘有动摇，则国之不存党将焉附。无论何种政党，均宜蠲除成见，专趋于国利民福之一途。若乃怀挟阴私激成意气，习非胜是短流长，荍法令若升毫（指无用之物），以国家为孤注，将使灭亡之祸于共和时代发生挨诸缔造之初心，其将何以自解。

然而，效率的低下，动机的不纯，使得空谷足音变成了自言自语。感觉就要被泥潭吞噬的袁世凯产生了与同时代的德国思想家斯宾格勒一致的想法———一种力量只能被另一种力量打败，而非为一种原则所推翻。

从权力斗争到兵戎相见，共和制度旋踵而亡。摆在袁世凯眼前的，是泾渭分明的两条路。

重拾集权，国事短期内可见成效，风险低，代价小。但长远来看，躲得过初一躲不过十五，耽搁了民主政治的推行，终究误国误民；选择扩大民主，则不得不面对政局的长期混乱。好处是提前试错，造福子孙，赢得生前身后名。

可惜，悲剧恰恰在于，正因为"乱"，反倒激起了他"治"的冲动和野心。他认为，中华民国的当务之急不是自由和民主，而是生存和秩序。

两年里，袁世凯降低税收，鼓励创业，制定银行和证券交易法，签发《保护华侨投资实业之通令》，激活了民营资本，点燃了经商热情。

无锡荣氏兄弟的面粉帝国狂飙突进，荣宗敬在上海放出风声："只要有人愿意把厂子卖出来，我就敢买。"

随着一战的爆发，茂新面粉厂的拳头产品"兵船面粉"远销南洋和欧洲。

毕业于美国宾夕法尼亚大学的陈光甫回国已经四年。他即将创办上海商业储蓄银行，破天荒地推出"1元账户"——只要有1元钱，就可以在他的银行开户。

他曾问员工："我们该怎么服务于顾客？"员工答："不论顾客办理业务的数额是1000元还是100元，都要热情接待。"陈光甫道："你们只答对了一半。他就是一分钱不办，也要热情接待。"

刚届而立之年的范旭东则站在天津塘沽的海滩边，望着冰雪般无边无际的盐坨，激动地对同伴说："一个化学家，看到这样丰富的资源，如果还没有雄心，未免太没志气了。"

即使有一个当过赵秉钧内阁教育总长的哥哥（范源濂），范旭东也没有选择走捷径，而是学以致用地创办久大盐厂，打响了精盐品牌"海王星"，结束了国人只能吃氯化钠含量不足 50% 的粗盐的历史。

始于民初，一直持续到北伐战争前的这轮"下海热"，被史家称为"第二次工业化浪潮"。

与上一轮由政府和附庸其上的官商主导，优先发展重工业的洋务运动所不同的是，这一轮是民营资本崛起的盛宴，投资大多集中于民生领域，提供消费类商品，主角则是以盈利为动力的新兴企业家。

而推动这一转变的，正是不断出台经济法规，完善市场机制的袁世凯。

其实长期以来，袁世凯对法律的重视程度都被严重低估。在就任正式大总统的宣言书中，他透露了自己对共和的理解：

> 共和政体者，采大众意思，制定完全法律，而大众严守之。若法律外之自由，则共耻之！此种守法习惯必积久养成，如起居之有时，饮食之有节，而后为法治国。

为此，他主持修律，废除了大清刑律中残忍的酷刑；又颁布《文官考试法》，设定的科目对考生的法学和经济学基础提出了极高的要求。

然而，就是这样一个可以公开宣称司法独立的人，正义无反顾地往人治的道路上迈进。

当治国变成一种神圣的使命，当对秩序与稳定的渴望和对分裂与灭亡的恐惧缠绕在一起时，坚信中国可以按照自己的意志走出一条新路的袁世凯舍弃了依法治国，选择了以法治国。

差之毫厘，谬以千里。

把角色演成自己，把自己演到失忆

大位既正，受够了国民党气的袁世凯开始磨刀霍霍。

他向亲信吐槽道："两年来，我非驴非马，忍人所不能忍，受人所不堪受，衰朽如此，更何希望？惟欲救国救民，保全大局，不使我同胞子孙作他人之牛马奴隶耳。"

问题是想让解散国民党从程序上看起来更合法，则必须有熊总理的副署。

但这种明摆着开历史倒车的事，文人秉性的熊希龄未必肯干。

不打紧，袁世凯手头捏着他的把柄。

当初唐绍仪内阁散伙时，财政总长熊希龄也因借款失败自请辞职，被袁世凯委以热河都统（热河省的都督）。

熊都统性本爱丘山，一到任便被承德避暑山庄的美景吸引，故不住衙门，径自搬入山庄办公。

时间一长，他的心思开始活络起来，派人清点山庄里的宝物，还慷公家之慨，把一面乾隆用过的折扇送给驻防热河的北洋老将姜桂题。

由于馈赠过于贵重，姜桂题不敢隐瞒，立刻密报，文物上缴。

袁世凯特意等到熊希龄入京组阁，方才派人赴热河明察暗访，搜集材料，汇编成册。而拿到黑材料后，又故意引而不发，一直捂到需要将熊希龄一军时。

这天上午，袁世凯约熊希龄到总统府议事。熊方到，即有外国公使前来谒见。

时间这么巧，显系事前安排。

袁世凯依礼先见外宾，嘱熊暂入办公室稍候。

室内空无一人，熊希龄四下打量，目光停留在袁的办公桌上。那里摆着一沓卷宗，上书"查报避暑山庄盗宝案"九个大字。

熊希龄凑过去略加窥看，登时脸色苍白，如临大敌。

外使走后，袁世凯唤熊出来谈话。他以极为关心的口吻道："秉三，你昨晚是因公事忙没睡好觉吧？怎么脸色这么不好看？"

熊希龄敷衍了两句，额上渗出汗来。

袁世凯疾言厉色道："国事难以推进，都因国民党故意刁难，实在令人痛心。不将其解散，取消国民党籍的议员资格，则内阁事事受掣肘，总统也无法履行职责。秉三，你怎么看？"

威慑之下，熊希龄六神无主，最终俯首签字

翌日，从本部到支部，全国所有的国民党机关皆被勒令解散，438名议员被吊销资格。

议员少了一半，国会几近瘫痪，梁启超猛然醒悟。

进步党给自己的定位是"政治对抗力"，其宣言书则是梁启超个人政见的完整体现：

> 与官僚（北洋系）和乱暴势力（国民党）对抗，并造就两大政党对峙之象。

一开始，国民党来势汹汹，袁世凯独木难支，同"乱暴势力"吵了十年的梁启超，自然选择联合后者。

但当天平完全失衡时，他和进步党议员才意识到底线已被突破。

唇亡齿寒的梁启超跑到总统府，力陈解散国民党之不当。袁世凯耐心听着，笑而不语，最后只淡淡道："晚了，命令已经发出去了！"

内阁会议上，愤懑不已的梁启超再提此事，主张阁员全体辞职，以示抗议。

众人面面相觑，主席位上的熊希龄也毫无表情，最终不了了之。

一切都验证了著名报人邵飘萍一年前的预测：

纵使将来国会议员人人比肩于卢梭而驾孟德斯鸠，一入袁氏之武力世界，皆成无数木偶。

可即使是木偶，袁世凯也弃之如敝屣。

因为木偶们还掌握着制宪权，起草了《天坛宪法》，一如既往地坚持《临时约法》规定的内阁制。

袁世凯则当够了有名无实的"盖章总统"，调集程树德等法律专家逐条研究，要求增加总统权限。

国会置若罔闻。

但很快，随着国民党议员集体被炒，两院不到法定的开会人数，基本名存实亡。

袁世凯再接再厉，对非国民党籍的议员也许以重贿，告诉他们只要公开申明辞职，即在政府委以官职。

终于，他连这具只剩躯壳的国会也不想要了，玩起"俯顺舆情"的老把戏，在以冯国璋为首的北洋都督的"劝谏"下，冒天下之大不韪，公然解散国会。剩下的议员，每人发四百元路费，饬令回籍。

对此，接见美国驻华公使芮恩施时，袁世凯解释道："中华民国是一个非常幼小的婴儿，必须加以看护，不叫他吃不易消化的食物，或服那些西医所开的烈性药物。"

共和医治无效，宣告死亡。

袁世凯的英文秘书顾维钧回想起一年多以前的一场对话，唏嘘不已。当时，袁世凯问顾博士，说中国怎样才能成为一个共和国？像中国这样的情况，实现共和意味着什么？共和的含义是什么？

顾维钧说，共和这个词的意思是公众的国家或民有的国家。但袁世凯认为，中国的老百姓怎能明白这些道理，当中国女仆打扫屋子时，把脏物和脏土扫成堆倒在大街上，她所关心的是保持屋子的清洁，大街上脏不脏她不管。

顾维钧说那是自然的，那是由于她们无知。但是，即便人民缺乏教育，他们也一定爱好自由，只是他们不知道如何去获得自由，那就应由政府制订法律、制度来推动民主制度的发展。

袁世凯又问，那会需要多长时间，不会要几个世纪吗？

顾维钧说时间是需要的，不过应该用不了那么久。

谁能料到，当1914年的爆竹声响起时，袁世凯头也不回地沿着专制之路绝尘而去。

官讳经

国不能一日无宪，否则便是无照经营。当然，有照也不一定是真的。

袁世凯可以踢走国会，却不能不制宪。他的方案是由各省、内阁和总统府荐人，组成政治会议，制定宪法。

正好前进步党国会议员汪荣宝赴任比利时公使，辞行时劝袁世凯道："请勿行总统制，以免遇事总统首当其冲。"

袁世凯摆了摆手，道："不然！以往一直实行的内阁制，而只闻有讨袁，不闻有讨陆（征祥）讨段（祺瑞）！"

熊希龄见国事不可为，和梁启超双双去职。时人送上对联一副，讽刺道：

> 名流内阁，名誉扫地；大政方针，大事糊涂。

少了最后一道障碍，旨在加强中央集权的《中华民国约法》出台，史称"袁记约法"。

在颁布通告中，袁世凯一泄积郁道：

> 历稽史乘，断未有政权能一，而其国不治。亦未有政权不一，而其国不乱且亡者！方令共和成立，国体变更，虽易帝国为民国，……然一般人民心理，仍责望于政府者独重，而责望于议会者尚轻。使为国之元首而无权，……则政权无由集中，群情因之涣散，恐为大乱所由生。

> 夫国家处开创之时，当多难之际，与其以挽救之责，委之于人民，委之于议会，其收效缓而难，不如得一强有力之政府以挽回之，其收效速而易，所谓易则易知，简则易从也。

在此思想的指导下，袁记约法将总统任期延长至10年，且能连选连任。

如果袁世凯愿意，完全可以当终身总统，因为三名继任总统的候选人要由现任指定。

于是，国人悲哀地看到，刚被历史的车轮碾过，爬起来后发现历史竟在倒车。

很快，黎元洪的山大王也做不下去了，被突然造访的段祺瑞软硬兼施地"请"到北京，当起关在笼子里的副总统来，湖北都督代之以人称"干殿下"的段芝贵。

同当初授孙文全国铁路督办一样，袁世凯每月给黎元洪发三万元工资，还让九子袁克久娶了黎的女儿，一天到晚亲家长亲家短叫得无比亲热……

中央政府的架构做了重大调整，各部总长直接对总统负责，内阁改为负责上传下达的政事堂，下辖法制局、机要局等六个次要部门，首长叫国务卿。

两年前，袁世凯想邀徐世昌出山，后者没有答应。他也不强留，只道："等我将这帮昏小子（同盟会）撵了，再来迎请大哥！"

时人以为徐世昌躲起来当寓公是因为不忘清室，不做贰臣，连他弟弟徐世光也这么看。

实则大谬。

很多政客为官只知"思进"，为了百尺竿头更进一步，可以把黑的唱成红的，红的打成黑的，不择手段，生死以之。

而徐世昌的老辣，在于懂得"思退"。

阳极生阴，盛极必衰。世间之事，无不在做简谐运动。

徐世昌不愿复出，盖因深感民国无法治——既缺乏法治，又无药可治。

他甚至觉得袁老弟应该像孙文那样远离是非之地，把中国这个烂摊子扔给别人，隔岸观火，浑水摸鱼。

当然，以袁的心气和抱负，明显不可能。

在孙宝琦和段祺瑞的轮番游说下，徐世昌打算再帮慰庭一把，接受了国务卿的任命，并自书"后乐堂"的匾额挂于衙门正厅，标榜自己并非来做官，而是来为人民服务的。

与政事堂平级的是参政院，院长由黎副总统兼任，下设杨度、严复等 70 名参政。

参政院就是缩水版的国会，有立法权，但参政皆由总统提名选派，比前清的资政院还不如。

除此之外还有大理院（审理民众的最高法）、平政院（审理官员的最高法）以及肃政厅（最高人民检察院）。

抛开制度，一切都在朝好的方向发展。

经济上，在梁士诒的推动下，民国铸造了统一的银币"袁大头"。由于制作工艺好，含银量高，截至 1949 年，仍是广受欢迎的硬通货。甚至到 1978 年前后，东南沿海的渔民仍用"袁大头"，跟境外走私集团交换紧俏的手表、牛仔裤和收音机。

军事上，发源于河南，持续一年遍及五省的"白朗起义"终于被扑灭。放眼神州，再无硝烟。

不过，安内好办，攘外却不易。

1912年6月，流亡多年的13世达赖在英军的护送下回藏重掌政权。

他驱逐汉官，大搞清洗，并派僧军扰乱川边，引起四川都督尹昌衡的反击，一时间边衅大开，烽烟四起。

三岁小孩都知道，幕后指使是英国。因此一年后，谈判在坐落于喜马拉雅山山梁上的英式小镇西姆拉城启动。

英国的梦想是策动西藏独立，再并入自己的殖民地印度。

但因列强干预，操作起来比较困难，故不得不采取逐步蚕食的方案。

在西姆拉会议上，英方代表麦克马洪提出，以喜马拉雅山的分水岭为中印边界线。这意味着南麓逾9万平方公里的中国疆土将划入印度版图，面积相当于三个台湾岛。

袁世凯当然坚决反对。

正好一战爆发，英国无暇东顾，谈判无果而终，但"麦克马洪线"从此成为历史遗留问题。

黑暗舞者

见英国这么上进，俄国急了。

恰巧时局给了它一个不要脸的机会——外蒙古的库伦（今蒙古国首都乌兰巴托）活佛趁清廷气数已尽，效法达赖，宣布脱离中国，托庇于沙俄。

作为外蒙古的政教领袖，库伦活佛有自己的名号：哲布尊丹巴。且同达赖一样，在理藩院的主持下以金瓶掣签的方式寻找转世灵童，代代相传。

即使在蒙古族内部，哲布尊丹巴八世的叛变也是不得民心的。

有清一代，蒙古和满族一样享有各种统治特权，可以封王、封公，像僧格林沁便受封亲王。而汉族功臣，即便如曾国藩、李鸿章，最高也只能封侯。

因此，蒙古的上流社会早就不在边远苦寒的库伦混了，他们已经融入京城纸醉金迷、宝马雕车的生活。

回库伦搞独立？除非脑子进水了。

便是那些住蒙古包的贫苦牧民，也很想对哲布尊丹巴竖中指，因为脱离中国将对他们赖以生存的皮毛贸易造成毁灭性的打击。

可惜，清廷正面临灭顶之灾，无力顾及外蒙古，只好劝告哲布尊丹巴不要"轻举妄动，为人所愚"，并派蒙古郡王前往"宣慰"。

哲布尊丹巴根本不理，悍然宣布建立"大蒙古国"，自立为帝，并与沙俄签订协约，成为其保护国。

等袁世凯接过清政府的烂摊子后，俄国又武力兼并了阿尔泰和唐努乌梁海等边区，趁火打劫，不可一世。

立足未稳的袁世凯除了沿袭晚清的老办法，开展忍辱负重的外交谈判，别无他途。

本着"经济权益可以谈，主权问题不松口"的原则，经过艰苦卓绝的拉锯，《中俄蒙协约》签订，规定：俄国承认外蒙古是中国领土的一部分，中国是外蒙古的宗主国，哲布尊丹巴取消皇帝称号；中国则必须承认外蒙古的"自治"，以及俄国在这一地区的各项特权。

在国力衰微的情况下，争取到这样的结果，也算智尽能索了。

可惜，一波还未平息，一波又来侵袭。

1914 年 7 月，第一次世界大战爆发，欧洲列强全部卷入战争，黑龙会创始人、孙文的老朋友内田良平认为，机不可失，向日本首相大隈重信呈交了一份意见书。

之所以叫黑龙会，皆因该境外势力长期在黑龙江一带活动，刺探情报，绘制地图，收买汉奸，大搞分裂。

由于屡建奇功，黑龙会作为一个民间组织，对官方的政策具有莫大的影响。

内田良平建议，大隈重信趁列强欧战缠身顾不上亚洲，赶紧胁迫中国，狠捞一把，操作好了，多个保护国也未为可知。更损的是，内田主张帮反袁势力回国闹事，尤其是十年前就在他家组织革命同志开会的孙文。

日本驻华公使日置益也打了一个比方："目前世界危机势将迫使我国政府采取影响深远的行动。当珠宝店着火时，要住在珠宝店附近的人不去拿几个珠宝，是办不到的。"

大隈重信考虑的则是国际形势。

列强已分成两大阵营，以英法俄为主的协约国和以德奥（奥匈帝国）为首的同盟国。

日本欲对中国下手，必然侵犯这些国家的在华利益。因此，明智的做法是加入一方，打击另一方，免得树敌过多。

横向比较，日英有盟约，日俄有密约，虽说都是朝秦暮楚的利益结合，但暂时还不能撕破脸。

权衡再三，日本宣布加入协约国。紧接着，迫不及待地对德宣战，给日军登陆山东找到一个借口（山东半岛为德国的势力范围）。

接到山东都督的报告后，袁世凯在总统府召开了紧急会议，各部总长全部到场，外交部顾问伍朝枢（伍廷芳之子）和顾维钧也列席参加。

袁世凯的开场很简短，说邀请两位顾问是因为他们在三个不同的国家留过学，精通国际法，想先听听专业的意见。言毕，望向顾维钧。

这个被誉为"民国第一外交家"，时年仅27岁的才子道："我国已宣布对欧战保持中立，交战国应尊重这一立场。日本登陆是违反国际法的行为，中国有义务保卫国土，抵御侵略，以维护其中立的立场。"

伍朝枢的看法也一样："默许日本的行动，是没有尽到中立的义务，等于自动放弃了国际法保障的中立国的权利。"

袁世凯转问段祺瑞："中国军队能采取哪些行动？"

段祺瑞："如总统下令，部队可阻止日军深入山东腹地。但武器、弹药不足，作战将十分困难。"

袁世凯直截了当地问他，抵抗能维持多久，段祺瑞回答说，48小时。

袁世凯："48小时以外怎么办？"

段祺瑞："听候总统指示。"

会场沉默了。

半晌，袁世凯又问外交总长孙宝琦。孙支支吾吾，说没有成熟的意见。

很快，两万日军攻打青岛，德国猝不及防，只做了象征性的抵抗，便弃租界而去。

中方做了极大忍让，甚至专门划出一片区域给德日交战，但拿下了青岛的日军，得陇望蜀，一路向西，借口胶济铁路（青岛至济南）为中德合资，将其全线占领。

北京立刻诉诸英美，顾维钧奔波往返于两国使馆，终于拦下了侵略者的步伐。

然而，1915年1月18日，驻华公使日置益在面谒袁世凯时，毫无征兆地代表日本政府呈交了五款共计二十一条明火执仗的要求，并威胁说，如果泄露出去，后果自负。

袁世凯看了一眼公文，淡淡道："请贵公使去找外交部谈。"

五款里，第一款是接收德国在山东的特权，第二款关于在满蒙开矿修路，第三款涉及觊觎已久的汉冶萍公司，第四款只一条：中国承认所有沿海港湾和岛屿概不出让或借与他国。

最无耻的是第五款，要求聘请日人担任政府和军队顾问，合办各地警察局，霸占江西、浙江、福建、广州的筑路权，刷新了不要脸的世界纪录。

若答应"二十一条"，中国就是下一个朝鲜；若不答应，一战正酣，日本要真的海陆并进，列强即使想管也分身乏术。

"二十一条"内幕

袁世凯清楚，同缠斗半生的日本到了该做了断的时刻。

他唤来总统府秘书曾彝进。

一直以来，曾彝进担负着一项秘密的工作——收买日本浪人。

浪人每月能从曾彝进那领到高达 500 元的薪酬，而当曾秘书想从浪人那儿获取日本使馆的内部情况时，发现这帮日奸的能力极为有限。

于是，他向袁世凯提出解除此项任务。

袁世凯摆了摆手，道："我想知道的，不单单是使馆内部的情形，还有日本商民的动静。比如近期是来的日人多，还是回国的多？为什么来，为什么走？走时是否尽卖家财，有一去不复返之势？"

汇总各种渠道打探到的信息，袁世凯终于掌握了重要情报："二十一条"是大隈内阁闭门造车鼓捣出来的，天皇和臣民都不知情。

于是，他马上命曾彝进去找在华的著名学者有贺长雄，请教宪法。

曾彝进表示不解：都什么时候了，还搞学术研究？

袁世凯耐心解释道："如果外交决裂，大隈会不会挑起全面战争？如果会，根据日本宪法，天皇是必须依他所请呢，还是可以驳回？关键在此。你万不可将此问题涉及二十一条，但以探讨学问为名旁敲侧击地套话。"

在袁世凯的指导下，曾彝进从有贺长雄口中抠出了答案：不经御前会议，大隈没有用兵之权，而天皇同意出兵的可能性不到两成。

探明对方底牌的袁世凯指示，外交部拖延谈判进度，开议时应逐项逐条商谈，不可笼统并商。谁知孙宝琦接到日置益面呈的"二十一条"后，稍一展阅就大发议论，并逐条指摘。

日置益笑道："贵总长于觉书内容已如此明了，将来商谈，自更容易。"

袁世凯认为，孙宝琦太糊涂，命更为专业且不懂日语（可以拖延时间）的陆征祥代替他出任外交总长，要求其在交涉中持强硬，但不激怒对方的方针。

袁世凯逐句手批了"二十一条"，作为陆征祥谈判的依据。

如，"中国政府允准，所有中国沿岸港湾及岛屿概不出让或租与他国"，袁批：此当然之事，无论何国均不愿让租；

如，"允准日人在东蒙与华人合办农业及工业"，袁批：办不到；

如，"中国政府向认日本在南满及东蒙有优越地位"，袁批：无此向认。

……

对于侵犯主权最多的第五款，袁世凯则多次强调，"必须声明不议"。而且，他摸准了日本急于求成的心理，让陆征祥尽量拖延，苦撑待变。

日方提出，谈判要天天开展，每周五次；陆外长说自己很忙，整日都是文山会海，每周只能谈一次。

日置益不同意，陆征祥就和颜悦色地跟他磨，最后达成妥协：每周三次。

然后进入磨洋工环节。

每次会谈，讲完洋洋洒洒的开场白后，陆征祥即命献茶。他揭开茶盖，嗅了嗅茶香，啜上一小口，便侃起源远流长的茶文化来。

日本是个多礼的国家，尽管日置益如坐针毡，也不好贸然打断。陆征祥悠然自得，就差问对方，要不要来手谈一局？

与此同时，蔡廷干和顾维钧游走于各大使馆，痛诉日本的丧心病狂，终于惊动了美国国务院。

国务卿布莱恩急召日本驻美公使，出示"二十一条"的全文副本，严肃道："美国的政策是维持中国的独立、完整和商业自由，并保持美国人的在华利益。对任何在政治、军事或经济上企图支配中国的行为，美国不会坐视不理。"

大隈重信感到沉重的外交压力，不得不对外否认第五款的存在。袁世凯趁势倒打一把，命陆征祥提交一份"最后修正案"给日本，把第四款也给否了，前三款则严重打折。

大隈重信的自尊心受到了深深的伤害。怒火中烧的他请求天皇召开御前会议，妄图从军事上威胁中国。

于是，浪人们又从曾彝进那儿下载了新的任务——打听御前会议的内容。

虚虚实实的信息难辨真假，雾里看花的曾彝进一会儿收到消息说，天皇将采取某一方案，一会儿浪人又说前案已被推翻，新的方案是如此这般，一五七三。

曾彝进觉得这帮人纯属骗钱，没有任何报告的价值。在袁世凯的一再追问下，才表达了自己的顾虑。

袁世凯不以为然道："你何以知道没价值？在我看来，一句谣言，都有价值。今日之事犹如打扑克牌，到了最后摊牌之时，你以无价值了之？错了。你按我说的，不管是真是假，是大是小，都要报告，万勿隐匿。"

浪人来报，说日置益收到东京密电，御前会议否决了用兵的动议，最终方案为：满洲以外不提，满洲以内略有让步。威胁度最高的两条是：

1. 日人可以在满洲杂居和购地；
2. 满洲警察局须聘日人为顾问。

这是谈判底线，若中方不答应，日本即决裂。

袁世凯马上道："真货假货，我一眼就看得出来。这个报告是真的。"

诚如《剑桥中华民国史》后来的论断（"除了满洲租期的延长外，《二十一条》对日本的在华地位没有太大意义"），这一方案对中国伤害很小，在可接受的范围之内。

倒不是天皇比较仁慈，只因条约外泄，日本成了舆论公敌，连黑龙会原本打算拉拢的柏文蔚、李烈钧等革命党，都公然宣称"暂停革命，一致对日"，黄兴也劝告孙文，"放弃讨袁，免为日本所逼"。

而在中国国内，抵制日货的运动正星火燎原般蔓延开来。

上海南京路的日人商店一律关门歇业，日产商品通通被称为"仇货"，游行学生看见便砸，逮住就烧。整个 1915 年上半年，日本对华出口同比下降近 2000 万美元，外贸受到重挫。

因此，站在天皇的角度，大隈重信不打招呼欺上瞒下且不说了，还因操作不当麻烦缠身，自己要再不出面干涉以正视听，不明真相的人民群众搞不好会以为，大日本帝国一不留神变成虚君立宪了。

运去英雄不自由

在没有确认日本是否会动兵前，袁世凯一直暗嘱段祺瑞秘密备战，物资运输彻夜不停。会见美国驻华公使芮恩施时，他神色焦虑道："嗡嗡叫的蚊子弄得我睡不好觉，但它们还没有把我的米搬走，因此，我还可以生活。"

然而此刻，袁世凯决定妥协。

首先，日本政府正在重金收买西方驻华记者，让他们捏造"中德同盟"的假消息，离间中国与协约国之间的关系；其次，孙文一直不对"二十一条"表态，还对问他"可否暂停革命，一致御侮"的同志表示：

"袁世凯蓄意卖国，非除去之，不能保卫国权。"以至于日置益向日本外长建议煽动革党，施压北京；最后，朱尔典苦劝中方接受伤害不大的最后通牒，实际已表明英国的立场。

妥协的同时，袁世凯对左右道："购地，我叫他一寸都买不到手；杂居，我让他一走出附属地即遇危险。至于警察顾问，用虽用他，月间给几个钱便了，顾不顾，问不问，权却在我。"（随后公布的《惩办国贼条例》中规定：严禁与外国人私订契约、租售土地矿产）。

张一麐认为不妥，道："要么签约，忠实履行。要么拒绝，推诚布公地向彼言明不能应允之故。如不听，以兵戎相见，彼曲我直，虽败犹荣。似此表面答允，暗中破坏，必为祸根。"

袁世凯斥其为书生之见："推诚布公果能成事，世界早太平了！"

当然，搞破坏也是一种天赋，非独当一面的枭雄不能为。

袁世凯属意的人选是陆军第 27 师师长张作霖（1875—1928），要他回东北后告诉各家：谁要是租给日本人一分地，马上枪决。

辽宁人张作霖从小上房揭瓦，下河摸虾，因家境贫寒，很早就投身于社会这所大学校，当过兽医，做过土匪，还绑过盛京将军的老婆，人生丰富多彩。

直到日俄战争前，被政府招安。

由于剿匪平叛都是一把好手，张作霖累迁至标统，受到时任东三省总督徐世昌的注意。

辛亥后，袁世凯甫一就任总统，已成地方一霸的张作霖便宣布拥护中央政府：愿负弩前驱，唯大总统马首是瞻。

更重要的是，张左愤的立场白首不渝，口头禅远近皆知：

> 我是东北人，东北是我的家乡、祖宗父母的坟墓所在地。我豁出这个臭皮囊不要，也不能出卖国家的权利，让人家骂我卖国，叫

后辈儿孙也跟着挨骂，那办不到！

中南海居仁堂一楼的东头是袁世凯的办公室，只有最亲近的人才能在此见到大总统。

关系不近但地位重要的来客，便安排到西头的会客室。

而一般生客，则只能在居仁堂前院一处叫"大圆镜"的房子里恭候袁世凯。

按理说，张作霖就是一"大圆镜"的待遇，谁知竟被领到了总统办公室。

他拘谨地坐在沙发上，不安地打量着室内的陈设。只见北面的博古架上摆着各色器物，其中一个丝绒盒里放着四块金表，正面镶一圈珠子，背面是珐琅烧的小人，精致而华丽。

袁世凯见张作霖时不时地注视着金表，当场将四块表都送给了他。

从此，表哥张作霖在袁世凯的扶持下异军突起，雄踞东北，成为远近闻名的扶桑噩梦。

民国十五年，日本驻奉天领事吉田茂被张作霖的油盐不进、不受利诱激怒，盛气凌人道："你要真不接受，我方另有办法！"

张作霖当即反击："怎么样？有什么好办法尽管拿出来。又要出兵吧？我姓张的等着你！"言罢即起身送客，吉田茂悻悻而去，不久便被调回国。

民国十七年，北伐军节节胜利，日本驻华公使芳泽谦吉认为，实施分化战略的时机已经成熟，便找到张作霖，说可以暗中助其作战，支持他统治北中国，跟南京的国民政府划江而治。

张作霖认为，中国人闹家务，不劳外国人插手，始终无动于衷。

芳泽谦吉只好转而去找山东省主席、狗肉将军张宗昌。

张作霖闻讯，立刻电召张宗昌入京，劝道："效坤，自己家的事，绝不能借助外人，落千秋万代的骂名。"

张宗昌奉命惟谨，日本的诡计又告落空。

在前后交涉 25 次，计穷力竭地化解、牵制了日本的阴谋后，袁世凯尚不甘心。1915 年 5 月 7 日下午三时，日方发出最后通牒，要求中国政府于 5 月 9 日下午六点之前给予满意答复，否则日本将采取行动。

顾维钧与外交部次长曹汝霖商拟最后通牒的复文，三易其稿。5 月 9 日黎明，曹汝霖前往总统府，看见袁世凯已在办公室，似乎一夜未睡。这时，日本使馆打电话警告曹汝霖："最后通牒复文，诺否两字即足，若杂以它语，彼此辩论，过了期限，反恐误事，务望注意。"

袁世凯叹了口气，命阮忠枢重新拟稿。当陆征祥带着曹汝霖和秘书将复文送到日本使馆时，曹汝霖"心感凄凉，若有亲递降表之感"。

在随即召开的国务会议上，面对全体高级官员，袁世凯沉痛道：

> 为权衡利害，而至不得已接受日本通牒之要求，是何等痛心！何等耻辱！无敌国外患国恒亡，经此大难以后，大家务必认此次接受日本要求为奇耻大辱，本卧薪尝胆之精神，做奋发有为之事业。举凡军事、政治、外交、财政力求刷新，预定计划，定年限，下决心，群策群力，期达目的。则朱使（朱尔典）所谓埋头十年与日本抬头相见，或可尚有希望。若事过境迁，因循忘耻，则不特今日之屈辱奇耻无报复之时，恐十年以后，中国之危险更甚于今日，亡国之痛，即在目前。我负国民付托之重，决不为亡国之民。但国之兴，诸君与有责；国之亡，诸君亦与有责也。

签约的 5 月 9 日，从此被袁世凯定为国耻日。

时在美国留学的胡适在日记中写道："此次对日交涉，可谓知己知彼。既知持重，又能有所不挠，能柔也能刚，为历来外交史所未见。"

史学家蒋廷黻也说："二十一条的交涉，袁世凯、曹汝霖、陆宗舆（时任驻日公使）诸人都是爱国者，并且在当时形势之下，他们的外交已做到尽头。"

16年后的"九一八事变"，张学良下令不抵抗，举国都骂他是"不抵抗将军"。有了这段经历，五年后在南迁西安的东北大学演讲时，他感慨道：

> 当年袁项城应许"二十一条"时，我是学生，一腔热血，誓死反对。及至二十年后我执政，还不如人家。

正如陈布雷为蒋介石撰写的《告国民书》所说，"可战而不战，以亡其国，政府之罪也；不可战而战，以亡其国，亦政府之罪也"，骂袁世凯卖国确实不公，其在签约后的"惭愤交集"也并非作秀，但能不能知耻而后勇，则另说了。

知道和感觉到是两回事

袁静雪眼中的父亲，变化不大。

每天早上七点，他总是分毫不差地拄着那根铜拐杖，从居仁堂二楼"咚、咚、咚"地缓步下来，长吟一声后，到办公室办公。

他吃饭的速度快于常人，吃完后胡子上会沾些菜汁，均由姨太太帮忙擦掉。他还爱吃人参、鹿茸等热性补品，经常大把大把地放在嘴里嚼食。

他和正妻相敬如宾，每隔几天便到福禄居去看望于氏，道："太太，你好。"于氏也总是回以，"大人，你好。"然后两人说些家常话。

唯一让袁静雪不爽的是，一次，袁世凯打算把她许配给溥仪。

已经派人提亲了，袁静雪哭得梨花带雨，跑到父亲跟前闹。袁世凯佯嗔道："以后我非要把你送礼不可！"

袁静雪昂起小脸，赌气道："我又不是鼻烟壶！"

袁世凯忍俊不禁。

此事因溥仪拒绝而作罢，明眼人却不难一叶知秋地觉察到某种趋势。

从理想主义到经验主义，似乎是每个国人的必经之路。

夏目漱石有言："发挥才智，则锋芒毕露；凭借感情，则流于世俗；坚持己见，则多方掣肘。总之，人世难居。"

每个人都有意无意地重复着伤害与被伤害，生活成为一场严峻的历险，直到有一天你尝试着同这个世界和解，顿悟"正义是自己内心对自己的期许，不是用来胁迫别人的"。

托尔斯泰构思《安娜·卡列尼娜》之初，原型是新闻里一个卧轨自杀的小三。她背叛丈夫，追求虚荣，在作者心中极不可爱。

行文愈久，托翁发现自己并没有美化安娜，人性却自有其力量，从故事的树枝上生出芽来，愈发繁茂。最终，安娜之死超越了小市民式的道德判断，在读者心中引发广泛的共鸣。

托翁由此论断道：

> 如果一个人没有形成任何成见，就算他再笨，也能够理解最困难的问题。但是，如果一个人坚信那些摆在他面前的问题早已了然于胸，没有任何疑虑，那么就算他再聪明，也无法理解最简单的事情。

经验主义者不会用强弱黑白来两分世界，也不相信一个概念就能彻底解决现实问题，而是保持对不同论述的警惕和自己的独立性，不断相信、不断怀疑、不断摧毁、不断重建，在煽动各种偏见互殴后取得的平衡中，接近这个世界的真相。

对法律的不尊重，已经持续了两千多年。

《论语》里提到，一个父亲偷了羊，被其子报官。孔子很生气，说连儿子都告老子的社会，已经不是他所向往的。

众所周知，他向往的是伦理道德。

问题是，如果只讲道德不讲规则，那再干净的国家最后也只会堕落成一个伪君子遍地的肮脏国度；相反，要是人人都开始谈规则，那么再野蛮的地方，道德也会逐渐回归。

在乱象纷呈的民初，认为只有君主（立宪）制才能重建规则的言论并非全无市场；一帮把青岛当首阳山的前清旧臣也不甘寂寞，时不时跳出来抢个戏。

当发誓不当"贰臣"的赵尔巽接受袁世凯的礼聘，到清史馆当馆长时，遗老梁鼎芬写信责备他说："清朝未亡，你修个什么清史？"

梁奇葩的逻辑是：北京城还有个小朝廷，里面还住着个小皇帝……

隆裕死后，梁鼎芬和劳乃宣跑到西陵跪地号哭，如丧考妣。孙宝琦身穿西服前来，刚在灵前鞠了三躬，梁鼎芬便大骂其"洋鬼子""不要脸"，一干遗老则拍手称快……

袁世凯关注的是年轻人，比如，时任农商部地质所所长的丁文江。

年未三十的丁文江曾说："中国实在太乱、太穷、太弱、太苦了，故只要有人能使她安、使她富、使她强、使她乐，我不相信，谁不愿意。"

丁文江不否认独裁是毒药，民主是良药。但民主政治是一种烦琐的程序化政治，缓不济急，无法化解日益深重的亡国危机，实现中国的独立富强。

因此，他呼唤一个思想开明，以国家利害为利害，能够凝聚和善用人才的独裁领袖的出现，并对反对他的人说：

难道我们甘心去做南宋、亡明的清流吗？

心有戚戚的袁世凯注意到的第二个人是，30 岁出头的周树人。

那是冬天的一个早上，刚刚升任教育部社会教育司一科科长的周树人，在教育总长范源濂的带领下进见大总统。

当然你会问：各部有那么多科长，难不成每换一个袁世凯都要接见？

事无巨细的处女座还真干得出来。

记者黄远生曾问过赵秉钧，说总统遇事躬亲，不嫌琐碎和因小失大吗？

赵秉钧说："这是总统做过十多年督抚的缘故。正因如此，一把总钥匙才无人能管。军兴后功将纷出，然有袁总统在，无人敢飞扬跋扈。"

赵秉钧之死

晋见持续的时间很短，周树人一生也只见过袁世凯这一面。一向刻薄的他后来评价道：

> 整个民国期间，只有袁世凯略知怎样对待知识分子，对稳定统治最为有力。

在袁世凯看来，周树人绝对不是一个称职的公务员。他对仕途很冷淡，不是逛琉璃厂就是抄古碑，或者摇着蒲扇坐在绍兴会馆的槐树下消磨时光。

但他的洞察力无人能及。

周树人认为，民国这座舞台招牌是新的，布景是新的，座位也是新的。但唱的还是老戏，唱戏的还是老人。

说白了，辛亥革命没能拔本塞源地根治病灶，人们依旧缺乏爱与诚，习以为常地虚伪和无耻，在暴戾愚昧的空气中互相中伤。

如果国人的生活籍由武力而非理性来塑造，则自由主义永无出头之日，毕竟，凡因刀剑得到的，必将因刀剑而失去。

自由必与责任并存，自由乃有意义。自由主义需要的土壤是各负其责的秩序，而非混乱。

可惜，好逸恶劳乃人之天性，即便是对待自由。

比如，人们拒绝排队，你争我抢地往前挤。久之，大家都盼望出现一个秩序的维护者。终于，一个恶棍跳了出来，用棍子敲打每一个人，宣布由他安排次序和位置。

秩序实现了，但众人也被奴役了。结果虽好于混乱，权利却遭到剥夺。

世间许多悲剧，并非由丑恶造成，而产生于追求美好的中途。就像德国诗人荷尔德林所言，"总是使一个国家变成人间地狱的东西，恰恰是人们试图将其变成天堂。"

在追逐目标的过程中，人总是为自己的行为用心堆砌词汇，觉得世界不理解我，而真相其实是我不理解世界罢了。

当经验主义者袁世凯决定倒掉一盘散沙，重建秩序时，"天下往往有主义甚正当，徒以手段之误而流毒无穷者（张君劢语）"，便又多了一道真实的注脚……

北京。

久未露面的应桂馨出来觅食了。

他向政府索要钱财和勋位，不愿旧事重提的袁世凯拨了笔款想打发他走，谁知应桂馨非要政府"昭雪其罪"，甚至承认刺宋有功。

这就颠倒乾坤了。

烦闷中，袁世凯突然想起初见宋教仁时的情景。

彼时，因《间岛问题》一书，袁世凯仰慕宋教仁已久。但见其衣服破旧，便问是否还是留日时所买，宋教仁点头。

事后，袁世凯请人做了一套高级西服给宋教仁送去，宋穿上后非常合身。原来，谈话间他就把尺码给记住了。

据时任国务院秘书长的张国淦回忆，唐内阁期间，袁世凯谈及农林总长宋教仁，总是颇多推许。

转变发生于国会选举时，宋教仁在南方各省演讲拉票并猛烈抨击北京政府。大为光火的袁世凯听赵秉钧说，洪述祖正在安排人诋毁宋教仁，也就放心了。

没想到毁宋不是毁谤而是毁灭。当得知宋教仁的死讯时，他懵了，喃喃道：

> 如何是好？国民党失去宋教仁，少了一个明白事理的首脑，以后越难讲话了。

应桂馨但凡有一丝自知之明，也该清楚袁世凯对他，除了厌恶就是鄙视。他不学洪述祖的低调（为逃避北京警方的抓捕躲到青岛德租界），反而抛头露面，狂犬吠日，终于在离京途中被军政执法处的特务暗杀。

袁世凯从不讳言自己就是杀应的幕后主使，但巧的是，随后直隶都督赵秉钧便暴毙家中，坊间纷传总统下毒害死了自己的心腹，杀人灭口。

逻辑链是成立，但赵秉钧不是应桂馨。杀应无伤大雅无人问津，杀赵则必定轰动全国，在国民党已垮、宋案已时过境迁（过了一年）的大好局面下，是自找麻烦的不智之举。

事实上，赵秉钧的孙子赵纯佑后来在家信中表明，他爷爷死于脑溢血，倒在床头边，家属亲见，并无谣传的"七孔流血"的症状。

赵秉钧死后备极哀荣，梁士诒和袁克文前往天津送终，丧事极为隆重。袁世凯手书"怆怀良佐"的匾额，优恤家属，并令京津两地为其修建专祠。

饶是如此，汹涌的谣言还是在北洋旧将心中埋下了浓重的阴影。曾担任过军政执法处处长的陆建章就对亲信说："我们参与老头子的机密大事太多。那些见不得人的事，老头子总有一天要消灭痕迹。"

由于冯国璋远在南京，王士珍整个一神龙见首不见尾，矛盾便在当过北洋六镇里四镇的镇统，威望足以号令全军的段祺瑞身上爆发。

段祺瑞人品没得说，不抽不赌，不贪不嫖，一辈子清廉耿介，唯一的爱好就是下围棋。

不过，性格缺陷同样明显：固执自大，争胜好强。

早年留德，受不了洋人耻笑的他打算剪辫，被督学荫昌瞧见。

荫昌一把夺过剪刀，问他何故发狂。段祺瑞说我宁愿发狂也不愿受辱。荫昌劝道："你是官费留学，剪了辫子万一朝廷震怒，断了你的学费，到时求学不成，归国亦不可得。"

段祺瑞若有所动，但仍道："终不欲受人讥也！"

荫昌让他先电奏朝廷，再做决定。段祺瑞依言而行，结果遭到痛斥。

他找到荫昌，表示感谢："要不是你提醒，真回不了国了。"

荫昌笑道："我也要感谢你啊。"

段问何故，荫昌道："你电报打过去，如果朝廷准许，我也援例行之；如不许，我亦无冒请之嫌。难道不该谢你吗？"

棋品如人品。段祺瑞虽说酷爱下棋，但棋艺不精，还输不起。一次，在被11岁的吴清源杀得大败后，段祺瑞一整天都闷闷不乐；还有一次跟儿子段宏业对弈，又败，段祺瑞咆哮道："什么都不会，就知道玩这个，以后有什么出息？滚！"

段祺瑞一生不置房产，在北京租房子住，直到袁世凯以赠予干女儿为名（段在原配过世后娶了袁的义女张佩蘅为妻），送了段家一栋。

房东是一个输了袁世凯40万大洋的牌友，房子是抵押品，没有房契。袁世凯一死，房主的儿子拿着房契找到国务总理段祺瑞，要收回房子。老段验明正身后二话没说，带着一家子搬走了。

段祺瑞给人的第一印象是不易接近，而一旦得其信任，则终生不疑，亲如一家。个中典型便是人称"小扇子"的徐树铮。

收复外蒙古的民族英雄徐树铮被视作段祺瑞的影子。他极富才干也极其骄狂，树敌众多，深为袁世凯所不喜，要不是跟了段祺瑞，估计早就被乱刀砍死，用不着日后冯玉祥出手了。

飘风不终朝，骤雨不终日

1936 年，汉奸王揖唐等人在报纸上刊登声明，鼓吹"华北自治"。署名中，领衔的竟是袁克定。

事隔两天，袁克定在报上登了一则启事，否认与此事有任何联系。

日本在华北的势力正迅速膨胀，袁克定此举风险极大，很可能引来杀身之祸。果然，其住宅很快便处于日人的监视之中。

北平沦陷后，投敌的曹汝霖找到袁克定，鼓动他把彰德的养寿园卖给日本人，一来能换笔可观的收入，二来也能博取日人的欢心。

事实上，北伐战争胜利后，控制了河南的冯玉祥没收了大量的袁氏财产，袁克定没有固定收入，养着一大帮下人，很快便外强中干，急需用度。

即令如此，袁克定还是以，"先人发祥之地，子孙不可出售"为由，拒绝了曹汝霖。

新中国成立后，中央文史馆馆长章士钊帮袁克定谋了个馆员的身份，月薪 60 元。但在政治运动的冲击下，很快袁克定便丢了工作，寄居在表弟张伯驹家。

即使生活潦倒到只能吃窝窝头，他也要戴好餐巾，用刀叉进食。每次提到袁世凯，一定尊称"先总统"，绝不辱及先人，始终保持着恍如隔世的贵族范儿。

1958 年，伴随着"大跃进"的喧闹声，80 岁的袁克定在"家国山河半梦中"，悄然离世。

临终前，他的思绪飞回到民国元年的春天……

那是袁世凯就任临时大总统后不久，袁家由洹上村迁居京城。一天，袁克定送袁克文到火车站后骑马返村，不慎从马背上跌落，摔成重伤。

袁世凯闻讯大惊，在咨询专家后给家人的电报里殷殷叮嘱，说切不可乱治，"必须专信西医"，并让他们赶紧把袁克定送到天津的医院，途中缓行，由医生随同照料。

担心于氏迷信中医的他，还不忘提醒五弟，"切劝汝嫂，万勿固执，速同往诊治"。

其实，在这封舐犊情深的家书里，最具史料价值的是这句：

> 兄年已逾五旬，当此乱世，只此一子可支门户，讵不爱念？

一年后，落下腿疾的袁克定应德国公使之邀赴柏林治病，热情的德皇威廉二世设国宴款待。

彼时欧战刚刚打响，德国气势方张，欲拉拢中国的威廉对袁克定说："中国的东邻日本和西南的英国（英属殖民地印度、缅甸）都是君主立宪国，北面的俄国更是君主专制国。因此，中国实在不适合共和。如改为帝制，由令尊主持国事，则更为妥当。到时朕会全力襄助此事。"

见袁克定似有所动，曾经一即位就罢免铁血宰相俾斯麦的威廉，把当年对载沣讲的那套"强干弱枝"的理论又复述了一遍。

结果，袁克定一回国就向袁世凯提出两项建议：迎王士珍来京，代替段祺瑞主持军事；在总统府内设陆海军大元帅统率办事处，为全国最高军事机关，总统挂帅。

刚愎自用的段祺瑞的确在不打招呼的情况下，提拔重用了许多门生故吏，使陆军部隐然成为一股势力，但忠诚的秉性决定了其永远不可能背叛袁世凯。

　　不过，至少有两件事让袁世凯觉得，袁克定的建议应当采纳。

　　一次，几度想把徐树铮从陆军部次长的位置上调离的袁世凯，又向段祺瑞提出这一老生常谈，谁知段当场发飙："很好，请总统先免我的职，随后要怎么办就怎么办！"

　　另一次是"二十一条"交涉时，袁世凯正焦头烂额，陆军部很不识趣地上了一道呈文，请求增加部员薪水。袁怒批八个字：稍有人心，当不出此！

　　河北正定。

　　袁克定亲自去迎王士珍入京，对方却以"不愿过问政治"，回绝了其美意。袁克定磨了半天，最后道："不参加政治活动可以，难道不能到北京看看我父亲吗？"

　　北洋之龙沉默半晌，同意了。

　　不久，凌驾于陆军部、海军部和参谋部之上的陆海军大元帅统率办事处成立，段祺瑞、刘冠雄、陈宧、萨镇冰、王士珍和曹锟为办事员（常委），陆军总长的权力严重缩水。

　　倔强的段祺瑞开始消极怠工，部务全交给徐树铮处理。

　　一天，袁世凯查问一件公事，段祺瑞茫然不知所答，半天才说："容我到部查明。"

　　袁世凯高声道："怎么还待查明，你的呈文不是早都送来了吗？"

　　很快，秘书夏寿田私下里便听到总统的吐槽："人家都说我重视北洋团体，其实我何尝有南北之见？如果南方人不反对我，何尝不能重用他们？"

　　夏寿田未及回答，袁世凯又道："你看，小站旧人暮气沉沉，华甫

（冯国璋）要到 12 点以后才起床，芝泉（段祺瑞）老不过问部务，咱们北洋成了什么样的团体！"

每天下班，夏寿田都要和同门师弟杨度凑在一起密谋大事。他知道，一向坚信自己是王佐之才的杨参政，是瞧不上参政院的闲差的。

早在熊希龄组阁时，杨度本来有望出任交通总长，结果在梁士诒的作梗下被周自齐顶替。只对教育、司法和农商三个俗称"冷衙门"的总长人选有话语权的熊希龄，给杨度协调了一个教育总长，好言相劝老友"帮帮忙"。

谁知杨度冷言冷语道："我帮忙不帮闲"，拒绝赴任。

于是，以当帝王师为毕生追求的杨度在郁郁不得志中，把希望寄托到了下一代身上，成为袁克定的狗头军师。

有求皆苦

1914 年底，总统府军事顾问蒋百里上了一个条陈，建议在陆海军大元帅统率办事处的直接领导下成立一支模范军，给老气横秋的北洋军打打强心针。

夏寿田与袁克定立刻附议。

袁世凯除了觉得提法比较高调，给改成"模范团"外（袁世凯自任团长），一切均按军事理论家蒋百里的倡议规划：

1. 模范团的士兵从北洋各师的下级军官中抽调；
2. 模范团的下级军官从各师的中级军官中抽调；
3. 用五期练成十个师的模范军官。

当时全国的北洋军合起来还不到十个师，进展顺利的话，从第二期就开始担任团长的袁克定便能另起炉灶，培植自己的势力。

　　除了"可怜天下父母心"外，还有两个原因促使袁世凯力推模范团。第一，如曾经看过剿办白朗起义相关电文的蔡锷所言，北洋军已不堪大用："先后调动所有兵力的三分之二，费时近两年，械齐饷足，奖赏超乎常规，而白朗纵横出入豫、鄂、陕、甘，如履无人之境，谁说小站兵力足以威令天下？云南一个师，足够打败北洋十个师。"第二，割据一方的北洋军头已形成各自的利益集团，动不动就跟北京叫板。

　　二次革命时，段芝贵率第二和第六师南征。六师师长李纯打下江西后被任命为江西都督，二师师长王占元则因驻守湖北接应，什么都没捞着。

　　论资历，王占元比李纯老；论年纪，也比他大十来岁。心中不满，可以想见。

　　问题是，王占元的反应令人费解，他把气撒到顶头上司、接替黎元洪任湖北都督的段芝贵身上，整日给领导穿小鞋。

　　段芝贵也不是吃素的，收集了一堆黑材料，暗中参了王占元一本。

　　奈何王师长情报工作搞得比较扎实，破获了段芝贵的密电，看完后气鼓鼓地打电报向袁世凯辞职。

　　王占元的兵跟了他十几年，你批一个"同意"试试？

　　袁世凯一面派人到湖北调和矛盾，一面升王占元为湖北军务帮办，以平其怒。

　　疗效只持续了一时。

　　由于段芝贵频繁往来于北京和湖北，离鄂期间的工作由王占元暂代。结果"干殿下"痛苦地发现，每次回来王师长的态度都比以前更为骄横。

　　而且，王占元扩了权，第三师师长曹锟就必须得扩，毕竟人在清末当镇统时，王只是个协统。于是，曹锟捞了个"长江上游警备司令"的头衔。

由此引发的连锁效应是：对两个重要岗位上海镇守使（军分区司令，位同前清总兵、民初师长）和松江镇守使，也不得不有所表示。

有兵权而无地盘的张勋不干了，给自己的"长江巡阅使"一职正名，制定了一个条例，把长江流域的各省一律划入其势力范围，并呈请公布实施。

袁世凯大惊，立即批示："长江上游已另设员警备，该使不宜过劳"，并规定张勋的巡阅范围是从安庆（安徽）到上海……

为了化解统治危机，袁世凯着手在地方推行"军民分治"。

这既符合历代开国后偃武修文的惯例，也是黎元洪早就在湖北开展过的实验。当时，黎的笔杆子饶汉祥用骈四骊六的文章，力陈唐代藩镇之祸，给全国人民留下了深刻的印象。

切割权力，自古不易，袁世凯的措施迂回曲折。

首先，废除"都督"，改称"督军"。以前是什么都能督，现在只能督理军务；其次，给各省督军加将军衔，在北京设将军府，由段祺瑞管理。按照袁的说法，将军既可内调北京，也能外放各省，流通自由。其实明眼人都清楚，将军府就是个坑，掉进去便出不来，只能坐冷板凳；最后，改原都督之下的"民政长"（省长）为"巡按使"，兼管军事。当然，这必定会引起督军的反弹，但袁世凯尽量起用前清的封疆大吏为巡按使，结果军头们在情感上非但不好拒绝，还得自觉接受老领导的监督。

废督裁兵是维护国家统一的必须，但也因此，袁世凯犯了众怒，在各地埋下了反叛的隐患。

为了配合大总统全面左转的政治立场，"相国"徐世昌掀起一阵复古的浪潮，把中央的官职全部改回旧称，并在法制局局长顾鳌的建议下，由政事堂议决、交参政院颁行恢复了，"公、侯、伯、子、男"五等爵。

一批有行政经验的遗老遗少被返聘回来做官，支撑民国这栋摇摇欲坠的新屋。舆论讽刺参政院有"枯木逢春之气象"，袁世凯的辩解是：

> 汉之良相，即亡秦之逸官；唐之名臣，即败隋之故吏。政治不能凭虚而造，非素有涉历者不理。

对此，朱尔典附和说："老成持重者联翩而出，是政治稳定的吉兆。"也是人心大乱的肇始。

以劳乃宣为代表的投机分子倾巢而出。

庚子国变时，吴桥县令劳乃宣写了篇《义和拳教民源流考》，居然"考证"出义和拳为白莲教支流，奏请朝廷取缔拳匪，名噪一时。

此番他故伎重演，写就《共和正续解》，说当初周成王登基时因年幼不能理政，由周、召二公辅助，称为"共和政治"，由此知共和乃君主而非民主政体。

接着，劳乃宣笔锋一转，说溥仪仍在幼冲，故袁世凯可居总统之名，行摄政王之实，等十年后再还位清帝，受封王爵……

从赵尔巽那儿收到劳乃宣的"大作"后，袁世凯一笑而过。见70岁的老头求个官也不容易，便给了个参政院参政。

谁知刹那间便刮起阵阵阴风，国史馆编修宋育仁甚至抛出"还政清室"的谬论——不明真相的还以为大总统真的准备禅让了……

谣言越传越广，连刚刚就任国史馆馆长的王闿运，在拜访徐世昌时也揶揄说，政事堂少了一块匾，匾上应题"清风徐来"四个字。

君宪救国论

在去帝制未远的民初，任何关于国体问题的风吹草动都会对世道人心产生微妙的冲击，毕竟新旧交替的时代，原本光怪陆离。

甘肃都督赵惟熙一直拒绝剪辫，还不准治下的民众剪。见遗老们玩得很 High，他也发电请求恢复谥法。

其实，民间私谥一直就没断过。对死去的旧臣，小朝廷也经常用发表上谕赐谥来刷存在感。比如，陆润庠谥"文端"、梁鼎芬谥"文忠"，以至于人们在聊起曾国藩、左宗棠时，还是一口一个"曾文正""左文襄"，看不到一丝新气象。

而地方官因为觉着民国的官当得不如前清威武，私下里也开始为封建残余招魂。桐城县县长用名片去见安徽都督倪嗣冲，结果被骂"目无长官"，轰了出去；琼崖道尹呈请恢复清朝仪仗，如传人令箭、八抬大轿什么的，广东巡按使当即批示，准行。

不是所有人都爱民族风。面对声浪四起的反对，袁世凯发表了禁止紊乱国体邪说的申令，并以"年老荒谬，精神错乱"为名，将宋育仁"递解回籍"。

清室大惊，瑾太妃（光绪妃）派人到政府解释，袁世凯派阮忠枢代为接见。

来人交出劳乃宣的一封密折，内称德国陆军最强，建议溥仪向其皇室求婚，立威廉二世之女为皇后，如此则复辟有望。

这可真是碧血丹心，感天动地。

为免节外生枝，袁世凯没有深究，而是命人重修《清室善后办法》，制定了更加严厉的约束条款。

然而，一切都逃不过杨度的眼睛。

他注意到两个事实。

首先是阮忠枢的宦海沉浮。阮大秘跟袁世凯的关系毋庸赘言，前清时几乎所有袁的奏折都出自其手，深悉幕主机密。

可惜到了民国，公文程式为之一变，阮忠枢顿失所长，不知不觉便打了酱油。

不久，袁世凯给他布置了新任务——奔走于北京和徐州之间，安抚、笼络张勋这个日渐坐大的老将。

阮忠枢不辞辛苦的身影给时人留下了深刻的印象，被唤作"神行太保"。

令杨度心中一动的是，当总统府秘书厅被改为内史厅时，出任内史监的竟然是阮忠枢。袁世凯到底需要他起草什么，可堪玩味。

另一个事实是，袁克定透露的家事，说袁世凯命人找来《德皇威廉本纪》和严复翻译的《欧洲战纪》细读，还聘请荫昌为家庭教师，吩咐子女不要再学英文，统统改学德文。

然而，嫌疑不能作为呈堂证供。根据袁记约法，不论"终身总统"还是"志在传子"，都具备很强的可操作性，而称帝，动机不足，风险却很大。

杨度明白，轮到自己上场了。

洋洋洒洒的奇文《君宪救国论》出炉。

立意虽说反动，理论上的贡献却也不容抹杀。

文章一上来便正本清源道：

> 富强者，国家之目的也；立宪者，达此目的之方法也。

即先要搞清楚，我们是为了富强才去立宪，不是为了立宪而立宪。

然后分析地缘政治：

> 俄、日二国，君主国也，强国也。我以一共和国处此两大之间，左右皆敌，兵力又复如此，一遇外交谈判，绝无丝毫后援，欲国不亡，不可得也。

杨度没有否定共和制，而是认为"共和误中国，中国误共和"。

共和的基础是法治，用杨度的话说就是"贤者不能逾法律而为善，不肖者亦不能逾法律而为恶"。但可惜，中国自古就没这习惯。

宋教仁临终前给袁世凯打的电报里称自己，"不敢有一毫权利之见存"，可见直到那会儿，"权利"还不是今天的意思，而是个贬义词。

在杨度看来，民国人大多不知共和为何物，既没有法治精神又缺乏权利意识，"以为此后无人能制我者，我但任意行之可也"，中央威严扫地，社会呈现出无政府主义的倾向。

在"和尚摸得，我摸不得？"的逻辑下，"总统人人做得"的所谓"民权观念"深入人心，进而发展到"选举不可得，则举兵以争之"，最后给人留下的混乱观感让唐德刚感慨，"假共和不如真帝制"。

以广东和湖南为例，两省分别是孙文和黄兴的故乡，党人众多。二次革命后，国民党四散而逃，粤督和湘督被替换为龙济光与汤芗铭。

两人向以残暴出名，党人还不断挑战其底线。

一天，龙济光出署去看他哥，走到半路被党人扔出的炸弹炸伤。刺客当场被捕，龙命人处以寸磔之刑。其时"凌迟"已废除多年，酷刑激起了全国舆论的声讨。面对袁世凯质询的电报，龙济光矢口否认，搪塞道："凶犯正法后，军民人等痛恨此种暴行，剖心食之，实所难免。"

为巩固都督之位，资历较浅的汤芗铭嗜杀程度更在"龙王"之上。监狱人满为患，浏阳门外的刑场号啕之声终日不绝。三年间，被汤屠户搞死的，有案可稽者便达两万人，其中多属以党人为名，剪除异己。

暴力抢来的权力，只能靠暴力维系。当权者永远生活在，"丧失政权就丧失一切"的恐惧中，根本不可能做出任何还政于民的改革。

事实上，这种各领风骚三两年的都督也不可能有什么长远的打算，因为即使人存政举，终究人亡政息。

久之，中国式的共和诱发了朝野的短期行为，所有人都假共和之名攫取私利。看淡的浮萍般漫无目的地混世，绝望的赌上性命拔剑而起。一个皇帝倒下了，千万个皇帝站起来，遍布于各个行业、每处角落。

杨度坚信，只有宪政才能保证政策的持续性，从而"人事有变，法制不变"，避免周期性的历史雪崩。而前清之所以败亡，正是由于不听袁大总统，"不立宪即革命，二者必居其一"的劝告，搞假立宪。

行文至此，推理基本没有破绽。但当杨度抛出他的终极观点时，人类震惊了：这不科学！

风起杨花愁杀人

杨晳子亮明真身：只有实行帝制，才能确保宪政成功。

在他看来，各省都能暗中招兵买马、走私军火的国家，是没有宪政可言的。统治者"止乱"尚且乏力，哪还顾得上建设？

恢复帝制等于昭告天下鹿死谁手，猎鹿人们不要再想入非非争总统了，六王毕，四海一。

杨度认为，君主和宪法的关系应当是共生，就像《白夜行》里的桐原亮司与唐泽雪穗，前者维护后者，后者制约前者。

从而以开明专制治国，严刑峻法，普及教育，走上复兴之路——比商鞅变法多了一道加在秦孝公头上的紧箍咒。

还是一厢情愿。万一亮司不喜欢雪穗了呢？

杨度的解释很牵强，说如果从共和改为君宪，那么帝位就是国民公投、宪法赋予的，君主要想永延帝祚，就必须实行宪政，否则会被人民抛弃，酿成革命。

其实，不管杨度的雄辩如何气势纵横，推导如何步步为营，舍弃一条，《君宪救国论》就只能是空中楼阁。

那便是可行性。

或者换一种说法：人民答不答应？

替人做主的时代早已远去，总想管别人的人，只能收获越来越多的失望。因为你之蜜糖，安知不是我之砒霜？

文章通过夏寿田交上去后，袁世凯亲笔题写了"旷代逸才"四个字，制成金匾赐给杨度，此外再无表示。

态度不是很明朗。杨度决定团队作战。

事实上，几个月前他就推荐老师王闿运出山，但很明显，八十多岁的王闿运与袁世凯气场不合。

刚到北京时，王闿运会晤段祺瑞。段对眼前这个长袍马褂留辫子的老古董不屑道："民国了，还是胡人服装？"王闿运当即回以："西装革履，也是胡人服装。"

访问老乡熊希龄时，王闿运问，"国务院何在？"熊答以在集灵囿（中南海西北角）。王淡然一笑："此中飞禽走兽必多。"熊知他说笑，没有接话。

王闿运不依不饶："想必有熊。"熊希龄忍不住了："王老休要取笑，我早已不做国务总理了，继任者为原山东抚台孙宝琦，现又改名国务卿，由前清相国徐世昌担任。"

王闿运若有所悟道："毕竟大官还是大官。"

见到袁世凯，王老头对贴身女仆周妈道："这是我侄儿（王闿运跟袁保庆一年中举，拜过同年），像不像总统？"周妈说："头很大，就是个子矮了点。"

吃席时，王闿运又对周妈道："你要多吃点，这就是当年皇上的御宴。"

袁世凯无语，结果发现还有更无语的。

一次，袁世凯同王闿运来到新华门前，老头冷不丁来了一句，"我老眼昏花了，这不是新莽（繁体的'华'跟'莽'接近，指王莽）门吗？"

前清时王闿运就经常讽刺封疆大吏，故袁世凯也没跟他计较。谁知隔天便得知老头给国史馆题了一副门联，曰："民尤是也，国尤是也；总而言之，统而言之"——自封起民国总统来。

平生专攻帝王学的王闿运反对的其实不是帝制，而是不符合他心目中明君圣主条件的袁世凯。因此，在国史馆装神弄鬼一番后，老头不辞而别。

汤山。

自从袁克定以养病为名迁居此地，帝制运动的大本营便转移到了京郊。

1915 年初，下野的梁启超接到一张署名袁克定的请帖，邀他参加春宴。等赶赴汤山，发现只有袁克定和杨度在场。闲谈间，话题逐渐往政治上靠，两人极言共和政体如何不好，试探梁启超对复辟帝制的态度。

梁明确反对，并劝他们断此痴心妄想。

一生都在做选择的梁启超之所以大面上不错，盖因在位时短、在野时长，用史学家张朋园的话说就是，"每当其退而在野，多有建设性的言论；及自身当政，则往往置原则、理想于不顾"。

袁克定根本没意识到自己犯了一个致命的错误。敏感的梁启超离开汤山，立刻举家迁往天津租界。

要知道这是代表着中坚力量的进步党的党魁，虽说国会没了，但在地方极有势力，比如说蔡锷。

不过，袁克定对恢复帝制非常乐观，因为手中还有王牌。

牌是顾维钧送来的。两年前，他向法制局推荐了自己的博导——哥伦比亚大学法学院院长、世界政治学权威古德诺。

民国草创，亟须宪法专家，但在哥大的象牙塔里教了三十年书的古教授显然把政治和政治学搞混了，拿着高额聘金，正儿八经地顾起问来。

在三权分立的框架下，法制局属于"行政"系统，站在这一立场上看"立法"系统的国会，古德诺发现问题很严重。

国会中起草宪法的人党派偏见太深，竟然要用宪法规定"内阁向众议院负责"，还提出在国会休会期间保留一个国会委员会代行职权，对行政部门作长年不断的监控。

从学理的角度出发，古德诺认为这种"国会独裁"的制度很荒谬。

他的思想由来已久。美国建国前作为英国的殖民地深受英国议会之害（不断向殖民地征税），故美国的国父们在设计宪法时最害怕的其实是国会权力的膨胀，而不那么担心总统。麦迪逊反复强调，因为议会议员人数众多，跟选民关系密切，最有可能得到民众的强大支持，扩张自己的权力。而总统势单力薄，权力有限，行使权力又依赖国会（没有国会立法，总统便无法可施），因此在共和国中，必须赋予总统否决权以及法院对立法行使违宪审查权。

而另一方面，不谙中国内情的古德诺对南方发动的"暴乱"（二次革命）也心生厌恶，毕竟人家幼年时经历过南北战争，站在代表北方的袁总统一边是很自然的事。

民初的政治更迭本就频仍，中间回了趟美国担任霍普金斯大学校长的古德诺，等到1915年夏第二次来华时，就更不了解中国的国情了。

彼时，《二十一条》刚刚签订，袁世凯给古顾问布置了一篇命题作文：比较世界各国政体之优劣，以资参考。

古德诺觉得既然是写给总统的密件，就从学术角度毫无保留地向雇主论述了自己的思考。

岂料，这篇备忘录被袁克定搞到手，组织杨度等人翻译成《共和与君主论》公开发表，一时间举世皆惊。

古文主张：帝制与共和，无高下之分，但看采用之国能否适应。

当初法国革命直承美国独立战争之余波，醉心于自由民主。但因没有议会政治的传统，经历了两次复辟，直到普法战争帝国崩溃，方才建立起法兰西第三共和国，时距巴黎人民攻占巴士底狱已近百年。

而相继摆脱殖民建立共和国的巴西、阿根廷等拉美国家就更等而下之，在画虎不成反类犬中次第走向寡头政治。若独裁者强势，亦可相安数十年，但待此强人老迈或去世，因无固定继承人，则往往群雄并起，全国大乱。

古德诺以墨西哥总统迪亚斯为例。该寡头独裁了三十五年，一再连任，终于在衰病之年因没设法定继承人闹得诸侯割据，一国之内竟出现了五个总统。

总之，古教授的立论并不新鲜：制度派生于文化，文化制约着制度的变迁。

激进浪漫的法兰西，显然无法容忍一个高高在上的虚君，而冷静理性、崇尚高贵的英吉利，则愿意同皇室谈判妥协。

具体到"中华民国"，古德诺主张君主立宪。考虑到开倒车的风险，文末他提出必须满足三个条件，方能恢复帝制：

1. 不会引起反对；
2. 严格确定继承法；
3. 为立宪政府的发展做好规划。

筹安会六菌子

居仁堂的夜已经很深了。

黑夜总是让人联想到死亡，那个不曾有旅人回来过的神秘国度。

死是一件没有办法的事，除了接受，别无他策。

曾几何时，人们为自己从上亿颗精子中拔得头筹，赢得诞生的权利而深感庆幸。但慢慢发现，这可能并非胜利，而是放逐。人生即痛苦，最大的痛苦便是，明知一个意味着"永恒消失"的黑洞在终点收割一切，却只能机械地朝它奔去。

袁家祖上普遍短寿，58 岁成为一道迈不过去的槛。因此，对死神的恐惧，在袁世凯晚年持续发酵。

翻检家书不难发现，袁世凯经常叮嘱家人祖坟不可随意动土，老宅不要轻易改门。1910 年，周馥去洹上村拜访前，他让周携堪舆大师杨焕之同来，专程到项城看袁家的祖上风水。

深谙乃父心理的袁克定伺机大造舆论，称只有做"真命天子"才能改写命运，闯过生死大关……

袁世凯何尝不明白，死亡才是唯一永远亮着的灯塔，不管你往哪航行，最终都得转向它所指引的方向。

仰望夜空，他产生了一种更绝望的猜测：宇宙其实早就死了，星系、恒星、行星乃至人类，无一不是它的残片。

我们生活在一具加速膨胀的尸体之内。

万般皆逝去，死神独永生。

无涯的痛苦造就了无边的恐怖，在凉如秋水的孤独中，袁世凯昏昏欲睡。

朦胧中，他想到一个问题：为什么在中国这片土地上，两千年前就形成了统一的中央集权国？

有人说，是因为"黄河水患"。古代中国，水患严重，战国时，黄河沿岸的小国一遇洪灾，上下游不能协同应对，损失极其惨重。作为以农为本的民族，要抵御洪水，就必须建立强大的中央政府，快速有效地调动资源。因此，中国的专制体制比世界上任何国家都早熟、复杂和精密。这种外部危机也塑造了中国人的生活，使之时刻处于过度竞争的生存恐怖主义当中……

久未北上的冯国璋来京述职了。

一个月前，冯在南京会见了南下探亲的梁启超，从其口中得知一条惊天秘闻——袁世凯可能会称帝。

半信半疑的冯国璋打算摸一摸袁世凯的底——这事他不做，也没人做得了了。

在京期间，冯国璋受到了无微不至的优礼，甚至连其饮食习惯，大总统都了如指掌。

一日午餐，夏寿田作陪，有一大碗红烧猪蹄膀，袁世凯用筷子指着道："这是华甫爱吃的。"说着，令差官打电话告诉冯将军，等等再吃饭，总统有菜送过来，佐以大馒头四个。

又一日晚间，袁世凯回卧室休息，见几个姨太太和袁静雪在闲聊，便道："今天冯华甫来了。"

袁静雪不知道冯国璋的字，就问："冯华甫是谁？"

袁世凯说明以后，问女儿："你应当叫他什么？"

袁静雪迟疑道："叫世哥。"

袁世凯笑道："不是世哥，是四哥。"

连自己续弦再娶的夫人，都是袁世凯给介绍的才貌双全的家庭教师周道如，冯国璋实在没有理由怀疑情同家人的大总统。但在饭桌上，他还是忍不住发问："外间传说，大总统欲改行帝制，请预为秘示，以便在地方着手布置。"

袁世凯道："华甫，你我是自己人，难道你不懂我的心事？近来新法颁布，总统得授爵位，有人认为这是变更国体的先兆。我早就感到五族平等，既然满、蒙、回、藏都可以封王封公，为什么汉族同胞就不能？授爵条文对各族都不应限制，要一视同仁。但为免误解，目前还不打算授给汉人。"接着又道："袁家没有过六十岁的，我今年五十八，就做皇帝能有几年？至于为了子孙，我大儿子克定残废，二儿子克文假名士，其他的都还小，哪一个能继承大业？况且，帝王家从来没有好下场，我也不忍把灾祸留给他们。"

冯国璋试探道："总统说的是肺腑之言，但到了天人与归的时候，只怕要推也推不掉啊！"

袁世凯面有愠色："什么话！我有一个儿子在伦敦读书，已叫他在那边购置薄产，如果有人逼我，我就出去，再不过问国事。"

下来后，冯国璋找到"天子近臣"、机要局局长张一麐。张的话彻底打消了他的疑虑："有人想做开国元勋（杨度），鼓动老头子当皇帝。但老头子不会这么傻，他的话是信得过的。"

张一麐不知道的是，前不久政事堂的一次密会上，针对由劳乃宣等遗老刮起的复辟风，袁世凯曾道："满族业已让位，果要皇帝，自属汉族。清朝帝统取自朱明，最好找个明洪武的后人，实在寻不着，朱总长（内务总长朱启钤）也可以做。"

当然，据此便指责袁世凯连心腹（冯国璋）都骗，也不客观。称帝是何等大事，既想又怕很正常，表现出来便是一面默认，一面否认。

杨度跟夏寿田一合计，觉得既然呼之欲出，岂能袖手旁观？袁克定既然不喜欢北洋老人，背后唤徐世昌为"活曹操"，对段祺瑞的不满更是写在脸上。若日后登极，新朝宰辅的位子还不是他杨、夏二人的囊中之物？

于是，杨度径自面见袁世凯，提出组织专门的机构宣传帝制。

袁世凯摆手道："不可，外人知道你我关系，以为由我指使。"

杨度正色道："我主君宪，十有余年，如办君宪，我当为发起人，且有学术上的自由，总统不必顾虑。"

见杨度意气激昂，袁世凯让他回参政院找孙毓筠商量着办。

想当年孙参政的"皖督"被柏文蔚抢走，一气之下投了袁世凯。陆征祥组阁时，孙毓筠被提名为教育总长，结果老东家同盟会极力反对，愣是给压了下来。

新仇加旧恨，孙毓筠开始天天挖同盟会的墙脚，还主持起草了"袁记约法"，成为袁世凯的马前卒。

杨、孙一碰面，立刻决定成立以拥袁称帝为己任的"筹安会"，二人分任正副理事长。

另外四个理事是胡瑛、李燮和、刘师培和严复。

胡瑛是黄兴的弟子，同盟会元老，孙文当临时大总统时曾任山东都督，二次革命后逐渐倒向袁世凯；李燮和是光复会的二当家，曾被以怨报德的陈其美抢走"沪军都督"。作为反袁急先锋，李燮和名列筹安会纯属乌龙事件。杨度再三威逼利诱他都不松口，最后被磨烦了，敷衍道："我退隐已久，不问世事。诸君怎么做，各请自便，我既不拥护也不反对。"结果就上榜了；刘师培乃一有才无德的国学大师。专治古文经的他名列《清史稿·儒林传》，早年跟章太炎好得跟基友似的，结果加入同盟会没多久便与之反目，又迫于经济压力被端方收买，为其提供情报，导致上海的革命机关遭到破坏。投入端方幕中后，被陈其美派来的杀手找到，魂飞魄散的刘氏夫妇献金求饶，总算苟且偷生。保路事起，随端方入川，被哗变的起义官兵扣留，幸得孙文通令全军，一致护卫，再得不死。经人引介，跑到山西去给阎锡山当顾问，又蒙其推荐赴京任参政院参政。四个理事里，数他最敬业，写了《国情论》和《君政复古论》等文，为帝制张目；严复是六人里的大腕，也是袁世凯在前清时就一直想拉拢的硕儒，但他总是不屑一顾道："袁世凯什么东西，够得上延揽我？"辛亥后，严复的铁饭碗没了，一大家子等着吃饭，只好放下架子去找袁大总统，捞了个北大校长和海军部少将衔的闲差。严复主张君宪，但他始终认为，袁世凯的才干只相当于一个督抚，绝非皇帝的理想人选。因此，他没为筹安会做过一件事，只是骑驴看唱本走着瞧。毕竟，写过"男儿生不取将相，生后泯泯谁当评"的他，从不甘心只当一个思想家。

据说，当袁世凯听闻严复也参加筹安会时，极为欢悦。

异哉所谓国体问题者

除了严复，能入袁世凯法眼的国士就剩梁启超和章太炎了。可惜，二者的关系都已搞僵。

本来，常年不爽孙文的章太炎同袁世凯有过一段蜜月期，但因思维方式的差异，终归是昙花一现。

当初为了笼络章太炎，袁世凯任命其为"东三省筹边使"。这跟"蒙古屯垦使""西藏宣慰使"一样，听着吓人，实则都是大而无当的空衔，作为荣誉称号收着就行了，没人会当真。

但章太炎认真了。

他兴冲冲地跑到长春去上任，结果发现从都督到道尹，根本没人理他，碰了一鼻子灰回来。

宋教仁遇刺后，章太炎对袁世凯的印象急转直下。到二次革命爆发，开始帮国民党起草反袁檄文，遭军政执法处盯梢。

行动受限的章太炎把袁世凯颁给他的勋章，挂在扇子上当扇坠，破衣烂鞋地跑到中南海门口骂街，刷出"民国祢衡"的称号。

卫兵客客气气地把他请到接待室，说总统正在议事，不便会客。章太炎就坐下等，从早到晚，越等越生气，最后把房间里的花瓶茶具统统砸碎，赖着不走了。

代价是，软禁龙泉寺。

根据袁世凯亲定的"优待措施"，章太炎的幽禁生涯并不难熬——起居饮食，用款不限；骂人毁物，悉听尊便。每月发500元薪水，比大学教授的工资都高。

同时，章太炎还享受讲学和会友的自由，但抨击时政的文字不得外传。

龙泉寺传出的骂袁之声日甚一日。章太炎在桌椅板凳上遍书"袁世凯"三字，每日以杖痛击之，呼为"鞭尸"；又用不同字体写满"袁贼"

二字，扔进火堆焚烧，伴以"袁贼烧死矣"的大呼小叫……

杨度也清楚，所谓的"筹安会六君子"，抛开严复，就是五个二线演员。因此，他对外只敢宣称这是研究国体的学术机构，等不明就里的会员参加了几次组织生活，才发现是以"劝进"为目的、吃财政饭的事业单位。

筹安会通电各省，发表宣言，把古德诺搬出来鸣锣开道，鼓吹"中国如不废共和，立君主，则强过无望，富国无望，立宪无望，终归于亡国而已"。

舆论大哗。

梁启超给袁世凯去了封长信，告其不要"舍磐石之安，就虎尾之危"；张謇跑到总统府当面苦劝，说到口干舌燥。

肃政厅全体肃政史联名上文，请求取缔筹安会。袁世凯的批示整个一和稀泥："讲学家研究学理，本可自由讨论，但不应逾越范围"，让内务部查清后，予以警告了事。

筹安会深受鼓舞，组织了名目繁多的"公民请愿团"，如"商会请愿团""妇女请愿团"乃至"乞丐请愿团"，代其拟写请愿书，等9月1日参政院开会时呈递，内容都是千篇一律的"非速改君主之制，不足以救苍生、保中国"。

天津。

梁启超悲哀地发现，国民党解散，进步党失势，自己要再不站不出，振臂一呼，天下就任袁世凯予取予求了。

绝非故作惊悚。三年来，以商人裘平治、湘民章忠翊为代表，上书泣求恢复帝制的脑残接连不断，帝王思想在民间根本就死而未僵。

心念及此，梁启超提笔凝神，平生最得意的文字《异哉所谓国体问题者》一蹴而就。

同后续的几篇雄文一道，梁启超汪洋恣肆地痛斥了变乱国体的群丑，如平原惊雷，振聋发聩：

> 自国体问题发生以来，所谓讨论者，皆袁氏自讨自论。所谓赞成者，皆袁氏自赞自成。所谓请愿者，皆袁氏自请自愿。所谓表决者，皆袁氏自表自决……右手挟利刃，左手持金钱，啸聚国中最下贱无耻之少数人，如演傀儡戏者然……
>
> 吾实不忍坐视此辈鬼蜮出没，除非天夺我笔，使不复能属文耳；
>
> 就令全国四万万人中有三万九千九百九十九万九千九百九十九人赞成，而我梁启超一人断不能赞成也。

袁世凯得知后大惊，以给梁父祝寿为名，派人带 20 万元银票火速赶往天津租界，劝梁启超不要发表文章，遭到拒绝。

很快，《异哉所谓国体问题者》在《京报》发表，迅速引起轰动，报纸一抢而空。茶馆、旅店的客人因无报可买，只好辗转抄读，更有不少人直接跑到报馆请求再版。

群情激奋下，自己一向敬重的严修也跑来规劝，袁世凯不得不做出回应，让政事堂左丞杨士琦到参政院宣读了自己的声明，称改革国体，极应审慎，当前来讲是不合时宜的。

袁克定慌了，召集杨度等开会痛骂严修，商量办法。

于是，怪力乱神出现了。

一天，袁世凯正在午睡，女仆端碗进来，一不留神给摔碎了。

袁世凯被吵醒，问怎么回事。女仆不慌不忙道："我端参汤进房间，见大老爷床上盘着条龙，一害怕就把碗给打了。"

不久，四川督军陈宧来电，说宜昌的溶洞里发现酷似"神龙"的化石。

袁世凯当然不信这些鬼话，他更重视的是，同朱尔典的一次密谈。

一战正酣，英国担心袁世凯倒向支持其称帝的德国，让朱尔典向袁大总统表达了，对中国改行帝制"极为欢迎"的立场，只要不因此产生内乱。

美国也强调只要改制出于民意而非武力，便不干涉。至于日本，翻开其外务省在北京出版的中文报纸《顺天时报》，可以看到，赞成是大于反对的。并且，政治学权威有贺长雄不止一次面劝袁大总统实行君主立宪。

自信满满的袁世凯开始着手制造"民意"。

在他看来，由无权无势的文人小打小闹的筹安会，已不符合时代发展的需要，且已成为众矢之的，必须成立一个强有力的班子来推进此事。

以梁士诒为首，朱启钤、周自齐、阮忠枢、张镇芳、唐在礼和雷震春等十人组成的"总统班底"秘密开张。

称帝堕陷阱

梁士诒失宠久矣。

没有人比他更懂经济，也没有人能像他一样，让袁世凯产生"离不开"的感觉。

从清末到民国，梁士诒打造了一个以叶恭绰为代表，围绕于他的"交通系"，遍布铁路、关税、银行和各大国企，控制着全国的经济命脉。

财权之外，梁士诒在总统府秘书长的位子上又牢牢把握着事权，同交通系的朱启钤、周自齐形成攻守同盟的铁三角。

搞钱能力一流的梁士诒也很受洋人喜爱，替英国代工步枪，跟美国合组太平洋轮船公司。逐渐，有人见袁世凯禀报工作者，总能听到"问梁秘书长去"的回答，其"二总统"的名号，也因此越叫越响。

在梁士诒看来这显然不是什么荣誉称号，毕竟，以杨士琦、周学熙为首的"皖系"不爽他久矣，天天拿着放大镜找碴，袁克定也在杨度的影响下巴不得他滚蛋。

侍奉雄猜之主，获其信赖很难，而要摧毁建立起来的信任，则再简单不过。

由于经常与各省军阀密电往来，时间一久，某些梁士诒自认的琐事就没有请示，而是自行处理。再加上反对派的挑拨离间，袁世凯的疑心病渐渐发作。

随着内阁被改为直接向大总统汇报的政事堂，居间联络府院（总统府、国务院）的总统府秘书厅撤销，梁士诒被贬为税务督办（国税总局局长），周自齐也从交通总长变成了农商总长。

当然，袁世凯决不会扔掉自己的钱袋子，而称帝这种兴师动众的事，则更需要交通系的鼎力支持。

问题是梁士诒从内心抵制帝制，被袁世凯召见 14 次，每回都顾左右而言他，决不松口。

袁克定建议敲山震虎，"五路大参案"旋即爆发。

铁路系统的官，一查一个准。在肃政厅的严参下，津浦、京汉、京绥、沪宁和正太五路局长，营私舞弊的黑幕暴露在公众的视野当中，一时间舆论沸腾。

五个司局级撤职受审，由此牵连出的交通部次长叶恭绰也被停职。

见火候差不多，袁世凯叫来绝望的梁士诒，道："参案本有君，我令去之！"

袁克定更直接，找到梁士诒问他肯不肯帮忙操盘，恢复帝制。

为了保全交通系，一身冷汗的梁士诒只好点头。

财神的加入如虎添翼，运动进入快车道，五路参案也化作青烟，随风而去。

在总统班底的运作下，由段芝贵牵头，20 个省的军政首脑联名通电，劝袁世凯"速正大位"。

当然你会问，这帮人无法无天惯了，怎么突然步调一致起来？

透过现象看本质，还是在各逞其私。

有搞政治投机，图谋再上层楼的，如湖南的汤芗铭；有阳奉阴违，暗中磨刀的，如云南的唐继尧；有和光同尘，人云亦云的，如山西的阎锡山；当然，也有指哪打哪的李逵，如安徽的倪嗣冲。

不过，北洋系资格最老的段祺瑞、冯国璋和张勋始终没吭声。

懒得伺候太子的段祺瑞，已把陆军总长的帽子扔给王士珍，甩手不干；冯国璋正因老头子欺骗了自己生闷气；张勋对复辟是喜闻乐见的，但他拥戴的皇帝是溥仪，而非袁世凯。

"民意"被迅速伪造出来。参政院召集国民代表大会，各省代表在当地投票表决国体。当然，代表资格都是经过审查的，选票也是实名制，保证万无一失。

以四川为例。在陈宦的安排下，会场每个代表的桌上都放有毛笔一支、墨水一盒、点心一盘，在笔杆、墨盒与点心上，全部刻有"赞成帝制"四个字。

皇天不负有心人，1993 张选票，全部同意改行君主立宪。

更搞笑的是，在朱启钤的暗中叮嘱下，各省的推戴书毫厘不差，一看就是统一的模板：

> 谨以国民公意恭戴今大总统袁世凯为中华帝国皇帝，并以国家最上完全主权奉之于皇帝，承天建极，传之万世。

接着便是三推三让的老戏。鉴于大总统曾有，"永不使君主政体再行于中国"的誓言，杨士琦舞文弄墨，强词夺理，极力辩解；袁世凯则口口声声，"救国救民，成败利钝不敢知，劳逸毁誉不敢计"。自拉自唱，配合得天衣无缝。

忠心耿耿的张一麐自觉是最后一道防线，泣血劝阻，无效后当众顶撞袁世凯道："果犯天下大不韪，群必起而共击之！"

帝制派下来就进谗言，说"不诛少正卯，何以平众愤"。袁世凯打断道："一麐罪不至此。"

政事堂开会讨论登极仪式，张一麐起立力斥帝制之非，遭到群嘲，应诏旁听的倪嗣冲甚至拔枪怒目而视。主持会议的徐世昌赶紧去拉张一麐的衣角，说"仲仁随我来"，方才平息冲突。

事实上，连徐世昌也已跟不上袁世凯的节奏。他可以帮慰庭老弟独裁，但坚决反对称帝。

无他，料定必败。

徐世昌悬节而去，只留下一封措辞委婉的辞职信：

> 举大事不可不稍留回旋余地。若使亲厚悉入局中，万一事机不顺，将无人以局外人资格发言以为转圜。此时求去，非为自身计矣。

袁克定奉命登门劝解，徐世昌淡淡道："我不阻止，亦不赞成，诸君好自为之。"

袁世凯无奈，只好把陆征祥搬出来当傀儡国务卿。

失望的张一麐也跟着辞职，不想失去诤臣的袁世凯马上改命其为教育总长。见能远离是非，张也不再固辞，只是就任后涛声依旧地唱衰帝制。

即使在家庭内部，袁世凯也未能统一思想。

三子袁克良经常同四弟克端、五弟克权讨论老爸，究竟是王莽还是曹操，最后一致认为是妄图篡晋的桓温。不仅如此，他们还公然嘲讽长兄，说他一个瘸子，岂能君临天下？

袁克文则发挥特长，写诗讽劝袁世凯：

　　绝怜高处多风雨，莫到琼楼最上层。

然而，神也拦不住袁世凯称帝的步伐。1915 年 12 月 12 日，他发表申令，接受推戴，改元"洪宪"，自称"中华帝国皇帝"。

恍惚间，大隈重信似乎看到"中华帝国"的军队正在琉球抢滩登陆。

尾声：极权之上，还有天命

流沙幻影

中南海，居仁堂。

早上九点，登极仪式在仓促和低调中举行，各部司局级以上官员参加。

是日，袁世凯没穿订做的龙袍，而是身着大元帅服，立于龙座旁，接受百官朝贺。

段芝贵传洪宪皇帝的话，说行礼简单些，三鞠躬即可，但众人仍旧跪拜，个把奴性重的还行三跪九叩的大礼。现场没有司仪，一片混乱。

只行鞠躬礼的张一麐鹤立鸡群，引来众人侧目。一莽夫冲上去将其强行摁下，一麐含泪哀鸣。

袁世凯左手扶椅，右掌朝上，不断向行礼者点头。对年长位高者，则做出用右手搀扶的姿态，流露出一种内心受用而故作谦逊的复杂表情。

仪式草率结束，给时任参谋部次长的唐在礼留下的印象是：坐在家里称天子。下来后，照常上班的官员们彼此交流着心中的疑惑：这样就算改朝换代了？

袁世凯注意到，黎元洪没来。

"黎胖子"已经消失三个月了。自从袁世凯帝制自为以来，他就一再请辞参政院院长和副总统的职务。

除了不愿附逆，还有一点私心——共和国的副总统，再不济也有媳妇熬成婆的可能；退回帝制，哪凉快哪待着吧。

以袁世凯之精打细算，怎么可能放弃黎元洪这张牌？仪式一完，当即册封他为武义亲王。

武义当然指武昌起义，发明这个称号有两大用意：其一，暗示"中华帝国"和"中华民国"在血统上的继承关系。黎元洪既是民国元勋，又是帝国亲王，洪宪帝也就不存在背叛民国的问题；其二，打消辛亥功臣的顾虑——你们过去参加革命是对的，今天赞成帝制也是对的。

命下之日，车队浩浩荡荡，陆征祥带着一帮文官去东厂胡同的黎宅道贺。

黎元洪撂下一句"无功不受爵"后，便一言不发，做起自己最擅长的事——装木头人。

次日，收发室的人误收了袁世凯送来的王服，被黎元洪大骂一场，原件退回。亲信饶汉祥劝他暂且低头，也被赶了出来。

姿态既已做到，袁世凯不再理会装聋作哑的黎元洪。他拿起那尊刻有"诞膺天命，历祚无疆"的皇帝玉玺，下诏封爵128人，赐徐世昌、赵尔巽、李经羲和张謇"嵩山四友"封号，赐黎元洪、奕劻、载沣、那桐、锡良、周馥和世续"七旧侣"称号。

袁世凯自况嵩山，取五岳之尊、地处河南之意。诏令说得振振有词（自古创业之主，类皆眷怀故旧），但很明显是为了拉拢需要，把已无职权但极具社会影响力的重要角色拉出来装点门面。

嵩山四友的政治待遇很高，不用跪拜称臣，议事平起平坐，每年还给两万元顾问费。但徐世昌并不领情，在日记中写道：

> 人各有志，志在仙佛之人多，则国弱；志在圣贤之人多，则国治；志在帝王之人多，则国乱。

与此形成鲜明对比的是段祺瑞。

同袁氏父子闹翻的他，什么也没捞着，每天在家闭门静养，有客来访就怒喷帝制，客人一走便大骂袁世凯。

一天，张佩蘅（袁世凯的干女儿）听见老公又在骂，抢白道："你今天的地位从哪来的，怎么这么没良心？"

段祺瑞闻言，气得跳了起来，当着仆人的面给了她两耳光。

如此重量级的人物，公开唱反调，袁克定深感留着只会遗祸将来，必欲除之而后快。张佩蘅听说后，立即去找干妈于氏反映情况。

于氏吹完枕头风，袁世凯叫来袁克定，教育道："你姐夫（段祺瑞）虽然对帝制有意见，但只是用嘴巴讲讲而已。我听说你想对他不利，要立即停止！他是我们的至亲，现在事还没定，内部就斗起来，将来还敢设想吗？"

确实不敢，因为西南出事了。

由梁启超执笔、云南督军唐继尧署名的最后通牒，摆到了袁世凯的案头，称"天祸中国，元首谋逆"，要求袁贼无条件放弃帝制，诛杨度等十三人以谢天下。

两天后，没有收到答复的云南宣布独立，成立护国军，誓师北伐。

对此，袁世凯早就有预感。

二次革命后，北洋势力遍布大江南北，但仍有漏洞。

由"外人"掌控的西南四省：广西、贵州、云南和四川，一直是袁世凯的心病，动不动就发作，眠食俱废。

终于，他以合乎情理的借口，把云南都督蔡锷和四川都督尹昌衡调到北京，用高官厚禄供着，原职则分别代以唐继尧和陈宧。

唐继尧是蔡锷的老部下。做此安排时还没跟进步党闹翻（蔡是梁启超的学生），不能撕破脸。

陈宧也是拖到帝制运动开始前，才以参谋部代理总长的身份出掌四川。

袁世凯晚年，北洋系以"文有杨士琦，武有陈宧"，形容此二人的重要性，事实上陈宧的谋略丝毫不亚于其军事才能。

天生一副苦寒相的他心机似海，以至于章太炎初见其人后悚然道："一流人物，一流人物！他日亡民国者，必此人也。"

陈宧早年在武卫前军当管带，庚子国变中崭露头角，引起锡良的注意，随其入川，主持编练新军，累迁至镇统。

辛亥后投靠袁世凯，献计献策，屡立奇功。比如，建议裁撤"南京留守府"，使黄兴彻底下岗；设计将黎元洪"押解进京"，成为袁的政治俘虏。

以陈宧督川，并抽调冯玉祥部和另外两个旅与之同行，除了说明其深受倚重，也跟他在蜀中有众多袍泽旧属密不可分。毕竟，一旦天下有变，西南的半壁江山要靠四川来支撑。

为了巩固陈宧的忠心，临行前，袁世凯赠金二百万元，并让袁克定跟他拜了把兄弟，唤其"二哥"。

南下当天，百官送行，汽车排成一字长蛇阵。沿途军警林立，庄严肃穆，其阵仗除了孙文和黎元洪到北京时，未曾有过。

人群中，一个三十出头的男子露出倏然而逝的冷笑。

他就是蔡锷。

以一隅而为天下先

蔡锷和陈宧是老相识了，两人的朋友圈重合度很高。

在蔡锷看来，陈宧跟汤芗铭一样，都是没有节操的政治赌徒，随行就市，只不过前者藏得更深，不易察觉罢了。

13岁那年，蔡锷考中秀才，被推荐到湖南时务学堂，同总教习梁启超结下了深厚的师生之谊。

戊戌政变后，他想东渡日本，却苦无经费，在袁世凯的资助下方才成行，考入陆军士官学校。

学成归国的他担任广西陆军小学总办，被李宗仁奉为天神下凡的偶像。

武昌事起，时任新军协统的蔡锷扛起义旗，赶走李经羲，被举为云南都督。

民国头几年，蔡锷紧密追随梁启超的政治立场，认为袁世凯"闳才伟略，群望所归"，极力支持他加强集权，抵御外患。

二次革命前，黄兴派密使约蔡锷一同举兵，遭到拒绝。不仅如此，蔡锷还反劝对方珍惜来之不易的大好局面，不要用武力解决政治纷争。

召蔡入京，在袁世凯，固然达成了其调虎离山的目的。而在蔡锷看来，越接近中枢，实现其政治主张的可能性就越大，故无论在陆海军大元帅统率办事处还是参政院，都兢兢业业，苦心赞画，直到筹安会的出现，粉碎了他"致君尧舜上，再使风俗淳"的迷梦。

天津。

梁启超对前来问计的蔡锷道："我的责任在言论，必须立即作文章公开反对；你在军界大有实力，应深自韬晦，不要引起他的猜忌，才可密图匡复。"

蔡锷然其说，每天和杨度打得火热，在八大胡同赏歌逐舞，诗酒风流，还跟名妓小凤仙擦出爱情的火花，把家里那位气得一哭二闹三上吊，搞成年度桃色新闻。

不仅如此，梁启超的《异哉》一文发表后，蔡锷逢人便说："我们先生是个书呆子，不识时务。"在云南会馆发起军界请愿时，又第一个提笔签名，拥护帝制。

暗地里，蔡锷则以卸任不久的贵州巡按使戴戡往来京津，居间联络，同梁启超敲定了讨袁大计：一俟袁贼称帝，云南即宣布独立。一个月后贵州响应，两个月后广西响应。以云贵之力拿下四川，以广西之力拿下广东，然后会师湖北，鼎定中原。

云南不成问题，但贵州和广西能接受策动吗？

答案是肯定的，不然剧情怎么往下走？

作为偏远小省，贵州一直不受重视。封爵时，督军刘显世只得一子爵，而且很快挨了一记闷棍。

袁世凯没有征求刘显世的意见，就把戴戡调到参政院当参政，换了一个交通系的人接任贵州巡按使。

当惯黔王的刘显世强烈不满，却颇能隐忍，暗自等待发难的时机。

目光下移，广西的陆荣廷，对袁世凯怨憎更深。

清末，龙济光和陆荣廷，一个广东提督，一个广西提督，作为两广总督岑春煊一手提起来的哼哈二将，互相不服，彼此较劲，却始终在伯仲之间，难分轩轾。

民国后，龙济光主动向袁世凯靠拢，陆荣廷则依旧我行我素。结果两人的差距逐渐拉大，封爵时，前者封公，后者封侯。

对陆荣廷放心不下的袁世凯，把其子叫到北京来当官。而随着袁的疑心越来越重，陆荣廷打算终结"以子为质"的游戏，没打招呼便擅自召回了儿子。

谁知，小陆路过汉口时，忽因食物中毒暴毙。此事虽说蹊跷，但考虑到湖北是北洋的地盘，袁世凯难脱嫌疑。

动机很充分：做给所有被"扣"在北京的官二代看，告诉他们没事别乱跑。

杀子之仇，岂能不报？只是以卵击石，殊为不智。望着袁世凯猫哭耗子的表演（派员赴鄂料理丧事，大力旌表小陆之德），陆荣廷缄默不语。

他比刘显世更需要发难的时机。

北京。

蔡锷见戏演得差不多，再演下去就成蔡楚生了，便留下一张谎称病重、赴日治疗的假条，溜到天津，在梁启超家换装后坐上了开往横滨的船。

梁启超料理好一切，南下上海，同汤化龙等进步党骨干碰头。

收到蔡锷先斩后奏的呈文，袁世凯无奈地批了个"一俟调治就愈，仍望早日回国"。私下则对周学熙感叹蔡之精悍，远在国民党诸公之上，自己"纵虎出柙（笼子）"，必酿大患。

心有余悸的他在袁克定等人的劝说下，决定于洪宪元年（1916）元旦举行更为隆重的登基大典，昭示天下，以壮声色。

可惜，取道香港、辗转回云南的蔡锷不给他这个机会了。

同唐继尧和李烈钧（被老同学唐继尧专函请来）商定后，云南成立军政府，恢复"都督"，把所有滇军改编为三个军，合称护国军，蔡、李、唐分任第一、二、三军司令。

唐继尧提出让老领导当都督，留守云南，自己和李烈钧挥师伐蜀。蔡锷道："我来非占位置，而欲对国家民族效力耳。"

的确，他早已同梁启超约定：事之不济，决不亡命；若其济也，决不在朝。所以，护国军开拔之日，蔡锷向一、二军的官兵道出了心声，告诉他们为什么要反：

> 今日不得已而有此举，非敢云必能救亡，庶几为我国民争回一人格而已。

护国战争

护国战争的规模比二次革命小得多，袁世凯以为不日即能荡平。

然而陈宦发现，麾下的三个旅根本不济事。一个旅长是蔡锷的旧部，冯玉祥则不愿为洪宪帝效忠，整天盘算着撤回陕西，投靠舅舅陆建章。

即便如此，川军的兵力也几倍于蔡锷的四千人马。

问题是，四川本土的军队不一定买陈宧的账。二次革命你可以指南方为"乱暴势力"，此番人可是打着"维护共和"的旗号来的，占尽道义上的优势。

果然，名正言顺的护国军连下宜宾、泸州，并策反了一批川军将领。

不过，空间还是为袁世凯换取了时间，以曹锟挂帅、吴佩孚与张敬尧为主力的三万北洋军在川南集结完毕，反攻泸州。

虽然蔡军神编过一本日后成为黄埔军校的教材，以及蒋介石与毛泽东案头书的《曾胡治兵语录》，但过于悬殊的兵力还是让护国军感到空前的压力。

蔡锷一再向后方请饷，唐继尧节衣缩食，下令公务员只领基本的伙食费，挤出 10 万元送到前线，却再也拿不出更多。

面对北洋军汹涌澎湃的攻势，"衣不蔽体，食无宿粮"（蔡锷语）的护国军没能保住胜利的果实，退到纳溪，与敌军隔江对峙。

袁世凯重赏三军。师长张敬尧加陆军上将衔，旅长吴佩孚授陆军中将，连团长刘湘都得了个陆军少将。

然而，随着已被戴勘策反、假意服从中央的刘显世，骗得 20 万财政拨款后，即宣布贵州独立，形势便陡转直下……

袁静雪最爱吃的零食是五香酥蚕豆。

一天，她的丫头回家探望老人，遵其嘱咐，归府时带回一大包蚕豆，用整张的《顺天时报》裹着。

袁静雪一边嘎嘣脆，一边看报纸，忽然有了惊奇的发现。

这张《顺天时报》和她平日所看的论调南辕北辙。当找来同一天的报纸对比时，竟出现了日期一样，内容却截然不同的怪事。

袁静雪找到袁克文，问他怎么回事。

袁克文一点也不惊讶，说自己早就在外面看见和府里不同的《顺天时报》，只是不敢对父亲明说。继而问道："你敢不敢去说？"

袁静雪："我敢！"

当晚，袁静雪把这张真报纸交给父亲。

袁世凯浏览了一遍，问明情况，皱眉道："去玩吧。"

第二天一早，袁静雪听说父亲用皮鞭把大哥打了，边打还边骂"欺父误国"。袁克定皮开肉绽，跪地求饶，袁世凯却一直打到手软方才罢休。

原来，府中的"顺天时报"是袁克定组织写作班子山寨的，充斥着对洪宪王朝的阿谀吹捧，而由日本人发行的正版，立场恰恰相反。

说到底，成天搞外交讹诈的国家哪有立场可言？唯一不变的立场就是削弱中国，趁乱打劫。不然何以大隈重信刚刚宣布，"改行帝制是中国的内政，日本不拟干涉"，扭头就派特务护送蔡锷回滇，协助梁启超南下广西策动陆荣廷独立，送给孙文 100 多万倒袁经费，资助宗社党余孽搞满蒙独立……

很快，驻日公使陆宗舆收到日本政府的外交照会，要求袁世凯"切实延缓帝制"。随后，又承认护国军为交战团体，公然予以支持。

不久，广西独立。英、美、德、俄见局势失控，纷纷站到了袁世凯的对立面。

徐世昌来信说"在今尚可转圜，失此将无余地"；弃官从商的老友唐绍仪从上海发来骂电，称袁先生"廉耻道丧，为中外历史所无"；就连康有为也从日本寄来长信，劝"慰庭老弟"退位让贤。

比"多米诺骨牌"还快，各地的反袁电文雪片般汇集到北京。对此，唐在礼的解释比较中肯：

本来大总统四年一任，不少的人希望自己的上司有一天轮到，将来大家都有鸡犬飞升的机会，各部门的职位大可轮流过瘾。此时大总统既被袁一人包办，自然难怪他们大为失望。何况袁既称帝，各方人物的不满更是可想而知。

最不满的当属冯国璋。

作为北洋系最大的实权派，袁总统一旦宾天，冯国璋接替总统之位的可能性极大；而要是洪宪帝驾崩，就洗好脖子等着新帝"削藩"吧。

事实上，这也是梁启超游说冯国璋倒戈的有力说辞。

"五将军密电"由此出炉。

这封没发出去的电报，由冯国璋联合张勋、靳云鹏（山东督军）、李纯（江西督军）和朱瑞（浙江督军）作为发起人，征求各省督军签名后，公开迫使袁世凯取消帝制，惩办祸首。

结果，传到直隶督军朱家宝手上时，这个在洪宪朝率先称"臣"，改用奏折的倒车司机，直接向袁世凯打了小报告。

冯国璋和张勋的倒戈，袁世凯早有预感。

改制之初，冯国璋接到参谋总长的任命，却要求在江苏遥领此职，拒绝赴京。

护国战争爆发后，袁世凯再次召冯北上，命其以参谋总长兼任征滇军总司令，措辞严厉。冯国璋计穷，只好称病请假，让江宁镇守使代行己职。

袁世凯遣使南下慰问，冯国璋毫无病容，握着来使的手哭丧道："我跟了总统一辈子，他要如何便如何。不知怎的，现在总统不认我作自己人了！"

袁世凯听说后，愈发不满。他又想起张勋，打算调辫子军征滇。

然而，阮忠枢刚到徐州，还没开口，张勋便先发制人，说全国局势紧张，兵力不敷使用，请转达元首，准其招兵十营……

为了北洋内部的团结，袁世凯都忍了，没想到二人合唱了这么一出。

攻守之势既异，再打下去不仅全无胜算，还可能酿出更大的危机。气急败坏中，袁世凯几乎晕厥，对身旁的夏寿田悲凉道："一切都完了！我昨晚看见天上有巨星坠落，这是平生所见第二次。上一次是文忠公（李鸿章）死时，这次也许轮到我了！"

一念放下，万般自在

刚颁布中国第一部公共卫生法《传染病预防条例》，袁世凯就感到身体不行了。

元宵节。

只想一家人吃顿安稳的汤圆，可六姨太嘀咕说，袁世凯要是不封她为"妃"，自己就带着孩子回彰德。

八姨太和九姨太也提出同样的要求。

五姨太嫌她们不懂事："别闹了！你们都当妃子去，爱管我叫什么就叫什么！"

能谋善断的五姨太是天津人，除大姨太沈玉英外，最受袁世凯宠爱，家里的日常生活全交她料理，连于氏都惧让三分。

结果三个女人合起伙来反讥五姨太站着说话不腰疼。

袁世凯把筷子一撂，叹气道："别吵了！你们都要回彰德，等着送我的灵柩一块儿回去吧！"

说完，起身回办公室去了……

居仁堂。

梁士诒看完连日来全国各地乞退、劝退、迫退乃至斥退的函电，默默地注视着御案对面的袁世凯。

时间在他身上汹涌地流逝了，除了那双还透着精光的眼睛，你实在无法将这个苍老的孤家寡人，同国家领导人联系到一起。美国驻华公使芮恩施后来回忆说："周自齐先生对我说，大总统已经丧失了迅速做出决定的果断力。他在面临困难的抉择时简直不知所措。以前他对我提出的建议都立即回答'同意'或'不同意'，可现在呢，他反复思考，犹豫不决，多次改变决定。"

此时，袁世凯用手指蘸着茶水，在桌面上涂画了半天，最后对梁士诒道："事已至此，我的意思定了。撤销帝制后，政事由徐菊人（徐世昌）、段芝泉担任。安定中原军事，交给冯华甫。君为我致电二庵（陈宧），嘱其一面严防，一面与蔡松坡（蔡锷）言和。君与卓如（梁启超）有旧，请他疏通滇桂，并回复长素（康有为）电函，请其婉劝卓如。倘有办法能令国家安定，我无论牺牲到何种地步，都没有什么不可以的。"

撤销帝制令，袁世凯拟让张一麐执笔。他把张调回内史厅，诚恳道："予昏聩，不能听你之言，以至于此。今日之令，非你作不可。"

张一麐安慰道："此事为小人蒙蔽。"

袁世凯道："是我自己不好，怨不得别人。"

一日，谈完正事，袁世凯对张一麐感慨道：

吾今日始知淡于功名、富贵、官爵、利禄者，乃真国士也。仲仁在予幕数十年，未尝有一字要求官阶俸给；严范孙（严修）与我交数十年，亦未尝言及官阶升迁。二人皆苦口阻止帝制，有国士在前，而不能听从其谏劝，吾甚耻之。今事已至此，彼推戴者，真有救国之怀抱乎？前日推戴，今日反对者，比比皆是。梁燕荪（梁士诒）原不赞成，今乃劝予决不可取消（帝制），谓取消则日望封爵封官者皆解体，谁与共最后之事，尚不至首鼠两端。……总之，我办事时多，读书时少，咎由自取，不必抱怨人，只能与仲仁谈耳。误我事小，误国事大，当国者可不惧哉！

不久，徐世昌、段祺瑞和黎元洪等一干政要被官复原职，召集到中南海开会。

时值天气转暖，袁世凯却还穿着棉袍，也没有力气站起来，只能斜靠在沙发上。他先认错，自承对国内的混乱负有不可推卸的责任，然后宣布即将取消帝制。

众皆不语，异常沉闷。

忽然，倪嗣冲起身大声道："臣愿带兵平定南方，为我主效犬马之劳！"

袁世凯摆手道："丹忱（倪嗣冲）别唱戏了！"随手把五将军密电递给他看，方才无语。

翌日，由张一麐起草，阮忠枢修改的撤销帝制令公布。明眼人发现，申令是以"本大总统"的口吻写的，意味着袁世凯将退位而不退休。

从日本赶回来的孙文在上海发表《讨袁宣言》，号召将讨袁进行到底；广东督军龙济光在徐勤、朱执信率领的民军的强大攻势下，不得不宣布独立以缓解粤民"屠龙"的热情；梁启超和陆荣廷把袁世凯的老对头岑春煊拉了出来，在广东成立护国军的中央机构——军务院，表态说休战的前提是袁世凯下野，黎元洪继任总统；

浙江。

台州镇守使联合两个旅起义，赶跑督军朱瑞，使浙江成为全国第五个独立的省。

断鸿声里斜阳暮

袁世凯尚希维持，用他自己的话说就是"内忧外患，相逼而来。如不考虑善后，撒手便走，危亡立见，实不能忍心至此"。

显然暗指杀回国的孙文和他背后的日本。

段祺瑞取代徐世昌被任命为国务卿，袁世凯打算借助其在军界的威望，迅速稳定局势。

然而，段祺瑞要求恢复责任内阁，全权处理国事，否则免谈。

袁世凯答应了。

梁启超反应极快，当即给国务总理段祺瑞去信：

> 今日之有公，犹辛亥之有项城。清室不让，虽项城不能解辛亥之危；项城不退，虽公不能挽今日之局。

段祺瑞觉得梁启超想多了——自己想用徐树铮为助手，都不敢直接任命其国务院秘书长，而要请王士珍代为请示。王士珍装黄老派装惯了，知道袁世凯最讨厌徐树铮，又不想得罪段祺瑞，故既不回绝也不转达。

见迟迟没有下文，段祺瑞又托斡旋达人、教育总长张国淦去说。张刚提一句，"总理想自己物色一位秘书长"，袁世凯便问："他想用谁？"

张国淦硬着头皮道："他想用又铮（徐树铮）以资熟手。"

袁世凯的脸立马沉了下来："不成话，不成话！军人总理，军人秘书长，这里是东洋刀，那里也还是东洋刀！"待神色缓和下来，指示道："你去告诉芝泉，徐树铮是军人，让他官复原职，做陆军次长吧！"

当天下午，张国淦到国务院回话，略去了不利于府院团结的细节。谁知话音刚落，段祺瑞就把含在嘴里的烟斗甩到地板上："到了今天，还是一点都不肯放手！"

几天后，袁世凯把张国淦叫来，商谈加强总统和副总统之间联系的事宜。

张国淦与黎元洪是湖北同乡，关系密切，经常扮演传声筒的角色。

两人聊完正事，袁世凯似不经意道："你看我是退还是不退好？"

张国淦毫无思想准备，只好说："应当从外交、舆论和军事三个方面来考虑。"

袁世凯明显不认可："舆论，什么叫舆论？中国有舆论吗？外交是有把握的，三个方面依我看只有军事值得考虑。"接着，担忧道："你看西南打得倒我吗？"

张国淦："时局的关键不在西南而在东南。"

袁世凯皱眉道："你是说华甫？"

张国淦："冯华甫是总统几十年的老部下，没有人比总统更了解他。"

袁世凯："你认为他左袒则左胜，右袒则右胜？"

张国淦："不怕他左右袒，就怕他不左不右。"

袁世凯哼了一声，不再开腔。

陕西。

陕南镇守使陈树藩绑架了督军陆建章的儿子，威胁他独立或下台，陆选择后者。陈树藩率部开进西安，宣布陕西独立。

此人既不反帝，也不讨袁，纯粹抱着趁乱捞一把的心态称霸关中。但作为段祺瑞的心腹，其反叛具有特殊的意味，即北洋的高级将领也开始公然背弃袁世凯。

南京。

阮忠枢转达了袁世凯的请求，希望冯国璋出面调停军务院以及独立各省同北京的关系。

一如张国淦所料，冯不偏不倚，两头周旋，准备坐收渔翁之利。

很好理解。

人心鼎沸，袁世凯的倒台已无悬念，接下来的较量，在北洋系和护国军之间。

而冯国璋显然认为，自己就是北洋的第二任掌门。

出于这种心理，他发起召集会议，打算仿照辛亥年的故事，在南京成立临时政府，选出临时总统，完成南北统一……

可惜只是幻想。

会是开了，但各省代表吵来吵去，连究竟叫"惩办祸首"还是"惩办奸人"都无法达成共识，还讨论什么临时政府？

拖了一个月，四川独立了。

陈宧的反水再正常不过。川军基本指挥不动，带来的三个旅，两个旅长都劝他独立。甚至当撤销帝制令下达后，有传言说，川人将以当年对待赵尔丰的办法对付陈宧……

深感自身难保的陈宧居然向蔡锷借兵，而蔡锷为了促其独立，竟真的拨了十个营给他壮胆，自己只留三个营。

有了坚实后盾，敦促袁世凯下野的电报打到了北京。

这是第一封，语气比较平缓，内称"优待条件，当与各疆吏力争"。袁世凯的回电也客客气气，说"容布置善后，望速向政府切商办法"。

然而两周后，在各方的催逼下，陈宧发表了一封言辞激烈的通电：

　　宧为川民请命，项城虚与委蛇，是项城先自绝于川者，宧不能不代表川人，与项城告绝。自今日始，四川者与袁氏个人绝断关系，袁氏在任一日，其以政府名义处分川事者，川省皆视为无效。

袁世凯接电，眼前一片漆黑，当场晕厥。悠悠转醒后，整日不发一言。更沉重的打击接踵而来。

一周后，墙头草汤芗铭在其兄汤化龙的苦劝和护国军压境的威逼下宣布湖南独立。

想当初汤芗铭为了鼓吹帝制，专门招募一批文人，关在豪宅里搞封闭式写作。只要能写出工美的劝进书，名烟、好酒乃至妓女都不限量供应。

写好后，用蝇头小楷一丝不苟地誊抄在特制的表章上，文末署以"臣汤芗铭谨奏"，再放进金丝楠木的小匣中，遣使专程递京。

溜须的功力是如此深厚，以至于封爵时位居八个侯爵之首，把资历老得多却仅得一伯爵的曹锟忌妒得直夸汤芗铭"威震三湘，名冠八侯"。

可惜，就像秀恩爱死得快一样，前时的君君臣臣，此刻看来是何等的讽刺！

在"人心大变"的念念自语中，袁世凯一病不起，脸和手又青又肿。

后来，坊间把陈树藩、陈宦和汤芗铭合称为，袁世凯的催命"二陈汤"（中药名）。

黄袍成殓衣

膀胱结石并非绝症，法国医生贝熙业诊治后建议住院开刀，为袁世凯所拒。

从最初的小便困难，到吃不下、尿不出，尿毒逐渐蔓延全身。

在家人的强烈建议下，袁世凯同意导尿，先解除眼下之苦。

贝熙业在他后脊上扎了一剂麻醉针，用五个玻璃火罐于后腰处导尿，但抽出来的全是血水。

在场的袁克定、袁克文、袁静雪和沈玉英等惊慌失措，袁世凯却很平静，让他们把段祺瑞和徐世昌叫来。

两人到后，袁世凯把大总统印交给徐世昌，道："总统应该是黎宋卿（黎元洪）的，我就是好了，也准备回彰德了。"

起草完退休声明，袁世凯遭遇了人生最后一场打击，且来自最信任的人——跟了自己三十年的贴身侍卫唐天喜。

清末，唐天喜任新军第三镇标统。武昌事起，他的一标人马成了袁世凯的卫队，护送其进京出任内阁总理，一时风光无限。

白朗起义平定后，唐天喜因保卫河南老家有功，升任混成旅旅长兼京汉铁路北段护路司令。

作为一个唱戏出身能力有限的小人物，按理说这个位子权钱皆有，唐天喜应当满足。然而，护国战争爆发后，一些北洋将领趁乱自抬身价（如王占元捞到了渴求已久的湖北督军），扰乱了正常的官员遴选机制，也使得唐天喜春心荡漾。

他主动请缨，要求带兵上前线。袁世凯嘱以看家要紧，却耐不住唐天喜的再三陈情，划给他两个旅，编入马继增的第一路讨逆军作战。

真交上火，唐天喜后悔了——完全打不过。

与此同时，护国军了解到唐天喜素来贪财，当即奉上白银16万两，促其反袁。

得了银子即变心的唐天喜撤到湘鄂边界，不进不退，观察动向。马继增则因缺少援兵，吃了败仗，愤而自杀。

袁世凯接报，异常震惊。强烈的情绪波动击垮了最后一根神经，不断对人道："唐天喜反了！唐天喜反了！"

一日，帮袁世凯打理家产的幕僚王锡彤前来探视，发现案头放着一纸清单。

袁世凯指着清单道："家产全在这里了。把你经营的公司的状况告诉我。"

王锡彤略作汇报，又统计了清单上的存款与股票，总计约二百万元。在后来的自述中，他感慨道：

> 袁公子女合计三十余人，以二百万元分配，无论如何，可以断言十年后就会有贫穷者。总之，袁公自担任大总统以来，（家财）实际上未曾再增加过一钱，其为国忘家之情，实在不容抹杀。世传袁公有数千万资产，污蔑之言也。

1916年6月5日，袁世凯打了一剂强心针，从昏迷中转醒。自知死之将至的他急召"顾命大臣"徐世昌、段祺瑞、王士珍和表弟张镇芳到病榻前议事。

徐世昌最后一个赶到，袁世凯望了他一眼，道："菊人来得正好，我已经是不中用的人了。"

徐世昌宽慰道："总统不必心焦，静养几天自然会好。"又道："总统有话，早点安排出来也好。"

袁世凯嘴唇轻启，吃力地吐出"约法"两个字来。

四人意识到这是要讨论总统继承人的问题。但约法有新有旧，按宋教仁主持起草的《临时约法》，总统不能行使职权时副总统接任其职；而按照后来的袁记约法，则由现任总统提名三人，写下名单后藏于金匮石屋，待总统死后取出，在三人中选定一人继位。

徐世昌正要追问，守在榻旁的袁克定抢答道："金匮石屋。"

袁世凯口不能言，只微微动了下头，似乎表示同意。

然而，袁克定的愿望落空了。几天后，当石屋打开，众人发现名单上的三人分别是黎元洪、徐世昌和段祺瑞。

6月6日上午10时，58岁的袁世凯结束了他复杂的一生。临终前，望着窗外的那一小片天空，他仿佛看到了父亲袁保中、养父袁保庆，看到了吴长庆、李鸿章……

一张张熟悉的面孔从云端浮现，冲自己微笑。他努力伸出手去，却发现那些脸庞逐渐淡出，消失得无影无踪。

以手指天的袁世凯最后的遗言是，"他害了我"。至于"他"到底是袁克定还是杨度，抑或另有所指，则永远无人知晓了。

徐世昌考虑的是现实问题。

总统候选人看似有三个，其实只有一个——黎元洪。

首先，"黎胖子"是三人里唯一同时满足新旧约法继承条件的，没有争议；其次，军务院既然已经公开拥黎，换个人护国军肯定不答应，南北和平就无法实现；最后，黎元洪人在北京，不啻为北洋手中的政治傀儡，不仅翻不了天，还能为我所用。

心念及此，徐世昌找到段祺瑞，得到他"与相国意见一致"的保证，拉着张国淦去请黎元洪了。

次日，国务院通令全国下半旗致哀，学校放假一天，公务员停止宴请一个月。

两周后，在国务总理段祺瑞的主持下，政府举行公祭，杨度献上挽联："共和误民国，民国误共和。百世之后，再平此狱；君宪负明公，明公负君宪。九泉之下，三复斯言。"

张謇惋惜道："三十年更事之才，三千年未有之会，可以成第一流人，而卒败群小之手。"

又五日，袁世凯出殡。黎元洪以下文武百官在新华门行礼，目送八十人抬的灵柩远去。

陆军仪仗队一个团，海军仪仗队一个连，总计两千人组成的队列，在警察的开道下，送灵至前门车站。

袁世凯的丧葬，由政府拨款 50 万承办。但丧礼、移灵和下葬已用去大半，还要修建墓园，钱明显不够。

在徐世昌的倡议下，北洋政要解囊相助，又凑了 25 万，由德国工程师设计、河南巡按使督造，于洹上村附近修建了一座占地二百亩的"袁林"。

碑亭上，徐世昌手书的"大总统袁公世凯之墓"九个字，向世人诉说着墓主不同凡响的身份……

诚如蔡锷所言，"项城退，万难都解。"袁世凯的死，是一个皆大欢喜的结果。

始终没打出西南的护国军，终于松了口气；孙文总算摘掉乱党的帽子，被世人奉为民国的缔造者；进步党与国民党由于国会重开，党员得以重拾饭碗，北上赴任议员，冠盖如云；而在日本，袁世凯死前自挽的一联足以概括：

为日本去一大敌，看中国再造共和。

"人生代代无穷已，江月年年只相似"。讨袁诸公，唐继尧、陆荣廷和刘显世等全部成为割据一隅的军阀；北洋集团也因权力之争分裂成直系、皖系和奉系，征伐不断，兵戈不止。

从护法战争到直皖战争再到直奉战争，从黎元洪到冯国璋到徐世昌再到曹锟，只见英雄争，不见百姓起，就像叶芝的诗中所描述的那样：

优秀的人们信心尽失，坏蛋则充满了炽烈的狂热。

唯一不变的，是《圣经》里的吟唱：已有之事，后必再有；已行的事，后必再行。日光之下无新事……

附录：清代官员编制

皇族：

分宗室和觉罗。命好命坏全看祖上跟塔克世的关系。塔克世是清太祖努尔哈赤的父亲，生了五个儿子，这五个儿子的后代就是宗室。而塔克世的伯叔兄弟这些支脉，后代均为觉罗。

宗室封爵：

亲王、郡王、贝勒、贝子、公（奉恩镇国公、奉恩辅国公、镇国公、辅国公）、将军（镇国将军、辅国将军、奉国将军、奉恩将军）、闲散宗室。除军功卓著，经皇帝特恩，亲王之一子可以世袭亲王爵位外，其余王公子孙都要降级袭封。

中央文职：

内阁作为明代的最高权力机关被军机处代替，内阁大学士成了一种虚衔，由尊到卑分别为保和殿大学士、文华殿大学士、武英殿大学士、文渊阁大学士、东阁大学士、体仁阁大学士（以上均为正一品）以及协办大学士（从一品）。

虽有实权，但无论正一品的"大军机"（军机大臣）还是正四品的"小军机"（军机章京，军机大臣的属官），都不能和明朝的内阁大学士相提并论，而只是执行皇帝个人意志的私人秘书。

清朝的六部比之明朝，也大为缩水。虽然各部尚书和都察院（纪检监察）的左右都御史仍位居从一品的高位，各部侍郎和都察院的左右副都御史都居正二品的高位，但由于尚书满汉各一人，左右侍郎满汉各一人，一共六个堂官，皆可对皇帝密折言事，相互掣肘，谁也无法独大。再加上皇帝经常越过六部直接跟地方对话，六部堂官很大程度上成了有名无实的摆设。

各部下设数目不等的司，司长郎中（正五品），副司长员外郎（从五品），司员主事（正六品）。

除此之外，中央直属机关还有理藩院（管理蒙古和西藏等少数民族事务，汉人不得入院任职），长官为从一品尚书；内务府（内务大管家），长官为正二品内务府总管；翰林院（最高学术机关），长官为从二品掌院学士，下设侍读学士、侍讲学士（从四品），侍读、侍讲（从五品），修撰（从六品，考中状元立授此职），编修（正七品，考中榜眼、探花立授此职），检讨（从七品，进士的二甲、三甲考生会留馆学习朝章国故，称"翰林院庶吉士"。三年后散馆考试，通过者授予编修或此职）；大理寺（最高司法机关），长官为正三品大理寺卿；通政司（国家通讯社。上传下达，收受各省奏疏），长官为正三品通政使；宗人府（管理皇族事务），长官为正三品宗人府丞；国子监（最高学府），长官为从四品祭酒。

此外，还有12个自古流传下来的荣誉称号：太师、太傅、太保（三公，正一品赐）；太子太师、太子太傅、太子太保（三师，从一品赐）；少师、少傅、少保（三孤，从一品赐）；太子少师、太子少傅、太子少保（三少，正二品赐）。无定员，随皇帝喜好赐予有功的文臣武将。

地方文职：

总督（统管一省或多省军政、民政的封疆大吏）按理说是正二品，但由于要节制兵权，常加兵部尚书或都察院左右都御史衔，因此多为从一品。

晚清的直隶总督（辖直隶一省，治所保定、天津各设一处）兼负责对外通商事务的北洋大臣一职，地位极其尊贵，甚至在军机大臣之上；两江总督（辖江苏、安徽、江西三省，治所南京）兼南洋大臣，地位仅次于直隶总督。

湖广总督辖湖南、湖北二省，治所武昌；两广总督辖广东、广西二省，治所广州。两广和湖广由于民丰物埠，扼交通要道，因此其总督地位也异常显赫。

闽浙总督辖福建、浙江二省，治所福州；四川总督辖四川一省，治所成都；陕甘总督辖陕西、甘肃二省，治所西安。

陕甘只在左宗棠任总督时，地位稍显。

云贵总督辖云南、贵州二省，治所昆明，地位最低。

清末又增设东三省总督，辖黑龙江、吉林、奉天三省，治所沈阳。

另外，直隶、湖北、福建、四川、广东、云南六省到了光绪年间，不再设置巡抚（正二品，常兼兵部侍郎或都察院副都御史衔，专管一省之军政与民政），而由总督兼任。山东、山西、河南则没有总督管，只有一个巡抚。

此外，还有跟粮食相关的仓场总督（管天下粮仓，正二品）、漕运总督（管粮食转运，正二品）和河道总督（管全国水路，正二品）。

巡抚之下，是布政使（从二品，俗称藩台，专掌一省民政）和按察使

（正三品，俗称臬台，专管一省司法），再往下则是"厅局级"的道台。

正四品的道台分"守道"和"巡道"。守道管理若干府（市）县，巡道则相当于各省厅长，比如粮道（粮食厅厅长）、河道（水利厅厅长）。

道之下是府，知府是从四品的一市之一把手，同知是正五品的一市之二把手。中央直辖的府高一级，比如顺天府尹是正三品，顺天府丞是正四品。

再往下是州、县。州是"县级市"，往往由特殊地区或繁华紧要之县改设。知州为从五品，州同为正六品。知县为正七品，县丞为正八品。

武职：

领侍卫府是皇帝的亲军，长官为正一品的领侍卫内大臣；步军统领衙门负责北京城的警卫，长官为从一品的九门提督。

领侍卫内大臣职司皇宫安全，品级高，手下却没多少人，一般由多人兼任。而九门提督是专人专职，保卫首善之区，兵多权大。

清朝的军事系统分为八旗军和绿营（汉军）。

八旗军又分为在京的和外地驻防的。在京的有骁骑营、前锋营、护军营、步兵营、健锐营、火器营、神机营、虎枪营、善扑营九支部队，各营长官为正二品的"统领"；驻防军的长官为从一品的"将军"（仅授满人，与爵位中的"将军"概念不同），相当于管辖数省八旗军的大军区司令。虽品级与总督同，实权却不如后者。一些边远省份不设总督，而以将军兼管民政。

将军之下是正二品的副都统（掌一省之八旗军）。当然你会问，都统哪去了？事实上，最早八旗军一旗的长官叫都统（如正白旗都统），后来承平日久，各旗都被打散，都统一职也只剩下两个，分驻张家口与热河。

张家口的都统兼管察哈尔（省）的游牧之事，称为"察哈尔都统"（从一品），辖兵两万人。热河都统兼管木兰围场，辖兵九千人。

绿营在省一级的军事长官为从一品的提督，受总督节制。提督之下是正二品的总兵，受巡抚节制。再往下则是从二品的副将、正三品的参将、从三品的游击、正四品的都司、从四品的守备、正五品的千总以及正六品的百总。

参考文献

《清稗类钞》，徐珂编，中华书局 2010 年版。

《清通鉴》，章开沅编，岳麓书社 2000 年版。

《清史稿》，中华书局 1998 年版。

《清实录》，中华书局 2008 年版。

《国闻备乘》，胡思敬著，中华书局 2007 年版。

《一士类稿》，徐一士著，中华书局 2007 年版。

《国史大纲》，钱穆著，商务印书馆 2015 年版。

《梦蕉亭杂记》，陈夔龙著，中华书局 2007 年版。

《晚清七十年》，唐德刚著，岳麓书社 1999 年版。

《饮冰室合集》，梁启超著，中华书局 1989 年版。

《越缦堂日记》，李慈铭著，广陵书社 2004 年版。

《翁同龢日记》，翁同龢著，中华书局 2006 年版。

《国史纲要》，雷海宗著，武汉出版社 2012 年版。

《汪穰卿笔记》，汪康年著，中华书局 2007 年版。

《近代中国史纲》，郭廷以著，中华书局 2018 年版。

《花随人圣庵摭忆》，黄濬著，中华书局 2013 年版。

《清宫二年记》，德龄著，江苏教育出版社 2006 年版。

《晚清政治新论》，王开玺著，商务印书馆 2018 年版。

《李鸿章全集》，戴逸编，安徽教育出版社 2007 年版。

《袁世凯全集》，骆宝善编，河南大学出版社 2013 年版。

《世载堂杂忆》，刘成禺著，辽宁教育出版社 1997 年版。

《忘山庐日记》，孙宝瑄著，上海人民出版社 2015 年版。

《中国近代史》，蒋廷黻著，上海古籍出版社 2006 年版。

《甲午战争史》，戚其章著，上海人民出版社 2014 年版。

《绮情楼杂记》，喻血轮著，中国长安出版社 2011 年版。

《晚清史事》，杨天石著，中国人民大学出版社 2011 年版。

《恽毓鼎澄斋日记》，恽毓鼎著，浙江古籍出版社 2006 年版。

《康有为全集》，康有为著，中国人民大学出版社 2007 年版。

《朝鲜李朝实录中的中国史料》，吴晗编，中华书局 1980 年版。

《庚子西狩丛谈》，吴永口述、刘治襄记，中华书局 2009 年版。

《中国近百年政治史》，李剑农著，复旦大学出版社 2002 年版。

《北洋军阀统治时期史话》，焦菊隐著，山西人民出版社 2013 年版。

《戊戌变法史事考》，茅海建著，生活·读书·新知三联书店 2005 年版。

《革命史谭·梅楞章京笔记》，陆丹林、丁士源著，中华书局 2007 年版。

《龙旗飘扬的舰队：中国近代海军兴衰史》，姜鸣著，生活·读书·新知三联书店 2002 年版。

《中国近代史》，【美】徐中约著，世界图书出版公司 2008 年版。

《中华帝国的衰落》，【美】魏斐德著，民主与建设出版社 2017 年版。

《清朝全史》，【日】稻叶君山著，上海社会科学院出版社 2006 年版。

《剑桥中国晚清史》，【美】费正清著，中国社会科学出版社 2018 年版。

《孙中山：壮志未酬的爱国者》，【美】韦慕庭著，新星出版社 2006 年版。

《追寻现代中国：1600——1949》，【美】史景迁著，四川人民出版社2019 年版。